U0946215

冰吻·红唇迷影

张廷波 著

百花洲文艺出版社

图书在版编目(CIP)数据

冰吻/张廷波著.

——南昌:百花洲文艺出版社　2011.12

ISBN 978-7-5500-0241-8

Ⅰ.①冰… Ⅱ.①张… Ⅲ.①侦探小说-中国-当代

Ⅳ.①I247.5

中国版本图书馆 CIP 数据核字(2011)第 242555 号

出版者　百花洲文艺出版社

社　址　南昌市阳明路 310 号江西出版大厦　　邮　编:330008

书　名　冰吻·红唇迷影

作　者　张廷波　著

经　销　全国新华书店

印　刷　北京市德龙公防防伪印刷厂

开　本　787 毫米×1092 毫米　1/16

印　张　18.5

字　数　320 千

版　次　2012 年 3 月　第 1 版

印　次　2012 年 3 月　第 1 次印刷

定　价　39.80 元

ISBN 978-7-5500-0241-8

赣版权登字号 05-2011-185

内容提要

鲁宾出生于北京一个高干家庭。自小他就常常偷偷欣赏挂在父亲床头的一幅少女艺术肖像画，长大后他似乎感觉到少女并非只是简单的艺术存在，一定生活在现实中。他暗暗寻找画中的女人，内心发誓向她复仇，因为正是这个女人夺走了父亲对母亲的爱。一个偶然的机会，他找到了这个叫白露的女人，开始按计划接近她。然而，他发现白露患上了选择性失忆症，完全不记得自己为什么从一个风华绝代的钢琴女王变成了一个平庸的调琴师。鲁宾以帮助白露重登舞台为由，帮她恢复记记。他尚未窥探到白露内心的秘密，自己却疯狂地爱上了白露。他克制着自己，不希望这个被父亲毁掉的女人再次被自己毁掉。他终于启开了白露记忆深处的一道窄缝，沿着二十年前的路径，乘火车北上，寻到了她丢失记忆的北戴河海滨观鸟台。就在白露道出当初情景的时候，一群蓝孔雀掠翅从头顶飞过，鲁宾不能自已，完全重复了父亲的故事，悲剧再次拉开了沉重的帷幕……

序 曲

“逐草居”背倚君臣山南麓，面朝恒江，深得山水之精华。在此“逐草”而居的人，有诸多音乐人或者从事其他精神活动的艺术家。

这幢叫做“斜月”的小洋楼离主体别墅群略远些，位处一个比较开阔的地带。小洋楼造型古怪，乍看宛若一架巨大的三角钢琴。没有任何灯光从小洋楼的窗口照射出来，只是其他别墅洋楼的灯火将一部分余光蔓延到它的外墙上。

她站在二楼卧房的窗前，静听不远处钢琴的旋律从窗外缓缓游来。她穿着一袭纯白的长裙，头发瀑布般披在肩上，恰似一个不真实的魅影。

远处朦胧的灯光照射过来。她的眼睛睁得大大的，仿佛看见他正向她缓缓移来。她伸出手，正欲投入到他的怀里，触到的却是冰冷的窗格。

由于玻璃是透明的，光影依然固执地从窗外投到黑白交错的木地板上。地板的中央，有一个由数块木地板拼成的正在开屏的蓝孔雀的图案。

她站在“孔雀”的中央，熟练地跳着芭蕾舞，沉醉在铭心的怀想中。随后，她轻轻拉开拉链，脱下薄如蝉翼的长裙，文胸，亵裤……没有灯光照耀，洁白的胴体就像一道逼人的青春的光束。她裸着身子，坐到琴凳上，打开琴盖，弹奏着那首他喜欢的《“雨滴”前奏曲》。

声音由远及近，由弱渐强，由沉静到激越，由眷念到痛楚。拨开云山雾海，她终于看到了他的身影。她叫喊着，向他奔去。他转过身来，没有走动，只是伸出双手，迟疑地将她揽在怀里，献上雨点般的热吻。

她弹着“雨滴”，感到了他的舌头从她的额头上滑下来，吻着她的眉心，眼睛，鼻子，嘴唇……

她的十指在琴键上飞速跳动。她感到雨点从她的指缝落下来，形成一条小溪，在房间银蛇般滑动。

她忽儿有些头晕，身体开始颤抖。她跌跌撞撞地爬到床上，感到喉咙好像不能呼吸了，心脏好像停止跳动了。

她感觉到黑夜的可怕，急切地想走出这座城堡一样的黑房，她挣扎着，可浑身没了一点力气。她多想打他的电话啊，可这里没有任何通讯工具。她颤抖的手紧抓着床单，痛楚地大喊："亲爱的，快来啊……"

她的身体开始抽筋，上腹疼痛难忍，她干呕了几声，随及"哗哗"吐到了床上。她感到身体像火一样烧了起来，血液似乎停止了流动。她伸出痉挛的双手，在空中乱抓着，颤声哀求："快来啊……"

她似乎看到了那张脸，那双眼睛，冷酷地、无动于衷地看着她。她想伸手去抓，可没有了将手抬起来的力气。

钢琴声从远处飘过来，雨滴般拍打在光影斑驳的窗玻璃上。房间没了任何声响，她一动也不动地躺在床上，固执地保留着他曾经喜爱的姿势。

第一章

一

艾丽娅出生于公安世家，她的爷爷，她的父亲，她的母亲，她的叔叔，都是公安部的高级警官。自小到大，她生活在一种浓得化不开的“蜜潮”中，接受着每一个人给予她的宠爱。艾丽娅相信，如果不及时逃跑，她迟早会被这股奔流迅急的“蜜潮”黏住，吞没，最后死于“蜜潮”。

报考大学时，她本来想离开北京，因为中国人民公安大学是公安类的最高学府，她不得不留在父亲身边。快实习时，她就谋算好了逃离北京的准备。通过自己的努力，终于来到了槟城。除了逃离“蜜潮”的侵袭，还因为槟城是全国有名的音乐之都。由于她在犯罪心理学特别是在“思维痕迹”方面的优异表现，以及槟城市公安局刑侦局大案处对她出生于公安世家有着一种近乎本能的好感，她击败了其他竞争对手，成为大案处唯一一名实习警察。

这就是音乐之都，只要漫步街头，就能看到槟城对音乐人的吸引力。一头披肩长发，一把吉它，一口略带沙哑的歌喉，在地铁隧道口盘腿而坐自弹自唱。几个年轻人提着弦乐器上了公交车，在移动的“室内”演奏着古典名曲。他们都是流浪歌手或音乐人，都是受过正规音乐训练的科班出身的青年才俊，为了追求自己的音乐梦想而舍弃正统的生活方式漂泊进入槟城。为谋生而唱，更为了表演欲望而唱。他们在底层磨炼，为的是让自己成为艺术巨匠的那一天早日来临。

此刻，清晨，细雨斜飘，高高的槟榔树下，街上的行人或打着雨伞，行色匆匆，或穿着五颜六色的雨披，骑着摩托车呼啸而过。艾丽娅穿着一套火红色的阿迪达斯运动服，正沿着沿江路飞速奔跑。她戴着一个MP4，耳塞里传来理查德·克莱德曼演奏的《秋天的私语》。

每天晨跑半个小时，从中学时就开始了。不论刮风下雨，她从来没有改变过这个习惯。有时早晨因事有误，一定会在晚上睡觉之前补回来。她喜欢跑步，喜欢那种充满希望的直奔前方的感觉。她拂了拂淋得湿漉漉的头发，仍然没有减速。

不时看见盘腿坐在树下的流浪歌手，用吉他弹着忧伤的曲调。艾丽娅从衣兜里掏出一些早就准备好的硬币，远远地准确无误地扔进放在他们腿旁的缺角的瓷碗里。

她的耳朵里充满了理查德的“私语”，但还是感到有人正跟着她。她调过头来，发现是自己的顶头上司马凯。她立即放慢了脚步，取下耳塞，惊奇地看着年轻的上司。马凯穿着蓝色的动动服，脸上沾满了雨水。他抹了一把脸，上气不接下气，有些“恼怒”地说：“老远我就看见你了，叫你你也不答理，追也追不上，你是故意的吗？”

她知道他不是真的生气，抹了一把脸上的汗水，颇感“委曲”地争辩：“如果我知道你在后面，就是吃了豹子胆，也不敢跑到你前面啊？”

马凯继续往前跑，没有说话。他从裤兜里掏出几个硬币，准确地扔进两个流浪歌手倒放在地上的帽子里。这是一对盲夫妻，拉着二胡，拉出的是幽怨的《江河水》。

她跟在马凯的身后，带着赞语的语气说：“队长，我知道你也喜欢音乐。”

马凯一边跑，一边回过头来，还抹了一把脸上的汗水，白了她一眼，佯装生气地说：“你是不是觉得我这个大老粗不配欣赏音乐？”

“我只是一个实习生，敢这样想吗？”艾丽娅调皮地说。

“别人不敢，你很难说。”马凯一边后退，一边看着她。

“你不会公报私仇吧？”艾丽娅喜欢这种似真似假的谈话方式。

“那要看你的表现。”马凯后退得比较快。

由于地面太滑，马凯又是退着跑，一个趔趄，眼看就要摔倒了。好在身手矫健，踉踉跄跄跑了几步，终于站稳了，只是双手撑在地上，手掌沾满了稀泥。

她大惊失色，急忙奔过去。马凯一只手撑地，一只手急忙挡住她，大叫一声："别过来！"

她立马打住，乖乖地站着不动，眼睁睁地看着他慢慢站起来。他摊开手掌，甩了甩掌上的稀泥，抬起头来，看着她，马上调节了一下情绪，笑着问："刚才的表现很狼狈吗？"

在艾丽娅看来，不但不狼狈，还觉得很潇洒，她从专业的角度分析说："心理学上说，男人在女人面前适度地表现一点狼狈，可以起到适得其反的作用。"

马凯从她的脸上看出了一点什么，狡猾地点了点头。他迈开大步，往艾丽娅相反的方向跑。好半天，他回过头来，看到艾丽娅还站在原地看着他，便大声喊："上午八点，办公室见。"

雨越下越大，路上的流浪歌手们纷纷收摊，躲在路旁的骑楼下避雨。艾丽娅穿过雨帘，继续往前面飞奔。她重新戴上耳机，整个城市流淌在"私语"的旋律里。

槟城市公安局刑侦局办公楼，紧临繁华的大街。远远看去，其像一支特大号卡宾枪，藏在一片民宅之中。近处看，立在门前的四根粗壮的白色圆柱托着楼檐，以黑色的大理石墙群为基础的主体部分闪着暗绿色冷光，增添了这座高楼的神秘。各式各样的车辆潮水一般流进流出，不时有全副武装的刑警拉着警笛出警。

作为大案队队长，马凯原本可享有一个单独的办公室，但他坚持要与肖强及小毛共享一个办公室。艾丽娅来大案处实习，被杨瑾瑜处长安排到大案队，马凯便在离他办公桌很近的位置给她加了一个办公桌。

马凯的办公桌紧临窗户。他最喜欢窗户，因为窗户告诉他很多生活的道理。肖强知道他的这个爱好，还特意在窗台上放上一盆叫不出名字的花。

马凯二十有八，高大墩实，脸上不善笑，喜欢紧抿着嘴。听别人说话时，尤喜看着别人的眼睛。有时半天不言语，言语时语气非常重。作为大案队的队长，马凯不仅是破案能手，而且计算机、照相、法医方面样样精通。

他看了看表，发现时间差不多了，便回到座位上，伏在桌上，翻阅着艾丽娅的档案材料。实际上，他早就对她的情况烂熟于心。他惊奇地发现，艾丽娅还是一个马术爱好者，曾获得过全国大学生马术比赛的银牌。他想知道，他的赛马技术是否能够将她比试下去。

正当他用手指敲打着桌面作冥思状时，听到门口喊"队长早"的声音。他抬起手腕看了看，刚好八点。

艾丽娅穿着警服，戴着警帽，格外生动漂亮。她没有马上坐在办公椅上，先给马凯倒了一杯茶，还说了一句“队长请用”。

马凯一边翻着材料，一边观察着她的表情。他拿起其中的一页纸，足足看了几秒：“看看你的成绩吧，刑侦学 88 分，法律 86 分，政治理论 78 时，实弹射击 25 环，刚及格——你知道吗？当初我在学校的成绩可比你强多了。”

艾丽娅看着天花板，扑闪着那双美丽的大眼睛，叹了口气说：“可能吧！”

他有些气恼地反问：“什么叫可能吧？”

艾丽娅一副被人误解的样子，摇着头说：“没什么，我喜欢推理。”

“当初我之所以挑选你来我们大案队实习，你知道为什么吗？”

“当然知道。”艾丽娅说。

“我倒想听听你的解释。”

尽管尽量装得谦虚些，但她的语气里还是带着一丝得意：“还不是因为我的犯罪心理学成绩全班最高。”

马凯继续翻阅着她的档案材料，将话题转到了他最感兴趣的部分：“你的马术还不错嘛，怎么会有这样时尚的爱好呢！”

艾丽娅反而对他最感兴趣的东西不以为然，淡淡地纠正说：“赛马是一项古老的运动，不能称作时尚。”

“你为什么喜欢马术。”

“我父亲喜欢，从小耳濡目染，就喜欢上了。”

他说起自己如何“不大情愿”地被朋友拉到君臣山下的一个马场去“陪”朋友玩马，就这么一次无意的“试鲜”，竟让他体味到了前所未有的滋味，从此，他爱上了骑马，迷上了骑马，马术突飞猛进，朋友中无出其右者。

“找个机会，我想和你比试比试。”

艾丽娅笑了笑，没有说话。她想说，就凭你在马场学的那点功夫，根本就不要说“比试”这个字眼。

“我发现我俩在有些方面有些像。”她说。

“有些像？”他不明白。

“我们俩都非常喜欢观察对方的眼睛。”她说。

“那你从我的眼里看到了什么？”

她笑了，笑得非常自信，大胆地推测说：“今天凌晨发生了一起凶杀案，而且死者是个年轻女性。”

他想反驳，却找不到驳斥的理由。他想了想，有些不服气地问："还有呢？"

艾丽娅估计自己猜对了他的心思，不过她还是想维护他的尊严，轻描淡写地回答："还有，就是你一直对我的犯罪心理学成绩不服气，想好好检验一下。"

马凯喜欢自信的人，尤其喜欢这个说话毫无遮拦的聪慧的实习生。现在的人，很少有人以纯直的方式说话了，更不用说在面对自己的上司的时候。

二

他们开着车，到了"逐草居"。一栋栋别墅多以"月"来命名，"新月"，"圆月"，"浅月"，"望月"，"元月"，"满月"，"追月"……他们穿过一排又一排"月"，欣赏两旁枝繁叶茂的果树，那心情，哪像是去案发现场，倒像是去赴一场宴会。

马凯摇开窗玻璃，使劲闻了闻类似青苹果的芳香，突然发现了公用墙上涂着的血红的图画，有些气愤地问："片区的警察为什么不管一管呢？"

"这是艺术！"艾丽娅提醒说。

汽车刚驶过这道墙，被一大堆围观者挡住了去路。其中一些围观者还莫名其妙地打着一把把红色的雨伞，伸长着鸭脖子，看得嘴张得老大老大。马凯半伸着腰，将头凑近窗玻璃，大惊失色——在人群中间，一个长发男青年正拖着一名赤裸的鲜血淋漓的年轻女子，地下铺着一张洁白的床单，床单上流淌着鲜血。

他惊呆了，感到一股热血直冲脑门，大喊"停车"，"砰"地打开车门，就要往外冲。艾丽娅眼疾手快，一把拉住他，大声制止："马队，不要冲动！"

马凯一把打开她的手，怒斥："你干什么？快出命案了！"

"那是艺术！"艾丽娅大声提醒。

"胡扯！现场到处都是血！"马凯急了，又要往外面冲。

"那是人造血！"艾丽娅大声提醒。

马凯犯困了，这明明是流氓行为，怎么会变成艺术的呢？他不相信，又要下车。艾丽娅将车门锁了，提醒说："如果你下车，你就成为他们的最好的道具了！”

“道具？”他觉得不可思议。

“我怀疑他们早知道我们的车要从这里经过，便精心安排了一下。”艾丽娅观察了四周，果然看见有几个人正在照相和摄影：“你看，他们正在拍我们的警车，我们快走！”

艾丽娅按了一下警笛，围观的人群潮水般散开。吉普车风驰电掣，将几个拍摄者甩到了身后。马凯伸着脖子往后看着，直到拐到了另一条路上，他还没有调转头。

“不要看了，那是行为艺术！”艾丽娅说。

马凯还没有回过神来，有些不相信地看着她：“小娅，那些真的是人造血吗？”

“那个长发男青年，从北京来的，在街上表演过多次了，报纸上多次报道过。”

“你知道，如果是一场命案，我们看见了，又没下车，这是严重违反《人民警察法》的。我呢，队长就别要当了，你呢，警服就别想穿了。”他不认为艾丽娅不明白这个道理，但他还是想提醒她。

“不过是行为艺术而已！”艾丽娅加重了说话的语气。

他还是不相信，还在怀疑落入了什么圈套：“我怎么老觉得那几个拍照的是记者，莫非他们想和警察过不去，想出了这个蓄谋已久的昏招？”

她哭笑不得，还在耐心地解释说：“听说他们上次也在大街上搞了一次，那个身上涂着人造血的赤裸女子被拖过后，留在床单上的印记卖给一家公司，公司将图案印在床单上后成了名牌，赚了不少。你刚才也看到了，地上铺着一张白色的床单。”

马凯似乎明白了。他恢复了先前的从容，用双手搓了搓两边的脸，若有所思地说：“我怎么老觉得会出什么事呢？”

艾丽娅盯着他的眼睛，目光露出一丝疑惑，她不想再说什么，将目光移到窗外。

汽车在“斜月”的庭院里停下来，早先来的两部警车也停在这里，那是第一时间赶来勘验现场的同事。从外表看出，这是一幢造型古怪的小洋楼，主体分成黑白两个部分，乍看像钢琴的两个黑白键。庭院比较大，一棵粗大的榕树下，生长着“勿忘我”。

他俩“咚咚咚”地上了楼，到了二楼卧室，看见数名技术员正在进行现场勘查，有些在打灯，有些在划粉笔圈，有些在拍照，有些在采集指纹。

大案队副队长肖强正在现场指挥，毛小毛则帮法医搬着证物。肖强看见马凯进来了，急忙走上前，简要地将情况汇报了一下。马凯一边听着，一边将窗帘拉开，房间一下子亮堂了许多。

“死者是什么时间发现的？请说准确时间。”马凯程序化地问。

“清晨六点，管理员催电费。因为女主人总是早出晚归，他便起了个大早，发现情况后，随后马上报警。”肖强介绍说。

窗边放着一架“雅马哈”三角钢琴。琴盖打开着，琴架上放着一本翻到一半的琴谱，是肖邦的钢琴小品《“雨滴”前奏曲》。钢琴的旁边放着一套索尼音响，碟架上整整齐齐地摆放着一格格光碟，绝大多数都是一些蓝调爵士乐，还有几张诸如《爱情是蓝色的》、《蓝色的多瑙河》等交响乐唱片。只有一张电影碟片，还是波兰著名导演基斯洛夫斯基以法国国旗为原色的探索影片之一《蓝》。

四面墙全是蓝色的，窗帘是蓝色的，地面是淡黄色的木地板。地板的中央，拼着一只硕大的开屏的蓝孔雀。靠墙的那张旧式的柏木床上，雕刻着大大小小的蓝孔雀。或歇或立，或卧或舞，仪态可掬，栩栩如生。床的中间，躺着一名妙龄女子，身体洁白如玉，就像一尊汉白玉卧像。

老法医陈子谦走过来，递给马凯一份勘验报告。马凯大致看了看报告，随后跟着陈法医，走到床边。陈法医指着尸体，解释说：“死因基本弄清了，身体呈慢性中毒症状，身旁还有呕吐物，回去还要作进一步的解剖。”他摁了摁死者的皮肤，解释说：“通过尸斑，可断定死者死于三天前，也就是七月十三日早晨七点半左右。尸体没有任何搬动的痕迹，死者是在昏迷状态中慢慢死去的。”陈法医的目光转到死者的私处，若有所思地说：“阴道里并没有发现精斑，可排除强奸的可能。”

女子的脸庞看上去精美无比。她躺在一床宽大的天蓝色的床单上面，乍看就像浮在海水里一般。她的双手放在自己的私处，似乎像是自慰，抑或害怕遭受性攻击。

“怎么会有这些疤点？难道是皮肤过敏吗？”马凯指着死者身上问。

“只是集中在大腿部和臀部，不大可能是过敏。”陈法医摇着头解释说。

艾丽娅伸出戴着手套的右手，握着死者的右脚，端详了一会，又握着死者的左脚，观察了一会，若有所思地说：“如果我没猜错的话，她是一位芭蕾舞演员，而且舞跳得非常棒。”

陈法医翻了翻死者的眼睛，突然发现眼睛是湖蓝色的。他摁亮手电筒，凑近照着，的确是湖蓝色的！他抬起头来，看着马凯，惊奇地说："不会是一个混血儿吧？"

艾丽娅戴起一副蓝色橡皮手套，用右手的大拇指和食指轻轻翻开死者的右眼睑，然后轻轻一刮，一个超薄的水珠般的蓝色隐性眼镜被摘了下来。随后，她又取出左眼的隐性眼镜，将其提取到一个小小的证物袋中。她解释说："报纸上不是说，美国前总统克林顿的夫人希拉里自从戴上蓝色隐性眼镜后，人变得漂亮和精神多了。"

他们走到那架硕大的"雅马哈"钢琴旁，钢琴的琴盖还打开着。陈法医弯下身，用戴着手套的中指弹了弹几个音符："在钢琴上发现了几枚男性的指纹，地上还有几个男性的脚印。初步证实是同一名男子，身高约一米七八左右，体重约八十公斤左右。"

"指纹新鲜吗？"马凯问。

"男性的指纹比较陈旧，大约是死者死之前三天留下的，而女主人则在死之前弹过钢琴。"

"这间房子以前是不是一直空着？"马凯问。

"我们初步调查了一下，这套小洋楼因为出价比较高，一直无人问津，直到一年前，才被这个神秘的女人买下来了。"小毛从床边走过来，手里还拿着一些证件，递给马凯，说，"女人叫刘旗旗，住伦敦，英国籍。"

马凯看着护照，显示死者是半个月前入境，而且是从香港来到槟城。他盯着照片足足看了十几秒，然后慢慢合上。他看到老陈正拿着放大镜，仔细看着死者的鞋子。随后，他抬起头来，对马凯说："鞋底上好像还沾了一些蓝色的植物一样的肉粉，好像是一种蓝色伞菌。"

"蓝色伞菌？我听说这种植物主要生长于新西兰的山区。"艾丽娅疑惑地睁大了眼睛。

该勘验的都勘验了，还有一些证据要带回去作进一步的化验。他们将那些大大小小的物件放进塑料袋里，编上号码。

马凯对技术人员说："你们先把尸体运回刑事技术中心，作冷冻处理。"他拍着小毛瘦削的肩膀说："你和肖强去房产公司详细调查一下刘旗旗的来历。"他叮嘱肖强："物业管理处肯定在大门口装了闭路电视，你通知他们不要将近十天的录相洗掉了。"

肖强和小毛刚搬起尸体，马凯突然制止了他们。他指着小腿肚处的一块青痕，大声喊："陈法医，你看——"

"不像是手指头掐的，像是碰撞硬物的伤痕。"肖强说。

陈法医拿着放大镜，仔细看了看，摇着头说："如果是碰着硬物，好像是后退时碰到的。根据创口的特征，好像来自后面的袭击。"

艾丽娅看了看小腿肚的青痕，又看了看大腿部的那些疤点，大胆推测说："这个青痕与那些疤点是不是有些相似？"

"从外表看，好像不一样。"陈法医问。

艾丽娅拿着放大镜，凑近尸体，细看了好一会，坚持说："这些疤点应该就是由这些青痕演变过来的？"

"差别太大了，好像不大可能。"陈法医反驳说。

马凯看了看艾丽娅，又看了看陈法医，只好说："回去作进一步化验吧。"

肖强率员先走一步，马凯和艾丽娅留下来继续查找线索。

马凯走到窗前，推开窗户，君臣山似乎伸手可及，宛如漂浮在云雾中的鸟屿。

这幢小洋楼被一道围墙围住，围墙呈弧形伸展，也许是为了营造与自然和谐相处的氛围，围墙是由常绿灌木构成，依背后君臣山的山形而走动，高则可比墙外的槟榔树，低则只有半人高。围墙之外，是一个缓坡，像一个慵懒的少妇，娇柔地躺在山脚。在一片青葱之中，生长着高高的棕榈树。缓坡上的那一片青葱，便是很少看得到的天然香根草，足有大半个人那么高，经风一吹，犁出了一层一层的绿波。

马凯看着飘拂的香根草，目光是那样的柔和，他慢慢转过身来时，目光立却刚硬得像刷子，从天花板扫到墙壁，从木地板扫到床头柜。

房间没有电话，也没发现刘旗旗有手机。家俱一件不多，一件不少，刚好够用。用品看起来非常新，使用率并不高。由此可见，主人只是把别墅作为暂时的居所，并不打算长期安营扎寨。

马凯使劲闻了闻，除了散发出来的木器味或油漆味，好像还有香水的味道。艾丽娅告诉他，是香奈尔5号，世界上最名贵的香水。

刘旗旗为什么要买下这幢洋楼？是回国休假，抑或在此幽会男人？那个一米七八的男人是谁？她的丈夫还是情人？

马凯再次面向窗外，目光又一次柔和起来。山风呼呼吹来，君臣山笼罩在云雾之中。一栋栋别墅群飞檐走角，像是镶嵌在雨雾中的一幅水墨画。他想知道艾丽娅的想法，便问："心理学家，有什么高见吗？"

艾丽娅看着床上的孔雀木雕，并不想直接回答他的提问："你对颜色有研究吗？"

马凯回过头来，摇摇了头，不以为然地说："能清晰区别红绿灯而已。"

她看着满屋的蓝，自言自语地问："她为什么喜欢白色？"

马凯差点笑出声来，一个刑警总不能睁着眼睛说瞎话吧。他马上意识到这可能是艾丽娅的口误，便善意地取笑道："明明全是蓝色，你不会是色盲吧？"

她走到衣柜前，拨弄着挂在衣柜里的几套纯白的裙衫。艾丽娅抚摸那件带有水晶挂饰的长裙，肯定地说："她喜欢白色。"

"这满屋的蓝怎么解释？"马凯显然不赞成她的分析。

"所谓士为知己者死，女为悦己者容，你该知道这个道理吧？"

"知道前半部分。"马凯老老实实地说。

"一旦女人遭遇爱情，她以对方的爱好为爱好，以对方的仇恨为仇恨，以对方的幸福为幸福，以对方的痛苦为痛苦，以对方的呼吸为呼吸，以对方的生命为生命。"

"我有些不大理解。"他实际上理解了她的意思。

艾丽娅往前走了几步，站到镶嵌在大衣柜上的穿衣镜前，若有所思地看着镜中的自己。

"你怎么老站在那里？"

她好像没有听到，陌生地看着镜中的自己："我想从另外的角度来推测。"她看着马凯，随后将目光投向窗外，"我们在路上遇到的一幕还记得吗？"

"你把它叫行为艺术。"马凯想起来了。

"这个女人是不是也在玩行为艺术？"艾丽娅也奇怪自己为什么如此联想。

"这怎么能扯到一起呢？"马凯警告说。

"那个女人的脚，分明是一个芭蕾舞演员的脚。我们可以这样推测，她以前是一个芭蕾舞演员，后来在一个男人的帮助下，去英国发展，加入英国籍，可后来发展不顺，她绝望了。视艺术为生命的她，想在最后完成最有创意的作品。她回到国内，来到槟城，买下这套房子，寻找着艺术的灵感。当然，爱情是她的主题，那个帮助她的男人便成为她艺术构想中的一个道具。她与他幽会，最后在这间房子里完成了一次绝杀。行为结束了，她成为了独一无二的艺术形象。"

"这个想法太疯狂！"马凯根本不这么想。

"不是想法疯狂，而是艺术家太疯狂了，"她一把拉着他，看着他的眼睛，正色道："我要将情景还原，你会相信的！"

"别这样！"马凯坚决反对她的情景还原。

"我是认真的！"艾丽娅的目光盯着他的目光，诚恳地说。

她转过身，从衣柜里顺势取出一套白色的衣裙，到了卫生间。她摘下警帽，脱下警服，穿着那套白裙，走了出来。马凯看着她，差点晕了。这套白裙就像为她量身订做的，的确令她具有几分冰山美人英格丽·褒曼的韵味。

艾丽娅慢慢走到钢琴旁，问指纹是不是都已经提取了，看到马凯点了点头，她便坐在琴凳上，刚准备弹，又转过身来，看着马凯，意味深长地笑了一下，然后看着琴谱，弹出了第一个音符。

马凯听到琴声像泉水一样从她的指缝间流出，清冽地环绕着整个房间。琴声越来越近，越来越大，最后不是雨滴，而是暴雨了。艾丽娅伸展着自己的身体，双手抬得老高，最后几乎是在砸着钢琴。

五分钟后，她弹完了《"雨滴"前奏曲》的最后一个音符，然后梦游般地走到穿衣镜前。她看着镜中的自己，做了几个芭蕾舞动作，最后还勉强来了个阿拉贝斯特动作。

她气喘嘘嘘，一个趔趄，摔在地上。她挣扎着爬起来，摇摇晃晃地走到床边，爬上床，躺下来。她睁大美丽的眼睛，身体在痛苦地扭动着。她的脸上现出异常痛苦的表情，嘴里发出绝望的喊叫："我就要死了……谁来救我……"

好一会，艾丽娅从床上爬下来，拢了拢有些散乱的头发，随后走到卫生间，将警服换上，走出来，将衣服挂到原位。

马凯呆呆地看着她站在离他几步远的地方，似乎还没从她的"行为艺术"中解脱出来。他不得不承认，艾丽娅真的将他带到了那个情景中。

他们走下楼，将大门关了。艾丽娅从汽车里拿出盖有槟城市公安局公章的封条，将大门封了。马凯开着车，飞快地驶离了小洋楼。

第二章

一

白露住在离槟城音乐学院两站路的地方，是一幢独自建造的房子。房子紧邻君臣山西麓，她的外祖父给其取名“杨树里”。“杨树里”充满简单实用的英式特点，窗户高而窄，上成尖拱，饰有花窗格。墙壁铁锈色，厚重而古朴。房子前后各有一个花园，生长着红色的杨树，还有成片成片的红玫瑰。围墙用高高的尖顶红杨木栅做成，木条上爬满了青藤和黄花。

这幢两层的砖房，是曾经留学英国的外祖父留下的，还是外祖父请一个英国著名的建筑设计师设计的。自父母过世后，白露请了一个懂设计的朋友，几乎动用了全部的积蓄，将里面重新装修。现在住在里面，自有一种“天光云影共徜徉”的自在。

高大开阔的中庭客厅里，悬吊着一盏佛罗伦萨式的水晶灯，水晶灯结构均匀，配以蓓蕾状的垂饰及弯形臂架，华丽而不繁杂。最惹眼的是从圆形天窗上铺撒下来的足有六米长的垂帘，白底上跃动着一朵朵粉红的玫瑰，或大或小，或蓓蕾或绽放，或一瓣瓣的粉或一片片的红，就像将梦境缀在了现实的世界。藏在墙角的小小的壁炉，壁炉上方的栩栩如生的石膏像，带着旧式伦敦的温婉风情。在两面墙的交互处，是一个蜘蛛网形状的褐色挂钟，随着尾部吐丝的“蜘蛛”的左右摆动，挂钟发出“嘀嘀嗒嗒”的脆响。

在客厅与餐厅之间是旋转楼梯，楼梯的过道由白砂岩铺成，其粗狂的外貌衬托出墙壁两边玻璃景观带的柔美。

楼上的房间是这幢房子的“重头戏”，既有卧室，又有琴房，还有酒吧。各个房间都用半透明的玻璃隔着，使人感到这完全就是光影构成的世界。房间的门选用了水波纹玻璃推拉门，使三个空间内的物体若隐若现，充满朦胧美感。

卧室摆放着一张宽大的英式软床。墙上挂着一张硕大的“全家福”：白露的祖父母及父母亲，白露，白露的儿子，还有轮椅上的白露的丈夫。卧室里面还套着一个小卧室，那是白彪的睡房，白彪去英国之前，将卧室锁了。

琴房紧挨着卧室，四面墙上贴满了各式各样的画，全都是与音乐有关的人物。天花板挂着用黄铜架托举着的仿古宫灯，使人产生迷醉的联想。最引人注目的，还是四个墙角固定着四个不同种类的灯具。东墙角是一盏陶灯，灯罩钻着形状各异的陶孔，透射出掩盖不住的灵秀。西墙角是一盏纸灯，灯罩摆脱了普通灯具的框架，有着大理石一般精妙的脉络。南墙角是一盏提凡尼灯，灯罩由五百多片彩色玻璃镶成，工艺之精细，非一般灯饰可媲美。北墙角是一盏金字塔型的布灯，灯罩上画着一幅浓墨仕女图，蕴藏着手工艺者的精致和巧妙。除此之外，琴房的南墙边摆放着两架钢琴，一架是红十月的老式苏联钢琴，一架是德国依巴赫牌三角钢琴。“依巴赫”是白露的外祖父留下来的，父亲弹过，她弹过，儿子白彪也弹过。让她稍感欣慰的，就是这架“依巴赫”，让儿子“弹”到了英国皇家音乐学院。

琴房之邻是一个酒吧，摆放着来自世界各地的红酒，大约有一百四十多个品种，有些品种在市面上根本看不到。酒吧摆着两张布艺沙发，沙发的中间的茶色玻璃桌上放着精美的醒酒器和开瓶器。

自儿时起，白露就在这幢房子里生活。虽然有一段时间全家被赶了出来，房子被政府没收，后来政策变了，房子又回到了她的手里。

这天黄昏，白露练习了一下柴可夫斯基的《第一钢琴协奏曲》几个段落后，便动身去听一场期盼已久的音乐会。她习惯性地吻了吻轮椅上的白彪他爹，跟保姆文嫂打了一个招呼，便开着那辆黑色“宝马”，兴冲冲地出了大门。

她穿着那套她非常钟爱的高领的维多丽亚风格的淡蓝色衣裙，头上戴着一顶白色三角帽，帽檐上镶着一簇宝蓝色的孔雀羽冠。那副墨镜虽然遮住了淡蓝色的眼睛，却给她增添了另一种气质和韵味。

一路上，她不时和“宝马”说着亲热话。“宝马”是儿子给她买的，想儿子时，她就喜欢钻进“宝马”，说几句知心话。她不由自主地把“宝马”当成了儿子，这就是为什么她喜欢开着“宝马”上街的原因。

她看到，街上的广告几乎全亮起来了。早在两个月之前，灯箱就开始闪烁“钢琴天才”大卫·海夫戈特来槟城星空音乐厅举行音乐会的广告，吸引了市民的眼球。由于获六十九届奥斯卡“最佳男主角”奖影片《钢琴师》中讲述的一个富有天分、刻苦努力的钢琴家就是以大卫为原型的，槟城人对大卫的钢琴和爱情兴致盎然。人们期待着这场音乐会的到来，就像期盼着一个盛大的节日的来临。

白露停好车，直奔音乐厅的大门。她提着长裙，踏上由汉白玉雕刻而成的石级，立即就有一群人冲下来，问她要不要退票。她摇了摇头，径直走上台阶，到了音乐厅的广场。她本能地觉得，一个英俊的年轻人正故意跟着她的身后，他戴着一副墨镜，穿着黑色丹尼衬衫与黑色牛仔裤，脖子上还围着一条蓝色起白花的领巾。她装着若无其事的样子，始终没有正眼看年轻人一眼。

抬眼而望，星空音乐厅造型奇特，由色彩斑斓的彩色玻璃镶成，就像一个闪光的音符。门口雕塑着音乐家的群像，依次是拿着鹅毛笔的贝多芬、聚精会神地拉着小提琴的斯特劳斯、正在弹奏着钢琴的莫扎特、在雪地里迎风行走的舒伯特、正指挥着千军万马的卡拉扬……白露曾多次来此听音乐会，每次看见这些汉白玉雕塑，内心都能涌起一种特别的激动。

她被身后的人浪挤到了检票口。她手上紧紧攥着音乐票，音乐票设计得比较独特，除了印上《钢琴师》的电影海报，还将大卫及其夫人吉莉亚执手相看的情景也印了上去。

白露剪了票，感到后面的人正不耐烦地往前面挤。她同样没有注意到，穿丹尼衬衫的年轻人走到了她的前面。

音乐厅里早就座满了人，伸着脖子，看着乐池。她攥着票，按照排号，上了楼。她找到了自己的座位，坐下来。她习惯性地朝两边看了看，左边的座位空着，右边坐着那个英俊的穿着黑色牛仔服的年轻人。

年轻人望着舞台，右手手指深深地插进那头飘逸的长发里。英俊的脸庞，刚毅的线条，还有一双艺术家必须具备的闪着梦幻色彩的褐色的眼睛。

灯光暗了下来，红色的天鹅绒幕帘徐徐拉开。一柱淡蓝色的光环从彩色的玻璃屋顶打下来，笼罩在穿着一袭黑色燕尾服的大卫身上。他将双手悬在键盘上，不像意大利钢琴家那样把脊背挺得直直的，而是俄罗斯式的略微含胸的姿势。他的手指是那样的美，仿佛柔若无骨。他抚摸着琴键，如同纺织娘抚摸着一匹黑白相间的丝绸。

白露坐在楼上的第一排，能清晰看见他的手指，清风临水一般掠过琴键。天籁般的声音从遥远的天边传来，仿佛雪鸟掠过幽蓝的湖面击起的一圈圈涟漪。

白露闭着眼睛，跟着大卫进入到了一个特别的世界。他听到了肖邦的降b小调。夜色四合，幽蓝色的天空闪烁着点点星光。清澈见底的泉水，被清风掠起，划开一道道白色的波纹。多么幽静的夜晚，连夜莺也停止了歌唱，静听琴音从树枝上繁花般飘落。

白露接着听到了《"雨滴"前奏曲》。天雨滂沱，潮水翻滚着。枯枝在凛冽的寒风中抖动，两颗雨滴顺着粗黑的树干奔跑着。倚着树干的一对恋人正执手相向，一只白玉般的手将两颗雨滴轻轻拂去。

诠释肖邦的最权威的钢琴演奏家，当属波兰的鲁宾斯坦和匈牙利的瓦萨利。鲁宾斯坦演奏得炉火纯青，冷静而从容不迫，流畅得像一条闪光的溪水从远方静静流来，随后又轻轻地流去。瓦萨利演奏得像一阵清风，带着自然的气息掠过鹅黄的草尖，既不过分演染自己的热情，也不故意为显老成而无动于衷。此时，白露却听到了对肖邦的另一种演奏。他把肖邦与乔治桑的爱演奏得是那么缠绵悱恻，生死相依。可以想象，大卫按照自己理解的肖邦演奏着不为人知的爱情故事。他痴醉在他的世界里，那黑白琴键仿佛是两个精灵的爱情绝舞。

白露仿佛感到自己的灵魂正升腾而上，穿过五彩玻璃，升入浩翰星空。

她痴痴地看着大卫，灵魂渐渐飞出了大厅……她似乎看到树丛中静立着那么多蓝色的孔雀，张开着蒲扇般的宝蓝色的翎羽，雨滴在蓝色中滑动……

白露睁着惊恐的眼睛。她泪如泉涌，却全然不知。她感到呼吸困难，大口大口地喘着气，突然"啊"地叫了一声，身子一歪，倒在椅子上……

她仿佛听到什么声音，有一只手正在用力摇着她的肩，然后掐她的人中。她睁开眼睛，发现自己正躺在那个年轻人的身边。她吐了一口气，转动了一下身体，想站起来。

"你怎么啦？"他的焦虑的声音。

"我不知道。"她茫然地回答。

白露的头脑中一片空白，她甚至想不起大卫是否还在下着"雨滴"。她感到头晕得厉害，挣开了年轻人的臂弯，急忙起身，离开音乐厅。年轻人有些不放心地看着她的背影，站起来，不紧不慢地跟在她的身后。

白露走出音乐厅的大门，来到了音乐厅专为持票者享用的免费的咖啡厅。由于还没有散场，咖啡厅的人并不多。白露选了个靠窗的座位上坐了下来，点了一份咖啡。她揉了揉额角，感觉好多了。

她抬起头来，从落地玻璃的反光中看到了那个年轻人，坐在离她不远的地方。

他端着咖啡走了过来，顺便还将另一张桌子上的一束精美的插花也带到了白露的桌子上。他大大方方地坐下来，看着她的三角帽上蓝色的孔雀翎，疑惑地问："您不喜欢大卫·海夫戈特的演奏吗？"

白露看着桌上的美丽插花，自言自语地说："我喜欢范克莱本，他对乐曲的旋律进行伸缩、吊放、松紧、虚实的处理弹法，曾经让我如痴似狂。"

"有时候，我们很难辨别天才和疯子的差别在哪里。"年轻人感叹说。

白露看着年轻人握着杯子的手，吃惊地瞪大了眼睛。她慢慢伸出手，轻轻地握着他的右手，在桌上弹了弹，又比划了几下，惊叹道："你的手起码有十二度，天生就是钢琴家的手。"

"我认为，真正的力量来自脑子。小手对大的音程就会感觉得更多，演奏时内在的紧张度反而更大。有些大手，弹起来很方便，但是太松了，音乐紧张度反而不够。"年轻人不以为然地说。

他把手从她的手掌中抽出来，反过来抓住她的手，欣赏着每一寸皮肤。白露想把手抽出来，却听到他说："你不觉得，我俩的手形非常像吗？"

她没有听清楚他的说话，因为咖啡厅的音响正回荡着大卫演奏的《匈牙利狂想曲》。

"与其说钢琴造就了大卫，不如说吉莉亚造就了大卫。没有吉莉亚，大卫至今也只是疯人院的一个普通的疯子。"年轻人仍然握着她的手，似乎忘记松开了。

白露想听这个年轻人说话。她将手轻轻抽出来，然后摸着插花上的竹节草。

"吉莉亚遇到大卫时，那时他在精神病院已经呆了十二年，连住的房子也没有，身上只有一百美元和一台半导体收音机。他一天要抽一百二十根香烟，喝二十五杯咖啡。当他第一眼看到吉莉亚时，所有美好的东西全部苏醒。大卫幸运地找到了爱情，爱情终于让他找回了钢琴。"

"每个人都有自己的故事。"白露淡淡地回答。

年轻人优雅地喝了一口咖啡，笑着问："你的故事也如此精彩吗？"

"我有一个儿子——"她看着他，目光在他的脸上停了好几秒，有些惊异地说:“还真有些像你呢!”

“他叫白彪,十七岁的天才少年,凭弹奏老柴的《第一钢琴协奏曲》,在全国拿了许多大奖,后被英国皇家音乐学院录取,”鲁宾如数家珍,“目前正在英国就读。”

白露大吃一惊,看着这个陌生的年轻人,喝了一口咖啡,有些警觉地问:“你多大了?”

“我七岁开始读书,现在是作曲系二年级硕士研究生,”他耸了耸肩,不好意思地说,“注定只能大器晚成的那类人。”

“你在哪所大学?”

“槟城音乐学院。”

“我也在那所学校做调琴师。”

“我知道。”

“听口音,你好像是北方人。”白露看着年轻人的脸庞,忍不住探问。

“以前是北京人,现在是槟城人。”

“你叫什么名字?”白露来了兴趣。

“鲁宾。”从他说话的语气里听得出,他对自己的名字相当满意。

“钢琴大师鲁宾斯坦的鲁宾吗?”

“一点没错。”

“你知道我的名字吗?”白露有些好奇地问。

“白露。”

“你怎么知道?”

“我还知道,你曾经是中央音乐学院的高材生,当时钢琴系最有才华的学生。”鲁宾说。

“你怎么知道?”

“报纸上介绍白彪时顺便介绍你。”

鲁宾看到她脸色不对,知道自己的话触动了她最敏感的神轻。他换了一个话题说:“刚才你晕过去了,我以为你受到了什么刺激。”

“有时会这样,不过不是经常发生。”白露轻轻喝了一口咖啡。

“您应当去看看医生。”鲁宾提议说。

“我从不需要医生。”白露脸色渐变。

鲁宾立即住了嘴,脸上没有任何惊讶之色。他喝了一口咖啡,目光始终没有离开她的脸庞。

“你的手天生就是弹钢琴的。”白露盯着他那双手,目光不忍离开。

"我是作曲系的。"鲁宾笑着说。

"这并不矛盾,所有伟大的钢琴家不都是作曲家吗?"

"当初报考作曲系时,我的确就是这样想的。"鲁宾有些兴奋地说。

音乐会散场了,观众忽啦啦地涌了进来。每个人阔声谈笑,沉醉在大卫·海夫戈特带给他们的激情中。白露站起来,向鲁宾挥手作别,急匆匆出了门。

一大批新闻记者正在追逐大卫乘坐的专车,闪光灯将四周照得雪亮。黑色专车从人群人冲出一条路,离开了音乐厅。大批记者扛着长短枪,驾车舍命狂追。

白露看着这一幕,心如刀绞。成为世界一流钢琴家,到世界各地巡回演出,这是她从小的梦想。可是,现在,她只是一名调琴师,一个为师生服务的调琴师!理想与现实,怎么会有如此大的落差?

白露站在空荡荡的广场上,看着音乐厅的五彩玻璃,感到了一种透心的绝望。她想到了儿子,想到了他的成功,心内涌起百般滋味。半个月前,他从伦敦回来了,住了几天后,回到伦敦,再也没有电话。她不知道他在想什么,或者说,她不知道儿子现在是否理解她的梦想。

二

清晨的雨滴,淅沥沥地打在槟榔树的叶片上。白露从梦中醒来了,充满了对雨滴的谢意。因为她做了一个晚上的恶梦,雨滴让她知道这只是一个梦而已。她走下床,照例站在那张"全家福"下,带着有些陌生的眼光,对着照片上的每一个人出神。

她感到照片上的人越来越模糊,便搬来一张椅子,站上去,用擦布擦了一遍又一遍。她先是擦在外祖父母的脸上,接着是父母的脸上,接着是白彪的小脸上,最后是轮椅上的那个人。

窗户一直开着,山风粗鲁地钻进来,淡绿色的窗帘被吹得"叭叭"作响。她闻到了带着野花和泥土的芬芳,还有飞鸟在树尖上的潮湿的鸣唱。雨已经住了,原是白雾挤出的水珠正拍打着树叶。

白露进了琴房。她打开红十月的钢琴琴盖,又打开"依巴赫"琴盖。她设想白彪坐在红十月钢琴的琴凳上。她坐在"依巴赫"前,想弹奏《第一钢琴协奏曲》。这是白彪最喜欢弹的一支曲子,她盼望有一天能与儿子同台演奏这支曲子。

白露的指头刚接触黑白键,珠玉般的声音轰然而出。她抬着头,闭着眼睛,手指快速地移动着,像一群芭蕾舞演员正在黑白琴键上展示高超的舞艺。由于小时候眼睛不好,曾经开过刀,那时是蒙着眼睛弹琴的。日后她在教白彪时,经常蒙着他的眼睛,叫他去找在键盘上的距离感。当别的孩子已经习惯于用手指带着胳膊去找位置时,白彪却用手臂领着手指去找位置。白彪正是凭着这一招,在各种大赛中屡屡征服了评委。

白露的手指在黑白之间急速地"舞蹈",从她的指缝间泉水般涌出的仿佛不是琴音,而是闪着炫目光泽的水晶球。白露双手交叉着,用左手弹右手该弹的音符,或用右手弹左手该弹的音符。当她的指头弹完最后一个音符时,那声音雪崩一般。她几乎用尽了所有的力气,最后还用额头砸出了几个自己加上去的音符。

她似乎听到电话响了,抬起头来,看到了桌上那部红色的电话,

她奔过去时,才意识到是幻听,可她还是抓起听筒,放在耳边听着。尽管电话中只有蜂音,她还是在梦幻中大声喊:"喂,白彪吗?你在哪里啊?白彪,我想和你同台演出啊,想和你四手联弹,弹老柴的'第一',我正等着你啊,等你回来啊……"

风继续吹,窗帘"叭叭"作响。白露慢慢地将听筒放下来,木然地坐在椅子上,盯着电话,眼泪流出来了,却浑然不觉。

不知过了多久,她听到文嫂喊她的声音,便下了楼。

文嫂四十多岁年纪,仍然保留着年轻时的风韵。她在白宅做保姆,一做就是七年。她实在舍不得这个地方,还准备让高中快毕业的女儿接她的班。白露喜欢文嫂,把她当成自己的姐姐。特别是儿子远在英国,文嫂成了她生活中的伴侣。难得的是,文嫂在厨艺方面表现出过人的天赋。她能照着菜谱,几乎每两天给白露露一手新式佳肴。

文嫂正在侍候白彪他爹。白彪他爹正坐在轮椅上,神情木然。文嫂摇了摇手上的一个瓶子,给他脸上涂上了一层厚厚的刮胡泡。她一边唱着歌,一边给他刮胡子,然后她端起一份早点,一口一口地往他嘴里送。

白露走过去,在他额上吻了一下:"早上好,白彪他爹。"白彪他爹没有反应,只是睁着眼睛,呆滞地看着她的手。

文嫂端上来的是一盘点心和一杯鲜牛奶。点心是由三个憨态可掬的小企鹅组成,正睁着黑黑的小眼睛看着白露。白露喝了一口鲜奶,伸出筷子,

先夹了小企鹅的眼睛，放在嘴里，原来是浓浓的朱古力。再“剖”了小企鹅的白腹，里面原是香甜的栗子，还有淡淡的廉香味。

文嫂走到轮椅旁，抓起白彪他爹的左手臂，有节律的上下摇摆，口里还唱着：“爱春天的人们啊，心地纯洁……”

“文嫂，他吃了吗？”白露问。

“吃了。”文嫂有些紧张地看着白露。

“他晚上睡得好吗？”白露重复着每天早上要说的话。

“睡得好——”文嫂抿着嘴笑着，突然问，“昨晚你去听音乐会，那个叫什么大卫的人……弹琴弹得好吗？”

白露点了点头，看到白彪他爹一直看着她的手。

文嫂抓着白彪他爹的大手，摇了摇：“肯定没有白彪弹得好。”

白露发现了什么，突然指着白彪他爹的衣裤，疑惑地问：“昨晚他真的睡得好吗？”

文嫂低头一看，原来是白彪他爹的裤子上有一点印记。她摇着白彪他爹的大手，吃吃地笑了起来。她笑累了，才喘着气说：“昨晚你走后，我吃西瓜时，发现他的眼睛一直看着西瓜，我就给他吃。哪知他吃多了，他……他……”文嫂没说出来，脸红了。

白露连续喝了三口鲜奶，真诚地说：“你侍候他七年多了，为难你了。”

文嫂没有说话，眼圈有些红。她活动着白彪他爹的右手臂，嘴里却唱了起来：“爱夏天的人们啊，意志坚强……”

白露看着文嫂，笑了起来。她走到轮椅边，叫文嫂吃点东西。白露从装在轮椅下面的备用箱里拿出一把梳子，梳着白彪他爹的头发。

“白彪还没来电话呢！”白露说。

文嫂吃着“小企鹅”，接着拿着一杯鲜牛奶，大口大口地往嘴里，搭话说：“也许太忙吧。”

文嫂转动了一下眼眸，恍然大悟地说：“噢，他打了一个电话，我可能忘了告诉你。”

白露下意识地抚摸着白彪他爹的脸，她的眼里好像有一些泪花，她问：“他正准备开一个个人演奏会，是吗？”

“我告诉过你吗？”文嫂迷惑地看着主人。

“你用这种方法骗我好多次了。”白露嗔怪道。

文嫂吃了最后一口早餐，便催促白露去弹琴，白彪他爹由她来侍候。她抱着他的右腿，使劲地摇晃。她是个有头有尾的人，坚持做完最后的动作。

她擦了一把脸上的汗，不忘记用歌声刺激白彪他爹："爱冬天的人们啊，心地宽广，像那融化冰雪的大地，像我的母亲一样……"

下午，白露对文嫂交待了几句，便开着那辆黑色"宝马"，心事重重地出了门。她仍旧戴着白色三角帽，帽上插着一簇蓝色的孔雀羽冠。她上穿一件紧身的立领红色上衣，下穿一条纯白的筒裙。这套衣服，是当初留学英伦的外祖父从英国带回来给妈妈的，妈妈又留给了白露。毕竟是少女时代的衣服，穿在身上紧了一些。就在两年前，她还能够穿着它自如地活动，现在却像被捆绑了一般。

一路上，她并不寂寞，开心地和"宝马"谈笑着。本来，她要去的是奥林匹克体育中心，却莫名其妙地进了音乐学院的大门。祖父母在这所大学教过音乐，父亲在这所大学的钢琴系当了十多年的系主任，母亲在这里教过器乐。她的中小学也是在学院附中、附小上的，她现在是这所大学的调琴师。

白露用手机打了学校总机，总机给了她研究生楼传达室的电话。她将这个号储存到了手机里面，然后拨打这部电话，她听到管理员的声音，白露问鲁宾是哪个房间，管理员说是302房。白露说能不能叫一下他，管理员叫她等一会儿。她听到管理员喊鲁宾的声音，接着管理员对她说："鲁宾不在宿舍。"

白露不知道该做什么，茫然地盯着车窗外。她从车上走下来，径直走到宿舍的楼梯口。她上了楼，来到302室的门前，敲了敲，里面传来一名男子粗放的声音："敲什么敲？进来吧！"

白露推开门，刚跨进门，却看到一个只在腰际围着一条浴巾的年轻男生正背对着她。白露本能地后退了两步，却见男生转过身来，见到她，大惊失色："对不起！对不起！"他急忙钻到床上，放下蚊帐。悉悉索索一阵后，他从蚊帐里面钻出来，身上穿上了一套运动装。

"对不起，你找谁？"男生问。

"鲁宾不在吗？"她问。

他整了整头发，镇定下来了，还给她搬了一张椅子。他告诉她，鲁宾下午就出去了，不知道去了哪里。他想起了什么，急忙给她倒了一杯水。男生看着她，不好意思地笑了笑，解释说："我叫韩文江……刚才……我不是故意的。"

白露点点头，没有说话。

"以前我不是这样的，特传统。后来听鲁宾说，大凡伟大的作曲家，一定有不同常人的地方。他还例举了贝多芬喜欢一边作曲一边往自己头上淋冷水、德彪西喜欢裸身写作等例子。我觉得他说得对,便择其中,养成了裹着浴巾创作的爱好。"韩文江指着自己正在创作的作品的初稿,老老实实地解释说。

"你为什么要听他的呢?"她笑着问。

"他在作曲方面非常有才气,在同学中享有一定的话语权。他还在全国权威性的音乐期刊上发表了许多作品。说出来你可能不相信,我现在开始收集他扔掉的草稿,说不定今后价值连城。"他认真地说。

白露差点笑出声来,想不到鲁宾还有这样的本事。

"看你气质不凡,一定是他的老师吧?"

"可以这样说。"白露回答。

"你教他的时候,他已经显示了作曲方面的才气吗?"他对自己的室友充满了好奇。

"那个时候还看不出来。"白露肯定地说。

"他原来是北京人,中央音乐学院毕业后,考到这儿读研究生,如果想考中央音乐学院,应该是手到擒来,最后他却跑到槟城,到了这所大学,"韩文江看着鲁宾的床铺,有些迷茫地说,"我们都认为,他是一个谜,也可以说有些怪。"

"你不是说作曲家要怪怪的,才能成为大师吗?"白露反问。

"有道理。"他哈哈大笑,"不能以常人的眼光来看待所有的天才。"

"哪个是鲁宾的床?"白露指着他坐着的床问。

"那个。"

房间一共有四个床,其中一张与另三张的风格格格不入。蓝底白印花的旧式蚊帐上补了几个补丁,补丁也是未经印染的仿佛直接从织布机上剪下来的白棉布。床单是粗糙的白棉布,中间却用电脑绣着一只正在开屏的孔雀。所谓枕头,却是一根圆形的枕木,中间挖出了一块,刚好与后脑勺的形状吻合。被子则是一床草绿色军用被,叠得像就一块绿砖,有棱有角。

韩文江见她面露惊色,试探性地问:"鲁宾以前也这样朴实吗?"他见白露点头,又好奇地问:"他的家非常穷吗?"

"他好像从来没有感觉到自己贫穷。"她肯定地说。

白露站起来,走到床边,摸了摸木枕,又摸了摸床单上的那只蓝孔雀。她直起身子,看了看手表,转身拿起放在椅子上的坤包,告辞。

"要不要我转告鲁宾?"韩文江突然问。

“不必了。”白露回转头说。

白露走出门，穿过长长的走廊，再也没有回头。许多学生从她的身边走过，有些人好像还认识她，友善地朝她点头。

三

白露沿着那条两旁生长着参天古树的林荫大道，将车开出了校园的南门。她拐过了几条街道后，上了环城高速，往奥林匹克体育中心方向急驰。

奥林匹克体育中心座落在郊野的田园之中，远看像一个青灰色的鸟巢。灯光亮起来了，能听到海洋般的喧哗。广场上聚集着黑压压的人头，全是来看球赛的球迷。他们统一穿着为中国队加油的服装，脸上涂着油彩，像过节一样兴奋。

白露走进球场，一股热浪扑面而来，几乎堵了她的呼吸。球场能容纳八万人，座无虚席，草皮采用“兰引 3 号”，天衣无缝地覆盖球场。灯光照明度达到了一千二百勒克司，能照见每一张面孔上细小的表情，还有草茎上的闪烁的夜露。

南边的看台坐满了人，北面就有些冷清。许多记者都站在巴西的球门前，长短枪都驾在背面，为中国队有可能历史性打入巴西队一个进球作准备。

白露没有按票的座位号坐，却选择中国队的球门之后的座位坐下。她发现坐在这个位置的球迷不是很多，看来懂球的球迷毕竟是少数。中国对巴西，根本差了四五个档次，中国队可能攻破巴西队的大门吗？

奏完国歌，比赛开始了。欢呼声此起彼伏，还有来自武警文工团的“咚咚咚”锣鼓声。中国队并不像想象中那么差，巴西队并不像想象中的那么好。球迷被刺激得一塌糊涂，狂喊着球员的名字。

这时，场上的队员没有跑了，他们发现场上多了一个人，并且正在控球。警察冲上去了，将那个球迷带离了现场。

停了几分钟后，继续由巴西队开球。中国队员仍然顽强拼抢，有几次还攻到了对方的禁区，每次都是开花不结果。

白露眼睛瞪得大大的，她还在期待着。她的汗都急出来了，仿佛听到身后有人说：“前面的美女，你能把头往左偏一偏吗？”

白露下意识地将头往左偏了偏。中国队从左边起飞,已经攻进了巴西队的禁区。

“前面的美女,你能把头往右边偏一偏吗?”后面的声音又响起来了。

白露下意识地往右边偏了偏。她看到一名中国球员过了对方的防守队员,起高球传中,却出了底线。

“美女,你能把你的头低一低吗?”后面的声音又响起来了。

白露惊呆了,这声音怎么有些不对头!她转过头,简直不敢相信自己的眼睛。在她的人生中,还没有过这样邂逅。

鲁宾从后面走下来,坐到她的身旁。他看着场上的队员,摇着头说:“连欧洲强队都不是巴西的对手,却找巴西队这样的世界强队热身,这不是自取其辱吗?”

白露炽热的眼睛看着他,好像还不相信自己的眼睛,好半天才想起什么,疑惑地问:“你怎么会在这里呢?”

“你以为,只有你对中国这样的烂队有兴趣吗?”

“你真的是为中国队而来吗?”白露希望得到他的回答。

“你希望我说真话吗?”

“当然。”

“你不生气?”

“绝不生气!”白露肯定地说。

“自从昨晚分手后,我的脑海里就一直在放电影。当放完最后一个镜头时,已是凌晨时分,想给你打电话,才想起根本就不知道你的电话。今天想问一问你到了钢琴系没有,又觉得是假期,你不可能回学校。我知道今晚有中巴对抗赛,我便提前几个小时赶来了。我无端地觉得,你一定会来这儿……”鲁宾从怀里拿出两张球票,递到她手上说,“我订好了两张票,等着你的到来。”

“你的思维真简单!”白露感叹道。

“我一点都不简单——”鲁宾看着她,得意地说,“你想想看,门前成千上万的人,我一眼就看到你从车上走下来。我当时高兴坏了,正想冲上去抓住你,立即又止住了。我想,不能这样安排我们的重逢,这样太缺乏诗意了。我悄悄跟着你,一直跟到你坐下来。本来,我是想等巴西队进了球才出现在你面前的,没想到巴西队状态这么差。没办法,我只能以这种方法唤起你的注意了。”

白露可能被他的讲述打动了,因为本来还觉得可以看下去的一场比赛,此时看起来却索然寡味。

白露看到前排坐着一对拥吻在一起的青年男女。男青年穿着一件白身蓝领的T恤,少女穿着一套纯白的网球装。少女回应着男友的热吻,身子却在挣扎着。四条腿绞在一起,不断地扭动着。

球场上喊声震天,这对少男少女全然不觉。他用嘴唇狠狠压着少女的嘴,右手揉搓着少女的胸脯。

白露本想将目光移开,可目光像长了根一样,怎么也拔不出来。她的身子开始发抖,目光闪着惊惑。她的脸色变得格外苍白,脸上的表情变得非常恐惧。她突然"啊"地一声,身子便瘫倒在座椅上……青年男女听到叫声,迅速回过头来,吃惊地问:"她怎么啦?"

鲁宾将白露扶起来,抱歉地对男青年解释:"刚才巴西队员差点进球了,她受不了。"

男青年抚摸着身旁少女的头发,吻着少女的脸,目光始终没有离开白露的脸。他似乎比较满意白露尖叫的原因,对鲁宾说:"我看中国队比赛同样紧张,只能靠亲吻女朋友缓解压力。你以后多带她看球,特别多看中国队的比赛,看多了就会麻木的。"

鲁宾扶着白露,走出了喊声震天的球场。

天空瓦蓝瓦蓝的,星光灿烂而神秘。"宝马"转了几个弯道后,上了通往市区的高架路。欢呼渐渐远去,最后什么也听不到了。田野的风从半开的玻璃窗挤进来,带着青草与泥土的气息。

鲁宾驾车,白露坐在副驾驶座。他们看到道路沿着地形,波浪般向前延伸,一直通到灯火的深处。白露似乎恢复了从容,依旧是那个说话时声音娇柔而冷淡的白露。

公路两旁传来树叶振动的沙沙的声响,他们婉若穿行在天上的星河里。她看着窗外的景色,心情格外愉快。

"听说你年轻时是学范克莱本的?"

"好像这样。"

"我想知道,当初中央音乐学院最有才华的学生,当初最有希望成为中国的范克莱本的人,现在弹得怎么样了。"

这句话像针一样扎着白露的心,这个年轻人为什么要以这样的方式刺激她?她看到盏盏灯火从他的脸上飞过,就像闪着鳞光的鱼儿顺着激流飞奔。也许,他本来就是一般的男人,不应该对他有什么幻想,她有些遗憾地说:"你可能还不知道。"

"我知道——"鲁宾马上接话说。

"你知道什么？"白露觉得有些奇怪。

鲁宾看了她一眼，眼光里充满同情："你有些讨厌男人。"

白露差点在黑暗中笑出声来。不管怎么说，他的说话方式，给她带来从未有过的愉悦。

汽车驶入闹市区，到处都是炫目的霓虹。大小餐馆酒楼流光溢彩，晃动着食客的身影。还有三五成群的穿着低胸吊带裙的妖媚的年轻女子，闪着带钩的目光，在夜总会的门前寻找着下手的目标。鲁宾仿佛有些不适应城市的夜光，半闭着眼睛。

鲁宾的车开得非常好，一会儿就将车开到了恒江边上。两岸高楼林立，灯火辉煌。游船拖着巨大的身躯，在江心穿梭来往。

著名的假日酒店，矗立在江边，像一把金色的竖琴，闪着奇异的光圈。从机场方向飞来一架直升机，在酒店顶层的停机坪上盘旋了两圈后，稳稳地落在上面。

白露拧开汽车音响，车内回荡着柴可夫斯基《第一钢琴协奏曲》。鲁宾转过头，看到白露陶醉在想象中，便问："你希望与白彪同台演奏这支曲子吗？"

白露奇怪这个年轻人在夜晚的观察力，她的内心是惊喜的，可她不愿直接表达她的惊喜："我自己都不知道自己想什么，你又怎会知道？"

花苞状的街灯，掩映在沿江大道两旁低矮的果树中，闪着醉酒般的朦胧的光晕。在繁盛的的枝头上，挂满了品种不大且有些退化的果子。特别是那些像樱桃一样的小果子，像穿着红裙的小精灵，在灯光的照耀下火焰般跳动。一排排树木，像一排排巨大的竖琴，正在被柔软的灯光弹奏。

车灯打出的光柱，吸引了许多飞蛾扑过来。车里面流淌着琴声，壮丽如席卷草木的火山溶液。鲁宾开着车，沿着江边路急驶，在一个立着毛泽东挥手的铜像的街头转左，上了通往西麓的大道。

鲁宾将车开得越来越慢，最后停了下来。因为他发现，一辆黑色车一直跟着他们的车。他怕白露吓着，并没有告诉她。

白露看着窗外，看到前面的君臣山峰，惊奇地说"快到家了"，她突然想起了什么，看着鲁宾，有些恐惧地问，"难道你早就知道我住在这里吗？"

从车灯的反光中，鲁宾看到了白露复杂的目光。尽管是黑夜，尽管他知道没有什么结果，但他还是露出据别人说能迷死人的微笑，带着不容拒绝的语气问："你不邀请我去你家做客吗？"

“在我的生活中，我不喜欢接纳男人……”白露不知道怎么表达自己，“你只是有点神秘，我有些好奇……”

他看到那辆黑色车停在离他们不远的地方，丝毫没有要走的意思。他犹豫了片刻，清楚地告诉她，他想听到她的弹奏。

“你下车吧。”

鲁宾停下车，打开车门，跳下车。

白露从副驾驶室急忙爬到驾驶室，“嘭”地关了车门，向他挥手说：“再见，鲁宾！”

前面传来马达轰鸣的声音，一辆公共汽车披着昏暗的灯光，慢慢地停在路牌下。鲁宾向她挥了挥手，跳上了汽车。

白露睁着眼睛，目送着公交车渐渐远去，直到尾灯的亮光完全消失在暗夜中。

她启动了汽车，却突然看到前面停了一辆黑色“奔驰”，刚好拦住了她的出路。她按了按喇叭，那辆黑色车还是没有走的意思。她猛按了一阵喇叭，黑色车才让出了一条道。

开了一段时间，她看到那辆车不远不近地跟在她的身后，有些害怕起来。她加大了油门，然后直接上了开往学院的白云大道。她想，如果这辆车一直跟着，她就直接把车开到学院。

她当然没想到，鲁宾打了一辆红色的士，不紧不慢地跟着黑色“奔驰”，直到“奔驰”知道自己反而被跟踪后，才极不情愿地放弃了跟踪。

鲁宾一直暗暗跟踪白露的车，远远看到她的车的尾灯消失在“杨树里”，他才折返回到音乐学院。

第三章

一

法医鉴定显示，她是死于蓖麻毒素。在右小腿肚处的皮下发现了一粒约两毫米长的微型大头针，针头比通常的大头针还要小些，上面却有四个小孔，小孔的外面有蜡迹，里面是空的，但足以装下零点二二立方毫米的有毒物质。针头是通过某种简单的动力装置射进去的，很可能刘旗旗当时中招了还浑然不觉。反复鉴定创口形状，证实大头针有可能是通过雨伞的三角形的金属头部分弹进了刘旗旗的肌肤。

由于死者是英籍华人，引起了高层领导的重视。大案处处长杨瑾瑜早就赶到了案情分析会会场，主管刑侦的副局长王守一和刑侦局局长江勤也亲临会场。

王守一大约五十有五，面宽而黑，身体魁梧，头上有了零星白发。标准的国字型脸上，残留着一些疙瘩。他用烟斗敲了敲桌角，眼光盯着江勤，提醒说："江局长，老规矩，你先出牌。"

江勤年届不惑，看起来英俊硬朗，颇有一点电影明星的味道。他转过头来，对杨瑾瑜微微笑了笑，故作神秘地问："老杨，再怎么出牌也得看看你的脸色吧？"

杨瑾瑜五十出头，单瘦，头发全白，绰号"白头翁"，看上去不怎么像大案处处长。只有长期与他共事的人才知道，他在刑侦方面的"狠"。他本来正在记着笔记，听到年轻上司"点将"，只得摘掉老花镜，如数家珍地说：

“大案队抽走了几个人去办别的专案了，就只剩下马凯，小肖，小毛，还有实习生小艾，”看着对面的马凯，不紧不慢地说，“再怎么打牌，总得先按规则办事吧？”

所有的目光都投向了马凯。马凯接过小艾递给他的一些资料，站起来。他看到王守一示意的目光，便坐了下来，侃侃而谈：“刘旗旗，北京人，今年二十三岁，两年前从北京舞蹈学院毕业，随即赴英定居，出事前是英国伦敦大学艺术学院研究生班的学生。从伦敦警察总部国际刑警方面传真过来的情况显示，他办的是投资移民，而且在伦敦最昂贵的地盘肯辛顿拥有一幢豪宅。另外，她在伦敦还开了一家叫‘旗氏’的公司，注册是从事进出口商品生意，通过税收资料显示，生意的业务量非常大，每年都上交给政府可观的税款……”

王守一轻松地衔着烟斗，那烟斗耷拉着，欲坠不坠，有些杂技演员的功夫。不论遇到多么复杂的案子，他总是喜欢以轻松语气说话：“这小女子可不简单啊！”

“调查得知，大约一年前，她来到槟城的‘逐草居’，以自己的名义买下了‘斜月’别墅。她亲自设计，亲自跑市场，亲自购置家具，花了两个多月的时间，将房子装修一新。连那张雕满孔雀的古典式的柏木大床，也是她亲自画图纸，找一家主要生产艺术家具的厂家定做的。除了请搬夫搬运家具，所有的事情都是她一个人跑的。据保安称，从来没看到什么人找过她，她也没找过什么人。大约半个月前，她从伦敦直飞香港，再坐车来槟城，再次住进了这套别墅。”

“现场留下了有营养的东西吗？”王守一敲了敲烟斗里的残灰。

“现场发现了一名男子的指纹，找到这个男人非常关键。”马凯说。

“还有什么线索吗？”王守一是一个老刑侦，知道现场肯定留下的线索不应该只是这么一点点发现。

“我们还发现，刘旗旗既没在房间里装电话，也没有买手机。她就像一个自闭症患者，整天躲在家里弹钢琴。一日三餐，就到附近的麦当劳或肯德基西餐厅解决，餐厅里没有任何做过饭的痕迹。”马凯说。

“她的家庭很富有吗？”江勤问。

“据伦敦国际刑事警传来的情况，她父亲早逝，家中只有母亲一人，好像是住在北京慕田峪长城北麓的一个小镇里。”

“现在她母亲知道她死了吗？”江勤的双手放在桌沿上，脸色有些沉重。

“我们还没有通知。”马凯说，“由于北京方面的调查非常关键，我们想去北京一趟，然后将她母亲护送到槟城来认领尸体。”

“办案人员亲自上门接亲人过来认尸，想得挺周到，也挺有人情味，”王守一转过头来，看着江勤，问道，“江局长，你为他们准备了盘缠吗？”

江勤转过头来，看到坐在旁边的“白头翁”，笑着问：“杨处，你没听到王局的吩咐吧？”

“白头翁”抬起头来，远远地看着马凯，表态道：“马凯，你不是经常掏私人的腰包办公事吗？能不能再掏一次，到时保证全部返还给你。”

全场哄堂大笑，笑得马凯无奈地摇着头。他看了看自己的上司，面有难色的样子，然后不好意思地说：“杨处，你行行好吧。上次偷的是老爸的存折，这次只能偷老妈的存折了。”

全场哄堂大笑，王守一更是笑得烟斗也掉了下来。

肖强没有跟随大家笑，不停地摇晃着身子，这是他想发言的标志。“白头翁”了解他的这个特点，便对他点了点头，鼓励年轻的刑警：“肖副队长，你想给王局和江局汇报情况吗？”

肖强毕业只有三年，业务上手很快，很快就升为副队长。他长着一副标准刑警的粗犷的面孔，身高足有一米八三，站起来像座黑铁塔。他接过小毛递给他的一份材料，看了看，刚要开口，听到“白头翁”说：“你是不是以为自己长得高，老想站起来压我们？”

在众人的笑声中，肖强坐下来，马上进入正题：“按照马队的吩咐，我和毛小毛去房产公司查了查，房产公司对刘旗旗的了解不比我们更多。我们发现一个有趣的现象，刘旗旗好像刻意不让别人知道她与什么人有联系。你看，为了装修房子，她一个人跑市场，跑材料，跑装饰，跑商品。包括那架钢琴，也都是她一个人买回来的。假如她在槟城真有一个男友，大老远从英国跑来，为什么不让男友出面帮助她呢？现在，她已经死了，她的男友一定也发现她已经死了。如果不是男友干的，他为什么不来报案呢？”

王守一显然认为小肖推理还算缜密，不过有些简单。他知道自己的喜怒对手下的影响，决不会轻易表态。他将两支烟接成一支，高高地插进烟斗里，一边点着火，一边语气平和地问：“还有谁要出牌？”

“白头翁”看着毛小毛，非常想知道这个卷头发的小伙子怎么看问题，他拖长声音问：“小毛，你的意思呢？”

小毛没想到会让自己在这个场合发言，有些窘迫地说：“我同意他们的分析，这个女人死得不寻常。”

“为什么不寻常？”“白头翁”有些不满意他的表现。

“刘旗旗在一个特别的场合认识了这个男人，或者说这个男人在一个特别的场合认识了这个女人。两颗心撞出了火花，火花变成了大火，将爱情烧了。一个被烧死了，一个等着我们去抓。”毛小毛说完了，看着大家，等着大家的反应。

江勤笑了，转头看着王副局长，似乎一眼就看出了上司的想法，便说：“小毛，分析很实在，只是缺乏想象力，以后多看点业务书，少打点‘拖拉机’。”

艾丽娅看到王副局长与江局长正在交换眼神，好像要总结了。马凯也看出领导们要作指示了，示意艾丽娅表看法。

艾丽娅心领神会，急忙举起手来，大声说：“我能说说吗？”

王副局长与江局长同时抬起头来。王副局长吃惊地问：“大案队还有女将吗？”

“白头翁”告诉王副局长，此人叫艾丽娅，公安大学的实习生，刚来大案队实习没多久，主要由马凯队长负责她。

“我同意马凯队长的观点：就目前为止，我们掌握的东西非常有限，包括现场的证据。但是，有时候，血证或者指纹并不是最重要的，我们完全可以根据思维痕迹，将这个案子的情景还原——思维痕迹，有时候比现场的血证和指纹更具有真实性。”艾丽娅看到她牵住了大家的“目光”，心里有底了，继续说，“刘旗旗在一个特别的场合认识了那个男人，开始是被动的。后来那个男人对她展开了疯狂的进攻，刘旗旗渐入情网。当她真正爱上这个男人时，发现这个男人实际上并不爱她。她被他送到了英国，到了英国，她不能忍受对他的思念，便从英国奔到了槟城——他的男友害怕了，便买来一个特制的大头针，将蓖麻毒素灌进中空的针头里，再将大头针安装在一把特制的雨伞中，轻按按纽，让毒素弹进了她的肉体。”

她没有忘记给自己的推论留了一点余地，继续说：“最后她死了，是否死于爱情，还有待进一步调查。不过从现场勘验的情况看，刘旗旗的尸体没有搬动的痕迹，也就是说，她的男友趁她不备时对她下了毒手。”

大家看着她，不知道她会推出什么样的结论。

“从现场留下的指纹和脚印推测，男友比刘旗旗的年龄要大一些，这种爱在一开始就是不平等的。也许，这个男人年轻时受过伤害，他爱过一个女人，这个女人喜欢孔雀，他也喜欢上了孔雀。刘旗旗为了得到他的爱，不惜以他的爱好为爱好，以他的爱情为爱情。当她变得非常像男友曾经的恋人时,男友却根本找不到感觉,为了摆脱纠缠,便起了杀机。”

“白头翁”只知道这个实习生实践中的表现还不错,没想到她还有这么“高深”的理论。江勤正看着王守一,等待着他的总结。

王守一吐完了最后一口烟,将烟斗里残存的烟蒂磕在烟灰缸里,他问:“什么是思维痕迹?你能说得具体点吗?”

“由于当今犯罪活动日趋科技化和智能化,心理绘像技术便应运而生。这是一门运用心理学、社会学、精神医学等社会行为科学的罪犯辩识理论,主要对某种特定暴力犯罪类型进行心理痕迹的检视和剖析。它的主要作用在于缩小侦查范围,促使执法人员作出正确的判断。自从这门技术诞生后,发展非常快,并且通过实践证明具有非常强的实用性。”艾丽娅顺势引到此案的分析上,“现场痕迹有可能是假的,有可能不是凶手的。思维痕迹却不可能是假的,通过一些细小的方面表现出作案者或被害人的心理和思维线路,按照她的思维线路,我们大致可以推测案件的性质,从而为侦查找到方向。”

“我喜欢你的思维痕迹,”王守一看着这个漂亮的实习生,但没有忘记告诫她,“不过,思维痕迹只是一种侦查方法,它不可能代替艰苦的取证。”

“谢谢王局提醒!”

王守一转过头,凑近江勤,悄悄说了一句什么话。江勤点了点头,又转过头,对“白头翁”说了一句什么。“白头翁”点了点头,翻了翻笔记本,开始小结:“目前掌握的情况不多,但案情分析会还是给定了侦查的方向。现在应该兵分两路,一路上北京,主要调查刘旗旗在北京的关系人,一路在本市, 主要调查制伞厂、大头针生产厂、纹身店及销售蓖麻药物的医药店……”随后,他想起了什么,悄悄对江勤说着什么,江勤转过头来,悄悄对王守一说了一句,王守一点了点头。江勤对“白头翁”点了点头,“白头翁”大声宣布说:“江局长给这个案子起了一个文雅的名字,代号‘蓝孔雀’。”

二

第二天一早,他们搭上了飞往北京的航班。此时的北京,正是沙尘暴肆虐的季节。从空中往下看,但觉黄沙弥漫,哪里还找得到半点辉煌帝都的影踪。

他们打了一辆出租车，上了京承线，往怀柔慕田峪长城方向走。风沙扑打着玻璃窗，瞬间模糊了窗外的道路。司机是一个半秃的中年汉子，不得不将车速放慢了。

汽车大约行了八十公里后，到达了慕田峪以北的八道河附近。一条两旁长着雾淞的村路横在眼前，还有一条弯弯曲曲的小河。司机看了看地图，认为目的地已经到了，得到车费后，沿原路回去了。

农田的庄稼已经收割尽，农夫正在用木叉将一捆捆金黄的麦秸叉到驴车上。老街弯弯绕绕，来来往往的运煤货车嘟嘟而过，留下一路灰尘，一路碎渣。两旁是黛青色的民居，清一色的五叠式马头墙，清一色的鸳瓦鳞鳞，清一色的木制门板，只有那高耸的门窗、门槛、梁柱已褪为栗色，淡淡地透出怀旧的感伤。

他们找到了派出所，真不相信这就是派出所。房子是一幢古建筑，还是重点保护的文物单位。墙上的北方石雕古朴拙健，了了数笔即雕出栩栩如生的花鸟。李所长率两个副所长正站在门口等，看到他俩走过来，立即伸出手，将他们迎进会议室。相互介绍一番后，立即进入正题。

李所长五十多岁，豹子眼，悬胆鼻，脸上自然地带着一股正气。他说起刘旗旗的情况，更是印象特深。

刘旗旗的父亲是个蹬煤车的工人，当时在镇上一个工厂干活。刘旗旗十岁那年，家里出了一件大事。那次她父亲蹬着煤车放下坡时，由于车上码的砖头太多，太沉，整个人被悬起来，还是没有将煤车压下去。煤车像疯牛一样往下飞跑，将她父亲撞下几米远的斜坡，当场砸在一块石头上，死了。她母亲独自抚养她，一直没有改嫁。

她母亲是一个村妇，却非常爱好跳舞。毛泽东时代，她在工宣队跳舞，同一个舞，许多人同样跳，她跳得就是不一样。只要有她的演出，邻近的几个镇上的人都会赶过来看她跳舞。后来工宣队没了，舞跳不成了，她把所有的心思，都花在了刘旗旗的身上。刘旗旗五岁时，就开始接受母亲的训练，往跳舞这条路上走。没有比遗传更神奇的事情了，刘旗旗长得比她母亲年轻时还要漂亮，跳舞更是远远超过母亲。十六岁时，就被北京舞蹈学院破格录取了。

看得出来，李所长对刘旗旗的死缺乏准备，尽管他努力控制自己的情绪，明显带有悲痛的声音却暴露了他的真实的内心。他拿着刘旗旗被害的照片，粗糙的手不停地抖动着。

这时，一个年轻警察从门口旋风般冲进来，刚想向所长报告情况，看到这一幕，立即停止了脚步。

“小刚——”李所长叫了一声。

这个叫小刚的年轻警察惊喜地说刘旗旗的妈妈回家了。

“李所长，我们能马上去她家吗？”马凯看着李所长。

这是一幢单家独院的老房，红砖青瓦。屋顶瓦片的夹缝中长着一株株青灰色的植物，迎风招展，惹人驻足。

他们走进家中，一眼便发现家中摆的是老式的红漆家俱，电器也是旧货市场买来的。大大小小的物件恰到好处地摆放到该摆放的地方，干净，光亮，整洁，纹丝不乱。窗台上还摆了几盆花草，花盆里还插着一个红蓝白三色风向标，传达出主人对生活的执着和热爱。

他们刚落座，一个中年妇女提着一篮水果进来了。她穿着得体的瓦蓝色夏装，脸上残留着年轻时的美丽。李所长坐在沙发上，一把接过她的篮子，放在茶几上，“莲嫂，这是槟城来的警察。”

连嫂接过艾丽娅给她的茶，看了看李所长，又看了看马凯，最后看着艾丽娅。刚才挂在脸上的喜悦早就没了，眼里闪着一丝惶惑。她一把拉着艾丽娅，疑惑地问道：“你是旗旗的同学吗？”

“旗旗给你来过信吗？”李所长问。

莲嫂喝了一口茶，衔在口里，好半天才吞咽下去。她摇摇晃晃地站起来，进了厨房，拿了一把菜刀，拿出两根莴苣，回到客厅，坐在一张小凳上。

她低着头，修着莴苣皮，自言自语地说：“从小到大，旗旗就喜欢吃莴苣。有一年春天，北京的雪真大啊！旗旗从中学回家了，饿得铁色铁青，我从菜园子里扒开积雪，给她做了莴苣。她足足吃了两大碗莴苣……”她扔下刀，拉着艾丽娅的手，沉醉在她的幸福描绘中；“我就坐在她的旁边，看着她，她吃得太快啊！我提醒她吃慢点，吃慢点，可她就是慢不下来……”她低着头，伸出颤抖的手，将艾丽娅的腿拿起来，脱掉她的皮鞋，将她的脚捂在自己的胸口，“当时我低着头，看到我的孩子穿着鞋的鞋底完全烂掉了，那个脚肿得啊，快把鞋帮都撑破了，还有血水流了出来啊……”

连嫂抱着艾丽娅的脚，不停地揉着，嚎啕大哭：“我对她说，孩子，这舞我们不跳了，不跳了。她马上站起来，对我说，妈妈，我要跳，你看啊，我跳得多好啊……她跳啊转啊……我看到她眼里的泪水，可她还对着我笑啊唱啊……”

艾丽娅倒在莲嫂的怀里。她用手指擦着莲嫂唇上的热泪，莲嫂用手指擦着她脸上的热泪。

没有人想到会出现这样的情景。马凯忍住悲伤，问莲嫂："旗旗喜欢孔雀吗？"

莲嫂摇了摇头，将艾丽娅抱在怀里。艾丽娅看着莲嫂，轻轻地问："她最后一次和你联系是什么时间？"

"大约是两个月前的事。她告诉我，她在伦敦，非常孤独，非常想家……我说，孩子，想家就回来啊……她说，我会回家的，我会回家的……我一直等啊等啊，什么都没等到……我都不知道发生什么事了，一直做恶梦。直到今天上午，我还梦见我正在刨莴苣，她回来了，满身是血……我抱着她……她说，妈妈，我回来了……"

李所长站起来，将帽子狠狠地摔在茶几上。他对着墙壁上刘旗旗跳舞时的一张照片，痛心地说："你好糊涂，为什么要让她去英国啊？"

莲嫂摇着头，嘴唇哆嗦着。

"我们调查得知，刘旗旗是通过投资移民英国，这需要一大笔钱，这笔钱从何而来？她对您提起过吗？"马凯握着莲嫂的手，急切地看着她。

"她对我说，有个人爱惜她的才华，想让她去英国伦敦的舞蹈学院留学，她自然接受了那个人的帮助。我问过她，那是一个什么人。她说，妈妈，以后你会知道的。她从小就非常懂事，我又绝对相信她，也就没有进一步打听。她在英国的情况，我一无所知，每次她打电话回家，她只是说想回家，从来不跟我谈其它事情……"

"她有男朋友吗？"艾丽娅问。

"大学时有一个同学，叫万里春，也是北京舞蹈学院的，比她高三届，毕业后留校任教。旗旗好像非常喜欢他，还把他带到家里来过。前几天还来过我家，问旗旗的情况，帮我干了一个上午的活，连中饭也没吃，就回学校了。"

莲嫂站起来，走进刘旗旗的闺房，拿出一张刘旗旗与万里春的合影，递到艾丽娅的手上。好像是一次演出《天鹅湖》时的表演照，照片拍得专业极了。万里春正托举着刘旗旗，所有的情感全都通过他们的动作表达出来。

"谁资助她去英国的呢？"艾丽娅觉得这条线索非常关键，"她从没有透露一点口风吗？"

"没有……"莲嫂摇着头说。

他们走进旗旗的闺房，立即被浓厚的艺术氛围包围了。墙上挂着白淑湘、邓肯及乌兰托娃的生活照，还有她自己在学校表演时的剧照。书桌上摆放着一个舞蹈者的塑像，裙衫被风吹起的折皱被雕刻得精妙无比。书桌的台面上压着一些名片，还有一个手写的电话号码。簇拥在一堆名片中间的，是一张旁边用彩笔勾了花边的白纸条，写着乌兰穆诺的一句话："在世界和生命里，最富有悲剧性格的是爱。爱是幻想的产物，也是醒悟的根源。爱是悲伤的慰藉；它是对抗死亡的唯一药剂，因为它就是死亡的兄弟。"

马凯逐字逐句地念着，然后看着艾丽娅，疑惑地问："这是什么意思？"

艾丽娅从包里拿出蓝色手套，戴在手上。她托起玻璃台板，拿出这张纸条，问莲嫂："我们能取一些东西吗？"

莲嫂正坐在门槛上，仿佛灵魂已经出窍。她看到艾丽娅手上的蓝色手套，对艾丽娅的提议没有任何反应。她的嘴唇不停地嚅动着，好像在说什么。李所长一看阵势不对，忙将她扶起来，放到床上。

艾丽娅取下脖子上的相机，拍了一些重要的地方。她将那些名片全部提到了装证物的塑料袋里，还从抽屉里提取了一些信件和小礼物。

三

吃了一个简单的中饭后，他们离开了古镇。李所长将所里唯一的一辆车挪出来，让小刚开车送他们去北京舞蹈学院。风沙似乎小了一些，公路两旁的树叶没那么"黄"了。一些不知名的小鸟也开始从巢穴中飞出来，从一棵树枝跳到另一颗树枝。

大家的心情比较沉重，一路上沉默无语。小刚驾着车，由于雨刮器坏了，每隔一段时间都要用手去擦沾在玻璃窗上的沙混凝土尘。马凯坐在副驾驶室，闭着眼睛，头歪靠在椅背上，似乎睡着了。艾丽娅看着窗外，眼睛睁得大大的。

过了好一会，马凯突然睁开了眼睛，看着路上走着一些外国游客。小刚指着前面的山峰，告诉他们到慕田峪长城了。

马凯想，艾丽娅生在北京，长在北京，念书在北京，肯定非常熟悉长城，应该主动地给他讲解一下。艾丽娅似乎不想说话，她正在翻阅着一堆名片，似乎想找到什以线索。

从车窗向外而望，长城的轮廓越来越模糊，像一条残缺的巨龙倒伏在群山众峰之间。马凯尽管有些失望，还是独自向长城挥了挥手。

北京舞蹈学院到了。少男少女在校园的林荫道上来来往往，或背着包，或拿着网球拍，身材白杨般挺拔。

他们像走进了一个卡通的世界，从外到内感受到跳动着的青春的热浪。他们连续问了好几个人，随后将车停在一栋教学楼前。

他们上了四楼，按照墙上的红色箭头的指引，走到编舞室的门前。里面传来悦耳的器乐声，还有一个男子用英文的浑厚歌唱。马凯敲了敲门，里面没有反应。艾丽娅对他作了个手势，他轻轻一推，门慢慢开了。

暗绿色的窗帘垂下来，完全阻挡了外面的光线。舞台灯光从天花板上打下来，幽暗而诡异。墙上的置景色彩斑斓，画的是一些抽象画。还有几个塑料模特摆放在舞台旁，身上穿着宽大的教士式的黑袍。

乐池中共有四把小提琴，一把中提琴，一把大提琴，还有一架钢琴。一个脸上留着络腮胡的中年男子正坐在高凳上，看着舞池中的舞蹈演员，嘴对着麦克风，作好了歌唱的准备。还有几十个观众站在乐队旁边，想必是前来助兴的师生。

他俩刚跨进来，便认出那个舞蹈演员就是万里春。尽管此时他背对着他们，双手伸向空中，仰头而望，但他们还是从其毕现力量、青春与美的芭蕾舞动作中，看出那就是他们要找的人。

当万里春突然转过身来时，乐器开始演奏。那张表情痛苦的脸，带着一种近乎残酷的表现力。在如歌的行板中，他的身体跳跃着，仿佛乐器演奏的声音都是从他的身体里面弹奏出来。“络腮胡”看着灯影里的舞者，用英文唱着：

“我的爱人
我想将这首歌
作为我的誓言
我承诺
我一生都只属于你
而我会更爱你
比任何人的爱都更强烈
我的爱人
我纯洁的星星……”

由于舞者将黑人舞蹈、桑巴及探戈揉进了芭蕾舞动作中，每一个在场的人几乎被他的丰富的身体语言催出了眼泪。他在几个塑料模特之间跳跃着，疾行着。他捂着脸，风将他的长发吹成一面旗帜。他的行走越来越慢，越来越艰难。他摇晃了一下，顺着墙根，慢慢倒了下去……

灯光暗了下来，房间没了任何声音。过了好半天，人群中爆发了热烈的掌声。灯光再现时，好多人都已经冲到了舞台上，将万里春从地上拉起来，摇着他的胳膊，向他表示祝贺。

万里春跟每一个人握手，脸上没有应有的热情。每个人向他握过手后，拿着乐器，纷纷离开了编舞室。那个歌唱家拍了拍他的肩，赞叹一番后，一边唱着刚才唱的歌，一边退着离开了编舞室。

万里春以为人都走光了，便走到窗边。他拉开窗帘，看着窗外绿树红叶。他的嘴唇嚅动着，两滴泪水从他的脸上急速下滑，就像两个滑雪者在两条平行的冰道上激烈竞逐。

艾丽娅走到他的身边，将一张纸巾递到他的眼前。他抬起头来，看见是一个女孩子。他拿着纸巾，手抖抖索索地擦着脸，反而将眼泪擦得满脸都是。艾丽娅拿出自己身上的丝帕，轻轻地擦掉那滴流在他唇上的泪珠。

他轻轻握着她的手，看着窗外的树枝，深不可测地说："每天，我都要看着树上的绿叶，它们比人更能培养你的感情，更能让你走近它们的内心。"

他看着艾丽娅，摇着头说："每当我与树叶说话时，有人嘲笑我是浪费时间。他们根本不懂得，人最需要的是什么。每天早晨，当我睁开眼睛，看到树叶还挂在树上，我就知道，人类还没有完全夺走美的东西……"

艾丽娅看着他，又看着窗外的树叶，点了点头。她将自己的手从他的手里轻轻抽出来，说："我也喜欢看树叶，喜欢看到树叶被风吹起的样子，就像你刚才的舞蹈……"

万里春听到她的解释，脸上现出了欢乐的笑容。他仿佛找到了知音，兴致盎然地说："不过，我还得提醒你，那些所谓的风，实际上是空气。有时候，我梦见自己跌入到深井里，手拼命往上抓，想抓到什么东西，最后我抓到了空气，只有空气不会辜负你，永远不会辜负你……"

"我想问你，你抓到了刘旗旗吗？"艾丽娅问。

他看着她，又看着身后的马凯，自言自语地说："她寄存在我的身上，就像空气那样。"

马凯走到他的前面，亮出警察证："我们从槟城来，想了解一下刘旗旗的情况。我们知道你忙，但还是想得到你的帮助。"

万里春看到警察证，算是彻底明白了。他后退了几步，跌倒在一张椅子上。他双手袖在衣袖里，好像有一些冷。

"你们在说旗旗吗？"他看着艾丽娅，呆呆地问。

"她什么时间和你联系过？"艾丽娅问。

“去英国后，就联系过一次，还是刚去的时候，后来就没消息了。前几天，我去她妈妈那里，想打听她的情况，连她妈妈也不知道。”他紧张地看着艾丽娅。

艾丽娅看着马凯，马凯给她使了个眼色。艾丽娅点了点头，问道：“我听说，无论从事业上，还是从爱情上，你俩可以说是珠联璧合。她为什么要离开你？她为什么后来去了英国？为什么去了槟城？”

万里春看着她，摇着头说：“你错了，她没有离开我。”

“她去了英国，你承认这个现实吗？”马凯用拳在椅子的扶背上捶了一下，大声提醒说。

“这不是真实的她，她迟早会回到我的身边。”万里春平静地说。

“刘旗旗是投资移民去英国，你知道吗？”马凯问。

“她只告诉我，她是去英国伦敦大学艺术学院深造。”万里春摇着头说。

“你没有问她钱从哪里来吗？”艾丽娅问。

“钱这东西，我讨厌它。”万里春回答说。

“你能跟我们走一趟吗？”马凯问。

“她每次离开我，都会很快回来的。我必须在这里等她，见不到我她会很着急的。”万里春坐在椅子上，有些惊奇地看着这两个陌生人。

马凯觉得万里春的行为有些不可理喻。他悄悄问艾丽娅，是不是把刘旗旗的遗照给万里春过目。艾丽娅认为万里春的精神状态非常坏，现在根本不能承受这方面的打击。

他俩商量了一阵，决定先去万里春的房间看一看。万里春听到两个警察到他宿舍作客，显得非常开心，将他俩带到房间。

房间的布置和刘旗旗的风格比较一致，只是墙上悬挂着一张他与旗旗共舞的《天鹅湖》剧照。他俩提取了一些对日后破案可能有用的物件，向他道别。

万里春将他们送到门口，突然拉住马凯：“你们是警察，为什么要找我？”

“你想见旗旗吗？”马凯看到万里春点着头，紧张地看着他，便接着说，“如果你想见她，明天上午我们来接你，跟我们去一趟槟城。”

万里春看着马凯，又将目光移到艾丽娅的身上。他不明白，旗旗怎么会在槟城？怎么会与这两个警察挂上关系。

“是她叫你们通知我的吗？”

"可以这样说。"艾丽娅说。

"你们有她的什么东西吗?"万里春疑惑地问。

"你想要什么东西?"马凯疑惑地问。

"譬如她的便条什么的,我才相信你们。"万里春怯怯地说。

"她以为不写便条你都会去看她的,她需要你的帮助。"艾丽娅说。

万里春马上拿着一个旅行袋,打开衣柜,准备行装。马凯一把抓住他的手腕说:"现在不急,我们明天过来接你。"

五

他们返回古镇,天上挂起了薄暮。他们在镇里的一家餐厅简单吃了一点东西。李所长帮他们联系了镇政府的一家招待所,算是全镇最高档的旅社了。他们住在三楼,两个房间,据李所长说中央某首长来此视察工作时,曾经住过一晚。

沙尘暴似乎停了,天上现出几颗星星。村庄像一片莲叶,静静地泊在水一般柔软的夜色中。艾丽娅站在窗边,看着天外的星星出神。她听到敲门声,打开门。马凯进来后,坐在窗边的椅子上。她倒了杯茶,递给他。

马凯摸了摸墙上,一下子掉下几块灰粉,扑到他的脸上:"住房条件很差,你将就一下。"

艾丽娅站在窗边,调皮地看着他:"队长大人能够忍受,我一个小女子算什么?"

马凯坐着,沉默不语。他真的好想说话,可就是不知道怎样开头。他希望艾丽娅能开个头,却发现她正在摆弄着那堆名片,就像他不存在似的。他还看到艾丽娅打了一个呵欠,似乎在婉转表达逐客的意思。

马凯站起身告辞,走到门边,回过头来说:"我就在隔壁,有什么事叫我。"

马凯躺在床上,想着白天的情景……也不知过了多久,他仿佛又起床了。他打开门,突然看到万里春手里拿着一把扳手,正在撬艾丽娅的房门。他马上冲上去,却被什么东西绊了一下,万里春把门撬开了,冲进了艾丽娅的门。他不顾一切地冲进去,却什么也看不到。他大喊"小娅",可发不出任何声音。他想找开关,突然触到了什么,发出一声尖叫:"啊——"

马凯腾地从床上坐起来，看到卫生间射出来的灯光，才发现原来是一个梦。他刚定下神来，却听得隔壁有人在大声惊叫。马凯听到是小娅房间传来的声音，不顾一切地往外冲。他使劲擂着她的房门，大叫："小娅，我是马凯！快开门啦！"

艾丽娅打开门，惊慌失措地往他身后躲。马凯机敏地冲到床边，趴下来，床下什么也没有。他冲进卫生间，什么也没有。他再次回过头来，连每一个柜子里都翻了，还是没看什么。他怒火中烧，一把掀开被子，却见一个硕大的老鼠迅疾跳了下来。他往前猛冲两步，预先判断老鼠的逃跑方向，一脚踩下去。只听到"吱吱"的两声惨叫，硕鼠血肉分离。

马凯用一张旧报纸将死鼠包好，用力把它扔出了窗外。他拿来一个拖把，把地上的血迹拖干净。他做完这一切时，看到小娅还抱着一个枕头，惊魂未定。

他对她的表现有些失望，不屑一顾地说："不就是一只老鼠吗？"

她看到他怀疑的目光，颇受委曲，解释说："你知道，我不怕穷凶极恶的歹徒，就怕耗子。"她见马凯仍然不以为然，声音提高了："我跟你说，有次在北京坐公交车，我一个人对付三个小偷，他们全拿着刀，我没有退缩。我真的把他们镇住了，后来学校还表扬了我……"

马凯站在原地，没有任何表情。

艾丽娅急了，竟然哭了起来，"你不相信，我会让你相信的……"

马凯看到她哭个不停，不知道如何是好，急忙说："我没说我不相信啊！"

她的确不满意自己的表现，便将火气撒到他的头上，几乎在朝他吼叫："你不相信，那让我告诉你，怕老鼠是我的家族遗传。我父亲也怕老鼠，可他照样是一个优秀的警察，比你还优秀……"

马凯拿来毛巾，想给她擦泪。她一把夺过毛巾，捂着脸。

也许感到了自己的失态，她突然不哭了。马凯不知道如何是好，便提议他和她对换房间，也许他的房间没有老鼠。

"同在一个招待所，不可能没有！有些顺着卫生间的洞口爬进来的，有些是从那些锈迹斑斑的水管里面爬进来的。你以为抓老鼠就像你抓歹徒那么容易吗？"

马凯一皮股坐在椅子上，看着她，问道："你觉得我像一个好人吗？"

"有点像。"艾丽娅笑了。

"那你睡觉，我就坐在这里守老鼠。"

艾丽娅转过身去，爬上床，将灯拉灭。她似乎心有余悸，提醒说："队长，你可不要把我怕老鼠的事告诉任何人，我还没有毕业，还想成为你的同事呢……"

"这又不是你的错，不过是家族遗传史而已！"马凯还再幽默了一下。

"那也不能说！"她急了，提高了声音。

"好吧，这是我们的秘密。"

想必是非常满意他的保证，床上传来甜美的笑声。过了一会儿，甜美的笑声便变成熟睡的呼吸声。

马凯就这样坐着，无法入睡。他似乎听到她说，今天晚上，你会成为一只合格的猫吗。马凯傻笑了一下，仿佛听到自己说，那要看老鼠的表现怎样。他侧着脑袋细听，根本没有听到任何说话声。

床上没有动静，只传来酣睡的呼吸声，间或还有一两点梦中的笑声。马凯就这样傻瓜一样地坐着，却感觉到了从未体会过的美好的感觉。他的身体抖得厉害，能熬过这个夜晚吗？他想知道，一个小小的事件，怎么会让一个人变成一只猫呢？

第四章

一

仍旧像往常一样，晨光初露之时，白露就起床了。她推开窗户，山风裹着百草之味，直扑而来。她贪婪地吸了几大口，然后走到琴房，若有所思地弹奏着柴可夫斯基的《第一钢琴协奏曲》。

她的内心涌起了一种难以言状的感觉，这是从来没有过的感觉。她反复弹着，速度越来越快。她弹完最后一个音符时，整个人凝固在那里。

白露几次拿起电话，想与鲁宾联系一下。可每次拿起听筒，又放下了。她想让自己好好品尝一下煎熬的滋味，以前从来没有过的备受煎熬的滋味。

她就像行尸走肉，不停地在房间走来走去。她将琴盖关上又打开，打开又关上。她下意识地走到穿衣镜前，想看看自己究竟是谁。

多么奇怪，这张脸仍然年轻，没有一点岁月的苍桑。眼睛深遂而明亮，看不出一丝忧郁。这镜中的她是真实的她吗？像年近不惑的女人吗？白露睁着惊恐的眼睛，像看着一个陌生人。

她下了楼，看见文嫂正在餐厅准备早点。白彪他爹正坐在轮椅上，眼睛一动也不动地盯着电视屏幕。星空卫视正在播送好莱坞大片，画面上出现史泰龙正抱着一支枪向银行的大门口奔跑。

白露看着他，又看着电视。她走过去，将电视调到了另一个频道，画面上出现了一些时装模特。白露闻了闻他的头发，觉得有些异味，大喊："文嫂,你没给他洗头吗?”

文嫂在餐厅答应着,围着围裙出来了,解释说昨晚洗了,可能天气太热,又出汗了。白露摇了摇头,看着文嫂。文嫂急忙从餐厅打来一盆水,递给白露。

白露朝他的头上挤了一些洗发液,又淋了一点水,搓着他的头。他一动也不动地坐着,乖顺得像一个孩子,眼睛一眨也不眨地盯着电视上播放的节目。

白露一边忙乎着,一边问:“白彪他爹,你昨晚睡得还好吧,做梦没有,梦见谁了?我告诉你,昨晚我睡得不好,做了一个奇怪的梦,梦见你从轮椅上走下来了,你走到我的床边,掀开我的蚊帐,给我掖被子……我吓坏了,想睁开眼睛,可怎么也睁不开……”

听到文嫂叫她吃早点,白露来到餐厅,看见文嫂做的是南瓜燕玉饺。三个饺子放在一个白色的瓷盘里,不但颜色有几分像一个南瓜,就连南瓜的纹理也显露无遗。饺子顶上还带着一个短而秀气的南瓜柄,令人忍俊不禁。白露轻轻地咬一小口,饺子皮柔软中带点韧,里面的馅以鲜菇等素菜和南瓜瓤为主,咬开饺子,馅中间淡黄淡黄的,自有一股清香扑鼻。

文嫂这时正起劲地给白彪他爹洗头,看见白露正津津有味地吃着她的手艺,很陶醉地问:“我听到您刚才跟白彪他爹说什么,说得很亲热,我还以为白彪他爹会说话哩……”

“以后你每天要和他多说话,我听说多话可以治好这类病人。”

“我一有空就跟他说话,我所知道的故事都说给他听了。”

白露给白彪他爹喂完最后一口饺子,给他擦了擦嘴:“白彪怎么不来一个电话呢?”

“说不定来了电话,我们没听到。”文嫂说。

正在这时,电话响了。白露像弹簧一样弹了起来。她抓起听筒,急不可待地问:“白彪吗?”

那边不出声,让白露好生奇怪,接着她听到哈哈的笑声,震得她的耳朵难受极了。她撇着嘴,把听筒放到离耳朵较远的地方。

打电话的是学院的吴立雄院长。他是白露父亲的学生,曾经一度被学院的人认为最有实力成为白家的乘龙快婿,后来他是情场失意官场得意。

吴院长告诉白露,尽管放暑假了,但学校还招了好几个暑期钢琴班,许多中小学生都涌到了学院。由于学校的钢琴放置了好长一段时间,现在要调音,让她马上去一趟学校,学生正等着用琴。

她坐上一辆公交车，两站路，便到了槟城音乐学院的校门口。尽管放暑假了，但学校不改平日的热闹。一些学生骑着自行车在校园飞奔，一些学生坐在树荫下弹奏着乐器，更多的学生站在每一个僻静的角落练嗓子或者高歌。白露果真看到了许多稚气未脱的孩子，他们都是利用署假来这儿习琴。

白露来到了钢琴系的琴房，这里放着十多架钢琴，大多是黑色的三角琴，光洁黑色的琴面映照出白露美丽的倩影。她从柜子里拿出一个帆布包，取出工具。她熟练地拆开琴盖，开始调音。

正当她用音锤敲击时，门轻轻被推开了。一个气宇轩昂的中年男子进来了，他左手抱着一把小提琴，右手拿着弓，稍显卷曲的黑发下，闪着一双充满幻想的眼睛。他走在她的身后，不动了。她知道是他进来了，故意装着没听到。他见她没转过身，只得绕到她的眼前，贪婪地闻着她身上散发出来的香气。

“调完这些钢琴后，能帮我调调小提琴吗？”他问。

“我不会。”白露继续调琴，摇着头说。

“你一定会的。”他的眉梢嘴角全是笑。

“我只会调钢琴。”白露说。

他看着手上金黄色的小提琴，决定豁出去了，他表白说想为她拉一个曲子，还没等白露反应过来，便将小提琴架在脖子上，拉的是《花儿与少年》。他拉了一半，突然停下来，感叹道：“我为你悄悄流过两次泪。”

她拿着隔音带，不解地摇着头。

“想当初，你可是全国的天才少女，可最后你不弹了……当时听到这个消息，我流泪了。”他握着小提琴，表情怪异看着她，“后来你嫁给了学校的锅炉工，我又流泪了。”

她看着他涨红的脸，不解地摇着头。

“我非常尊敬你的父亲，可我不明白，他为什么会看中锅炉工王跃进，让他成了你的丈夫，也成了我最嫉妒的人！”他拉一段，说一句，似乎进入到一种忘我的状态中，“你嫁给了锅炉工，你没有了激情，你不能弹琴了，你变成了一个平庸的调琴师。”

“我现在还弹啊？”她不明白他为什么说她不能弹了。

“你不要再欺骗自己了，当初的天才少女早就消失了。”他盯着她的眼睛。

她还是没有明白他为什么对她说这些话，索性回避着他的目光，用音锤调试着钢琴，不再理他。

“我……我……”他站在她的前面，看着她拿着音夹的美丽的钢琴手，眼里燃烧着固执的亮光，“我很想离你远一点，可我的脚不听使唤。”

白露奇怪他的举动，不断地摇着头。

他抱着提琴，马上进一步，声音激动地说：“我只是想唤醒你的激情，你不要误会我……”

她坐在琴凳上，缩着自己的身子，感到有些害怕，提醒说：“吴院长，你走吧，我好害怕你！

他边拉《花儿》边后退，退到门边时，他说：“我永远不会恨你……”

吴院长退出了房间。当琴声渐渐远去时，她才拿起音锤，重新静下心来干活。

二

她出了校门，搭上了一辆公交车。她要去一趟书店，买一些需要的曲谱。她知道，要回到十八年前的水平，那不是不可能的，但她必须得练，才可能与儿子同台演奏。

街上的行人很少，许多人被近期一种非常可怕的传染病折磨得不敢出门了。到了购书中心门口，却感受到人口“爆炸”。原来是一个知名度颇高的旅英女作家签名售书，那些新老读者举着刚买的书，排队等候女作家的墨宝。

书店共有五层，每层摆放着不同种类的书。白露跟着人流，乘电梯到了三楼的音乐和音乐制品专柜。她逐格逐格地寻找着，可不知道自己究竟想寻找什么。

她抬起有些酸痛的脖子，抬起头，无意识地看了前面——她惊呆了，那个正在翻书的男子的背影，怎么那么像鲁宾！

他穿着一套牛仔服，天蓝色的短袖衬衫扎在牛仔裤里面，衬出结实强健的身体。黑红的脸膛，闪着自然和土地的气息。紧闭着的双唇，暗含着几分哲人的忧思。

白露害怕得不敢上前，悄悄地观察着。鲁宾聚精会神翻阅着，似乎没有发现她。他往另一排书架走去，白露也悄悄跟了上去。

鲁宾仍然没有发现她。白露突然上前一步，走到他的前面——鲁宾看着她，神秘地冲她笑。

“你知道我要来这里吗？”白露疑惑地问。

“应该由我来问这句话。”鲁宾说。

“鲁宾，你不觉得这太巧合了吗？”她迷惑不解地摇着头。

鲁宾随手拿着一本书，翻了翻，然后放回原位，淡淡地说：“我不认为这是巧合。”

“那是什么？”她问。

“有一种神秘的力量，让我们不期而遇。”他说。

“神秘的力量？”她疑惑了。

看来，他早就到这里了。他顺手取了一个推车，推到靠墙的那排书架的最角落的地方，指着一堆书说：“我为你精心挑选了一支足球队，都是你最喜欢的球员。”白露看到全是乐谱，有些是她一直想买而没有买到的。白露数了一下，一共有二十二本。

“这是大名单，谁是主力，谁是首发，谁是核心，我会给你详细讲解。”他能够找到谈话的切口，一下子把白露逗笑了。

“打的是什么阵型。”白露顺着他的思路问。

“世界上最先进的打法，343！”

“谁是门将？”

“你应该最关心谁是前锋。”鲁宾说。

“不，门将最重要！”她坚持说。

“你那么害怕被人攻破城门吗？”鲁宾故意问。

“你不害怕吗？”白露反问。

“至少现在，我不害怕。”鲁宾望着她眼睛说。

他们将推车推到付款处，一共是一百三十多元。白露付了款，鲁宾提着书。白露提议到附楼的麦当劳吃点什么，鲁宾否定了，因为约定中午去教一家公司总裁的小儿子弹钢琴。鲁宾看了看表，脸上流着汗，非常焦急的样子。

鲁宾撂下白露，转身就走。走了两步，回过头来，看见白露正目送着他。他大声说：“请你不要告诉我，明天你要干什么？”

白露有些惶惑，不知道怎么回答这个问题。

“明天，我们一定会不约而遇！”他自信地说。

她看着他的背影，直到消失在人流里。好半天，白露才回过神来，停止了眺望。她提着一大堆书，搭上了一辆开往白云大道的公交车。她的心空空的，不知道下一步将会发生什么。

第二天早晨，她穿着猩红色的睡衣，从床上一跃而起。她把鲁宾给她挑选的书一本本拿出来，搬到琴房的地板上。她坐在地板上，拿着电话听筒，将电话打到鲁宾的宿舍。她听到管理员迅速接通了电话，叫了几声，便传来喊他下楼接电话的声音。管理员叫白露等一会儿，鲁宾马上下楼了。

白露听到了鲁宾的声音，控制自己的心跳，可她开口说话时，声音不像自己的声音："我们怎么没有不约而遇呢？"

"因为你躲在家里！"鲁宾说。

白露捂着嘴，笑了，然后问："你在想什么。"

鲁宾沉默了片刻，声音有些低沉："你在想什么，我就在想什么。"

"你能等一等吗？"白露问。

"当然可以。"

白露将听筒放在地上，倒扣着。她脱掉猩红色的睡衣，脱掉乳罩，脱掉短裤。以前，少女时，她常常这样面对自己的亲人，自己的亲人也常常这样面对她。不过，自从她结婚后，她就没有这样了。可是，现在，她感觉回到了从前，回到了一种无比的圣洁的境界中。她的脸上带着古典式的恬静，迷迷糊糊地问："你在听我说话吗？"

"我正在听。"他的声音格外温柔。

她告诉他，她想好好练琴，却不知道从哪里开始："我想安排阵容，你给我出出主意吧。"

鲁宾在那端心领神会，不假思索地回答："柴科夫斯基打左边锋，拉赫玛尼诺夫打右边锋，莫扎特打中锋。"

白露用脖子夹着听筒，把《降 b 小调第一钢琴协奏曲》、《d 小调钢琴协奏曲》及《a 小调钢琴奏鸣曲》放在前锋的位置。

"贝多芬打左前卫，舒伯特及德沃夏克打中卫，勃拉姆斯打右前卫。"

白露把《热情奏鸣曲》、《汉浪者幻想曲》、《波希米亚森林》及《C 大调钢琴奏鸣曲》放在相应的位置。

"舒曼打左后卫，李斯特打中后卫，肖邦打右后卫。"

白露也把《梦幻曲》、《旅行年代》及《雨滴前奏曲》放在相应的位置。

"谁来……把守大门呢……"白露问。

鲁宾感觉到她的声音有些迷糊，疑惑地问："你没有睡着吧？"

她立即警醒了，提高了声音："我们让李斯特守门吧。"

“他能挡住来自任何方面的进攻，不会比意大利国门布冯逊色。”鲁宾附合说。

白露只得把《奏鸣曲》放在守门员的位置，看着完整的阵容，疑惑地说：“你排上场的都是顶级球员，我不知道怎么使用他们。”

“我可以帮你了解他们。”鲁宾说。

“怎么没有一个女钢琴家的作品？”白露疑惑地问。

“你现在急需从男人身上得到营养。”鲁宾说。

这句话如一声惊雷，惊醒了她对男人的麻木。这个男人的出现，让她真正体味了她需要男人来激发自己的灵感。她拿着听筒，站起来，走到镜子前，对着镜中人说：“你不是想听到我的琴声吗？”

鲁宾听到了她的感叹，诚恳地说：“我做梦都想成为你的唯一听众。”

“可是……”她突然问，“你危险吗！”

“我早过了危险期。”他解释说。

“你现在可以过来吗？”她急促地问。

鲁宾在电话中问了地址后，马上收线了。白露放下听筒，坐到地板上，看了看地板上摆出的343阵型，随后将其中的两本移动了一下位置，《降b小调第一钢琴协奏曲》打后卫，《梦幻曲》打前锋。过后，她觉得不妥，还是恢复了鲁宾设计的阵形。

白露穿好睡衣，“咚咚咚”地下楼梯，嘴里大叫着“文嫂”。文嫂围着围裙，正在餐厅准备早点。她急忙走出来，看见白露风风火火下了楼，急问：“发生什么事了吗？”

白露感觉到自己的失态，急忙收起脸上的笑容，忙问白彪他爹在哪里。顺着文嫂手指的方向，白露看见白彪他爹正坐在庭院晒太阳。霞光照在他的身上，就像一尊已经风化的腊肉。

白露抚着文嫂的肩，告诉她，中午有客人来，马上将房间收拾一下。她将白彪他爹推到沙发旁边，打开影碟机，帮白彪他爹放一部好莱坞大片。她一会儿看着白彪他爹，一会儿又看着屏幕上的史泰龙。白彪他爹木然地看着电视，什么也意识不到，更不可能领会她的目光。

白露移动着自己的身体，行尸走肉般。将椅子搬整齐，将放在茶几上的那个褐色芒果木花瓶里的鲜花淋了一点水。将沙发上的布艺摆放好，将墙角的那个黑色“蜘蛛”擦了擦。她突然仰天躺在沙发上，看着天花板上豪华的水晶灯蓓蕾状垂饰出神。

她假睡了一会儿，爬起来了，走到水晶装饰柜前，摁亮灯光，看到金灿灿一片。白露痴痴地欣赏着，并将一个非常好看的尼泊尔细花铜瓶放在茶几上。她梦游般在房间走来走去，听到远处传来渺茫的歌声。

三

墙上的时钟刚好敲了十二下，声音脆得像蚕豆爆裂。她急急地冲下楼，直往客厅冲，由于跑得太急，左腿碰到了茶几的尖角，她的眼泪都快痛出来了。显示屏的画面非常清晰，鲁宾正站在围墙的铁门前。他穿着一套笔挺的牛仔服，手里还捧着一束鲜花。

文嫂领会了她的意思，将白彪他爹推到他的卧室。白露拢了拢头发，摁了门边的那个按纽。她听到"噗"的一声，院墙外面的大铁门被弹开了。从显示屏上看到，鲁宾正穿过庭院的小径，来到客厅的门前。同时，门铃又响了。白露下意识地将衣领往上拉了拉，准备走到客厅的大门边。她控制了一下自己的情绪，伸手拉开了大门。

鲁宾穿着一套牛仔服，上身是白色的短袖衬衣，扎着一根蓝底起白花的领带，下身是带背带的石磨蓝牛仔裤，修长挺拔。白露还是第一次看到一个人可以将牛仔服穿得像西装一样一丝不苟、干净体面，完全是城市雅皮士般的儒雅。

他站在她的面前，未跨进门，便将一束红玫瑰送到白露的手上。白露闻了闻，芳香扑鼻。

"你不会在花上扑洒毒粉吧？"她开了一个玩笑。

"至少暂时不会。"鲁宾站在原地，笑着问，"我可以进来吗？"

"如果你愿意的话。"白露说。

白露刚准备将花插到那个尼泊尔细花铜瓶里，发现玫瑰还留有根须，根须上还有泥土。白露再转过身来时，发现鲁宾的裤脚还沾有泥浆。

"这玫瑰是偷来的吗？"白露问。

鲁宾点了点头，解释说："我走到鲜花市场，全部是掐断了根的玫瑰。我去了郊外的一家玫瑰园，园主不在，我不能等，只得爬过土墙，私闯玫瑰园。主人不知从哪里突然跳出来，喝令我住手。我拿着玫瑰，翻过墙，往外面跑。后面冲来一群人，拿着铁锹，拼命追赶。他们哪是我的对手，很快被我甩掉了。我乘上一辆公交车，换了几路车，就找过来了。"

“你很会编故事。”白露笑着说。

“我不想我喜欢的花儿死去。”他把玫瑰从她手上拿过来,放在鼻子处闻了闻。

从后门而望,阳光照着庭院的鲜花,还有墙角的培花的工具。鲁宾拿着玫瑰,走出客厅,一边闻玫瑰花香,一边拂着玫瑰的花瓣。他操起墙角的育花的工具,在一堆鲜花丛中掘了一个洞,还施了一些肥料,将玫瑰种了下去,还不忘用洒水壶在新土上浇了一些水。白露一直跟着他,看他忙完了,眉开眼笑地问:“这就是今天你给我的惊喜吗?”

“只是其中的一部分。”鲁宾神秘地笑着。

“你不会害我吧?”白露装着害怕地问。

“暂时不会。”他安慰她说。

鲁宾看着白宅周围的景色,鲜花怒放的庭院,突然感到他早就是这个地方的主人。他不能说出口,他还没有达到可以这样表达的程度。

白露牵着鲁宾的手,来到餐厅。她端出一盘苹果炒虾仁,一盘柑皮清蒸蚝,一盘南乳蒜香肠头,一盘青菜,还有两杯红酒。最后,她还端了一个非常漂亮的生日蛋糕。

鲁宾睁大眼睛,惊异地看着那个生日蛋糕。白露看他还站着,有些得意地说:“为了你的到来,我是浑身解数,才弄出这几道菜。如果你不满意,那我也没办法了。”

鲁宾仰着头,看着白露,像一个饥渴的孩子误闯果园的那种神态:“我没有想到,今天是你的生日。”

白露坐下来,脸上闪着红晕。她看着蛋糕上用彩色奶油写下的“生日快乐”四个字,颇有感触地说:“知道是我的生日,你又能怎样呢?”

“我将给你更多的惊喜!”鲁宾说。

“与其你给我惊喜——”白露淡然地说,“不如我给你惊喜。”

白露喊了一声文嫂,文嫂推着白彪他爹过来了。鲁宾立即站起来,脸上现出吃惊的表情。

白露摸着白彪他爹的头,看着鲁宾,表情沉静,介绍道:“他就是我的先生。”

鲁宾看出轮椅上的男子没有任何反应,只是木然地盯着他的手指。鲁宾转而望着白露,疑惑地问:“今天是他的生日吗?”

白露点了点头,走到桌旁,默不作声地切蛋糕。她将蛋糕按东南西北四个方切成四块,又按斜线切了两刀,共分成了八块。白露看到鲁宾还没坐下来，忙问："坐下来吧，白彪他爹等得不耐烦了。"她转过身，对文嫂说："你也坐吧。"

他们开始动叉子和筷子，能听到金属碰触瓷碗的尖利的声音。白露看着鲁宾，提示他："你不想说点什么吗？"

鲁宾看着白露，淡淡笑了笑，他举起酒杯："祝白彪他爹——我还不知道你先生的姓呢。"

文嫂看着鲁宾，用鼓励的目光看着这个年轻人："就叫白彪他爹吧。"

"祝白彪他爹生日快乐！"鲁宾说。

鲁宾碰了碰她们的杯子，一饮而尽。白露代替白彪他爹将红酒一饮而尽，然后喝干了自己的那杯。

文嫂一勺一勺地给白彪他爹喂着蛋糕，白彪他爹机械地一口一口地吃着。文嫂看到鲁宾老吃着那盘青菜，神情有些慌乱。

"你不用害怕白彪他爹，他没有意识。"文嫂解释说。

鲁宾点了点头，他的额上流出了一层细汗。他装着捋头发，将汗轻轻拭去。

文嫂用刀子将虾仁捣碎，往白彪他爹的嘴里慢慢送。白彪他爹越吃越快，发出的声响好像比刚才要大。

鲁宾朝白露笑了笑，脸上恢复了些许生气。他学着文嫂，将一个虾仁捣碎，送进白彪他爹的嘴里，故作轻松地说："我对白彪他爹有种一见如故的感觉。"

"你们一定会成为朋友。"白露说。

"至少不会成为敌人。"鲁宾乐呵呵地说。

白露看到白彪他爹吃得差不多了，便要文嫂停止喂食。文嫂擦净他唇上的奶油泡沫，还拍了拍他的脸。

"我体会了许许多多的快乐，但从没有像今天这样快乐过。"白露说。

"我有同样的感受。"鲁宾说。

他们吃完中餐，便到客厅看影碟。白彪他爹坐在他俩的旁边，白露特意还给他挑了《最后的刺客》。文嫂正在院子里忙碌，给鲁宾栽种的玫瑰不停地浇水。

可以看到，在没有成为植物人之前，白彪他爹长得高大魁梧，并且相貌英俊。即便现在，他的手脚还是粗粗壮壮，根本看不出丝毫的萎缩。鲁宾走过去，仔细观察着他的大手。

白露看着鲁宾，非常喜欢他的样子，一个男人对另一个男人表示关心的情态。她关掉了影碟机，对鲁宾说："他有一个小时没小便了。"

鲁宾知道她的意思，便背了白彪他爹，去了卫生间。一会儿，他背着他回来了，将他重新放进轮椅里。鲁宾看着轮椅上的人，用并不期待回答的语气问："白彪他爹是怎么成为植物人的。"

"我都忘记了。"白露说。

"我想听你弹奏钢琴。"鲁宾央求道。

"你为什么那么喜欢我弹琴呢？"白露疑惑地看着他，好像感觉有些冷，身体有些发抖。她抱着自己的身体，疑惑地问："我好像在哪里见过你。"

"在星空音乐厅。"鲁宾提醒说。

"我怎么会感到有些怕你呢？"白露问。

"你可能是怕我听你演奏。"鲁宾说。

这就是白露的琴房，充满了浓厚的书卷味。书架上的书几乎全是音乐的，并且好多旧书都来自英国威尔士一个叫干草镇的地方。据悉，坐落在怀河岸边的干草镇是一个只有一千五百个居民的古朴小镇，却有四十多家旧书店。如果按人头计算，这个镇上人拥有的图书比世界上任何一个地方都要多。世界上最重量级的藏书家每年都会出席那里的"干草镇图书节"，许多人在那里得到了大书店买不到的好书。

"四十多年前，在干草镇开设第一家书店的理查德布斯是外祖父在牛津的同学。外祖父在世时，他每年都给我家寄来需要的书。"白露有些自豪地说。

四周墙上，贴满了有关音乐的人物和风物画。照片，油画，速写，水粉画，钢笔画，还有翻拍的照片，从画报上剪下来的图片……每张画的下面还有详尽的注释，仿佛走进了一个奇异的音乐世界。

傅聪正对着扬声器微笑的肖像，图下注释为"著名钢琴演奏家，以演奏肖邦作品闻名于世"。这是肖邦正在演奏钢琴的情景，下方是他使用的布罗德伍德钢琴和《F 大调第二叙事曲》手稿图。李斯特双手放在膝上，侧望着画师，眼里含着宽容和静谧。帕格尼尼的肖像，意大利著名小提琴家，一生以创作和演奏小提琴作品为生，旁边是他《威尼斯狂欢节》手稿图。海利根斯塔旁的一条小溪，小溪从喀尔巴阡山流下，像征着巴赫的音乐，图下是巴赫《勃兰登堡协奏曲》首次在中国公演时的节目封单。德彪西在城堡剧院的侧身像，旁边是马奈给《牧神的午后》里的水仙子所作的插图。德沃夏克 1891 年获剑桥大学博士学位时的留影，旁边是《新大陆交响曲》意境图。这是舒伯特坐在椅子上的人物像,旁边配以大雪覆盖的维也纳的冬天……

鲁宾看着这些图画,在勃拉姆斯的肖像前停了下来,眼光再也没有离开。年轻的勃拉姆斯穿着黑色的西服,打着黑色的领结,炯炯有神的双目注视着前方,似乎正思考着音乐与命运。他脸上的表情是那样的沉静,又是那样的刚毅。

鲁宾最崇拜的是勃拉姆斯,从接触音乐的那一天起,他就以他为自己的理想。他的琴房挂着的都是与勃拉姆斯有关的照片和画像。

他转过头来,看到白露正在地板上摆弄着那些乐谱书。她摆出的是"343"的阵型,完全按照他的主意布阵。

鲁宾走过去,看了看左边锋,那是老柴的《第一钢琴协奏曲》。他拿起乐谱书,看着白露的眼睛,问:"你能弹弹他吗?"

白露坐在琴凳上,开始在红十月钢琴上演奏。她的指尖刚触到琴键,仿佛窗外君臣山上传来的林涛的声音。她演奏得越来越快,指头仿佛穿着红舞鞋的芭蕾舞演员,随着乐曲在黑白舞台上奔舞。

她演奏的声音通透、挺拔、明亮,还保留着过去扎实的功底。特别是对乐曲旋律之伸缩、吊放、松紧、虚实的表现弹法,的确颇得范克莱本之真谛。然而,越是感觉到她技艺的超群,越是令他难受。她只是演奏钢琴,而不是表现钢琴。她就像一个钢琴匠,而不是一个钢琴家。他只听到了声音,除此之外没有任何感动他的东西。鲁宾明白了,她病得不轻。

"你弹的是散乱的句子,没有结构。"他站在她的身后,指点说。

她再次弹了一小节,不知道是否符合鲁宾的要求。

"别把陪衬音移到句线。"他指点说。

她按照他的指点,对陪衬音重新处理,果然动听多了。

"很好,继续——"他鼓励说。

她顺着曲子继续往下弹,似乎有了一定的感觉。

"缺乏透明度,就像蒙尘的窗玻璃。"他说。

她按照他的要求,回过头来再次处理了一遍。鲁宾来回走动,脸上绷得更紧了。白露弹完后,他也停止了走动。

他再次看着地板上的阵型,将手伸到右边后卫,拿起了肖邦的《"雨滴"前奏曲》,递给白露,说:"这是一个非常忠诚的后卫,试试看。"

白露将乐谱摊开,用指头在琴键上击出了一连串的"雨滴"。她弹着弹着,突然身子一歪,倒在琴键上,发出一声沉闷的轰响。鲁宾一把抱住她,大声喊:“你怎么啦?”白露脸色发白,嘴唇发乌。他急忙倒了一杯水,送到她的嘴边,她喝了两口水,脸色慢慢恢复了红润。

“听大卫弹奏雨滴时,你也发生过类似的症状。”

“我感到头脑空空的……”她虚弱地说。

“你病得不轻。”他说。

白露看着反光中的自己,自言自语地说:“我看到了蓝孔雀……”

“我要帮你找回你的记忆。”他说。

“你说什么?”白露调转头来,迷茫地问。

“你丢了一部分记忆。”鲁宾肯定地说。

“记忆怎么会丢呢?”白露不解地问。

“因为你丢了部分记忆,你从一个天才钢琴家变成了一个调琴师。”

他躬下身来,双掌压在她的手背上,重新开始弹奏《“雨滴”前奏曲》。“写作这支曲子时,肖邦正呆在马约卡岛上,心里受到了伤害。肖邦真心爱着乔治桑,可他俩之间出现了裂痕。肖邦的心空了,感到了爱的消失。他听着雨声,给他带来几许期盼、凄凉、幻想……”

“你要寻找雨滴吗?”白露有些疑惑地问。

“我们都要寻找雨滴。”他说。

鲁宾将手掌搭在她的手背上,两双手快速地在琴键上奔跑,仿佛密布的雨滴从他们的指缝间滴落。

第五章

一

他们带着莲嫂和万里春到了尸体陈列室。马凯掀开白色的盖尸布，刘旗旗面色惨白地躺在解剖台上。万里春没有任何反应，或者说他没有反应过来。莲嫂看着艾丽娅，看着马凯，看着现场的每一个人，最后浑身颤抖，倒在艾丽娅怀里。马凯立忙将莲嫂扶到一把椅子上，莲嫂牙齿咬得紧紧，好像正经受着地狱般的折磨。万里春就像灵魂出窍一般，走到墙角，蹲下来，呈飞鸟歇枝状，呆呆地看着窗外。过了许久，他的眼泪流出来了，缓慢地在脸上爬行。

莲嫂将头埋进艾丽娅怀里，仍然抖个不停。没有听到她的哭泣声，甚至听不到她的喘气声。马凯冲着艾丽娅喊："你叫她哭出声来啊！"艾丽娅抱住莲嫂，将自己的脸贴到莲嫂涨成猪肝色的脸上，莲嫂终于发出上气不接下气的嚎啕。

马凯见过许多认尸的场面，却从没有经历过今天这种气氛。艾丽娅抱着莲嫂，眼睛却紧张地看着万里春。马凯心领神会，走到墙边，将万里春搀扶到尸体旁边，问他想不想对自己昔日的恋人说些什么。万里春双眼呆滞，发出撕心裂肺的哭叫。

王守一、江勤和"白头翁"过来了，简单询问了两方面的情况，对马凯的工作非常满意。马凯送走领导，又和艾丽娅亲自将家属送到槟城市公安局招待所住下来。

一个小时后，他们接到肖强的电话，便急忙赶到办公室。肖强正对着办公桌上的几把精致的红伞出神。毛小毛则拿着放大镜，盯着桌上的各种类型大头针伤神。他俩的头发乱糟糟的，脸上现出缺少睡眠的苍白。

“这两天，跑遍了全城，既没有发现那种特制的大头针，更没有发现出售蓖麻药物的医药店。”肖强指着儿把红伞说，“这是唯一的收获。”

艾丽娅拿过放大镜，拿起一根大头针仔细观察。的确像肖强说的，一般的大针头根本不可能找到装蓖麻毒素的地方。

马凯则坐在桌旁，从各个角度观察着红伞。这是一种观赏性多于实用性的雨伞，小巧得还可以挂在包上。伞尖是一根三角形的中空的细钢管，顶部好像没有小孔。伞柄是合成材料，好像并没有动力设置，只是有一个起装饰作用的小小的红色按纽。

马凯拿着伞，按了按那个红按纽，果然不起任何作用。

“那根微型大头针，又是怎么发射的呢？”马凯摸着伞尖，百思不得其解。

“法医鉴定，伞尖的形状刚好与刘旗旗小腿部的创口状吻合。”肖强指着伞尖说。

艾丽娅从桌上拿起一把伞，不断地撑开，合上，又撑开，又合上……她好像在观察着雨伞，又好像在想象着雨伞之外的事。

小毛有些泄气，求她说：“你怎么老是做同一个动作，叫人心里慌得厉害。”

艾丽娅停了下来，但目光始终没有离开伞尖。她的嘴角笑了笑，不过没有一个人看出来。

“医药公司也没什么发现吗？”马凯问。

“没有发现一家公司出售蓖麻种，有些医生甚至告诉我们，这都是六十年代的植物，现在已经绝迹了。”肖强沮丧地说。

艾丽娅还在玩着那把伞，眼睛突然亮起来了：“你刚才说那个厂长是一个女的？”

“脸孔非常冷，还有一个刀疤，肖强把她叫冰山美人。”小毛抢着说。

“是你这样叫的，别栽在我身上。”肖强立即反驳他的不实之词。

“她没结过婚？”艾丽娅问。

“听说她不喜欢男人。”肖强说。

“她的工人全部是女工？”艾丽娅追问。

“并且都有程度不一的残疾。”小毛抢着说。

“你们是以警察的身份去查的吗？”她问。

“是的。”肖强点了点头。

艾丽娅再次拿起红伞,沉醉地欣赏着。马凯正拿着放大镜看着那些大头针,似乎百思不得其解。

肖强觉得有些沉闷,下意识地吹起了口哨,没有意识到口哨声特别大。他看到马凯投过来的责怪的目光,急忙闭了嘴。

艾丽娅似乎看出了一些疑点。她抬起头来,主动向马凯请缨,想去那家工厂看看。肖强和小毛有些不自在,相互看了看。肖强和小毛也向马凯主动请缨,想再去查查医药公司和大头针生产厂家,说不定会有新发现。

艾丽娅抬起头,看到肖强的嘴努起来,正作出吹口哨的动作。艾丽娅急忙指了指马凯,肖强心领神会,摇着头笑了。

马凯没有发现肖强和艾丽娅的哑剧，拍着肖强的肩说:“我们分头行动！”

二

马凯和艾丽娅来到了那家福利院开的冠名为“自强”的制伞厂。门口悬挂的雨伞的样品,色彩缤纷,像是一个印染作坊。工厂规模不大,大概也就三十多个人。那些正在分工干活的女工,见进来两个陌生人,投来惊异的目光。一个拄着拐杖的像童话人物一样可爱的小女孩带着他们来到了厂长办公室。小女孩给他俩倒茶,随后拄着拐杖离开了,好半天还听得到拐杖点着水泥地面的声音。

厂长姓方,一个四十开外的女人,脸上有一道细长的伤疤,果真有些像肖强形容的“冰山美人”。她正在设计着什么图案,没有马上跟他俩打招呼。

方厂长身后的墙上,挂着一把特别精致的红雨伞,还贴着许多剪报,在文章重点的地方还有红钢笔划过的痕迹。方厂长画完最后一笔,拿着图纸左看右看,满意地点了点头,便将笔用力往笔筒里一插。她冷冷地看了他俩一眼,点了一支烟,猛吸了一口。她站起来,顺手取下墙上的那把红伞,“砰”地一声弹开,欣赏了一番,最后还是将它归还原位。

马凯刚想开口说话,感到被艾丽娅狠狠地踩了他的脚,他心领神会,立即化为一声咳嗽。方厂长吸了一口烟,看着他们,不说话。

艾丽娅笑了,对她说:“我们要五十把伞。”

马凯一听,大吃一惊,问她要这么多伞干什么。艾丽娅看着马凯,暗示他不要打乱她的思维。

方厂长打了一个电话,马上有一个女工进来了,抱了许多雨伞的样品。这些伞颜色不一,伞柄部分都有一个小小的红色按纽。艾丽娅试了试,都只是装饰性按纽。艾丽娅将伞收好,走到墙边,取下墙上的那把伞。方厂长吃惊地看着她,不知道她接下来要干什么。

艾丽娅看着沙发上的马凯,诡异地说:“对不起……”他将伞尖对准马凯的脸,轻轻一按,只见伞尖射出一缕水柱,直奔马凯而去,马凯反应的确比较快,脸上却还是沾了一些水。他惊恐看着艾丽娅,刚准备做出反应时,突然头一歪,倒在了沙发上。

艾丽娅面无表情,将雨伞轻轻放在桌上。

“算你有欣赏趣味。”方厂长夸赞道。

“你的伞的质量的确不赖。”艾丽娅夸赞道。

“你想问我什么?”厂长喜欢上了这个女孩子。

“我想知道你的伞的销售情况。”

由于小本经营,工厂的作品主要在槟城市区销售。凡来进货的人,也是那些士多店的小业主,与他们都是长期的主顾关系。由于找准了需要点,销路还不错, 除了养活三十多个生理疾患者, 每年还能给福利院一些捐助。

艾丽娅走到墙边,欣赏那些剪报。报上大多介绍这家特色制伞公司的奋发图强的故事,许多都是写方厂长本人的。艾丽娅对一张报纸上的一张图片产生兴趣,那上面为一群行为艺术家正打着雨伞进行行为艺术创作,雨伞是他们的重要道具。

“一个员工发现这张报纸后,觉得可以为雨伞做广告,便剪下来贴在墙上。”方厂长解释说。

艾丽娅仔细看了看文字说明,发现正是他们那天去案发现场时在“逐草居”碰到的那群行为艺术家。她一字一顿地问:“他们手上的雨伞,是从你这儿买的吗?”

“他们派了一个女孩子来, 说是要进行艺术创作, 我们卖了十多把给她。”

“都是防身伞吗?”艾丽娅问。

"请你不要叫防身伞,我把它叫夜班伞,专为夜班女士回家之用。"方厂长回到刚才的问题,解释说,"他们说是为了进行崇高的艺术创作,我一听是为了艺术,就卖给他们了。"

"那些买你的伞的客户,主要是哪种阶层的人?"

"主要是一些批发商,还有士多店的小市民。"

"士多店卖的也是夜班伞吗?"

"根据我们的观察,我们一般卖给需要的人。"方厂长看着艾丽娅,似乎明白了她的身份,"当然,有时候,谁需要谁不需要,很难断定。"

每把伞十五元,五十把就七百五,艾丽娅付了款。

艾丽娅看了看表,等了一会儿,直到马凯醒来。他呆呆地看着艾丽娅,疑惑地问:"我在哪里?"

"我们马上离开这里。"艾丽娅扶他起来,马上往门外走。

方厂长发现她忘了雨伞,便抱着雨伞赶过来,艾丽娅告诉她:她想把雨伞款捐助给她的工厂,算是对她的尊敬,也算是对福利事业作一点贡献。她看到方厂长有些感动,便半认真半开玩笑说:"如果你觉得不好意思,就把你自己的那把伞送给我。"

方厂长立即跑回办公室,将那把伞送给她,叮嘱道:"你的眼睛真厉害。"

艾丽娅拿着那把伞,扶着马凯出了门。马凯见到阳光,似乎彻底清醒了。他一把打开她的手,气冲冲地往前走。艾丽娅跑得更快,抢在他的前面爬上驾驶室。

她开车,脸上闪烁着喜悦。马凯坐在副驾驶室,一声不吭。她知道他还在不满意刚才发生的一幕,想等他气消一点再作解释。

他气恼了一会儿,拿着那把伞,将伞尖对准艾丽娅,却听得她说:"别吓唬了,里面的麻醉液没了。"

艾丽娅将车停在街旁,从物证袋里掏出那枚微型大头针,递给马凯。马凯将大头针灌了一些矿泉水,随即将大头针也装进去。她对准车壁的位置,按了一下按纽,听得"噗"的一声,水迸溅到车壁,大头针扎进车壁一半。

艾丽娅将大头针抽出来,看了看针孔,解释说:"这不是皮肤,否则完全可以射进去。"

"你怎么知道,这把伞可以发射麻醉液?"马凯拿着伞,语气明显变了。

"你还记得吗?肖强带回去的样品,伞柄上都有一个红色按纽,只是起装饰作用。我觉得奇怪,在伞柄上装饰一个红色按纽并不好看,是不是还有什么秘密呢?是不是有些伞的红色按纽起装饰作用,有些按纽有实用作用呢?是不是方厂长不愿把有实用作用的伞拿给肖强看呢?肖强介绍她是一个冰美人,脸上还有一个刀疤,雇用的都是有残疾的女工,我心里有了一个想法,那就是方厂长一定有过挫折,并且是个同情心极强的女人。这种同情心源于她自己年轻时经历过的痛苦,并希望别人不要重蹈她的覆辙。"艾丽娅拿过马凯手上的雨伞,连欣赏边解释说,"当我们来到她的办公室,我首先看到了墙上挂着的这把伞,我想那一定是她的防身伞,也就是她所说的夜班伞……"

"也就是说,除了卖通常的伞,她还卖夜班伞。只要在伞里面注入一定量的麻醉液,完全可以对付一些色狼。"马凯似乎明白过来。

"她只卖给那些晚班女士,像肖强长得像黑铁塔一样的男人,当然带回来的是通常的伞。"

"为什么在不能防身的伞柄上也装一个按纽呢?"

"她当然不想每一个用户都知道这个秘密,无非是以假乱真罢了。"

马凯仍然对被艾丽娅突然"麻杀"耿耿于怀。他怒气冲冲地问:"如果刚才是一颗子弹,你就忍心杀害我吗?"

她看着他的眼睛,轻描淡写地说:"我不对准你实验,难道对准那个女厂长实验吗?"

"如果是一颗子弹呢?或者就是那颗带蓖麻毒素的大头针呢?"马凯几乎是怒吼了。

艾丽娅语气轻柔,尽量不要火上浇油:"队长,你不要太疑神疑鬼了。"

"我疑神疑鬼?难道刘旗旗的被杀是假的吗?"马凯觉得她那种漂亮的脸没那么可爱了。

艾丽娅控制自己。也许"开枪"之前,应该先跟他说明这是一个"玩笑",可她的确有十足的把握才这样做的。如果提前跟他说清楚,说不定他早就避开了,怎么当场试验呢?

"那颗带毒素的大头针,难道是假的吗?"马凯还在怒吼,"你回答我?"

"你不要吼了,"艾丽娅还想控制自己,不过语气也变了一些,"不就欺负我是一个实习生吗?"

"我欺负你?"马凯觉得有些好笑,"难道刚才是我朝你发射吗?"

"不就是找你试验了一下吗?" 艾丽娅火气一下子窜上来了,"你难道没看到,她养活了三十多个被社会抛弃的人吗?她只是想保护一下这些有残疾的社会的弱者，难道有什么过错吗？你没看到她脸上的刀疤吗？你就不想到那个刀疤可能是色狼给她留下的永久的痛苦吗？你没看到报纸上那些对她奋发图强的事迹的报道吗？你不觉得她比我们要高尚吗？一个比你要高尚的人，她会在她的产品里安装子弹或者蓖麻毒素吗？”

马凯真的被镇住了，半天没有反应。

“更何况，她只是设置了这样一个装置而已。有人利用了这个功能杀死了刘旗旗，难道你还要将这死因算在她的头上？”艾丽娅越说越激动。

艾丽娅继续开车。马凯无话可说。

实际上，马凯只是借故向她发难而已。他从来没有发现过如此优秀的实习女警，强烈地感觉到了自己的不足。他向她怒吼，纯粹是为了挽回自己比她棋低一招的可怜的形象而已，或者说，他只是对自己在她面前表现出来的技术含量不高感到不服气而已。当艾丽娅向他发动“反攻”时，他不仅不生气，而且对自己刚才要弄的小小阴谋鄙视起来。

他看了一眼她，发现她还在生气，突然来了灵感，抖出蓄谋已久的“阴谋”，打她个“落花流水”。

“小娅，你以前交过男朋友吗？”他装着随意地问。

“这和你有关系吗？”艾丽娅反唇相讥。

“你看你这么厉害，哪个男人敢爱你！”他的内心在窃笑。

可怜的艾丽娅，果然只是一个实习生而已。她一听这话，仿佛遭遇了雷击。她将车开到街边，停下来。她伏在方向盘上，将头深深地埋进去，过一会儿，能听到她的轻微的哭泣声。

马凯果然胜利了，心里充满了爱怜。他要她坐到后座，他自己坐到了驾驶室。他驾驶着汽车，内心感到了从未有过的美好。他听到艾丽娅的哭声，感叹道：“你这个傻瓜，怎么就把我的话当真呢？”

“你是队长，我能不当真吗？”她又哭了起来。

“小娅，你是如此聪明，你应该清楚，我刚才的怒气，只不过借故向你抖一抖队长的威风而已。我常常发愁，你真优秀，优秀得像电脑那样精确，优秀得失出了人的真实。刚才，你的哭声，让我觉得，你的优秀是真的，决不是电脑设计的……”

“我连老鼠都怕，你还想叫我差到什么样子？”艾丽娅破涕为笑。

他的内心充满了甜蜜，但又不能让她知道。他朝她笑了笑，意味深长地说：“你哭起来比你笑时更美。”

开一段时间，他们上了一条非常繁华的大街。马凯朝后看了看，发现那辆白色的奥迪车一直跟着他们。马凯说:“真奇怪,竟然有人敢跟踪警察。”

“我早就注意到了,那车一直跟着我们。”艾丽娅擦了擦眼泪。

马凯叫她穿上警服,下去拦一拦那辆车。她将挂在座椅上的警服穿在身上,然后戴上帽子。他将车慢慢停在路边,急忙跳下车,看到那辆车开过来了。她扬了扬手,希望拦停那辆车。那辆车好像发现一个警察正在招手,慢慢靠过来,当离她非常近时,突然呼啸而去。

艾丽娅差点被强大的气流冲倒,急忙看对方的车牌号码,可号码有意涂满了黄色的泥浆,根本看不清楚。

马凯急忙跳下车,那辆“奥迪”早就消失在车流中。他看着艾丽娅,艾丽娅以同样的表情看着他。他们知道,有人着急了,正在暗处跟踪他们,说不定还会动手。

三

他俩开着车,很容易在“逐草居”的那道公用墙边找到了近几年来在槟城颇有名声的郑刚及其追随者。他们悄悄站在他们的身后,看他们玩出什么名堂。

郑刚留着一头凌乱的长发,脸上戴着一个京剧脸谱,穿着一套黑色的中山装, 正在指点几个志趣相投的人进行艺术创作。他敲了敲手上的木鱼,掀开了一张类似裹尸布颜色的床单,露出了一只从屠宰场运来的刚宰杀还鲜血淋漓的公牛。

这时,从人群中闪出一名二十多岁的一丝不挂的男青年,钻入已剥去内脏的牛腹中,蜷身躺下。一个青年女子立即蹲下来,拿着针线,三下五除二就将牛肚缝合。

大约两分钟后,牛腹中的男子用手中的裁纸刀割开缝线,离开牛腹,光着的全身沾满牛血和花瓣。

旁边还有另一个男青年正在发狂似地在一架破钢琴上弹奏,不知是情绪激动还是作品的需要,最后他不是用指头弹琴,而是用双拳砸钢琴。

马凯再也看不下去了,指着牛腹中的男子,大声命令他快点出来。郑刚走过来,奇怪地看着马凯,解释他们正在进行名为《生于某月某日》作品的创作。

马凯亮出警察证，叫牛肚里的人马上出来，那男子有些慌张地说："我马上出来，马上出来……"他走出来后，还抓着两把血淋淋的玫瑰花瓣撒向空中，竟然还有两片落在了马凯的头上。马凯不敢怠慢，急忙顺手摘下一名观众的帽子遮住青年男子的私处。那名女青年拿来一件风衣，将牛肚人裹了个结实。

艾丽娅喝令众人散开，众人恋恋不舍地地离开了。马凯问他们住在哪里，郑刚说就在"逐草居"一间地下仓库里。

他俩将这几个人带到了仓库里。他们或站或坐，看着这两个便衣警察，全都露出怨恨的目光。

艾丽娅推了推一张沾满油垢的竹桌子，坐在一把准确地说不能叫椅子的椅子上，拿出讯问笔录纸和笔，摆开了架势。

"前几天，你们是不是搞了一个什么向保护伞开炮的创作？"马凯直截了当地发问。

"你打断了我们的创作。"郑刚摘掉了京剧脸谱，鼓着金鱼眼，以一个主创人员的口气说话。

"你们是不是在自强制伞厂买了四把红伞？"马凯问。

艾丽娅拿出了询问笔录的稿纸，开始记录。

"我们既没有触犯刑律，又没有违反治安管理处罚条例……"郑刚有些气恼。

"你们是不是在伞尖里面灌了一些麻醉液？"马凯问。

"为什么不让我们创作呢？我们这是进行崇高的艺术活动！"郑刚说话的语气越来越离谱。

马凯火冒三丈，举起手，想狠狠地拍桌子，突然看见艾丽娅摇头的目光，手掌便非常轻柔地落在桌上："你听着，我是一个警察，我本不想评价你的艺术，但你既然一遍又一遍地说起，那我告诉你，那些光着身子在街上奔跑的精神病患者，那些在街上抱着假残疾婴儿的行乞者，那些出售假文物的无业游民，比你们的想象力要丰富多了。如果你们这也是艺术，那他们都是艺术大师！"

也许认为至高的艺术遭到了如此的奚落，这些人的脸上露出古怪的表情。郑刚似乎觉得这两个警察不是那么好对付的，便承认说："你们刚才说的都是真的。"

"那几把伞在哪里？"艾丽娅问。

郑刚使了个眼色，一个人从里间拿出了那四把红伞。伞尖的装置里面还有一些水，不知是不是麻醉液。马凯拿着伞，仔细看了看，发现的确是“自强”制伞厂的产品。

“你们当初为什么要搞这样一个创作？”马凯问。

“主要是当今的保护伞太多了。”

“当时是哪几个人相互对射？”艾丽娅一边问，一边记录着。

郑刚回过头来，指着站在他身后的两男两女。马凯拿着伞，将伞递给他们，一人一把。四个青年男女接过伞，惴惴不安地看着他。

马凯看着艾丽娅，艾丽娅拿出照片，递给马凯。马凯将照片递到郑刚的眼前，问：“认识这个女孩子吗？”

郑刚看了几眼，又交给其余的人，最后照片传到他手中时，他还亲吻了一下照片：“她是我们行为艺术的忠实观众，每次表演都能看到她的身影。”

“她叫什么名字？”马凯问。

郑刚看着身后的同仁，他拍着一个人的肩膀，又拍着另一个人的肩膀，回过头来，对马凯说：“我对他们的了解，不会比你了解更多。我们只是志趣相投，走到了一起。我连这些兄弟的名字都不知道，又怎么知道一个围观者的名字呢？”

“你知道她住哪儿吗？”艾丽娅一边问，一边作记录。

“她常常从‘逐草居’出入，想必就住那里吧。”

“你们这个创作是什么时间正式表演的？”

郑刚看着天上，翻了翻眼睛，想了半天，还是想不起来。这时，旁边一个人给他送来一个小本子，他翻了翻：“七月十三日上午七时半，大家正在上班的路上。我记得当时天下着小雨，许多人都打着雨伞围观，场面非常好看。”

“为什么选择这个日子？”马凯问。

“那是我们提前一周选定的日子，并预先在报上刊登了表演时间和地点。”

“为什么要在报上作广告呢？”

“想让那些爱好行为艺术的人自动加入到我们的队伍中来。”

“那个女的来了吗？”

“她到得比我们还早。”

“你们说了什么吗？”马凯问。

“相互笑了一下，就够了。”

“后来还见过她吗？”艾丽娅一边记着，一边忍不住发问。

“再也没见过她了。”

“为什么她不来了？”马凯问。

“我也想知道，她为什么不来了。”郑刚摇着头说。

对每个人都进行了询问，还是没有找到更有价值的线索。艾丽娅将询问笔录给郑刚看，郑刚在上面写下了“以上笔录我看过，无误”。

“当初你们在哪里表演的？”马凯挥着手说，“带我们去！”

“为什么要这么做？”郑刚疑惑问。

“你们会知道的。”马凯说。

这些人开着那辆不知从哪里弄来的破旧的大卡车在前面开路，马凯和庄小君开着车跟在后面，出了“逐草居”没多远，便到了人民公园。

公园背倚君臣山，紧临恒江，像别在山水之间的一粒胸扣。这里是槟城最尊贵的地盘，不仅省政府和省人大常委会等政府单位的办公大楼集中在这里，而且还有一个五星级的充满欧陆风情的假日酒店。公园是全开放式的，没有围墙，长着参天的古木，草丛中长着高矮不一的蓝色伞菌，经风一吹，炫目多姿。人们喜欢这里，跳舞，唱歌，打太极拳，读书，谈情说爱，应有尽有。

他们从车上下来，走到公园的一角，开始还原当时的情景。几个人将那架旧钢琴抬下车，瘦高男青年站在钢琴旁，开始“砸”钢琴；两男两女拿着红伞，各自将伞尖对准对方的脸；另外几个工作人员抱着相同的伞，给每一个跑来看热闹的围观者发一把，叫他们将伞撑开来。

马凯和艾丽娅挤在人群中，各自得到了一把伞。马凯将伞撑开，提醒艾丽娅说：“从现在开始，你就是刘旗旗。”

郑刚出场了，戴着京剧脸谱，一只手拿着木鱼，另一只手抓着一把鲜红的玫瑰花瓣。他看着围观者，振臂高呼：“看啊，我们这个社会，到处都是保护伞，我们看不到蓝天，看不到白云，看不到阳光，保护伞涂黑了我们的天空，遮挡了我们的阳光，来啊，向保护伞开火，还我们一方蓝天，还我们良知和公正——”他的话音未落，被人群围在中间的两对青年男女开始朝对方的脸上对射，随着几缕水柱冲出，他们慢慢倒了下来。

郑刚则将京剧脸谱摘下来，丢在地下，用脚狠狠地踩着，然后将右手的玫瑰花瓣抛向围观者的头上，围观者被感染了，森林般的手臂抢着些飞舞的花瓣。

艾丽娅本能地跳起来，突然感到自己的右小腿被刺了一下，低头一看，一根大头针扎进了小腿肚的里面，只露出一点点针头的影子。她站起来，看见那些围观者正在胡乱跳跃。她感觉到有些不妙，拨开人群寻找马凯。

马凯正挤在人群中，看着那对躺在地上的青年男女，显然他们被麻翻了。围观的人群拿着雨伞，跟着瞎起哄。马凯看到人群中有点乱，便叫郑刚收场。

郑刚指挥手下正将地上的两个人抬上车，将道具搬上车。郑刚有些紧张地看着、搓着双手，问马凯还需要他们做什么。

马凯看了艾丽娅一眼，看到她点了点头，便说："你们走吧！"

围观的群众发现戏已经结束了，拿着雨伞作鸟兽散。

艾丽娅走到那片蓝色伞菌的旁边，提取了一些在塑料袋子里。他看到马凯正在车里等她，便上了车。艾丽娅坐在副驾驶室，马凯将车开得越来越快。

艾丽娅感到右小腿肚有些隐隐作痛，似乎意识到情况不妙。她看到驾驶室的马凯正专心致志地开着车，似乎有意躲避她的目光。

马凯的手机响了，原来是肖强打过来的。马凯听了一会儿，就收线了。他告诉艾丽娅，肖强他们全城搜个遍，没找到出售蓖麻种子的药店，也没找到纹过孔雀翎的纹身店，更没有发现那种特制的大头针。

专案组的四个人在办公室碰头。肖强要了四个盒饭，还要了几瓶可口可乐。案头上就躺着几把红伞，这就是大家的全部收获。

由于案情没有进展，肖强的脸看上去比平常更黑，小毛的脸看上去比以前更白。他俩没有说话，大口大口地吃着盒饭，一杯接一杯地喝可乐。艾丽娅也没有说话，只是端着杯子，轮番与肖强和小毛碰杯。

马凯正站在窗边，拿着一瓶矿泉水，专注地给那盆花浇水。他狠狠地嗅了嗅花香，随后打开电视，饶有兴致地看着，好像被电视节目吸进去了。电视播放着一部表现警察破案的电视剧，正是高潮迭起的时候。

艾丽娅朝电视看了一眼，电视里的警察正在激烈辩论，一个经常饰演警察的"专业户"演员正对着手下慷慨激昂地分析案情。肖强有些不满了，他拿过遥控器，"叭"地将电视关了。

马凯回过头来，疑惑地问："我老是不明白一个问题，电视中的警察为什么料事如神，好像凶手作案时他们就在现场一样。"

"我劝你不要再看这些破东西了，否则你迟早会发疯的。"肖强怒气冲冲地说。

"他们看起来怎么就不像我们呢？还是我们不像警察呢？"马凯还在发

问。

“依我看，他们连人都不像，你说能像警察吗？”小毛插话道。

“听你们这一说，我心里亮堂些了——”马凯走到他们中间，抓起筷子，夹了一块鸡肉，往嘴里送，目光却一直盯着艾丽娅，“小娅，你把我们了解的情况，向兄弟们说说吧。”

艾丽娅从桌上拿起一把伞，叫肖强试试。肖强对着墙壁，摁了摁按纽，一股水流喷射而出，迸溅到墙上。艾丽娅再拿出一颗大头针，装在伞尖，叫小毛试试。小毛抹了一下油乎乎的嘴，拿起伞，对着墙壁，摁了摁按纽，一股水流喷溅到墙上，还有一颗大头针插进了墙壁，不过针头留在外面。

“自强制伞厂生产这种特制伞，主要用于女性防身。前不久，一群搞行为艺术的人买了十多把这种伞，在大街上进行行为艺术表演。为了造成逼真的艺术效果，他们将伞尖里面灌了一些麻醉液，几个表演者相互喷射，麻倒在地上，以示对保护伞的痛恨。在一个偶然的机会，闷得发慌的刘旗旗发现了这种街头艺术，很快喜欢上了这群疯子的表演。只要有他们的表演，她都追着去看。她哪里知道，死神正一步步地朝她走近……”

艾丽娅看着雨伞，似乎进入了境界：“有一天，刘旗旗从报上获知，这几个艺术疯子要在人民广场进行一次创作。七月十三日清晨，她早早赶到那里，七点半时，表演准时开始。这时候，广场聚集了许多围观者，其中有些人还得到了一把伞，不知不觉由围观者变成了这出创作的参与者。刘旗旗也挤在围观者中间，正当她全神贯注地看表演时，感到右小腿有些刺痒。她以为什么人不小心踢了她一下，本能地回过头来，没有发现什么。实际上，一个人暗中盯梢她，盯了好长一段时间，了解到了刘旗旗的这个爱好。凶手买了相同性质的伞，在伞尖满灌了一些自来水，然后把那颗特制的大头针装了进去。他趁刘旗旗全神贯注的时候，实施了谋杀。直到晚上，刘旗旗回到别墅，也许她还在钢琴上弹了一个曲子，便感到了不适。她想打电话，可房间根本没有电话，她也没有手机。她上了床，本想休息一下，却感到头痛欲裂，心里作呕，全身抽搐。不一会儿，在一种高度幻觉之中慢慢死去……只是到死也没有明白过来，她死于蓖麻毒素。”

“简直像小说中的情节。”毛小毛感叹道。

“这不是小说。”艾丽娅说。

“凶手是谁呢？”肖强自言自语。

马凯一直坐在椅子上，“欣赏”艾丽娅的“表演”，听到肖强追问凶手，马上接话：“你认为呢？”

“现场留下的指纹是不是万里春的？”肖强问。

“经法医鉴定，与万里春的根本不符。”马凯说。

“那也不能完全排除不是他啊？说不定万里春是背后人物呢！”肖强说。

“慢着——”毛小毛慢悠悠地喝了一口可乐，慢吞吞地说，“我觉得，刘旗旗找到新的男友后，便将万里春抛弃了。万里春觉得自己得不到的东西，别人也别想得到，于是请了一个杀手，将刘旗旗杀死了。”

“你的推理缺乏基础！”肖强说。

“怎么缺乏基础呢？”小毛不满肖强对他的否定，“你不知道什么叫借刀杀人吗？”

“你没看到万里春看到刘旗旗尸体时痛不欲生的样子吗？他怎么可能杀死自己心爱的人呢？”肖强反击。

“正因为刘旗旗是他心爱的人，他杀死了她才感到痛不欲生啊？”小毛想和肖强争个鱼死网破。

“不要争了……”马凯觉得他俩在瞎争论，“听小娅介绍案情！”

“法医从刘旗旗的鞋底提取了一点点蓝色的植物纤维的东西，属新西兰蓝色伞菌。今天我们在人民公园发现了这种植物。据了解，整个城市，只有人民公园栽种了这种植物，而且还是几年前槟城市政府去惠灵顿考察时特意引进美化城市的。可以肯定，由于当时围观的场面比较乱，刘旗旗踩到了蓝色伞菌，她看完了表演，回到别墅，再也没有出来——”艾丽娅分析说。

“法医鉴定，大头针是从刘旗旗右小腿肚处射入的，表明凶手是躲在她的身后实施了这次谋杀。凶手作案后，趁表演未完毕，便拿着雨伞悄悄离开了现场。凶手作案用的雨伞，很有可能是他自己事先准备好的。”艾丽娅拿着雨伞，对着墙壁作了一个虚拟动作，感叹说，“行为非常隐蔽。”

肖强的下巴长着一颗黑痣，黑痣上面长着一根长长的胡子，他摸着那根胡子，思维又回到了原来出发的地方：“凶手是谁呢？为什么要杀死这个女孩子呢？”

“现在必须找出现场指纹是谁的！”小毛说。

“说得对！”马凯说。

“我们不要去通过找物去找人！”肖强似乎突然开窍地说，“如果再去调查什么大头针，纹身店，还有那些见鬼的蓖麻种子，永远也调查不出什么结果。”

“这就对了，”马凯兴奋地说，“现在必须通过找人来找物。”

“那怎么找啊？没有一点线索。”小毛的脸上浮起了疑云。

艾丽娅的小腿肚正在隐隐作痛，她咬着牙，提醒说："现在只有一种办法，尽管不是办法，但只能这样做了。"

"不会是要我们再去找那些艺术疯子吧？"小毛问。

"我们从北京刘旗旗的书桌上带回来一些名片，刘旗旗想必都认识这些人。我们一个一个来打那些电话，有可能找到一些蛛丝马迹。"艾丽娅说完，一瘸一拐地走到办公桌前，从抽屉里拿出一个塑料袋，里面装的就是那些名片。

"我们何不将逐草居的录像资料调出来看看呢？"小毛提议说。

"上次不是连续看了十多个小时吗？你根本不知道是谁干的，在没有发现其它线索佐证的情况下，现在看也没用。"马凯一边摇着头，一边看着艾丽娅。

"只能依靠这些破名片了。"小毛白了马队长一眼，无可奈何地说。

肖强刚想发表自己的看法，突然发现艾丽娅走路一瘸一拐，再看她的脸，还流着虚汗。他走到她身边问："你没事吧？"

艾丽娅将腿艰难地摆到桌子上，卷起裤管，右小腿后面的皮肤露出一块青肿，上面还露出一根大头针的针头。她痛得眼泪都快出来了，解释说："刚才看那些疯子表演时，我中招了！"

肖强和小毛都吃惊地瞪大了眼睛，他俩还没明白怎么回事，就听得马凯说："全是我的错，我当时感到好像魔鬼附体了，莫名其妙地把自己想象成了那个凶手，把小娅想象成了刘旗旗。"

"你也太狠了吧！"小毛推了马凯一把。

马凯一个趔趄，差点摔倒了。他像什么也没发生过一样，继续解释说："射进小娅腿上的这根大头针，比射进刘旗旗的那根要长了三四倍，由此完全可以肯定，那根大头针完全可以借助夜班伞射进人的体内。"

肖强伸出手，轻轻揉了揉红肿之处，艾丽娅痛得大叫一声，脸上却挂着笑。肖强回过头来，对马凯说说："你想破案想疯了！"

马凯站在一旁，想上前帮忙，被肖强一把推开。艾丽娅咬着嘴唇，笑了笑，解释说："肖强，我看还是原谅他算了，他毕竟还是有些优点的！"

"对这种人，你不能心太软。"小毛说。

"小毛，我当时就原谅他了，他当时太投入了。"艾丽娅说。

马凯从抽屉里拿出一些碘酒，给艾丽娅擦了擦，命令肖强说："我们马上去医院，找最好的医生，立即把大头针取出来。"

"我和肖强送小娅去，"小毛急忙抓起桌上的车钥匙，对马凯说，"你在办公室好好反省吧。"

第六章

一

白露的外祖父是一个红酒收藏迷，收藏了包括半个世纪前出产的法国著名红酒。自外祖父过世后，父母接着收藏。父母过世后，这个任务落到了她的肩上。虽然没有发扬光大，但总算将白家这一传统延续下来。

鲁宾跟在白露的身后，就像走进了一个奇异的世界。琥珀色的灯光从天花顶上照下来，房间就像被琥珀色洗染了一遍。酒架上摆放着一支支红酒，就像一群独立独行、卓尔不群甚至还有一点矜持的睡美人。白露告诉他，这个时候进酒吧，才有情调和氛围。

果然大多是法国名酒，PETRUS，HAUTBRION，“武当老柴”，MOUON-ROTHSCHILD，“龙船”……这些酒大多产自波尔多、布根地、香槟地方及阿尔萨斯、卢瓦尔河谷、隆河谷地等六大产地。此外还有英国产的 CAYMUS，南澳大利亚产的 TAYLORS。白露特别介绍了法国产 BATEAU，就是大名鼎鼎的“龙船”。

白露对每一种红酒的历史如数家珍，充当他的“老师”时，陶醉得像个孩子。鲁宾被感染了，鼻子使劲地闻着。白露突然转过头来，问道：“可以请白彪他爹上来吗？自从他成了植物人后，就一直没来过这里。”

不一会，文嫂将白彪他爹推上来，又下楼了。鲁宾将轮椅的白彪他爹推到墙边，迷醉在这个奇异的琥珀色世界里。

不知过了多久，突然听到“砰”地一声，他俩同时向后看了看，白彪他爹不知怎么从轮椅上摔下来了。鲁宾急忙奔过去,将他重新抱到轮椅上。白露抚摸着轮椅的扶手,若有所思地说:“这一段时间,他总是喜欢掉下来。”

他俩相隔而坐,中间隔着透明的玻璃桌。桌上放着一瓶红酒,还有像艺术品一样精美的酒器。白彪他爹坐在玻璃桌边,就像一个不苟言笑的裁判。

她拿着空调调节器,把室内温度调到了最适应喝酒的清凉室温。她拿起那件法国原产的开瓶器,对他说:“品红酒不仅在于用口去品,它还包括其它的过程。也就是说,用口去品也许并不是最重要的一环。”

开瓶器包括一枚酒盖戒刀、两支钻头、一个支架及一支不锈钢锻造的机械式开瓶器主体。开瓶器结构复杂,一共有三只把手,最下方的两只把手用来夹紧瓶盖,外侧的把手则用来操纵钻头。只见白露优雅地用酒盖戒刀把封盖的贴纸切开,露出酒瓶软塞;然后把开瓶器套在瓶口,活动的不锈钢把手可以套紧任何尺寸的瓶口,用一只手握紧把手以固定好瓶子;接着用另一只手拉动外侧的金属把手,此时钻头由上至下插入木塞之中,再稍稍用力让把手复位,软塞便附在钻头之上从瓶口拔出。整个过程一蹴而就,酒瓶纹丝不动,瓶中的沉淀也不至于浑浊。

鲁宾目不转睛地看着眼前的景致,似乎感到白露被裹上了一层白雾。白露拿着软塞,惊奇地看着他,疑惑地问:“你的身体有些颤抖,不舒服吗?”

“可能有些紧张。”鲁宾认为自己有些兴奋。

“为什么紧张?”白露问。

“我闻到了异味。”鲁宾的声音也有些颤抖。

“这瓶酒尘封了十五年,能不有异味吗。”

“你现在要唤醒它吗?”他问。

“你怎么知道?”白露问。

鲁宾盯着她淡蓝色的眼珠,充满了神奇和神秘。白露摸着白彪他爹的头,看着鲁宾,幽幽地说:“你真是一个奇怪的男人。”

她看着他,有些不能自已。她拿起玻璃桌上的水晶玻璃醒酒器,解释说:“储存多年的红酒,会有异味,直接品尝并不能体味真实的口感。”

醒酒器上窄下宽,修长的瓶颈相当典雅。瓶口还配有一个玻璃漏斗,方便倒入红酒。她缓缓地将酒倒入醒酒器:“醒酒器的作用是让红酒与空气充分接触。”她解释说:“这是法国原产的第三代醒酒器,其特点是可以让红酒与空气接触的面积达到最大化,既能去掉腥味,又能保住酒香,达到最高的品酒境界。”

白露拿着空酒瓶，欣赏了几眼，随及拿起桌上的一张贴纸，粘贴在酒瓶的标签上面，用一根细小的水晶棒一点一点地把气泡刮走，使贴纸与标签完全贴合，最后用细致的手法成功地把贴纸从酒瓶上撕下来，此时标签便附着在贴纸上。

白露像个稚气的孩子，眼里闪着兴奋的亮光：“就像足球迷喜欢队员的球衣一样，红酒迷对酒的品牌以及年份都会有很深认识，通常要把标签保存下来。”

鲁宾看着她，又看着白彪他爹。他没听清白露在说什么，身体仍在轻微地颤抖。

“你不舒服吗？”白露问。

“我想马上喝。”鲁宾坐在沙发上，半闭着眼睛，喘了一口粗气。

“红酒倒入醒酒器中，最好等上几个小时，让红酒与室内的空气充分接触，才可以直接饮用。”

鲁宾看着她，眼里着着灼人的亮光：“我现在非常想喝。”

她拿着酒杯，看着他，解释说：“不过异味还没有散尽，喝到嘴里没那么纯正。”

她拿起三个水晶玻璃打造的席拉杯，将红酒倒进杯子里。她右手端了一杯，不停地晃荡着。他也端了一杯，不停地晃荡着。

她看着他，笑着说：“酒入口之前，先深深在酒杯里嗅一下。”她在酒杯里深深地嗅了一下：“此时能领会到红酒的幽香，再吞入一口红酒。”她喝了一小口，吞了进去：“让红酒在口腔内多停留片刻，舌头上打两个滚，使感官充分体验红酒。”她又喝了一小口，让酒在舌头上打了两个滚，喝下去后，笑着说：“最后全部喝下，一股幽香立即萦绕其中。”

她将杯沿轻触朱唇，目光始终没有离开他，喝完了最后的一滴。

他看到白露正在用眼光鼓励他，他按照她所说的，一仰脖子，将红酒喝了个底朝天。他主动端起桌上的酒，慢慢地倒入白彪他爹的嘴里。他的眼睛一直看着她，没有发现红酒从白彪他爹的嘴边流出了一些。

“你不要把他灌醉了！”白露对鲁宾的举动有些奇怪。

“我要唤醒你。”鲁宾说。

她伸出手，接过他手里的酒杯，让白彪他爹尽可能地舒服地喝。白彪他爹本能地吸着，慢慢地将一杯酒喝干了。

鲁宾站起来，从存放光碟的屉子里抽出那张碟，放进音响里。老柴的

《第一钢琴协奏曲》流出来，很快溢满了整个房间。

“我想唤醒你。”鲁宾拿着那瓶红酒，对她说。

“我难道不是清醒的吗？”白露问。

“我早就闻到了你身上的异味。”他一语双关地说。

“难道我有什么异常吗？”白露疑惑地问。

鲁宾站起来，打开窗户，看了看夜幕下的君臣山，然后转过身来，走到白彪他爹的面前，摸索着他的额头，央求道：“好好回忆一下。”

“回忆什么？”白露迷茫地看着鲁宾。

“家。”他毫不迟疑地提示道。

她倒了一杯酒，自顾自地喝了起来。鲁宾将音响扭小了一些，给她又添了一杯酒。

她倚在沙发上，脸色有些苍白，但精神状态还不错。她端着酒，不停地摇晃着，摇晃着……“我出生在一个音乐世家，从小生活在优越的环境里，我的身上还有四分之一的英国血统，我的外祖母是英国人，出生在伦敦。我的外祖父从英国留学回国，将外祖母也带到中国来了。他们都在槟城音乐学院任教，直到死去。父亲曾留学苏联学钢琴，是外祖父喜爱的学生。我们全家都是搞音乐的，在各自的领域都有卓越的表现。从小我就对音乐表现出了一定的天赋，三岁开始学钢琴，少儿时便得过许许多多全国少儿钢琴演奏大奖，十四岁时就跨进了中央音乐学院钢琴系的大门。我选择的范克莱本的弹法，震动了当时学院的师生。快毕业时，按照父母为我设计的蓝图，我考取了英国皇家音乐学院攻读钢琴研究生，准备进一步深造自己，为今后成为世界一流钢琴家而努力……”

她摇着酒杯，脸上挂着幸福的笑意。红酒从杯沿被荡出了一点，流在她白皙圆润的手上，她浑然不觉。鲁宾拿出一块白餐巾，帮她擦净，再给她添了一点酒。她没有感觉到鲁宾正在为她做着什么，仍然摇晃着空手……“毕业时，我没有去英国，却回到了槟城。在父亲的安排下，我先结婚，后进了槟城音乐学院，成了一名钢琴调音师。十个月后，我有了孩子，取名白彪。随着白彪一天天长大，我想成为中国的范克莱本的理想，也变得越来越遥远。我不甘心就这么失败，就把自己的理想寄托到白彪身上。他两岁时，我就开始陪他练琴。他十二岁时，我就把他送到前苏联的柴科夫斯基音乐学院少年班就读。通过数年的努力，他终于考上了英国皇家音乐学院钢琴系。儿子考上了，按理说也实现了我的理想，可我却感到钻心般的疼痛。因为我觉得，儿子的成功并不代表我的成功，原本我就应该是世界一流钢琴家,可现在却只是一个不为人知的调琴师……”

“你毕业时只有十八岁,怎么就结婚了呢?”

“我不知道……都是父母安排的……我的祖父母都是虔诚的天主教徒,我爸爸妈妈也是天主教徒……我们踏过绿色的草坪……对了……我们应该是在教堂举行的婚礼……”

她接过鲁宾递给他的酒杯,一饮而尽。她看着白彪他爹,感叹说:“他是我的丈夫,我也不知道他为什么成为了我的丈夫。”

“他怎么会变成这个样子呢?”他疑惑地问。

“少女时的美好时光,就像昨天发生的一样。”她嘴角挂着微笑,沉入幸福的回忆中。“那时,我狂热地热爱音乐,每当坐在钢琴旁,我就产生一种莫名的幸福感,就像电影中情人幽会的那种感觉。你可能想象不到,如果我弹一首名曲时,激动得舍不得一下子将它弹完。既便弹奏时,看到乐谱的翻页越来越少,竟然会产生一种犯罪的感觉。一曲弹完,我完全沉醉在音乐的世界中,好几天不能自拔。每次弹琴之前,我必先沐浴,换上自己喜欢的新衣、淡扫娥眉之后,尽情地在钢琴上挥洒自己的幸福和激情。那份醇美,那份痴迷,比电影中表现的爱情还要美好。”

白露摇晃着酒杯,琥珀色的液体在杯里旋转着、旋转着……她看起来就像是从达芬奇名画里面走出来的神女,看不出一点点人间的幽怨。

鲁宾看着她,感到自己快被冲动冲昏了头脑。他压抑自己,不让自己变成自己非常鄙视的那种人。他实在有些难以自持,只能扭过脸去,看着正在傻看着墙壁的白彪他爹。

“你冷吗?”她看他抖得厉害,淡蓝色的目光带着一丝疑惑。

“我想主要是喝多了一点酒。”他解释说。

“我的外祖父是拉小提琴的, 正是通过小提琴认识了拉大提琴的外祖母。父亲是弹钢琴的,母亲是弹琵琶的。从我有记忆的那一天起,就看到他们晚餐后聚在一起演奏,就像是室内四人乐队,只是中西结合式的。当我四岁时,就开始加入到这个阵容之中。我弹钢琴,父亲客串二胡。我们演奏贝多芬的‘月光’,舒曼的‘月夜’,门德尔松的‘仲夏夜之梦’,演奏‘梁祝’、‘新疆之春’、‘江河水’、‘阳光三叠’……那时的生活,那么的幸福、快乐……”她站起来,指着房间的陈设说:“我外祖父曾经坐这里,外祖母坐在他的旁边,父亲坐这里,母亲坐在他的旁边,我就坐在你现在坐着的这个位置。”

“当时钢琴就摆在这里。”她要鲁宾坐在她的位置,她和鲁宾交换了一下座位。她坐下来，闭着眼睛，双手悬在空中，陶醉地弹奏着，嘴里哼着李斯特的“奏鸣曲”。

“我们光着身子在这里行走，如同行走在母亲的子宫。没有一个人觉得尴尬，没有一个人觉得不合适。我从小接受的就是这种习惯，丝毫不会因为看到我外祖父或父亲的私处而难为情。实际上，根本没有私处，只不过外面的人叫私处罢了。当时我以为所有的家庭都是这样的，与我家没有什么不同。后来我才知道，外面的世界根本不是这个样子。”

她慢慢地脱掉了身上的睡袍，露出洁白如玉的胴体。她的双手仍然悬在空中，飞速地弹奏着。

“当我长成大姑娘时，仍然保留着这个习惯。如果有一天我们在家里穿着衣服走路，反而感到非常别扭和扎眼。我们生活在这间房子里，感到幸福、惬意、纯真、无忧无虑。这所房子是我们逃避外界纷扰的净地，与佛门净地的概念是一样的。这里是透明的，光明正大的，没有任何掩饰和遮蔽。这就是家，身体是敞开的，心灵是敞开的，一切都是敞开的。可以说，我快乐，是因为我拥有这样一段美好的时光。”

鲁宾的身体又开始颤抖了，他有些痛恨自己的冲动。他闭着眼睛，带着抱怨的语气问：“你为什么要对我说这些呢？”

“因为和你在一起，我感到快乐，我想让你分享我曾经的快乐。”

“你能说说你的痛苦吗？”鲁宾问。

鲁宾的身体抖得像风中的树叶一样，一直闭着眼睛。她转过头来，看到这一幕，悬着的双手放了下来。她便穿上了睡袍，继续说：“按理说，我生活在一个喜欢天体运动的家庭，性意识应该觉醒得较早。恰恰相反，我对性的东西反应非常迟钝。在我结婚之前，我不知道人要结婚，不知道男女在一块儿除了音乐还可以恋爱，不知道什么是做爱。我不知道人是怎么来的，外祖父母是从哪里来的，父母是从哪里来的，我是从哪里来的。我只是觉得，我们天生就在一块儿，就像九大行星为什么会居住在银河，为什么绕着太阳旋转一样。”

“后来呢？”鲁宾问。

“白彪他爹进了我家的门，这一习俗便不复存在了。”白露看着白彪他爹，摸了摸他有些花白的头发，脸上带着痛苦的表情，“自从我把他迎娶进来后，我家再也不敢光着身子演奏了。奇怪的是，没几年，外祖父走了，随即外祖母也在郁郁寡欢中死去，几年后，母亲又思父而死，父亲也在思妻中离去……”

她活动着白彪他爹的手脚，每条胳膊、每条腿都要做四个八拍，劳动量非常大。鲁宾看到她额头上沁出了一层汗珠，便抢过她的活，续续为白彪他爹活动着身体。

“每天至少给他活动五次，你看他的胳膊和腿还像以前一样粗壮，没有一点萎缩的征兆。”她按了一下他的大腿，发现肌肉还很有弹性。

“我听说这类病人是可以康复的。”鲁宾活动着他的胳膊说。

她摇着头，捂着胸口，感到异常难受，最后不能自持，倚在沙发上。鲁宾摸了摸她的额头，冰凉冰凉，便问：“你父亲为什么会把你许配给白彪他爹？”

“我什么都记不得了！”白露的语气显得非常烦躁。

他一把抓紧她的手，看着她的眼睛，“我知道，这对你很痛苦。”

她雕塑一般，眼睛望着白彪他爹的眼睛，摇着头说：“每天晚上，我都在重复同一个梦，梦见我被绑在一根高高的横梁上，下面是一口大铁锅，铁锅里面是沸水，锅下面是熊熊大火。火越烧越旺，突然变成了许多条舌头，像狼一样的鲜红的舌头，舌头不断地长大，往上升，往上升，最后开始卷噬着我的脚底，我的腿，我的身子……我痛得快晕过去了，闻到了一股焦糊味。我挣扎着，绳子突然绷断了，我的身子急速往下坠，掉进煮沸的开水中……”

“他是你父亲所在单位的一个锅炉工。”鲁宾提醒说。

“他是锅炉工？”她疑惑不解地看着鲁宾，又看着白彪他爹。

“你一毕业，你父亲就为你安排了这门亲事。一个才华横溢的大学毕业生，即将远渡重洋留学英伦音乐最高学府，却嫁给一个锅炉工，你能告诉我其中的缘由吗？”鲁宾端着白彪他爹的手，扬了扬，“一双铲煤的手，黑而粗壮，却抓到了一双最适合弹钢琴的玉手……”

她看着白彪他爹，仿佛一块风化的石头。她不知道鲁宾说什么，怎么也想不起来。

“你还要我提示吗？”鲁宾观察着她的表情变化。

“我的头好痛……”白露痛苦地呻吟。

“那年夏天，你毕业回到了槟城。大约一个月后，你父亲便要你成婚了。这个叫王跃进的人，成为了你的丈夫。”

她闭着眼睛，努力回忆着，随后睁开眼睛，疑惑地说：“也许是这样……”

“你父亲为什么要这样安排？”他将白彪他爹推到离她更近的地方，提醒说:“好好看看他!”

她闭着眼睛,仍在回忆自己喜欢的情景:“白彪出生后,我把所有的爱都倾注到这个孩子身上。两岁时,他就开始弹琴了。每天规定他必须弹足十个小时,偷懒时就用牙签扎他的手指。就像吸食白粉一样,用针扎孩子的手指也可以成瘾。只有琴声和哭声同时流淌,才感到希望的存在……”白露的脸上因激动泛着潮红,牙齿缝里挤出一串带笑的声音:“白彪是我的生命,我们成功了!”

“你父亲为什么要选择这个锅炉工?”鲁宾缠着先前的问题不放。

她像没有听到他的提问,按照自己的思路行走。她站起来,数着一瓶瓶红酒,若有所思地说:“晚上,我总是在梦中听到白彪向我哭喊——妈妈,我再也不敢了,我再也不敢了……”

鲁宾决心追问到底,声音提高了许多:“你为什么要嫁给他?”

她不解地看着鲁宾,突然全身发抖。她害怕地缩着身子,指着鲁宾,结结巴巴地质问:“你……是谁?给我……出去……出去!”

她不停地抽搐,身体像一张弯弓。琥珀色的灯光,照着她浸满泪水的脸。她的眼睛睁得老大,似乎停止了转动。

鲁宾大惊失色,一把抱着她:“看着我!”

白露抽搐得像虾一样,紧紧地抓着他的手说:“把他推走,把他推走……”

鲁宾掉头一看,轮椅不知什么时候倒了。他急忙将白彪他爹抱到轮椅上,将轮椅往楼下推。推到一半,文嫂上来了,冷冷地看着他。他叫文嫂把白彪他爹放到房间去休息,最好给他换条裤子。文嫂闻到了一股恶骚气,原来是白彪他爹尿了。文嫂横了鲁宾一眼,将白彪他爹呼呼呼地推走了。

鲁宾急忙上了楼,推开酒吧的门。白露坐在沙发上,恢复了清醒状态。她端着一杯酒,还在那里晃荡晃荡。鲁宾进来了,她还没有感觉到。

他从她手里端掉了酒杯,给她倒了一杯热茶,便坐在她的对面。她喝了一口,便将茶杯放在玻璃桌上。

“我刚才很可怕吗?”她摇着头问。

“我本不应该叫你回忆那些痛苦的事。”鲁宾有些歉疚地说。

“我真的什么也想不起来了。”

“你的生活中,曾遭遇过重大打击。这次打击影响了你的一生,不仅毁掉了你的钢琴事业,而且让你失去了最为重要的记忆。”

白露大吃一惊，困惑地问："你只是一个作曲系的学生，开起玩笑来竟像一个职业医生。"

"你只是失去部分记忆，也就是医学上的选择性失忆。表现在你的身上，你对那些给自己带来痛苦的往事没有记忆，而对那些欢乐的往事记得格外清晰。"鲁宾看着她，一字一顿地说："不过，这些痛苦的往事并没有在你的心底消失，只是躲藏在最深的地方，一旦触动这些痛苦，你的身心便会产生强烈的反应。"

"我失忆？"白露哈哈大笑，不无讽刺地说："因为我不记得我是在大卫·海夫戈特的钢琴音乐独奏会上认识了你？我不记得我们在奥林匹克体育中心不期而遇？我不记得我们在购书中心不期而遇？我不记得一个年轻的男子像空中来客，突然引起了我的注意，让我产生了非常奇妙的感觉？我不记得那个人究竟为什么对我如此了解，好像早就进入了我的生活？我不记得，我痴情地把那个人引进家门？你说，这叫失忆吗？"

白露伏在沙发上，泪眼婆娑。鲁宾从玻璃桌的对边走过来，坐在她的身边，握着她的手，盯着她的眼睛，大声质问："你是当时中央音乐学院最有才气的学生，谁都不会怀疑，你完全可以成为世界一流的钢琴家。看看你现在吧，一个普通的调音师，演奏水平根本比不上你八岁以前。你难道没想过，你为什么会变成现在这个样子吗？"

"我真的不知道啊！"白露摇着头说。

"你难道还不知道，你失去了对音乐的最起码的感知，只是本能地移动着你的指头，本能地比划着你还没有来得及忘掉的技术，这又有何用呢？你没见过墨工划直线吗？没见过园丁剪荒草吗？没见过老师给学生划圆圈吗？你和他们有何区别呢？你只是一个钢琴匠，不，只是一个调音师，不是一个钢琴家！更不是一个出色的钢琴家！"

白露痛苦得不能自持，这些话像来自太空的碎片，以雷霆万钧之力砸在了她的头上。她没有成为一流钢琴家，她心灵的最痛！

"尽管痛苦，但必须要回忆。"鲁宾抱着她的肩，深情地看着她那双淡蓝色的眼睛，"看着我的眼睛，相信我！"

她看着她的眼睛，点了点头。

"我要让你回到从前，让你实现与白彪同台演奏的理想。"鲁宾激动地说。

"你为什么对我这么好？"白露疑惑地问。

鲁宾一听这话，立即站起来，退回到玻璃桌对边的沙发上坐下，神秘地笑着说："我曾问过自己，却没有答案。"

白露站起来，走到窗前，推开窗户，看到月亮在君臣山顶闪烁。她呼了几口清新的空气，转过头来，看到鲁宾正站在她的身后。她听到了他粗重的呼吸，离她越来越近，越来越近……她回过头来，问道："你怎么啦？"

他后退了一步，蠢笨地看着她，解释说："我只是想吻吻你，但我感到控制不了自己。"

"那就不要吻了。"白露说。

"当我觉得能够控制自己的欲望时，你能给我机会吗？"鲁宾问。

"我不知道。"她似笑非笑。

夜越来越深了，能听到轻风溜过屋顶的声音。她仿佛听到火车拉着尖利的汽笛，窗外的君臣山好像震动了，并延及到她的脚下。

她突然睁开了眼睛，身体颤抖着，惊恐地退到墙角，她说："我听到火车的鸣叫，你听到了吗？"

鲁宾听到了，但他摇了摇头。他想知道，接下她会说些什么。

她跑到窗边，惊恐地说："我听到了，我和父亲坐在列车上。父亲铁青着脸，我一直在哭。他一直没有说话，我一直在哭……火车隆隆奔跑，窗外还有翻滚的麦子……我哭啊哭啊，满车厢的乘客都睁着眼睛看着我。我看到了，父亲黑着脸，抡起巴掌，打了我一耳光……我晕过去了，什么也不记得了……当我醒过来时……"她看着鲁宾，急忙转身，离开了酒吧。她来到卧室，看了看墙上的照片，连鞋子也没脱，爬上床。

鲁宾跟着她进来了，走到床边，急切地问："然后呢？"

她看着他，眼泪流了下来，"当我醒过来时，我发现我躺在这里，全家人都围在床边。我问他们，我怎么啦？外祖父抱着我，对我说，什么也没发生，只是我睡了一觉，睡得太久……"

夜越来越深，隐约听到窗台上花草拔节的声音。白露脸色微红，闭着眼睛躺在床上，似乎睡着了。鲁宾躬下腰，给她脱鞋，将她的身体搬到床的中间，为她盖好被子。他看到她的脸上还残存着一滴泪珠，便伸出一根手指，轻轻地拭去。

他将那张沙发椅搬到远离床位的墙角，随手熄了灯。他就这样坐在沙发上，眼睛看着床上。连窗外也没了半点灯光，房间黑得使他怀疑自己原本就没有眼睛。他看不清她的面容，但他愿意这样远远地看着她。即便这样，他也能感觉到自己身体的激烈起伏。他喘着粗气，随即慢慢地倒在沙发上。

二

第二天清晨，他们打了一辆的士，直接赶到火车站。他们刚从车上走下来，便感到了人浪的冲击。这次鲁宾穿的是一套5thStreetJeans，提着一个旅行袋往前挤。因为鲁宾喜欢，白露依旧穿着那件高领的维多利亚风格的淡蓝色长裙，她牵着鲁宾的上衣的后摆，生怕自己被丢失。

眼前晃动着一张张奇形怪状的脸，还有人身上散发出来的酸臭味，白露强忍着自己不要吐出来，大声问："我们为什么要来这个地方啊？"

鲁宾回过头来，一把将她揽到前面来，激动地说："我们已经开始了，怎能回头呢？"

好不容易挤到售票的售票厅，许多人手里攥着钞票，正在窗前排着长龙。墙上的电脑屏幕显示发往各个城市的火车班次及时刻表，以及途中停靠的车站。白露看着屏幕上闪动的红字，茫然地摇着头。自从那次与父亲坐火车回家后，她就再也没有坐过火车了。她根本不记得当时是坐的哪个班次，更不知道是从哪里坐回家的。

一个铁路管理员走过来，问他们遇到什么事了。鲁宾问他有没有去北京的车票，越早越好。他见管理员笑而不答，知道他想要更多的手续费。鲁宾伸出一个指头，管理员心领神会，叫他等一等。鲁宾告诉她，不如先上火车，说不定到了车上，她能找回失出的记忆。如果车上找不到，就去北京，去他的母校寻找。

管理员来了，拿来了两张去北京的特快软卧，马上可以上车。鲁宾多给了他两百元的手续费，他便领着他俩，熟门熟路地将他们带到了列车上。

车站的高音喇叭传出女服务员冷冰冰的声音，提醒乘客列车马上就要开了。随着汽笛一声长鸣，火车徐徐驶离了车站，月台上的人挥舞着手臂，向远去的亲朋送别。有一个少女满脸泪痕，一边呼唤着什么人的名字，一边跟着火车奔跑。少女渐渐被抛在后面，最后连站台也只变成了一个黑点。

由于软卧比机票便宜不了多少，人们要么坐硬卧，要么坐飞机，所以软卧铺位没有多少人坐。巧合的是，他们坐的这个软卧包厢刚好没有别人。

他将外衣脱了，放在空着的床上。她望着窗外出神，一缕阳光照在她有些苍白的脸上。

火车在铁轨上发出“咣啷咣啷”的金属撞击声，换轨时的剧烈摆动差点将他俩摔在一起。鲁宾指了指墙上的抓手，叫她扶着。

列车穿行在广袤的田野，田野的泥土气息以钢钻般的耐性从玻璃缝隙间溜进来。沉静的村庄蒙太奇般在眼前闪过，堤坡上的苇丛迎风飞舞。喇叭里传来餐车供应餐点的的女音，接着是费翔的歌唱：

“我问过海上的云，

也问过天边晚霞，

何处是大海的边缘，

哪里是天之涯……”

白露似乎正沉入到歌声传达出来的意境中，歌声完了，右手还在腿上打着拍子。她突然抬起头，看着窗外悠悠白云，惊喜地说：“我似乎想起来了——”

鲁宾握着她的手，急问想起什么。白露的嘴唇颤抖着，可什么也说不出来。她捶着头，还是说不出来。鲁宾看着她的眼睛，急切地问：“是不是还想听什么歌？”

白露一把抓着他问：“你说什么？”

“是不是还想听什么歌？”白露用双手擂着脑袋，大声说：“我想起来了，当时车厢里也播着歌曲！”

鲁宾叫她再想想是什么歌，白露想说，又说不出来，她的双手快速地在空中打着拍子，便哼了起来。鲁宾听着听着，听出了曲调。他要她再想想，当时车上还有什么。白露摇着头，思维好像再次陷入一片混沌之中。鲁宾叫她先休息，他要去一下列车长室。

她独自坐在窗前，茫然地看着白杨林从她的眼前一晃而过。不一会，鲁宾回来了，坐在她的对面，目光始终没有离开她的面孔。不一会儿，从喇叭中再次传来歌声，一个辽阔高远的声音：

“太阳啊霞光万道，

雄鹰啊展翅飞翔，

高原春光无限好

叫我怎能不歌唱……”

白露一边打着拍子，一边跟着才旦卓玛唱了起来。她惊喜地抬起头，脸上还闪着泪光，“当时车上播放的正是这支曲子，我还跟着唱啊……”

“后来呢？”鲁宾急切地问。

“噢，当时还有我外祖父，对了，是外祖父和父亲到中央音乐学院，把我接回家的。外祖父一直将我揽在怀里，不停地在我耳边说话，我不明白，当时他为什么流泪了，眼泪掉到了我的脖子上。我的父亲木桩一样坐在一旁，脸色铁青，一言不发。我看到他愤怒地看着我，几次想冲上来……外祖父护着我，将他的目光挡在了背后……”

“他们为什么要去学校接你呢？”鲁宾紧张地问。

“是啊，他们为什么要去学校接我呢？”白露喃喃自语。

“毕业时，你不是考取了英国皇家音乐学院攻读钢琴硕士吗？你怎么没去呢？”

“是啊，我当时考取了英国皇家音乐学院，怎么会没去呢？怎么会回到槟城呢？怎么就成了一个调琴师呢？”白露喃喃自语，茫然地看着鲁宾。

“是家里发生了变故？还是你改变了主意？”

她闭着眼睛，感到头痛欲裂，恶心想吐，她睁开眼睛，抱着头，大声埋怨：“我的头受不了啦！”

鲁宾摇着头，失望地看着她。

“为什么一定要我去想那些记不起来的事啊？”她不知道自己为什么走到这一步，跟着他去寻找对她来说痛苦不堪的记忆，“为什么不想一些美好的事情呢？”

“你的理想，不是想与白彪同台演奏吗？”他启发她。

她点了点头，变得平静下来。

“唤醒你的记忆，才可能恢复你的演奏水平，你才有可能与白彪同台演奏！”

“可我实在想不起来啊！”

“会想起来的，”他伸出双手，将十个指头插进她的头发里，以不容置疑的语气说：“我一定要帮你成功！”

他看到白露正惊异地看着他，立即将手从她的头发中抽出来。他不停地翻转着自己的手掌，看着长长的手指，感到一股电流从指尖导遍了他的全身。

她把双手放在膝上，快速地弹奏着：“你的父母也是作曲的吗？”

他不置可否，冷冷地地看着她。

“他们不爱你吗？”她有些同情地问。

鲁宾感到一阵烦躁，额头上还沁出了一层冷汗。他的右手一直捂着自己突出的喉结，眼睛茫然地盯着窗外，“只要提到父母，我就产生一种生理上的反应，心悸，头晕，流虚汗……”

他一把抓着她的手，放在他的嘴边，做出了想吻的动作。他看见她闭着眼睛，等待着他的热吻。

她犹豫了片刻，马上改变了想法，便将她的双手轻轻放在她的双膝上，赞叹道：“我从来没有见过如此漂亮的手，特别是当你放在膝上时，这双手最大限度地展现了它们的优雅。”

白露靠着墙，侧着身子，看着他的脸，带着乞求的语气问：“你爱我吗？”

由于内外温差大，窗玻璃上蒙上了一层水雾。鲁宾看了她一眼，便用手指在窗玻璃上清晰地画了一颗被箭射中的心形图案。

她几乎在乞求他：“你连一个吻都吝啬得不肯给我，这就是你的爱吗？”

他觉得自己好像受了冤枉，不知道如何才能让她明白他的心。他有些失望地说：“我不是对你说过吗？”

“说过什么？”

“等我能够控制自己的欲望时，我才能吻你。”

她没有说话，不明白这个古怪的青年学生为什么会有如此奇怪的表达方式。

“你弹奏过勃拉姆斯的《四首严肃的歌》吗？”他看见白露摇了摇头，感叹说：“这是勃拉姆斯最后的作品，献给克拉拉的。我一直想找到这支曲子，我想听听，从二十岁到六十三岁，深藏了四十三年的爱情，是怎样融化在乐曲中的。”

列车隆隆驶进了大山的地下隧道，发出滚雷般的轰鸣。幽暗的灯光从洞壁上照过来，照着缠绕在她右手腕上的银饰。银饰造型简洁而粗犷，与她温润秀美的手腕形成鲜明对照。

“勃拉姆斯刚写完这支献给克拉拉的曲子，克拉拉就与世长辞了。那是1896年，他已经六十三岁了，正抱着病危之躯在瑞士休养，当他听到这个消息时，不顾一切地出了门，但当他匆匆往法兰克福赶去的时候，忙中去错，踏上的却是相反方向的列车……”

火车冲出了隧道，拉着汽笛盘旋在半山腰间。莽莽群山一片苍绿，刀形的山尖刺破了青天。他看着远处的青山，眼里充满了希望，“从我知道男女之事的那一天起，我一直就想寻找这种崇高的傻瓜式的爱情。”

“你找到了你的克拉拉吗？”她睁着淡蓝色的眼睛，流露出期望他立即回答的眼神。

他笑了，像窗外阳光一样灿烂的笑容。

“你一定找到了。”她自信而又急不可待地说。

他的脸贴着窗玻璃，看见列车拖着绿色的身躯将群山甩在后面，随及融进了淡黄色的原野。窗外的农夫踩着洒满骄阳的田间土路，背着犁铧，赶着水牛，视若无睹地看列车从他的身旁飞驰。

他拉上窗帘，将视线收回来车内，惊奇地看见她正奇怪地看着他。她将那顶白色的三角帽拿在手上，那根蓝色的孔雀翎随着列车的摇动不停地晃摆。

他躺在床上，闭着眼睛，右手遮着脸，眼睛的余光却从指缝之间射出来，落在她那张美丽绝伦的脸上。

她躺在床上，闭着眼睛，左手遮住眼，眼睛的余光则从指缝之间射出来，歇在他那张青春俊朗的脸上。

白露看着看着，进入了梦乡……她捂着胸口，难受地喘着气。只有那双眼睛，像两颗镶嵌在幽暗夜空中的寒星，闪亮却冰冷。她像中弹一般，不断地抽搐。她想大喊鲁宾，可就是喊不出声。天啦，这是现实，还是梦境？她想掐一下自己的脸，可手根本抬不起来。她痛苦摆着头，感到黑暗潮水般向她压过来……

她突然听到了什么声音，接着有人在摇动着她的身子。她慢慢地睁开眼睛，看到了一个不认识的人正坐在她的身旁。

“我在哪里啊？”她懵懵懂懂地问。

“你在火车上，你已经睡了六个小时。”鲁宾说。

“我梦到我到了海边，躺在沙滩上，天下着大雨，我的眼睛老睁不开。我喊你，却走来了另一个人。我想睁开眼睛，想知道那是谁，可我怎么也睁不开，那个人抱着我，在我的耳边说话，我想问他认不认识鲁宾，可就是发不出声……”她抱着颤抖的身子。

从窗外望去，北方的天边残留着一抹白光。白光慢慢散尽，如血的残阳铺满河川。列车从长江大桥上飞驰而过，发出天崩地裂般的轰鸣。夜色潮水般漫过来，一颗流星划过满天繁星，落在遥远的天边。

第七章

一

在没有掌握到新线索之前，他们只能采用这种非常原始的办法，按照名片上的地址，一个电话接一个电话地与名片上的人物联系。为了不引起别人的怀疑，他们还有意新买了两个手机卡，轮番对名片上的电话号码展开“问候”。为了不放过可能碰到的有价值的声音，他们还在手机上装了微型录音机。

为了“打”出水平，他俩还精心设计了两套开场白。艾丽娅的开场白是：“你好，我是刘旗旗的女朋友，我有重要的事找她，你知道她现在在哪里吗？”马凯的开场白是：“你好，我是刘旗旗的经纪人，她现在从英国回到了槟城，非常想与您联系一下，不知道您有没有时间？”

艾丽娅第一个电话打过去，刚说了一半，对方骂了一句“神经病”，“啪”地将电话挂了；第二个电话打过去，对方是一个男的，听她说完话后，竟然还要她继续说，他说她说话的声音特别提神；第三个电话，对方是一个老头，问一些非常黄色的内容，还问她想不想空中做爱……艾丽娅感到事情不妙。

马凯第一个电话打过去，对方说刘旗旗根本没有经纪人，大骂马凯是一个拙劣的骗子；第二个电话，对方是一个瞎子，他说有一次刘旗旗来他们福利院演出，他便给了刘旗旗一张名片，希望刘旗旗日后能给他带来好运；第三个电话，对方是一个教授，竟激动得“呜呜呜”地哭了，他说两年来都没有一个学生和他联系了，他做人好失败……马凯无法掩饰自己的失望。

马凯掏出一包口香糖，抽出一片，放在口中，咀嚼了几下，随后站起来，将其余的名片递给艾丽娅，似乎对这种破案方式失去了耐心。

她拿起名片，继续打，打得天昏地暗，还是一无所获。

马凯觉得难受，便抢过她手上的名片，收回塑料袋里，气呼呼地说："也许还有其他更好的办法，正等着我们去发现呢。"

"刘旗旗生前是否谨慎过了头呢？"艾丽娅非常不解。

"她是不是知道自己会死，"马凯随意推测道："故意不给我们留下任何线索？"

"肯定是男友告诫她，不要留下任何被人猜测的细节。"

"如果这样，"他问："她为什么对男友言听计从呢？"

"因为她爱他。"她说。

艾丽娅低下头，突然看到桌子底下似乎躺着一张名片。她躬下身，从地上捡起来，原来只是一张纸片，上面记着一个电话号码。她问马凯这个电话打了没有，马凯凑近看了看，认为打与不打没什么区别。艾丽娅问他到底打过没有，他说他没什么印象。

艾丽娅看到纸张的质量非常好，好像是一张公文纸裁成的，还能看到一个"部"字没被裁掉。她兴奋地说："队长，我想打这个电话。"

他不想再玩这种游戏了，又不好泼她的冷水，便说："打吧。"

艾丽娅在手机上按了那个号码，顺利地接通了。响过三声之后，传来一名青年男子非常沉稳礼貌的声音："你好，找我有事吗？"

她没有按常理出牌，娇柔且甜美地说："我想见你一面。"

想不到对方也没按常理出牌，根本不问她是谁，只是淡淡地问："什么时间？"

"由您来定。"她激动地说。

"明天上午十一点半，省政府的公共食堂，方便吗？"

"我方便，一言为定。"艾丽娅激动得声音都变调了。

"你能穿那件红色的裙子吗？"他声音变得兴奋起来。

"可以。"她尽量不要多说。

"请将头发盘在脑后，露出你白天鹅般的脖子。"对方的心情看起来非常好。

"可以。"她简洁明了地回答。

“还有什么事吗？”对方要收线了。

“我希望看到你穿西装的样子。”艾丽娅从容地说。

“你都知道，老板喜欢穿蓝夹克，我只能穿蓝夹克。”他说。

“蓝夹克也好看。”艾丽娅急忙说。

似乎有什么人来了，对方匆匆说了一句“明天见”，马上收线了。

艾丽娅站起来，看见马凯目瞪口呆地看着她。她一把拉过他的手，在他的面前又唱又蹦。她将电话内容简单地复述了一遍，马凯的脸色开始变了。

“看来他把你听成他所熟悉的人的声音了。”马凯看着白纸上微不足留的记录，便一点一点地将其撕碎，有些担忧地说：“不会是个圈套吧？”

艾丽娅睁大眼睛，用手在自己的胸前比划了一个圆，提醒说：“不是他的圈套，是我们的圈套！”

他被她的执着点燃了，信心又上来了，果断地说：“马上调查这个人的资料。”

他们反复听录音，基本上可以给这名男子画像。根据声音的质地分析，这是一名二十八岁左右的男子。根据带京腔的口音分析，这个人是北京人，至少曾经在北京上过学或工作过。根据他约定见面的地点，这名男子肯定在省政府供职。根据他称老板喜欢蓝夹克，可推测老板就是他天天照面的顶头上司。他刻意模仿领导的衣着，说明他追随领导追得特别紧。他，可能是省政府办公厅调研室的，可能是综合处的，可能是专职秘书……

马凯一边分析一边来回走动，突然看到艾丽娅瞪大了眼睛。他疑惑地问：“是不是看到我走来走去，你觉得受不了？”

“这个人肯定是领导的专职秘书！”艾丽娅有意压抑自己的激动。

“有道理！”

“他说他的领导喜欢穿蓝夹克。”她惊奇地看着他。

“你见过常务副省长杨怀远吗？”他提醒道。

“他喜欢穿蓝色的夹克！”她激动得差点跳了起来。

“一年前他还是北京某部的副部长。”他感到眼前闪过一道光亮。

“他来槟城是为将来当省长作准备的。”她突然想到了刘旗旗也是北京人。

“他的秘书是谁？”他问。

“说不定也是从北京带过来的。”艾丽娅说。

马凯马上拿起手机，马上拨通了一个号码。如此简单的事，不出五分钟，朋友就给他来电了：杨省长的专职秘书叫李军，北京时就是杨省长的秘书，杨怀远调任A省任常务副省长，他也跟着他的老板到了槟城。

二

第二天上午十一点半，马凯和艾丽娅早早赶到了省政府食堂，选择一个临窗的位置坐好。他们将硬皮箱藏在桌子底下，皮箱上还包着一层纸。

半个小时后，他们透过落地玻璃，看到外面走来一个青年男子，其身高约一米七六，长相俊逸，头发梳得纹丝不乱。由于穿着一件蓝色夹克，他一定是李军了！

他们看到李军走了进来，立即向他招手。李军举手示意，便走过来，坐在桌子的对面。他坐在窗边，阳光将他脸上的疲倦一览无余。那双带着血丝的眼睛，证明了他从事的工作并不轻松。他抬起手腕，看了看腕上的天梭表，感叹道："我来得太准时了。"

马凯便伸出手，像老熟人一样，"我叫马凯，马克思的马，凯旋的凯——"他指着身边的艾丽娅说："她叫艾丽娅，艾思奇的艾，美丽的丽，娅，就是女旁一个亚洲的亚。"

李军站起来，只是稍稍用指尖握住马凯的手，"我叫李军，李世民的李，军队的军。"他又将手伸向女警，稍稍抬了抬眼皮，感叹道："好名字，好名字。"

"李秘书真是年轻有为啊！"艾丽娅夸赞道。

李军出身于一个乡村教师家庭，由于大学时准备充分，他被分到许多毕业生梦寐以求的最高首脑部门。在信访办熬了两年后，位置还是一动没动，他好不焦心。他观察周围的人事变动，通过揣摸，发现了问题的症结。有一次，在填一个比较重要的表格里，在主要家庭关系一栏里，他填了国务院办公厅一个重要领导的名字。几天后，人事处长召见了他，问他以前填写的表格为什么不填上这么重要的亲戚。他说他害怕大家误以为他打亲戚的旗号，从而影响人们对他作出客观而公正的评价。现在之所以写出来，是因为大家对他的评价公正而客观，他没有必要再隐瞒下去了。两个月后，他成为了杨怀远副部长的私人秘书，然后一路升迁。两年前，杨副部长来A省出任正省级的常务副省长，他作为难得的人才，被带过来。当然，这样的从政经历，是不可以跟眼前军两个小警察说起的。

“不年轻了，已经二十有七了。”他说。

正是午餐高峰，进来的人越来越多，许多人本来隔着几张桌子，可看到李军坐在窗边，都绕道而来给他请安。他谦虚地回应着这些人奉送给他的恭敬，有时还微微起立，尽量做得让人觉得他是一个谦虚谨慎的人。

“艾丽娅，我只能说，我俩有缘。”他说。

“我也有同感。”艾丽娅笑着回应。

“昨天刚放下电话，我就知道我犯了一个错误。”李军解释说。

“一个美丽的错误。”艾丽娅补充说。

李军拿着的茶杯悬在空中，用中气十足的声音说：“昨晚我就想，这个错误美丽到什么程度呢？”

三个人都笑了起来，李军更是笑得差点放倒了茶杯。他用纸巾拂着溢在桌上的茶水，用眼睛的余光瞟着艾丽娅。

艾丽娅突然停止了笑，看着他的眼睛，佯装好奇地问：“当你放下听筒时，你就意识到了我是一个警察吗？”

“这个问题很重要吗？”李军反问。

“究竟什么时间意识到的？”艾丽娅想知道。

“我从外面看到两个警察坐在这里，我才意识到。”他撒了一个谎。

“你昨天放下听筒时，就意识到了。”艾丽娅观察到他的反应。

“这有差别吗？”

“当然有差别。”艾丽娅说。

“如果我有这样的侦察能力，就不会把你的声音听错了。”李军讪笑道。

“你不知发生了什么事，所以你休息得并不好。”艾丽娅说。

“有意思，说下去。”李军佯装兴致地听着。

“当你看到两个穿着警服的人坐在这里时，你一点都不惊讶。”艾丽娅说。

李军拍了一下巴掌，一个服务小姐马上走过来。李军告诉小姐，老规矩。小姐忙不迭地应承着，点着头离开了。他转过头来，看着她说：“好像有些道理。”

“因为你知道我们将要问你什么。”艾丽娅说。

他脸上现出惊讶的神情，转过头，对正在给他添茶的马凯说：“你的这个艾丽娅，说话有些咄咄逼人。”

马凯看到他的脸色有些变白了,急忙用目光制止了艾丽娅的冲动。马凯用牙签刺了一条油炸小鱼，递给李军，笑着为他解围:“她还是个实习生,总喜欢拿书本上的东西去套现实。”

菜上来了,都是简单的家常菜。一盘田洋铁桶骨,一盘金牌小炒皇,一盘乡下酸豆角,外加一个紫菜汤。

李军拿起公筷,大度地给艾丽娅夹了一块骨,又给马凯夹了一块炒皇,感叹道:“我刚毕业时,比她的冲劲还要足,现在回想起来,还是非常美好的。”

有人不断地过来给李军打招呼,他一个接一个地回应着,谦恭而又适度。“你们看到了,这些和我打招呼的人,都是一些重要部门的处长。以前我在信访办的时候,处长一级的见到我,腰杆可直啦,现在,你们都看到了,他们的腰杆挺不起来了,回到办公室还后悔在我面前表现得不够弯。”他用勺子舀了一点汤，咕噜咕噜地猛喝了几口，像不认识似地看着艾丽娅,感叹道:“人啊,为什么那么渴望权力呢?”

“你在回避我的问题。”艾丽娅直截了当地发难。

李军好像对自己从事的工作非常苦闷,实际上是他想让眼前的倾听者听出他的弦外之音,“每天,我都不敢接电话。每个人都要我办事,好像我不是省长的秘书,是省长一样。我只得一遍一遍跟他们解释,我办不了什么事。”

不知道为什么,从看到他的第一眼,艾丽娅就不喜欢这个人,这只是她的直觉,可她相信自己的直觉,她再次看了他一眼,还是一样的感觉,“不是说,现在领导的秘书,想叫谁上谁就上,想叫谁下谁得下吗?”

李军对这个女孩的尖酸有些反感,但他不敢发作,便问:“你知道什么叫想叫谁下谁得下吗?”

“你想那个人完蛋,然后就——”艾丽娅抹了一下脖子。

李军不知道,这个女孩子是装糊涂,还是想有意讽刺他,“只有在秘书出事后,他才有想叫谁下谁就下的本事。”

艾丽娅没想到这家伙如此敏感,假装没听明白,从容地转了一个话题:“你认识一个人吗?”

李军没有理会她,继续就着她先前的话题说:“的确,干我们这行的,非常难做。今天张处长要我在省长面前为他美言几句,明天李处长要我在省长面前为他美言几句。不过,他们提的要求并不太离谱,毕竟他们的级别摆在那里。”他用纸巾擦了擦嘴,开始用牙签使劲地剔牙缝里的塞物。

艾丽娅观察着他的表演，看到他的目光盯着马凯的警衔。如果没有猜错的话，他肯定要问马凯的级别了。

“马凯，你今年多大了？”他兴趣盎然地问。

“二十有八。”马凯老实回答。

“什么级别？”

“正科级。”

“我比你小两岁，正处长。”

“李秘书可谓前程似锦啊！”马凯说。

“不过你还没有过黄金期，想要提拔，不是很难，我可以向省长美言美言。”他许诺时，一脸诚恳的表情。

马凯拿出一张白纸，拿出一支笔，叫他写上“39930330931”这几个阿拉伯数字。李军看着他，似乎不想拿他的笔，疑惑地问：“为什么？”马凯告诉他，他们在一个偶然的机会，发现有人冒充他的笔迹，为查出真相，希望他能理解他们的请求。

李军从自己包里拿出一支笔，按照要求写下了那个号码，带着怀疑的语气问：“还有这样的事？冒充我的笔迹有什么用？”

马凯将那张纸小心翼翼地折叠好，放入包里。他看到水果拼盘端上来了，便用牙签刺了一块西瓜，递给李军。李军接过水果，咬了一口，由于水分太足，一滴红色的汁水从嘴角流了下来。

“我想问——”艾丽娅刚说了开头，便看见李军伸出一根指头放在嘴边，示意她不要说话。

“有些东西，是不能说出口的，一说出口就变味了。”他忠告她。

“你想回避我的问题。”艾丽娅想结束他的表演。

“来求我办事的，什么都有，工人，农民，解放军，知识分子，个体工商者，政府官员……当然还包括许多警察也来找过我，当然比马凯队长的职位和级别都要高得多。他们尽管身份各异，但提出的要求大同小异。”他苦笑着说：“你们想问我什么，我心里有数。只是，我们不要捅破这层纸。”

餐厅里面的人吃完饭，纷纷绕过来与李军握手。李军一边握着手，一边对每个人表达着程度不一的热情。待到那些人走得差不多了，他拿起黑色公文包，站起来，向马凯伸出手，“省长下午还要见中央来的领导，要不我先走一步？”

“你认识刘旗旗吗？”艾丽娅终于忍无可忍地问。

“我们发现她与你有些联系。”马凯对李军说。

李军抬起头，看着天花板，想了半天，还是摇了摇头。

“北京舞蹈学院毕业的，现移民英国，前一段时间从英国来到槟城，我们从她的身上发现了你的笔迹。”马凯尽量以平和的语调说。

“我干的这行工作，就是不断地认识人，但不一定认识每一个认为认识我的人。”他冷冷地解释。

“她还知道你的爱好，而且非常崇拜你。”艾丽娅说。

李军沉默半晌，还是摇着头说：“没有人崇拜我，只有人巴结我。”

“你真的想不起来吗？”马凯问。

“如果你将她带到我面前，不排除我可能认识她。你这样笼统地问起这个人，我什么也不知道。”

他有些焦急地看了看天梭表，连手也没有握，匆匆告辞。走到门边，他转过头来，对艾丽娅说：“你真像一个女英雄。”

他俩看到李军的身影消失，才将视线收回来。一个小姐走过来，要打扫卫生，艾丽娅告诉她他们还没用完餐，叫她再等会儿。

马凯坐在那里，宽阔的身板挡住了身后服务小姐的视线。艾丽娅躲在马凯的前面，从桌子底下经过伪装的勘查箱里拿出蓝色橡皮手套戴上，再拿出照样机，对着李军拿过的杯子拍了起来，随后又对着李军踩过的地面用偏正光拍了起来。她又拿出金粉撒在杯子的外面，几个清晰的指纹立即显现出来，她再次将显现的指纹拍了下来，然后用指纹胶提取了那些指纹。然后，她将照相机放进箱子里，拿出静电吸附仪，将脚印清晰地吸附过来。

做完这一切，不到三分钟。她扣好勘查箱，付完账后，跟着马凯走出了餐厅的大门。

马凯开车，艾丽娅坐在副驾驶室。马凯黑着脸，一言不发。艾丽娅发现有些不对，似乎与她赌气，便问：“我做错了什么吗？”

“你刚才说话太咄咄逼人了。”马凯指她对李军说话的语气，“他肯定知道我们怀疑他了，因为你说话的语气太明显了。”

“我就是要让他感觉到，”艾丽娅不以为然地说：“这叫打草惊蛇。”

“你懂什么？他是省长秘书，你以为你面对的是一个小混子或小农夫吗？”马凯有些恼火了。

“省长秘书算什么？省长又算什么？”艾丽娅的火气更大，圆睁着双眼，怒视着马凯说：“我就不相信！”

马凯还不知道这个实习生为何如此喜欢顶牛，声音提高许多："你不相信什么？"

"如果他犯法了，我不相信治不了他！"艾丽娅怒气冲冲地说。

"谁说他犯法了？他犯的什么法？你的证据呢？"马凯大声斥责，唾沫星子几乎飞到了艾丽娅的脸上，"无非那个电话号码的笔迹有些相似罢了，还没经过文检哩。至于这些指纹，还不知道与现场留下的吻不吻合。即使吻合，也不能确定刘旗旗就是他杀的。你这样冲动，不是自毁长城吗？"

"如果我不单刀直入，我能够观察到他的情绪变化吗？如果我不开门见山，能够看到他脸上的汗珠吗？如果我不刺刀见红，他能产生那么强烈的反应吗？如果我没打中他的要害，他走时能说出那句讽刺我的话吗？"艾丽娅看着他，将语意层层推进到非常巩固的地步："你看他说话时顾左右而言它，总是躲避着我的问题，而且表演得比真的还真，这说明什么？这说明他早就知道我们怀疑他了，早就想好了怎么和我们对话。"

马凯默不作声，心里是又好奇又好笑。他不知道她的火气从哪里来的，为什么她的火气总能将他的火气扑灭？实际上，他非常满意她的工作，只是害怕她工作时席卷一切的"激情"。

"你明明看到我将他的心思逼到了他的脸上，你明明觉得我打草惊蛇的策略是对的，你不仅不表扬我，而且还责怪我，"她毫不掩饰地说："你的形象本来在我心里还算高大，现在变得越来越小了。"

马凯看到该在前面一个街口转弯了，便狠狠地打了一下方向盘，艾丽娅猝不及防，只听"砰"地一声，头撞到了车窗上。她摸着脑袋，眼泪都快掉下来了。

她愤怒地看着他，从牙缝里挤出一句话："我要下车！"

马凯像没有听到，反而吹着口哨，将车开得越来越快。

"我要下车！"她大声抗议。

"你下车啊？我拉了你吗？"他非常喜欢看她愤怒的样子。

他将车门锁了，又怎么打得开呢？她握着拳头，作出要砸玻璃的动作。他急忙将车停在路旁，一把抓住她的手。她挣扎着，反抗着，可哪能挣脱他钢铁般有力的双手。她觉得再反抗也是徒劳，便不再动作，静静地坐在那里，脸朝向窗外。

马凯急忙松开手，拂了拂头上凌乱的头发。他定了定神，重新启动汽车。窗外的槟榔树急速向后退去，还有手挽手奔跑的情侣。

"小娅，情况有些复杂。"他看着前面的道路，脸上非常严肃。

艾丽娅没有转过头来,依然看着窗外。

“我只是不想让你面对这种复杂的情况。”他看到她没有反应，解释说:“我们回去后,检验一下李军的指纹,我敢肯定,现场留下的指纹不是他的——”

他说的刚好是她想到的,而且完全一致。艾丽娅回过头来,完全没有了刚才的怒气。她似乎为刚才自己的粗鲁感到后悔,语气温柔软地说:“你说得太对了,而且,现场的脚印也不是他留下来的。”

他回过头来,看着她,语气沉缓:“他只是领导的小秘书,胆子还没有大到将一个喜欢的女人通过投资移民的方式送到英国去。”

她看着他，终于读懂了他的目光,“具有这个实力的，决不是一般的人。”

“正像你分析的,昨天接到你的电话后,他已经意识到警察开始盯上他了。”他说。

“他立即找老板商量对策,便有了餐厅的那番表演。”她的眼睛晶亮晶亮。

“你的打草惊蛇,当然有积极的作用。他回去后,肯定会向老板汇报见面的情况。他们沉不住气了,必然要动用手中的权力跳过这道坎。”

“等我们再次找到他们,他们早就做好了应对的准备。”她的神色有些严峻。

“他们可能已经毁掉了重要证据。”他摇着头说。

艾丽娅看着他,发现他的眼里充满复杂的感情。

“从明天开始,你离开这个专案组。”他冷静地说。

“为什么?”她不想离开这个案子。

“你还没有毕业,还要等着找工作。我不希望这个案子影响你的分配,更不希望扼杀了你的美好前途。”他面色沉重地说:“相信我,这不是一个简单的案子,我们看到的只是冰山一角。”

“现在困难还没出现,你就叫我当逃兵。等困难真的出现了,你也没有权力赶走我。不错,我只是一个实习生,但也应该有实习的权力吧?既然上面的领导安排我在你手下实习,你就没有权力拒绝我。你可以批评我工作做得不够好,就像你刚才那样,可以制止我的冲动行为,但你不能剥夺我实习的机会”

“以后破案的机会一大把,不过是一个案子而已。”他固执己见。

“如果我不愿意,你想强迫我吗?”她冷静地问。

他点了点头，脸上一副毅然决然的表情。

“我看错了你，原来你是一个小人。”她故意激将他。

“我是一个小人？”他看着她，圆睁的双眼几乎能喷出火来，

“你不让我跟着你，是因为你不敢面对我。你不敢面对我，是因为你有私心杂念，想借这个案子立大功。你有了私心杂念，然后你就想牺牲我。你的眼睛已经告诉我了，你不要再狡辩了！”她看到了他的“软穴”。

他几乎快气晕了，恶狠狠地回敬道：“好！我不强迫你！你会后悔的！”

三

文检鉴定，李军写在纸片上的阿拉伯数字与他留给刘旗旗的电话号码是一致的。也就是说，至少，刘旗旗认识他，还得到了他亲笔抄录的电话号码。

果然，通过比对，餐厅的指纹和脚印与现场留下的指纹与脚印不符，这正符合他们先前的推理。根据现场留下的指纹判断，那个出现在现场的男人身高一米七八左右，体重约八十五公斤，刚好符合杨怀远的特征。

可以这样推理，在一个特殊的演出场合，作为主要领导的杨怀远被邀请过来。他看着舞台上的刘旗旗，动了心思。作为贴身秘书，李军心领神会，便将自己的电话号码抄给了刘旗旗，希望日后多联系。可以肯定的是，接下的故事按照通常的情节发生了。杨怀远以伯乐的眼光，以投资移民的方式，送刘旗旗出国深造。老谋深算的杨怀远略施小技，完全俘虏了这个单纯的女孩子的感情。此后，杨怀远以出国考察的名义，频频与刘旗旗幽会。实际上，他对刘旗旗深造没有兴趣，他只是想把她喂在英国的鸟笼里，供他安全地享用。奇怪的是，刘旗旗对杨怀远产生了非同一般的恋情，这可能与她自小失去父亲，有着强烈的“恋父”情结有关。她非常依恋杨怀远，耐不住思念的痛苦，急切想离开英国。杨怀远调到槟城任职后，她不顾一切地来到槟城，希望长期与心上人厮守在一起。渐渐地，她的爱让杨怀远感到了恐惧。他发现她变成了一颗随时可能引爆的定时炸弹，便精心选择了一个特别的场合，完成了一次绝妙的谋杀。

杨怀远是不是凶手，现在下结论为时尚早。如果没有证据，推理再缜密，也没用。他们商量了一下，决定暂时不将这条还没有得到证实的线索

报告给领导，等事情有了眉目，再作详细的汇报。

马凯和艾丽娅翻出一年前的《槟城日报》，找到了杨怀远初任A省常务副省长时的个人简介。“杨怀远，男，汉族，1950年12月生，云南中甸人，1973年参加革命工作，1974被推荐到北京理工学院机械制造专业读书，1976年加入中国共产党，大学学历，高级工程师……”从简历上看出，年少的杨怀远只是云南中甸县山区一个农家子弟，高中毕业后当民办老师，后被推荐上工农兵大学，并很快在学校入党。毕业后，他分到了国务院办公厅，四年工夫就升了四级，由科员成了处长。其后，他又被选送到日本、英国及德国等地的大学或研究部门作过一段时间的学习或培训，回国后事业更是如日中天。刚过不惑，就是副部长了。在副部的位置停顿了好多年后，他调任A省，任常务副省长，现正在为省长的宝座发起冲锋。一个农家子弟，大学毕业后“垂直上升”，一定遇到了官道上常言的“贵人”。

马凯只需几个电话，就打听清楚了杨怀远每天的日程安排。他干了多年的刑警，红黑两道都有他的线人。他探听清楚了在紫云高尔夫球场打球这段时间，杨怀远一般支走秘书单独活动。

“紫云有专门为初学者提供习球的球台，我们明天去紫云打球。”他兴奋地说。

“我们能够进去吗？”她提醒道。

“车到山前必有路。”马凯不以为然地说。

他查了查手机上储存的电话号码，拨了一个号。他用槟城方言叽哩哇啦说了一通，对方立即给了他答复。他得意地关了手机盖子，对她说：“一个朋友给我们提供高尔夫球具。”

他又用她听不懂的方言打了一个电话，好像故意不想让她知道他正在进行的“交易”。

她不便多问，继续查阅着报纸上有关杨怀远的文章。她想知道，杨怀远大学毕业后，在四年时间里为何连升四级。

打完电话，马凯兴致勃勃地站起来，一边给那盆花浇水，一边吹着口哨。艾丽娅有些奇怪，站起来，陌生地看着他。

他浇完水，发现艾丽娅的目光，有些奇怪，摸了摸自己的脸，又看了看手掌，疑惑地问：“有什么不对吗？”

“我记得你从不在办公室吹口哨，而且还批评过肖强在办公室吹口哨。”艾丽娅后退了一步，笑着说：“我还以为是肖强回来了呢。”

“我刚才吹口哨了吗？”他疑惑地问。

“也许是我的幻听。”艾丽娅说。

肖强看着艾丽娅，感到自己的周身都流动着快乐的血液。他刚才真的吹口哨了吗？他最不喜欢一个警察吹口哨的啊？因为肖强最喜欢在办公室吹口哨，马凯不止一次批评过他。尽管肖强常常跟他解释吹口哨是一种高雅的爱好，并且现在成为了器乐的一种，可马凯根本就不听他的胡扯。

四

艾丽娅开车，马凯坐在副驾驶室。从省政府门口开始，他们就一直跟着那辆黑色奔驰。奔驰故意绕着偏僻的胡同，走走停停，似乎发现了什么。艾丽娅将车停下来，头靠在左窗上，观察着，嘴里骂个不停。马凯趁此机会，将手上抓着的一个什么东西悄悄放进她上衣右边的口袋里。

艾丽娅突然回过头来，焦急地说：“他可能发现我们了。”

“不可能，这只是他的职业习惯。”马凯看着她，想笑，“更何况，我们的车牌号码经过特别伪装。”

“我怎么觉得你怪怪的？”艾丽娅发现他笑容里有些使坏的成分。

他收回笑容，将目光投向窗外，嘀咕道：“你喜欢戴着有色眼镜看人。”

果然，杨怀远发现没人跟踪后，堂而皇之地上了通往紫云球场大门的唯一通道。艾丽娅启动汽车，不远不近地跟着。豪华房车一下子多了起来，车上坐着的多是金发碧眼的老外，不时摇开车窗相互招呼。艾丽亚左冲右突，轻捷地将旁边的车甩在身后。

奔驰在球场为他专辟的车位停下来，穿着一袭白色球服的杨怀远走下车来。他戴着一副墨镜，脸上不苟言笑。他身材高大，身体矫健，一看就知道得益于经常锻炼。他看起来一点也不像那些惯常在台上作报告的官僚的面目，倒像一个思考终极问题的哲学家。

他下了车，习惯性地朝四周看了看。一个穿中山装的大胡子老外带着一群人从门口走过来，他老远就伸出双手，挽着杨怀远的胳膊，两人一边用英语亲热地谈笑，一边朝大门口走去。

他们将车停在车场，立即下了车。马凯告诉她，那个大胡子叫大卫，从英国来的投资商，最知道怎么和中国的当红官员打交道。

“昨天我了解到，这个大卫，背景有些复杂，他和杨怀远的关系铁得不得了。以前一直在北京做生意,杨怀远来槟城后,他也跟着来了。”马凯说。

“说不定这个高尔夫球场,就是他俩合作的结晶。”她推测说。

“据说,这块土地等于无偿转让给他经营,他只需每年交那么一点点税。”他说。

大门两侧分别用英语和汉语写着一副对联:“高尚雅致之享受,天高云淡之追求”,横联是:“天人合一”。外面的一道铁门打开了,只有两扇加厚的落地玻璃门紧闭着。一群人前呼后拥,用VIP卡替杨怀远打开玻璃门,谦恭闪在一边,让杨怀远先走进去。

他俩穿着白色球服,背着装球杆的大包,走到玻璃门前,就不能往前走了。马凯敲了敲门,从球场里面的传达室走出一个英国门卫,疑惑地看着他俩,嘴里吐出几句英语。艾丽娅急忙一边比划着,一边用英语说他俩想进去打球。门卫问她有没有会员卡,艾丽娅摇了摇头。门卫告诉她,办一个会员卡非常简单,只需由一个会员推荐,然后再交五万美金,通过资格审查后,便可入会。门卫不再理会他们,进屋子去了。

艾丽娅急得直跺脚。她看了看马凯,发现他正悠闲地吹着口哨。

马凯突然走到门边,拿出一张VIP卡,刷了一下,门开了。他走了进去,门马上关闭了。他回过头来,看到艾丽娅像遭遇雷击一般,便对她说:“你右边的口袋里也有一张VIP卡,进来吧。”

艾丽娅把手伸进兜里,果然摸出了一张VIP卡。她刷了一下,玻璃门开了,她走进去,门马上关闭了。

“你明明看到我急得满头大汗,还故意玩这种花样,你这不是故意要我吗?”她怒目圆睁,大声呵问。

“对不起,我哪知道你也有盲区啊?”他偷笑道。

“噢,我想起来了,昨天下午,你在办公室用槟城方言偷偷打了几个神秘电话,原来是找你的朋友借会员卡,”她往前走,故意气呼呼的样子,突然回过头来,警惕地问:“你找谁借的卡?”

马凯紧走几步,赶上她,忙不迭地解释道:“杨怀远一来槟城,这个紫云高尔夫就建起来了,会员卡的价格越来越高来这里的人非富即贵,绝大多数都是老毛子,一般的人根本没实力进来。”

艾丽娅感到他并没有回答她的提问,急忙停止脚步,看着他的眼睛,“我现在问你,谁借给你的?”

他没有停止脚步步,径直往前走,不以为然地说:“一个线人。”

“灰色线人吗?”艾丽娅担心地说。

"他已经送出去十来张了,手上还有十来张卡,他直言不讳地对我说,全是用来贿赂官员的,如果我想要两张,就作为友情送给我……"

艾丽娅冲到他的前面,用双手拦住他,"你接受了他的友情吗?"

他喜欢她对他较真的那股劲,笑着说:"我又不是傻瓜。"

"你不要毁了自己的一世英名!"她恨恨地说。

"什么英名,不就是一个小小的队长吗?"他不以为然地说。

她对他怒目而视,他知道她不满意他的回答,急忙用手捂住嘴。

他俩走到主球场时,同时停止了脚步,完全被眼前的风景迷住了。

这就是全国最好的球场,两年前曾举办过世界杯的超大规模的球场,曾邀请过泰格·伍兹等世界最高水平球手亲临比赛的球场。设计师利用君臣山的原始地形,在山腰六百英亩的土地上塑造了两个绝佳的球场。无论是山岭还是湖泊球场,都体现了球会的地理标志——君臣山。长达八千八百八十八码的山岭球场对于经验球手是巨大的挑战,湖泊球场更是令球手尽情浏览湖泊山色。

"你看,那就是超豪华的高球旅馆,六十六间客房,非同一般的华丽的巴洛克风格。"马凯介绍说。

"你好像很熟啊?"艾丽娅讽刺道。

"我从报纸上了解的。"

他们站在球场,看着大树、巨石及修竹遍布高高的山岭,超然襟怀,油然而生。环顾四周,大王椰子、三药槟榔等槟榔科植物和生长多年的荔枝、龙眼、枇杷、杨梅和芒果等果树,洋溢着浓郁的亚热带风情。山岭球场是浩瀚的沙坑造型,一条漂亮的沙地沿着球洞的右边延伸过去,沿途可见慑人的瀑布,清澈的水塘,仿古的石壁。

他们继续往前走。好多观众穿着盛装,围成新月形,齐聚到果岭上看球,笑声、掌声、欢呼声响成一片。

他俩站在观众的背后,从缝隙间向里张望,看到杨怀远正挥动着球杆,在众人的欢呼声中笑逐颜开。那个叫大卫的英国男人吆喝着手下递茶送毛巾,比任何一个人都忙碌。马凯转过头来,附在艾丽娅的耳边,轻声提醒说:"你看大卫,像不像杨怀远的跟屁虫?"

"一个人对另一个人这样子,肯定因为巨大的利益驱动。"艾丽娅的目光再也没有离开杨怀远。

"据了解,一个十八洞的高球场,需占地近两千亩。根据国家征地审批权限,用地超过一千亩以上的,须报国务院批准。"马凯脸色乌青,愤怒地说:“杨怀远的手指轻轻一动,这个球场就建起来了。”

“可想而知,他从大卫那里得到了多少。”艾丽娅说。

“只有这儿的山岭最清楚,杨怀远和大卫的许多生意,为什么不是在谈判桌上进行。”马凯肯定地说。

这时,杨怀远竟然打了个一杆进洞。那些金发碧眼的老外跳起来欢呼,大卫更是冲上去给他送上了一杯冷饮。奇怪,杨怀远端着冷饮,反而满脸愁容。

“他怎么啦?”艾丽娅问。

“槟城人有个禁忌,打高尔夫球一杆进洞是要破产的。因为一杆进洞表示运气太好,好到你必须给别人封红包,把你的好运给了别人。看来,杨怀远来槟城一年多,已经入乡随俗了。”马凯讥讽道。

杨怀远一边喝着冷饮,一边观望着。他的目光掠过人群,到了人群之外的地方。

“他想干什么?”她问。

“按照槟城的习俗,去一趟厕所,可以冲掉一些运气。”他解释说。

杨怀远猛灌了几口饮料,抹了抹脸上的汗。他将握在左手的球杆扔了,拍了拍肚子,向大卫说了一句什么。大卫似乎想跟着他一道走,他拒绝了。

“他要去厕所了,想将运气冲掉。”他转过头来,吩咐她:“通向厕所的那条道非常适合我们,做好准备!”

杨怀远走出人群,上了一个土坡,上了那条黑沙路。前面两百米的地方,一棵大榕树下,便是厕所了。他俩像一对来高尔夫打球的热恋中的情人,有说有笑地跟在他的身后。

走了一段,路上显现的是杨怀远一个人的足迹。他俩有意不与杨怀远的足迹重合,拣草丛中行走。他俩看到杨怀远走进厕所,立即躲在一个树下。

一会儿,杨怀远出来了,马凯急中生智,像情人一样抱着艾丽娅,吻她的脸。艾丽娅火冒三丈,突然打了他一个耳光,低声怒吼:“有这个必要吗?你以为这是拍电影啊?”

马凯太专注了,没感觉到有人给了他耳光。他从眼睛的余光中,看到杨怀远将打球用的手套也扔到了厕所旁边的垃圾桶里。

马凯看到杨怀远正路经他们身旁,再次抱着她,吻她的脸。艾丽娅忍气吞声,不再挣扎。杨怀远从他俩身旁走过时,似乎朝他俩看了一眼。

马凯感到杨怀远走远了,才松开艾丽娅,叫她开始行动。艾丽娅随即从球杆包里取出勘查箱，戴上手套，开始提取路上的脚印。马凯戴上蓝色橡皮手套，拿着一个小塑料袋，立即跑到垃圾桶旁，将杨怀远扔下的那双手套提取到塑料袋里。待鞋印和手套都提取到了，他们匆匆往大门口走，立即上了他们的车。

艾丽娅开车，马凯坐在副驾驶室。汽车下了山脚，直奔槟城市公安局的方向而去。艾丽娅一言不发，显得闷闷不乐。

马凯觉得奇怪，便问："很顺利啊。为什么不高兴呢？"

她将车开得越来越快，自我解嘲地说："是啊，我为什么要不高兴呢？跟着你实习，够幸运！"

他的脸都红了，忙着解释："小娅，我敢向你保证，我不是故意的。你想想，杨怀远身份太重要了，如果被他识破，我们就别想好好活了。情急之下，我才做出了那个不该做的动作。"

她看着前面的街道，语气没了刚才的犀利："我知道你不是故意的，我怨我自己还不行吗？"

他摸了摸自己的右脸，感觉还有些红肿，"再说，你打的这记耳光，真够狠的！"

"我在家里，连我爸爸也怕我五分。"

"我绝对相信！"

她转过头来，朝右看了看，果然看见他的脸上起了五个红红的指印。他没有撒谎，这记耳光真是太狠了。她拿出一条毛巾，扔给他，感叹道："你好好擦一擦，免得你妈妈看见了心疼，我可没有做对不起她的事。"

马凯拿过毛巾，闻了闻，擦着脸，劝慰道："不要紧，我妈只关心我心里的事，从不关心我脸上的事。"

第八章

一

这就是中央音乐学院,中国学习音乐的最高学府。出入府门的青年学子,看起来与众不同,他们的穿着似乎太前卫,他们的言行似乎太古怪,男生的头发似乎太长,女生的头发似乎太短。

自从毕业后,白露再也没回过母校。她一脚踏上校园的小径,昔日的快乐全都苏生过来。她站在那棵古槐下,闭着眼睛,双手在苍老的褐色的树皮上弹奏着,她回忆说:"那时,只要我站在这棵树下,就能听到教学楼上传来低沉的大提琴的声音,我记得那是帕格尼尼的《随想曲》。我跟着大提琴的旋律,在树上弹奏着,弹奏着……直到我的手指离开这棵树,大提琴的声音嘎然而止。整整四个年头,我和那把大提琴一直重复着同样的故事……"

白露东走西瞧,恨不得一口气看完校园所有的地方。鲁宾催她还是先去找赵老师,等造访完后再怀旧也不迟。

由于赵嘉任是著名的钢琴家,属学校大熊猫级别的人物,享受着一幢独立的小洋楼。说是小洋楼,不过是一幢两层的苏式老房子。那是六十年代,两位来此任教的苏联音乐家曾住在这里,他们被要求撤走后,这幢房子就分给了赵嘉任。赵嘉任把自己献给了音乐,他一辈子没结婚,独自享用着这幢小洋楼。

房子立在一个小山坡上,掩映在成片的青翠的修竹之中。门口立着四根粗大的圆柱,大门也是像石门一样沉重的阔大的桦木门。他俩走过雕花的石阶,突然看见两个警察正坐在客厅里。看到他们进来,警察毫不掩饰他们的职业毛病,怀疑地看着他俩。

鲁宾安排白露坐在沙发上,还给她倒了一杯水。白露太熟悉这幢房子了,想站起来走一走,看着警察直勾勾地看着她,不敢动弹。

鲁宾故意视警察若无物,一边大声地喝着茶,一边哗哗地翻看那本纪念赵嘉任执教四十周年出的画册,许多海内外弟子都赶来庆贺,有些还写下了情深意切的怀念文章。他递给白露,白露翻看着,百感交集。她昔日的同窗同学,都成了国内同行的佼佼者,还有几个甚至成为了国际钢琴大师。她一页一页地翻着画册,不禁洒下了几滴泪水。

门外传来脚步声,一个头发花白的老者出现了。他身材高大,穿着一套蓝色的西装,扎着红色的领带,天生就是艺术家的风度气质。他看到家里坐了许多陌生人,不禁加快了脚步,他跨进门来,他一眼就看到了白露。

他扑上去,伸出双手,将她揽在怀里。他没想到白露会来看他,激动得说不出话来,只是一个劲地吻着她的脸。

白露伏在他的胸前,禁不住流出了热泪。她的双眼熠熠闪耀,看着恩师,嘴唇动着,眼泪流个不停。她突然想起鲁宾,拉着恩师的手,兴奋地介绍:“他叫鲁宾,槟城音乐学院作曲系硕士研究生,如果不是他的要求,我还不会来这儿呢!”

赵嘉任握着鲁宾的手,在他的手背拍了几下。他转过身来,发现两个警察正在一旁呆呆看着他们,便问白露:“他们是你们带来的客人吗?”

“我们不认识他们。”鲁宾说。

原来,即便两个警察也互不认识,不过都是想请赵教授当他们孩子的钢琴老师。他们进屋后,发现赵教授不在家,便采取了“打伏击”的方法。赵嘉任笑了,他有十来年不带学生了,更不带小孩子。警察失望地走了,他们开心地笑了。他对白露说;“我与音乐狂恋了一生,现在必须亲自动手,整理自己年轻时的一些作品,给自己的一生来个总结。”

赵教授似乎很久没说过话了,根本就不知道怎么说话。他走到钢琴旁,打开琴盖,坐在琴凳上,将双手放在琴键上。白露也坐到他的旁边,将双手放在琴键上。他弹几个音符,她接弹几个音符,两人哈哈大笑。他又弹了几个音符,她又接弹了几个音符,两人的眼泪一下子流了出来。他弹了一支曲子,她又弹了一支曲子,他吻了她一下,她也回吻了他一下。他俩轮流弹着,全然不觉泪水爬满了他们的脸庞。他又弹了几个音符,她看着自己的衣服，笑了。他又弹了一支曲子，她不好意思地捂着自己的眼，不敢看她的老师。他俩就这样在钢琴上交流得“昏天黑地”，没有说一句话。

等到他们感觉到肚子唱起了空城计，才发现天已黄昏了。赵嘉任没看到鲁宾，急忙站起来，左右寻找着。白露大喊了一声：“鲁宾！”

他俩听到餐厅传来叮叮当当的声音，跑进去一看，却见鲁宾已经做出了一桌菜。赵嘉任笑呵呵地看着鲁宾，真没想到这个年轻的作曲家还有这一手。鲁宾说，他喜欢做饭，做饭的感觉就像作曲，能给人带来激情。他的几首发表的作品，就是在做饭时完成的。

他看到赵嘉任有些难为情，便举着锅铲，在空中舞动着，像是炒菜，又像打着拍子，他笑着解释说：“您不要以为我在做饭，实际上我在作曲。”

“既然你的曲子作好了，我们何不开始演奏呢？”赵教授说。

每个人都笑了，连那只波斯猫也兴奋地爬到了餐桌上。鲁宾还没见过如此漂亮的猫，便把她抱在怀里。赵教授要白露坐在临窗的位置，这样他能够更好地看到她。

花猫从鲁宾的怀里跳到了赵教授的怀里。赵教授吻了吻她的红色的眼睛，将她放在地上，哼了一下贝多芬《命运》交响曲的开头，花猫立即走开了。

赵教授给白露夹了一块鸡，给鲁宾夹了一块鱼，他自己夹了一块红烧肉。三个人相互看了看，同时开始“演奏”。赵教授演奏得大刀阔斧，全然不像一个老人。他吞掉了一块红烧肉后，喝了一口饮料，突然问：“鲁宾，你是怎么认识白露的？”

“在大卫·海夫戈特的钢琴演奏会上。”他看着白露，似乎想得到她的印证。

“你父亲是作曲的吗？你妈妈是一个钢琴家？”赵教授问。

“我父亲是作曲的，不过他是为建设有中国特色的社会主义作曲；我母亲是钢琴家，不过是将一架昂贵的钢琴放在家里，从来没有打开过琴盖。”鲁宾不仅把他们逗笑了，也把自己逗笑了：“不过我身上仅有的一点音乐细胞，可能是我父亲给的。可惜的是，他永远理解不了音乐的真谛。”

入夜了，校园的灯亮了起来。美妙的琴声从灯光处飘过来，如梦似幻。由于连续坐了二十四个小时的火车，白露上楼睡了。赵嘉任和鲁宾坐在客厅的沙发上，一边喝着红酒，一边听着竹林那边传来的鸟鸣。

朦胧的桔黄色的灯光，洒在两个男人的身上。赵教授端起酒杯，走到鲁宾的面前。鲁宾抬起头，用酒杯轻轻碰了一下教授伸过来的酒杯。教授看着他，那张充满青春与朝气的英俊的脸庞，忍不住问："小伙子，你是想帮助她吗？"

鲁宾点了点头。他的目光看到了挂在墙上的一幅画，画的是一个正在弹琴的少女。鲁宾忽然觉得，那个少女就是白露。他走近一看，果然是她！

赵教授发现了鲁宾的发现，放下酒杯，坐在琴凳上。他打开琴盖，开始演奏柴可夫斯基的《第一钢琴协奏曲》。他的柔软无骨的手在黑白波浪上滑动着，目光始终没有离开墙上的那幅画。

"我与白露的父亲白如松是同学，我们同在苏联柴科夫斯基音乐学院留过学。白如松是一个非常浪漫的人，也是一个理想主义者。第一届柴科夫斯基国际钢琴大赛，我们聆听了美国钢琴大师范克莱本的演奏，完全被他绝妙的演奏折服。白如松想学范克莱本，又感觉力不从心，便把希望寄托在白露的身上。然而，天意弄人，白露的音乐天才，一夜之间消失得无影无踪。随着理想的破灭，白如松对生活失出了热情，他不再留恋音乐，含恨离开了人世……

赵教授的脸上不再痛苦，或者说他根本就忘记了痛苦应该是什么，"当初，白如松把白露交给我，希望中央音乐学院能够实现他的理想。她考入中央音乐学院时，只有十四岁。四年的大学学习，让她的演奏有了质的飞跃。她是一个天才，可遇不可求的钢琴天才，具有成为世界一流钢琴大师的所有潜质。我联系了我的同学，决定把她选送到英国皇家音乐学院去读硕士研究生，然而，就在临毕业前夕，她受到了创伤，所有的乐感变得稀奇古怪，所有的才气一夜之间荡然无存。英国皇家学院的老师来面试时，她完全变成了另外一个人，一个天才就这样毁灭了……"

"她为什么变成这样？"鲁宾想得到一个准确的答案。

"毕业前几天，她不知道去哪儿玩了一趟。第二天下午教完课，我回到家里，发现她躺在床上，身上湿漉漉的，还有一些泥浆。我急忙抱起她，问她出什么事了。她摇着头，什么也记不起来了。我急忙给她换了衣服，把她安顿到床上。给她洗衣服时，我发现她裤子上的血，我就想，她一定是遇到坏人了。你不知道，她纯洁得像一个天使。她从来没有走出过家庭，也从没走出过校园。她的世界，除了音乐，还是音乐。可是，发生了那样的事，她什么也记不起来了……"他的目光一直盯着墙上的白露，弹奏越来越激越。

鲁宾坐到沙发上，喘着粗气，他盯着那幅画，推测说："她肯定受了刺激……"

"后来我去问她的同学，大家只知道那天她外出了，根本不知道她去了哪里。"赵教授站起来，长叹一声，"我曾经试图让她记起当时的那一幕，可是没用，她完全想不起来了。”琴声从他的指缝间流出来，像哀怨的河水。

鲁宾将目光从画像上收回来，看着赵嘉任的背影出神。

“毕业那一天，她的父亲和外祖父也来了。他们看到白露变成了那个样子，精神一下子垮了。他们把白露带走了，我的心也碎了。我把她当成自己的女儿，在她身上花了大量的心血，寄予了无限的希望。我曾经以为招到这样的学生，是我的幸运。可是，老天突然又让我变成不幸的人，所有的美好只发生在回忆中，在回忆中……”他弹了最后一个音符，几乎就像砸出来的。

正在这时，楼梯口传来急切的脚步声，接着白露跌跌撞撞地出现了。赵嘉任急忙冲上去，一把抱着她。她挣扎着，一把将赵嘉任推开，嘴里大声叫喊着什么。

鲁宾走过去，想制止她，她伸出双手，突然向他的脸上抓去。

“抓住她的手！”赵嘉任高喊。

鲁宾抓住她的手，将她抱到沙发上。看到白露还在挣扎，赵教授叫鲁宾抓住她的左胳膊。他拿起一个注射器，在她的左臂肘静脉处打了一针。白露刚开始还在挣扎，接着慢慢安静下来，看着注射器，看着药水慢慢推进了她的血管。她伸出手，摸着鲁宾的脸，眼睛慢慢闭上了。

鲁宾抱着她，上了楼，将她放到床上。赵教授将一床薄毛毯盖在她的身上，看了看表，说：“二十分钟后，她会醒过来。”

他俩守在床边，等待着她的醒来。谁也没有说话，能听到对方粗重的呼吸。四目齐齐聚焦到她的脸上，像汉白玉一样精美的脸庞。

鲁宾伸出手，轻轻地抓着她的手，一直等到她醒来。她睁开眼，脸上静美如画。她伸出手，摸了摸鲁宾的脸庞，喃喃自语：“秦皇岛，海滨，天下着雨，我看到了孔雀，还有一张脸……秦皇岛……海滨……我躺在沙滩上，好大的雨……我看不到他的脸孔……”

“那个人是谁？”鲁宾握着她的手，声音有些颤抖。

“不知道……什么也想不起来了……我的头痛得厉害……”

二

第二天一早，他俩来到北京火车站，坐上了开往秦皇岛的列车。月台上送别的人大多是一些衣着华丽的妇女，还有一些看起来横眉冷眼的老男人。他们表情各异地看着车上的孩子，等候列车的启动。

他俩坐在靠窗的位置，向赵嘉任挥着手。赵教授站在月台上，拿着一把小提琴，眼睛一眨也不眨地看着白露。多年来，他原本就睡着了，白露的到来叫醒了他。现在白露又要走了，也带走了他的灵魂。他就像一具行尸走肉，睁着一双空茫的眼睛，陌生地看着白露和她身边的鲁宾。他想问：你们还会回来看我吗？可他终没开口。白露深情地看着他，向他摇动着手臂。

他凝固在那里，仿佛感觉不到月台的喧哗。他是那样的忘情，弦上流淌着埃尔加的《爱的问候》。他不忍再看她的眼睛，眼睛盯着琴弓在弦上激情地奔跑。

火车启动了，月台上的妇人开始奔跑，疯狂地向车上的人挥手送别。她们的手上戴着一些光灿灿的东西，照亮了月台。赵嘉任差点被几个哭丧着脸的贵妇人挤倒了，她们冲着他大骂着什么。在他被挤得摇摇晃晃的时候，他仍然没有中断一个音符。

月台上的手臂与从车窗里伸出的手臂连成一片，月台上的呼唤与列车上的呼唤连成一片。

火车越来越快，月台上的人渐渐被抛在了后面。赵教授仍然在拉着《爱的问候》，没有中断一个音符。他的身影越来越小，渐渐变成一个黑点，最后连黑点也没有了。

车厢里人声鼎沸，根本就听不清说什么。他们放眼而望，发现整节车厢全是孩子，有些还戴着红领巾。他们在一起说啊，闹啊，打啊，连放出来的臭气似乎都充溢着快乐。白露有些恐怖地看着这一切，以为他俩上错车了。鲁宾说，他们上了一列专列，这些孩子都是北京的高干子弟，被安排去北戴河夏令营。

鲁宾看着白露的脸，心情非常愉快，他问："当时你为什么要去秦皇岛呢？"

白露似乎没有听到他的发问，反而问他："赵老师现在还站在月台上拉琴吗？"

鲁宾看了看手表，摇着头说："不可能还站在那里吧？"

"在音乐学院的四年，我和他说的话不会超过四十句，我是在他的琴声中感悟这个世界。每天上完课，我回到我们的家，他用琴声迎接我，晚上，我听着他的琴声入眠，清晨，我在琴声中醒来。他弹哪几个音符，我就知道我要吃饭了，他弹哪几个音符，我就知道要弹琴了，他弹哪几个音符，我就知道我弹得令他生气了，他弹哪几个音符，我就知道我弹得相当棒，他弹哪一支曲子，我就知道我要洗澡了，他弹哪一支曲子，我就知道我忘了吻他了。从他的琴声中，我知道该穿哪件衣服，不该穿哪件衣服，从他的琴声中，我判断出我该用哪种香水，不该用哪种香水。有时候半夜醒来，他用琴声告诉我，我白天的演奏哪些地方还不够完善。有时候，灵感到来时，我不穿衣服，或者说忘了应该穿衣服，突然从浴室里冲出来，发疯一样地弹奏着那些高难的曲子。这时，他会拿着衣服走过来，一件件地帮我穿上。待我弹完琴时，我的衣服不知什么时候穿好了……有时候，我听他弹琴，我会在他的身旁睡去。第二天早上，我睁开眼睛，他就坐在床边，或者坐在一张桦木椅上，坐在我能够感受到他的爱的地方……"

"你怎么从没告诉过我呢？"他问。

"见到他后，我才想起来……"她看着窗外，似乎完全变成了另一个白露。

"你这是爱情吗？"他有些嫉妒她的故事。

"我从来没有爱过一个男人，直到遇到你。"她坚定地说。

鲁宾涌起了激情，本想伸出手，揽她入怀，可最终还是将手缩了回去。他看着窗外，还是回到了先前的问题："当时你为什么去秦皇岛呢？"

她看着他，恢复到了先前的迷茫的眼色。他不敢握她的手，催她好好想想。她看着他，渐渐闭上了眼睛。

过了一会儿，她突然睁开眼睛，惊喜地说："我想起来了，我的毕业作品，是一个钢琴小品，叫《蓝孔雀》，可是，我一直认为这个作品还不够成熟……有一天晚上，我做了一个梦……梦见好多孔雀在树林里飞，我正在海边弹着钢琴……那些孔雀飞到我的琴键上，用她们的脚弹奏着曲子，那首曲子就是《蓝孔雀》，我弹奏着这支钢琴小品，征服了从英国皇家音乐学院来的主考专家，我去了英国……"

"那你为什么去了秦皇岛呢？"

"刚好在前一天，班上一个同学去了秦皇岛，她看到了海滨，看到了树林，看到了蓝孔雀……"她惊大眼睛，看着窗外的景色，好多记忆都苏生过来，"我立即想去秦皇岛，看蓝孔雀，充实我的毕业作品，我没有对赵老师说，对谁也没说，就坐火车去了那里……"

鲁宾看着她，脸上现出惊恐的表情，"我知道了，你一定去了北戴河……去了观鸟台……"

四周死一般寂静，只有车轮撞击铁轨的擦声。放眼望去，所有的孩子都躺在椅子上睡着了，没有一个醒着的，就像集体服用了安眠药。

从窗外望去，天边黑云滚滚。一群孩子正玩着纸扎的风轮，往风口疯跑。暴雨就要来了，飞来几滴沉重的透明的雨，就像成熟的葡萄扑落在窗玻璃上，击起一圈蛛丝般的水汁。

列车行驶了两百七十公里，抵达了被渤海拥抱的秦皇岛。秦皇岛，中国历史上第一个皇帝求仙入海的地方，此后数十个封建帝王竞相吟咏的地方。这座著名的旅游城市，据说每年来此旅游的游客多达六百万人次以上。

正是盛夏时节，不同肤色的人涌到这里，无数双眼球开始围绕着秀丽的海岸线和富足的人文古迹转动。

列车到站了，孩子们像煌虫一样嗡嗡地叫喊着，快乐地欢呼着，随后被停泊在月台上的一辆辆豪华大巴接走了。

鲁宾提着包，牵着白露的手，从空荡荡的车厢里走出来，随着水泄不通的人流，涌出了站口。

天下着细雨，那些身上穿着统一的黄马夹的的士司机冲上来，围着他俩，热情地问要不要坐车。由于在细雨中等得太久，他们的头上湿漉漉的。鲁宾选了一个还没学会拉客的年轻女子的的士，指向北戴河方向。

到金山宾馆的门口，到大堂办理了住房手续。他俩跟着侍应生，打开了属于他们的那间房。鲁宾拉开窗帘，打开窗户，看到大海的波涛正从远处翻滚而来。

洗漱完毕，白露从浴室走出来——她仍然穿着他喜欢的维多利亚风格的长裙，头上戴着那顶白色三角帽，帽上插着一根蓝色的孔雀翎。她的眉毛，眼睛，鼻子，嘴，下巴，无一不展现出精致典雅的美。她绕着他转了一个圈，扑闪着会说话的眼睛，带着甜蜜的语气问："好看吗？"

鲁宾缩着自己的身子，抵挡着她的美的辐射。她看着他的窘态，伸出玉手，好奇地问："你不吻一吻吗？"

他拿着她的手，呼吸急促起来。他立即松开手，后退了两步，笑着说："我不是说过吗？当我感觉自己能够控制冲动的时候，我才能吻你。"

她走近他，看着他的眼睛，"为什么要控制呢？"

他后退了一步，到了墙边，能听到海水的澎湃声正从他的头顶掠过，"我不想这种欲望，那么快就将我毁掉。"

他们下了楼，到二楼的餐厅简单吃了一点东西，匆匆赶到海滩。

雨雾里的沙滩，像一条青色的丝带，环绕着大海的颈项。墨绿的海水拱着滔滔白浪，带着由远及近的哨音，从远方翻滚而来，狠狠地将白色的泡沫摔在沙滩上。

雨越下越大，偌大的海滨浴场，只有几个小孩在疯踢沙滩足球，还有稀稀落落的泳客在海水中嬉戏。白色的水鸟舞动着细长的翅膀，鸣叫着，出没于烟波之上。

衣服都淋湿了，发梢挂着雨滴。她一边走，一边四处观望。她一会儿看看天上，一会儿望望大海，一会儿转过头来看着联峰山，一会儿凝视着鲁宾。她有些发冷，嘴唇颤抖着。

鲁宾一把拉住她，提醒道："你不是说当时你去看鸟吗？"

鲁宾牵着她的手，搭上了直到观鸟台的3路公共汽车。

观鸟台位处赤土山东的密林中，北戴河观鸟的最佳处。据说，早在上世纪初，美国、德国等国家的鸟类学家来此考察鸟类资源并著有专著。尤其是英国剑桥大学威廉·马丁博士的卓越贡献和大力宣传，使北戴河观鸟誉满全球。

森林笼罩在一片雨雾之中，根本看不到什么鸟儿，更不用说飞翔的蓝孔雀。鲁宾几乎被雨水浇得睁不开眼，抹了一把湿漉漉的头发，对着雨中的她大声说："我听说这里有四百多种鸟儿，但没听说过还有孔雀。"

她抹了一把脸上的雨水，看着他，大声说："一定有，当时我们都看到了。"

"你当时站在哪里？他当时站在哪里？"他看着她，大声问。

她站在被雨水浇得硬的沙土中，像突然掉进了黑暗之中，她回过头来，目不转睛地看着他，"当时天下着雨，就像现在一样。他站在你站着的位置，我站在这个位置……"她向前走了两步，停下来，望着雨帘织就的天空，自言自语地说："当时我望着天空，突然听到身后的脚步声，便转过身来……"她转过身来，惊异地说："我看到了一名中年男子，穿着白色的衬衣，站到我的面前。他的头发全打湿了，他没有说话，手上拿着一片硕大的树叶，慢慢地向我走来……我沉浸在寻找中，没有意识到他的存在，或者说意识到了没有想到要和他说什么。我往前走，希望能够找到梦中的孔雀……不知过了多久，我回过头来……"她往前走了几步，突然又转过身来，看着跟在她身后的鲁宾，眼里闪着惊惶，"我发现他一直跟着我，用那片树叶为我遮雨。雨越下越大，他从后面抓住了我的左手，他的手滚烫滚烫，我吓坏了……我吓得说不出话来……用右手做了一个弹钢琴的动作……他似乎明白我是一个钢琴家，立即松了手……"

她急急地往前走，身上湿淋淋的。鲁宾也不知从哪里摘了一片硕大的树叶，举在她的头顶。

“我急切地想找到孔雀，可就是没有出现。我非常失望，没有勇气再往前走了。他浑身哆嗦着，突然抓着我的手，吻了两下。我不知道他要表达什么，好奇地看着他……一阵大雨掠过，突然飞来一群孔雀，从我们的头顶上飞过，脖子上还闪着蓝色的光。我惊呆了，就像梦中看见的一样，的确是蓝孔雀，能飞起来的蓝孔雀……”

鲁宾望着天上，惊骇地看到一群蓝色的孔雀从他们的头顶飞过，那蓝色的翎羽闪着光。白露大叫一声，捂着脸，不敢相信如此奇特的一幕。

看到孔雀飞走了，白露突然转过身来，牵着鲁宾的手，往海滨的方向疾跑。

雨雾茫茫，海滩空无一人，只有一大片红腹滨鹬旁若无人地在海滩的淤泥中漫步。它们迎着雨滴，时而挥动着翅膀散发热量，时而冲到浅海里“冲凉”。

白露看着这些鸟儿，似乎所有的记忆完全苏生过来。她模仿着一只红腹滨鹬下海“冲凉”的动作，慢慢地走向大海。

海水阵阵涌来，打湿了她的衣裙，她将双手抱在胸怀，一半是欢乐一半是痛苦地往海水中走去。鲁宾看着这一幕，身子突然抖了起来，心几乎要跳出了胸膛。

大海汪洋一片，什么也看不见。海水浸过了她的小腿，膝盖，大腿。她的双腿慢慢往前探，突然停止了挪动。她感到，海水浸透了她的衣裙，软软地拥吻着每寸肌肤。她一声惊呼，身子又开始往前挪。她感到海水漫过她的乳尖，开始浸到她的脖子。她慢慢往更深处移，感到一股潜流正用力地将她推向阴冷……

有人从后面过来了，一把拉住她的胳膊。她转过身来，鲁宾目光灼灼，她说：“我慢慢划向海的深处时，他把我拉上了岸……”

鲁宾将她拉上沙滩，喘着粗气，看着她的眼睛。她伸出手，摸着他宽阔的额头，燃烧的眼睛，挺拔的鼻梁……她的目光始终没有离开他那燃烧的目光，感到他的身子像一块灼热的火炭。

雨下个不停，海水涌到脚边，一群滨鹬慢悠悠地走过来，围着他们。一只红腹滨鹬几乎就在白露的眼前，它睁着黑色的眼睛，一边看着白露，一边吃掉了那条被海水冲上岸的失去了活力的滩涂鱼。

白露的眼睛凝固一般，承受着他的燃烧。她亲吻着他的脸庞，燕声莺语：“我将我的初恋……最纯洁的初恋……献给你……亲爱的……”

“当时，他也是像我一样吗？”他喃喃自语。

“我根本不知道……男女之间是怎么回事……他就掀开了我的衣裙……”

他一把抱住她，掀开她的裙子，慢慢倒下去……他感到自己的身体就像一个炸药桶，渐渐有了临爆的那种状态。她感到一股电流袭来，几乎将她击晕。

“他掀开你的裙子时……你就没有反抗吗……”他喘着气问。

“我……不知道……发生什么了……”她梦呓般地说着。

“你打了他吗？”他抓起她的手，狠狠地扇了自己两耳光，“就像这样，你抽了他吗？”

“我非常恐惧……”她感到她就像身后的海浪。

“你就没有……骂他几句吗……骂他流氓……骂他狗娘养的……”他提高了声音。

“我意识到了危险，大喊救命……整个人就晕过去了……”

“你怎么啦……”他感到身体快爆炸了。

“我醒来时……天完全黑了……我一个躺在海滩上……身上满是泥浆……”

“他怎么这样呢？怎能抛下你逃跑呢？这个恶棍！这个卑鄙小人！”

“天啦，海浪要来了……”她发出比绝望还要可怕的呻吟。

“那个畜生！”他大喊：“他害了你！我要杀了他！”

他们同时发出绝望的叫喊，接着仿佛听到了排山倒海般的呼啸，随后感到身子被海浪击成了碎片……

白露醒来了，看到鲁宾的眼里流出了泪。她将她的头放在怀里，吻着他的额角及沾着海浪的唇。

他突然从她怀里跳起来，匆匆穿好衣服，沿着海滨拼命逃跑。白露手忙脚乱，穿了衣服，拔腿便追，焦急地大喊：“等等我……不要抛弃我……”

她拼命追啊追，可就是不见他的身影。她没了一丝力气，倒在沙滩上。

不知过了多久，她醒来了，慢慢爬起来，突然看到鲁宾站到她的面前，就像从地洞里钻出来的。

她没有理他，冒着大雨，径直往前走。他不停地抹着脸上的雨水，若即若离地跟着她。

前方的雨雾中出现了几个人影，戴着太阳帽或麦草帽，正在悄悄走近红腹滨鹬。只听“砰”的一声，一张红色的大网从长长的黑色的枪筒里吐了出来，将一大堆海滨鸟网住了。那些人是鸟类学者，他们将在这些鸟儿的身上装上无线电发射器，然后对它们超级的适应能力作进一步的研究。

少年时的鲁宾，许多次看见过眼前的这一幕。此刻，他不敢多作停留，拼命追赶前面的白露。

三

他们一路上跑，谁也不说一句话。到宾馆的门口时，他俩的样子一定非常可怕，所有的人惊奇看着他们。鲁宾用电子钥匙开了门，让白露先进去，自己进来后，随手将门反扣上。

他转过身，呆若木鸡，看着白露。白露倚在窗边，惊惶地看着他，瑟瑟发抖。鲁宾突然一转身，冲进了浴室。

他打开喷头，热水哗哗地流了出来。他脱了沾满泥沙的湿衣服，站在镜子前，看着镜中的自己。他盯着镜中人，目光从他的头上缓缓下移。这是宽阔的额头，闪着思索的光。这是黑亮的眉，常常像两个结。刀锋般锐利的眼睛闪着几分迷离的幽光，挺拔的鼻梁给他脸平添了几分男人的英武，轮廓分明的嘴唇，带着男人与生俱来的沉默，下巴的线条刚健有力，胸部两块肌肉岩石般坚强，平滑的腹部像弹性十足的织锦……他的痛苦在于，他为什么不能控制自己的身体！

他的目光搜寻着，看到了大理石台面上放着为房客准备的刮胡刀。他将刀片拆下来，拿在手上，与皮肤隔着一毫米左右的距离，沿着自己的额角缓缓滑下来……滑过眉毛，两眼之间，鼻子，鼻唇沟，嘴唇，下巴，胸部，腹部，最后停在了高昂着的阳物的上面。他的痛苦在于，他痛恨肉欲，为什么他不能战胜他，那个魔鬼！他拿着刀片，握着它，感到了它的血管正在"突突"的跳动。他认为，他身体绝大多数零件都能接受他的大脑的调遣，唯有它能够反叛他。他明白了，它不是他的，是那个魔鬼的！

他将刀片架在它的身上，它仍然高昂着头，没有屈服的迹象。鲁宾握着它，双手不停地颤抖着。浴缸的水溢出来了，像狗的舌子一样舐着他的脚背。蒸气笼罩了整个浴室，朦胧了镜中人。鲁宾喘着粗气，痛苦地拿起刀片看了看，最后不得不将刀片丢进了垃圾桶。

门外传来拳头擂门的声音，接着是白露带着哭腔的呼喊："你在干什么？为什么还不出来？”

听到她的声音，他感到它立即又昂起头来，反抗着他的意念。他靠在门边，大声吼叫：“你能让我安静一下吗？”

他听到外面“卟嗵”一声，接着是身体撞在门上的声音，接着是她的哭诉：“鲁宾，我只是爱你，这有什么过错吗……”

他痛苦地大吼，可他感觉到它好像要爆炸一般：“我讨厌我自己，还不行吗！”

她打着门，呜咽道：“我没有爱过男人，我只爱你……”

它在兴奋地跳动，因她的声音而跳动，仿佛在嘲笑他，或是故意在向他示威。他看到那个魔鬼附到他的身体里，他的大脑控制不了他的身体。他看到了，那是一个非常熟悉的魔鬼，和他相似面孔的魔鬼！

“如果你不想接触我的身体，我答应不走近你，你开门吧，开门吧……”她在门外一遍又一遍地许诺。

“我爱你，可是你让我完全迷失了方向……”他的身子顺着门，无力地倒下来。

“我爱你……你一定在嘲笑我，蔑视我……你嘲笑好了，蔑视好了……天啦，我为什么会变成这个样子……”她伏在门上，一边哭，一边捶着门。

鲁宾穿上湿短裤，猛地把门拉开，白露猝不及防，一下子滚了进来。她坐在地上，吃惊地看着他。

鲁宾伸出手，将她拉了起来。他把她的湿衣服脱了，将她抱进浴缸。他退后一步，将双手搭在胸前，痴痴地看着她，一言不发。

“你怎么啦？告诉我！”白露躺在浴缸里，任喷头将水洒在她的头上。

“我正在和一个魔鬼进行斗争。”他闭着眼睛，痛苦地流出了眼泪。

“我可以帮助你吗？”她问。

“我自己可以对付他。”他说。

“他是谁？”

“我不会让你知道的……”

她站起来，身上披了一条浴巾，急切地问：“鲁宾，你爱我吗？”

鲁宾点着头，看着她洁白的胴体，脸上现出痛苦地表情。

白露从浴缸走出来，看到了垃圾桶里的刀片。她拿了刀片，然后将它丢进抽水马桶冲走了。她眼里溢满泪水，头也不回地走出浴室。

他感到无力控制自己，那个魔鬼正在他的身体里涌动，终于让它冲破了他的意念喷薄而出。他痛苦地看着镜中的自己，一拳过去，只听“砰”地一声，镜子哗啦啦落了下来，像水晶一样掉下来。

第九章

一

通过比对，案发现场神秘男人留下的指纹和脚印与高尔夫球场提取的指纹和脚印一致。他们立即找来“逐草居”的监控录相，反复看了几十遍，终于找到了另一重要的证据：刘旗旗死亡的前三天晚上，杨怀远开着一辆奔驰车，驶进了“逐草居”，并且在刘旗旗所住的别墅门前停了下来。

专案组办公室。肖强和小毛正在看电视，电视正在播报杨怀远冒雨视察洪灾的消息。一个助手试图将一把伞遮在他的头上，被杨怀远愤怒地打开了。他的头发湿淋淋的，抹着泪，安慰着一个被洪水冲走儿子的颤颤巍巍的老妇人，脸上带着虔诚和愧疚。四周的老百姓被杨怀远的爱民如子感动，纷纷落泪。还是那些陪同的官员聪明，带头鼓掌，老百生随之激动地鼓掌。

马凯和艾丽娅正在翻看着一大堆从网上下载的写杨怀远的文章，还有一些没能公开发表的东西。

杨怀远出身在云南中甸县一个贫苦的农家，上有一个哥哥，还有一个姐姐。他出生的那一天，母亲在院子里破竹编篮子，突然发作，父亲和一个邻居急忙抬着一张竹椅送母亲去卫生院，还没走出柴门，杨怀远就顺着用来固定竹椅的竹竿掉下来，“咚”地掉在地上。母亲大出血差点死去。五天后，父亲为母亲治病上山采药，跌下山谷摔死。母亲撑起了残缺的家，独自抚养三个孩子。因生活异常困难，原本学业相当优异的哥哥和姐姐只得先后辍学,全力托举杨怀远完成学业。

杨怀远在官场平步青云，证实与他成功的联姻有着千丝万缕的关系。大学时,他以“咬定青山不放松”的韧性追到了沈红霞,当时国务院所属某部委部长的女儿。由于他们都是社会青年被推荐上学,两人在大二时就结了婚。毕业时,作为沈部长的乘龙快婿,他理所当然地进了当时的国务院办公厅。正如他所料,他不仅在官场上“垂直上升”,而且还差点申报成功成为中国工程院院士。为了让他尽快地成长,成为更高级别的领导,上级领导决定调他到A省任常务副省长,直接接替即将“到点”的省长。当然,民间还有另外一种说法,认为杨怀远的好运全部用在前面,现在开始走霉运了。他在副部级的领导职位已经差不多十年,那些要上的人对他不耐烦了,他被平级调往外地当副省长,实际上已经失势或是失宠。所谓让他接替省长的位置,不过是画饼充饥罢了。

不管怎样,作为常务副省长,杨怀远几乎就是封疆大吏了。在官本位的社会里,他足以让那些对他不敬的人付出代价。更何况,他们只是掌握了他去过“逐草居”的证据,不能由此证明他与刘旗旗之死有何直接关系。

马凯知道事情的复杂性，提出暂时不将最新进展汇报给顶头上司,因为事关如此重要的人物,上司肯定要等更高的上司发话,才能决定此案是否还有必要侦办下去。

正在这时,马凯突然接到了李军打来的电话。他在电话中告诉他,杨省长想见见他和艾丽娅,如果有时间的话,杨省长想邀请他俩晚餐。马凯非常吃惊,因为杨怀远这张“牌”出得太不合常理了。

“以他的身份,他可以对我们视若无物,”马凯低着头,在他们面前走来走去,有些不解地说:“这葫芦里到底卖的什么药?”

“他肯定知道我们已掌握了重要证据,所以就来了个化被动为主动。”肖强说。

“他心里正在发毛,也许想探测我们到底掌握了多少证据?”小毛推断说。

“也许,他发现我们去高尔夫球场跟踪他,是不是他想暗示什么?”肖强问。

“也许,他还没有出现在我们的侦查视野里,我们就在他的反侦查视野里出现了。”马凯联想到他们在大街上被跟踪的情节,推测说:“他邀请我们,无非想告诉我们,我们所做的一切对我们没有好处。”

“问题是,我们掌握的证据还比较少,还不足以证明他亲自或指使别人杀死了刘旗旗。"小毛说。

"也许，杨怀远做贼心虚，他以为我们掌握到了足够的证据。"肖强推测说。

"他是常务副省长，不知道多少人想为他效犬马之劳。各方面的情况源源不断地反馈到他的耳朵里，他很清楚他现在比谁都安全。"马凯不同意肖强的分析。

马凯不停地在艾丽娅面前走来走去，艾丽娅的头跟着他的走动而转动。小毛奇怪地看着艾丽娅，用手在她的眼前晃了晃。马凯故意不看她，实际上想知道她对此案怎么看。

"我们不要把杨怀远想象得太强大了。"艾丽娅站起来，在他们的面前走来走去，非常自信地说："据我观察，官当得越大，考虑的问题越多，因为他知道，任何细小的不慎都有可能让乌纱帽落地。考虑的问题越多，他的心里越是虚弱，心里越虚弱，他就越沉不住气。我同意马凯队长的一句话，他还没有在我们侦查视野里出现时，我们就已经在他的反侦查视野里出现了。他静观其变，然后伺机而动。如果我们没有查出现场的指纹，他肯定还会躲在暗处按兵不动。他探听到我们查出了他留在现场的指纹后，再也沉不住气了，立即怀疑到我们还查出了大头针和蓖麻毒素的来源。他寝食难安，想弄清楚我们究竟掌握到了多少东西，然后采取应对措施，安然度过目前对他来说有些被动的局面。"

"他可以通过其他途径了解我们究竟掌握了多少证据啊？"马凯反问。

"作为副省长，他当然有许多权力和机会知道一些普通人不知道的情况。特别是此案发生后，他从一般的情况呈报中知道案件的大致情况。但恰恰我们还没把侦办此案的进展情况向上一级领导汇报，他急了，虚了，便安排了今晚的鸿门宴。"艾丽娅想了想，解释说："在他看来，这步棋比较合理，不会露出什么破绽。"

"他可以通过我们的局长询问此案的进展情况啊？"马凯反问。

"你怎么知道他没有向局长过问？我们还没有向局长汇报情况，局长给他的还不如他掌握的。他不想让更多的人知道他在现场留有指纹的情况，所以就想与我们直接对话。"

"他为什么提出只见我和你呢？"马凯问。

"也许认为只有我们两个人知道指纹的事。"艾丽娅分析说。

马凯觉得艾丽娅的分析基本上能自圆其说，便问肖强和小毛，现在是不是要把此案的最新进展情况报告给局长。肖强知道马凯的意思，他是害怕他和小毛将最新情况兜出来给局长听。

“你不是不知道,我们从不越级反映情况。”肖强说。

马凯知道肖强误解了他的意思,解释说:“现在汇报,我怕侦破工作会立即叫停,等找到更充分的证据,谁也不能叫停了。”

“有道理。”肖强说。

“非常有道理。”小毛说。

四个人心领神会,决定等有了更进一步的证据后再作汇报。按照马凯的吩咐,肖强和小毛继续去外线调查大头针和蓖麻毒素的源头,以便有力地扼住杨怀远的“咽喉”。但他俩对马凯的吩咐显然有些“不满”,迟迟不肯出门。马凯看了看墙上的时钟,问他俩是不是有什么为难。肖强感叹道:“今晚你们去赴省长的家宴,他家做的菜肯定不一样。”

马凯把他的话当真了,握着拳头说:“没问题,到时给你打个包回来。”

二

他俩提前一个小时出门,以便能平复一下内心的激动。艾丽娅有意叫马凯围着人民公园转了几个圈,然后围着公园前面的假日酒店转了几个圈,感到时间差不多了,便直接将车开到离省政府大门口不远的地方。

下班了,省政府的门口便热闹起来了。一辆辆高级轿车鱼贯而出,车顶上发出炫目的白光。马凯看了看自己的老式三菱吉普,还是觉得老得亲切。

这时,一辆高级“奔驰”过来了,停在路边,李军从车上走下来,看到了三菱吉普后,向“奔驰”挥了挥手,“奔驰”马上开走了。马凯立即从车上走下来,将李军迎进了副驾驶室。在李军的指引下,吉普车沿着宽敞的马路往西行驶。

“李秘书,我们是小人物,杨省长屈尊宴请我们,我们受宠若惊,于心不安啊。”马凯说。

李军点燃了一支“大熊猫”,顿了顿,转过身来,递给马凯一盒,马凯摇着头表示他不会抽烟。李军咄咄逼人地问:“你连烟都不抽,都么能当刑警队长呢?”

“我喜欢反其意而行之。”马凯的犟脾气又上来了,但他还是压抑着说话的语气:“刑警队长看起来不像是刑警队长,那他才达到一定的境界。”

“这不好,真的不好。”李军在压抑着自己的情绪,但还是加重了说话的语气。

“杨省长为什么要对我们这些下人赏恩呢?”马凯还是回到了刚才的问题。

“我说过,有些东西说透了就变味了。”

马凯无话可说,看着李军的背影。李军看着前面的道,吞云吐雾。拐过一个街头,汽车上了高架桥。李军抽完一支烟,将燃烧的烟蒂狠狠地摁灭在烟灰缸里,侧过头来,看着正在后座的艾丽娅问:“你怎么不说话呢?”

“记得上中学时,经常学到歌颂周恩来的文章,有一次,我班上的一个男同学发现了问题,就问,老师老师,‘蔼可亲’是谁啊?老师说,我也不认识啊?那学生就说,周总理怎么经常走到周总理的身边呢?老师问,你这是说什么啊?学生就说,文章中每次说到周总理时,他总是和‘蔼可亲’在一起,难道不是吗?老师一听,知道了学生的意思,告诉他,‘蔼可亲’不是一个人,‘和蔼可亲’是一个成语,所以周总理经常和他在一起……”

她刚说完,车内就爆出了笑声。李军笑过后,点燃第二支烟,感叹说:“看来你还有一点点幽默感。”

“杨省长是不是经常和蔼可亲请一些小人物家宴?”艾丽娅没有笑。

“杨省长的确经常和‘蔼可亲’在一起,但据我所知,他好像不是经常举行家宴。”李军狠狠地吸了一口烟,反问:“这个问题有那么重要吗?”

“如果这样,那我们更加受宠若惊了。”艾丽娅说。

“我还是他的贴身秘书,都没有享受过你们的待遇,”李军重重地出气,两个鼻孔吐出两根烟柱,感叹道:“只要杨省长一句话,你俩可谓前途无量啊!”

“他为什么会看上我们呢?”马凯立即接过话头。

“怎么有这么多为什么呢?”李军回过头来,不解地看着马凯,“我天天在他的身边,他没有看到我。你们离他很远,他却看到了你们。这是没有理由的,再多的为什么也解决不了你的问题。如果你相信命,那就认为这是命好了。”他又点燃一支烟,意犹未尽地说:“举例来说,你和艾丽娅本不相识,但后来走在一起,最后是不是永远在一起,谁又能回答这个问题呢?这就叫聚散天注定,一切皆随命。”李军很想让他们明白他所说的,不断地比划着。

省政府要员的宿舍大楼离政府办公大楼并不远,拐过一条并不宽阔的马路就看得到了。马凯对这里并不陌生,曾经还在这里打过伏击。此时他才知道,那些政府高官的住宅就躲在君臣山下的这片翠绿之中。

李军向一个站岗的武警亮了亮证件，随着一阵金属滚动的声音响起，铁门从两边分开了。他们将汽车开进来,往左拐进了一条砂岩石铺成的马路。马路越来越宽,越来越高,最后在一栋黄色的房子前停了下来。

李军跳下车,躲到一边打了个电话,随后走过来说:“进去吧。”他俩看着他,站着没动,李军握着马凯的手,加重了说话的语气:“一定要把握机会!”

这栋房子是省府高级干部的住宅,显得非常气派。由于杨怀远来槟城后,福利房都分完了,组织在征得他的同意后,便在省府高级干部住宅的最上层加了一层,三套房全是他的。为了领导的身体健康,组织还专门请了一个园艺师,打理楼顶上的花园,那是一个长着奇花异草的空中花园,外人根本不可能走上去。为了让他专心工作，组织还给他安装了专用电梯。

此刻,他们坐上了直通九楼的专用电梯,电梯里站着一个稚气未脱的小武警,友好地对他俩点着头。银灰色的灯光从电梯顶上照下来,贴在他身旁的那把冲锋枪的刺刀闪着寒光。电梯的顶上装了一个探头,小得差点骗过了他俩的眼睛。

他们刚出来,电梯门就迅速关上了。三间大小相同的房门都敞开着,不知道进哪一间。恰好这时,走过来一个围着围裙的长着南亚面孔的妇人,用生硬的中文将他俩迎进了中间的那间房。

他们刚跨进客厅,仿佛走进了明清时代的富贵之家,房间摆满了唐、宋元、明、清各个时代的家具、瓷器、书画、木雕等古董,其中尤以家具及瓷器居多。电视、音响、空调,包括那架钢琴,都包上了紫檀木的外皮。一张黄花梨镶楠木描金的公堂案椅摆在正中的位置,闪烁着非富即贵的色彩。

一个年约五旬的女人从里间走出来了,正是杨怀远的夫人沈红霞。她穿着一件紫色的睡袍,脸上闪着白瓷一般的光泽。老远,她就伸出手,露出塑料花一般的笑容。他俩急忙迎上前去,双手握着她那双戴着炫目的“闪光器”的软绵绵的白手。她坐在那张清式紫檀木沙发上,用手指指了指,示意各人坐下来。艾丽娅刚想坐在那张公堂椅上,沈红霞急忙制止了她,解释说:“即使杨省长不在,这个位置也是他的!”

她本能地将微笑凝固在脸上，指着满屋的明清家具说:“好多年来,我一直是夜宿明清床,晨照清代镜啊!”她对他俩眼中流露出来的不解有些不满，便收起了笑容，先看了马凯一眼，再看了艾丽娅一眼，随后又故意将目光转到马凯的肩上，带着不易察觉的轻蔑的语气说："你这是挂的一司吗？"她看见马凯点了点头，便问："让我猜猜，你二十八岁，刚提正科。"她见马凯点了点头，便说："因为按照正常的熬年头，也应该是你现在这个样子，说明你是一个干活的人，典型的台阶式干部。"

"您看得真准。"马凯硬着头皮附和道。

"我父亲像你这个年龄，马上就要升副厅了。他最后退休，享受的是副总理级的待遇。"她不断地轻轻地揉搓着她那保养得没有一丝皱纹的宽大的白脸，感叹说："杨省长在你这个年龄，是正处长，正在向副厅的位置发起冲锋。"她没有看他俩，只是不断地揉搓着眼眶，感叹说："年轻人要不断进取，日后方可立于万人之上。"

"杨省长既是大领导，又是大专家。当这么大的官，还差点成为中国工程院院士，谁人能比呢？"马凯尽量以谦虚的语气说话。

"这话说对了一半，还有另外一半你就看不到了。"她看着天花板，粗俗地揉着已经下坠的胸部，不断地往上托，"当初他追我的那个疯狂啊，比现在的青年人有过之而无不及。没有哪个女人能够抵挡他的疯狂，他真的有一股疯劲！我想，他这辈子最成功的，不是他当上了省长，而是他得到了我。"

马凯想知道更多的东西，便"讨好"地说："您以前是中行支行的副行长，也是高级领导啊。"

她开始揉明显隆起的腹部，按照上下左右各四拍的节奏揉搓着，然后侧过头来，问艾丽娅："你知道英国有个叫丘吉尔的首相吗？"

"他是著名的历史人物。"艾丽娅不卑不亢地说。

"我崇拜他的母亲。别人认为丘吉尔对英国的贡献大，但我认为她比丘吉尔对英国的贡献更大。在她晚年的时候，她和一个比她小二十多岁的年轻人结婚了，遭致了别人的嘲笑。她反击那些嘲笑她的人说，我将丘吉尔都贡献给了英国，请问谁比我的贡献更大？所有的英国人都觉得她说得有理，最终理解了她。"

她的双手抓着两边的大腿，往两边揉搓。由于脂肪太多，能够看到裹着大腿部的丝质衣服形成了一道一道的波浪。"我来到你们省，最大的贡献，就是贡献了杨副省长。我现在提前退了，在家照料他的生活，所以那些想说闲话的人，全都闭了嘴。"

她看到门楣上有一个红点闪了一下，走到门边，不忘回过头来，对他俩说:“你们马上要见到你们尊敬的杨省长了。”

她打开门,伸出双手,热情地将站在门口的杨副省长迎了进来。杨副省长被她接走公文包后,气定神闲地站在原地,等着他俩前来握手。马凯急忙拉着艾丽娅,走到杨怀远的前面。杨怀远稍稍伸出左右手,分别握到了马凯和艾丽娅的手。他看着艾丽娅,微笑着问候:“辛苦了,辛苦了……”他又握着马凯的手,嘴里还是那句话:“辛苦了,辛苦了!”

他们走进餐厅,坐在银光闪闪的餐桌旁,开始“动”起来。杨怀远坐在东边,沈红霞坐在西边,马凯和艾丽娅坐在南北两边。印度保姆将菜端上来后,就退开了。

杨怀远的前面,放着他喜欢吃的菜;沈红霞的前面,则放着她喜欢吃的菜;桌子的中间区域,则放着公用菜。杨怀远拿起银筷,解释说:“我和夫人的饮食习惯不一样,一直保留着菜分三块的特点,中间的部分,两人都可以吃。你俩是客人,主要吃中间的。如果你们看中了我的菜或者夫人的菜,也可以将筷子伸过来。”

他俩发现,杨怀远的面前主要是一些城里人不吃的山里土菜,一份酸黄瓜,一份蒸竽头,一份炒黄豆,一个酸菜汤,还有两个烧红薯。杨怀远吸足一口气,像水牛喝水一样,长长地喝着酸菜汤,碗里只剩下浅浅的一少半。沈红霞将一个烧红薯剥了皮,递给夫君,杨怀远狠狠地咬了一口,烧红薯留下了几个深深的齿印。沈红霞看着马凯,带着不够真实的夸赞的语气说:“杨省长一直保留着小时候的饮食习惯。”

杨怀远又喝了一口汤,然后满足地叹了一口长气,看着艾丽娅,感叹说:“全中国的主要风味,我几乎都尝遍了。所有的山珍海味,都比不上小时候的烧红薯啊!”他拿起第二个烧红薯,熟练地剥了皮,分成两半,分别给马凯和艾丽娅,“你们试一试,是不是像我说的?”

他俩各自咬了一口,慢慢地咀嚼着。杨怀远有些得意地盯着马凯,似乎等着他的夸赞。

马凯再次咬了一口,舌头在牙齿缝里转动,看着杨怀远,意味深长地赞叹:“好吃,好吃!”

杨怀远看着艾丽娅,等着她的赞赏。艾丽娅正在一口一口地吃,似乎正在品味,忘记了赞赏。

杨怀远用舌头舐着蒸竽头。他的舌头就像一把软刀,每舐一次,竽头就削去了一小片。他说:“我想奖赏你们!”

马凯和艾丽娅同时抬起头来,看着杨怀远,他们没听懂他的意思。

“他要带你们参观他的天净阁。”沈红霞用纸巾擦着从嘴角流出来的青菜汁，解释说：“平时，没有他的特许，我们都不能进他的天净阁。”沈红霞抬起头，看了看夫君，轻蔑地问：“今晚你不邀请我吗？”

“你就再等机会吧！”杨怀远开心地笑着。

吃完饭，看完中央电视台的新闻联播，杨怀远便带着他俩上了楼。他走到天净阁的门口，掏出钥匙，将门打开，走了进去。

马凯随后跨进去，房间黑得使他怀疑自己没长眼睛，还差点摔了一跤。他站稳后，急忙转过头来，透过门外的微光，看见艾丽娅跟在他的身后，才放下心来。

房间一团漆黑，一个声音在头上响起：“将房门关上。”接着又是杨怀远的声音；“每一个地方都可以坐，悉听尊便。”

他俩就地坐下来，彼此能听到对方的呼吸。不一会儿，一个遥远的声音从远方传来，好像是雨水掠过树叶的声音。当声音从头上响起时，他们才知道音响正在播放肖邦的《“雨滴”前奏曲》。“雨滴”越来越密，越来越沉重。几分钟过去了，整个房间都流淌着“雨滴”。带着海腥味的“雨滴”足足响了三遍，音响才关了。杨怀远在黑暗中说：“十八年来，只要有空，我都会听这支曲子。”

房间突然亮了，洒满桔黄色的灯光。地面铺着刺满孔雀图案的地毯，墙上全是艺术雕砖，刻着五线乐谱，还有一些音乐家的图案，墙壁以进口吸音材料作了全隔音的声学处理，所有的门窗也全是隔音式的，哪怕里面的声音大得地动山摇，外面也丝毫没有感觉。

杨怀远正坐着一张太师椅上，怀里抱着一只孔雀标本，正对着墙壁发愣。太师椅上铺着一层用孔雀羽毛刺成的刺绣，看起来闪闪发亮。

艾丽娅首先看到的，却是挂在墙上的一幅画像，画面是一个容貌美丽端庄的年轻女子，淡蓝色的神秘眼睛，却透着东方的灵秀。她穿着立领的维多利亚风格的淡蓝色长裙，戴着一顶白色的三角帽，帽边上装饰着一簇直立的蓝羽冠。艾丽娅仔细看了看墨宝，发现出自国内一著名画家的真迹。

杨怀远不知什么时候从椅子上走了下来，抱着那只艳丽的孔雀标本。他一边用手指梳理着它的羽毛，一边对马凯说：“她跟随我的时间最长。”他将孔雀递到马凯的手上，兴致盎然地问：“你能感到它身上的热量吗？”他见马凯点了点头，兴致勃勃地说：“只要你愿意，你还能听到它们的呼吸，闻到它们身上散发出来的气味……我想好了，等我退休后，我要在山边买一个农场,再买许多蓝孔雀,做一个孔雀人。”

艾丽娅一直站在那里,盯着墙上的这幅画,问杨怀远,这幅画是否有原型。杨怀远似乎没有听到她的问话,或对他的提问没有兴趣,他用刚才梳理孔雀标本羽毛的手指梳理着自己仍然浓密的黑发,答非所问:“如果生活可以重新开始,我宁愿做个孔雀人,也不愿做省长。”

他将孔雀标本放到椅子上,孔雀标本在灯光的折射下闪着一个个幽蓝色的光圈。他突然转过身来,目光扫视着他俩的目光,“你们是不是觉得我不像一个省长?”

“不一样的省长。”马凯不知道这样说是否令他满意。

他走到艾丽娅的前面,拿着她的右手,辨认着她右掌的纹路。随后,他抬起头来,声音有些异样:“我不像一个省长吗?”

“您向我们展示了非常个性化的一面。”艾丽娅发现他的眼光变得温柔起来。

“我在北京当副部长时,主管文卫工作。有次下基层检查,下面的官员安排了一次演出,其中有一个舞蹈演员就是刘旗旗。她长得年轻,漂亮,舞也跳得不错。我觉得她是个人才,如果出国深造会更有前途。刘旗旗听从了我的劝告,不久去了英国。后来我听说,她不但进了英国伦敦大学艺术学院,还办了投资移民。后来,她打听到我在槟城任职,便跑来槟城,还买了一幢别墅。我承认,我去她的别墅找过她。我承认,我喜欢她,但这种喜欢,只是父亲对女儿的那种感情。可是,不知鬼使神差,还是鬼迷心窍,她有意往那个方面钻,越陷越深。有几次,我苦口婆心地开导她,叫她将热情转移到舞蹈艺术上。她不听,很固执。我怀疑起她的动机来,不得不中断了对她的鼓励。后来,从你们公安局的案情汇报中,我才知道她死了。我是既震惊,又可惜。我非常了解你们的工作性质,也愿意配合你们的调查。我知道你俩非常想问我一些问题,于是今晚便把你们请过来——”他叹了一口气,摇着头说:“自古红颜多薄命啊,好好的一个姑娘,就这样没了!”

“谢谢您给我们机会,”终于等到了正题,马凯有些激动,急切地问:“您能告诉我,七月十三日早晨七点半,您在哪里?”

他闭着眼睛,想了想,肯定地说:“从大学开始,我就有晨跑的心惯,风雨无阻。我记得那天下了一点小雨,我七点钟就出门跑步。”

“谁能证明吗?”艾丽娅问。

作为一个省长,被两个小警察盘问,他明显有些不快,但他有言在先,还是回答了这个问题:“出门时,夫人和丽达都可以证明。跑步时,只有我自己能证明自己了。"

"您是什么时间见到刘旗旗的？"马凯问。

"她来槟城后，一直想见我。我太忙了，根本无暇顾及。七月十日晚上，好不容易挤出一点时间，到了她的别墅。我一个人开着车去的，谁也不知道。谈了大约一个来小时，因为要赶去参加一个颁奖会，就离开了。我主要鼓励她好好学习，学好本事，才能谈得上安身立命，才能谈得上事业有成。我说话时，她一直弹奏着钢琴，心事沉沉地看着我。后来，她问我，如果我和她生不能同婚，死后能否同穴。这句话把我气坏了，我说不出一句话，就离开了。出门时，她还在那里弹奏着，但我感觉到她的脑子已经不听她的指挥了。"

"以后再也没见面了吗？"马凯问。

杨怀远看着艾丽娅，摇着头，叹着气说："我是看了你们公安局的情况汇报后，才知道她遇害了。"

"您能告诉我们，谁出钱给她办的移民吗？"马凯问了一个非常重要的问题。

他抱着孔雀标本，回到座椅上，沉思了一会，摇着头说："那天在她的别墅里，我问过她，她笑着说，这是她的隐私。"

"她从英国到槟城，还买了一幢别墅，就是为了想见您吗？"马凯想从这方面深入下去。

"谁知道呢？"他只是叹气。

"她的房间也有许多孔雀标志……"艾丽娅提醒说。

"我喜欢孔雀——"杨怀远顿了顿说："她便鬼迷心窍，喜欢我喜欢的，往死胡同里钻。"

"您为什么如此喜欢孔雀？"艾丽娅以一个好奇者的语气问。

"准备地说，我只喜欢蓝孔雀，"他甜蜜地回答："我觉得蓝孔雀代表高贵。"

艾丽娅站起来，走到他的身边，抱着孔雀标本，贴在脸上，像发现新大陆似的，惊呼："我感觉到了她身上温热的气息。"

杨怀远脸色大悦，高兴地说："她还能说话呢！"

艾丽娅还是想知道最想知道的那幅画，便对孔雀的耳朵说："孔雀，你能告诉我，墙上的那个少女是谁吗？"

杨怀远看着墙上的少女肖像，脸上露出笑意，解释说："画家理想中的人物罢了。"

"您觉得,谁最有可能杀死刘旗旗呢?"艾丽娅突然问。

他眼睛半睁着,摇着头说:"我对她不是非常了解。"

杨怀远往前走了两步,将艾丽娅手上的孔雀接过来,放回原处。他背着双手,来回走动,完全恢复了一个省长的身份。他转过头来,对艾丽娅说:"我听说,刘旗旗有自杀倾向,几次自杀未遂,这可以给你们提供一个思路,是否从自杀方面考虑一下。"

"我们发现伞尖是从背后刺进小腿的。"马凯说。

"是不是她故意造成他杀假象。譬如说,她拿着伞从后面刺向自己,不是很容易吗?或激怒他人,借助他人之手刺向自己?或者将伞绑到台阶上,然后后腿猛地向后摆?可能还有其他绝妙办法,只是我们没有想到而已……"他一连串说了这么多的可能,似乎觉得有些多言,便说:"总之,你们是警察,比我更知道怎么破案。"

"迄今为止,你们没有什么重要的发现吗?"杨怀远看到两个小警察没有词儿,便以一个省长的语气关切地问。

"没有……"马凯本能地回答,随后马上感觉到自己的失误。

他似乎对马凯的回答比较满意,轻快地走到床边,坐到床沿,看了一下手表,解释说:"你们辛苦了,也该回去休息了。"

他俩出了门,穿上鞋,跟杨怀远挥手。杨怀远似乎意犹未尽,握着艾丽娅的手说:"小姑娘,我喜欢你看我时的那种眼神。"

艾丽娅不放过任何一个观察他的表情的机会。她看着杨怀远,目光盯着他的目光,夸赞道:"因为在我眼里,您是一个非常有人情味的领导。"

杨怀远的手像烫了一下,迅速从她的手上抽回来。艾丽娅笑了笑,退着走了两步,向他挥了挥手。她有一种直觉,她找到了破案的切口。

三

马路越走越宽敞,两边的灯光将高高的槟榔树的影子拉得老长老长,汽车碾着路上的影子穿梭来往,汇成汹涌的光的河流,一直延伸到城市的尽头。

马凯开着车,艾丽娅坐在副驾驶座。路灯从窗外照进来,墨绿色的叶影不时从他们的脸上掠过。马凯吹着口哨,将车开得非常快。

艾丽娅以为是自己的幻听，静听了一会，发现的确是他在吹口哨，而且吹得特别动听，她又侧过头来，看到他的嘴形，像发现新大陆似的，惊呼道："你正在吹口哨！"

他更响地吹了几下，不以为然地回答："有什么奇怪的吗？"

艾丽娅就是想进一步"揭短"，看到他们兴奋劲儿，便放弃了这个想法。

马凯突然收起了口哨，将车开得越来越慢。道路变得越来越宽，他将车停在了路边。他拿出两瓶水，递给她一瓶，随后咕噜咕噜喝了自己的那瓶，然后慢慢转过头来，足足看了她好几秒钟，有些迷茫地说："小娅，我觉得我们的车不应该往这个方向开。"

她正想说出这种感觉，没想到他也感觉到了。她将脸朝向窗外，看着灯光照着风中摆动的树叶，故作平静地说："应该往哪个方向开呢？"

"杨怀远宴请我们，目的何在？"他想求得艾丽娅的解释。

"这场晚宴，看来是精心设计的，或者说蓄谋已久的。"她继续看着窗外。

"他明明知道刘旗旗的房间有孔雀雕刻，还毫无顾忌地带我们到他的天净阁，让我们看到他对孔雀的热爱，这有点违背常理啊？"

"如果我是杨怀远，我也会这么做！"艾丽娅看着窗外的树叶，笑着解释说。

"为什么？"

"这不反过来证明他心里没有鬼才敢这样做啊？"

"有道理……"马凯说。

"你想，他完全可以在任何一家酒店宴请我们，为什么偏偏选择他的家里，而且按照他的解释，连他的老婆也不能随便光顾的天净阁，他无非想证明他心里没鬼啊！"

"那也有这种可能：他正因为推测到我们会这样想，便走了这步险棋呢？"

"当然有这种可能，"艾丽娅一直看着窗外，叹口气说："但是，依我的理解，他邀请我们上天净阁，主要想打探我们究竟掌握了多少证据。"

"为什么要在他家里呢？"

"你想，他是省长，邀请我们去他家里做客，可以说是对我们最大的恩泽了。在一种恩泽的情感支配下，我们不是很容易屈就他吗？他不是很容易瓦解我们的防线吗？"艾丽娅进一步提醒说。

马凯将头望着窗外，回忆着当时的情景说："他把想探测此案的进展，说成是配合我们的调查，然后利用省长的身份，向我们施压，巧妙地探出我们的底牌。”

“这反而暴露了他的恐慌和不安，他很有可能逼死了刘旗旗。”

“你还记得吗？他最后问我们此案还有什么重大进展，我说没有，他马上下了逐客令，说明他等不及了。”

“他设了一个圈套。”艾丽娅说。

“我们像傻瓜一样钻了进去……”

“他为什么那么喜欢孔雀？”艾丽娅看他心里难受，马上转了话题。

“表面看来，这好像是他的一个特别的爱好，就像有些官员喜欢打高尔夫球，有些官员喜欢收集古玩一样。但杨怀远迷恋孔雀到了一个痴狂的地步，这里面肯定有文章。”

艾丽娅看到他燃烧的目光，感觉到自己的胸口“咚咚咚”跳得厉害，便将头转向窗外，看着路上摇动的树影说：“你说是什么文章？”

“中国有句俗话，叫爱屋及乌。他曾经喜欢过什么女人，那个女人喜欢孔雀，然后他也爱上了孔雀。”他看着她，目光含着一种特别的亮光。

艾丽娅压抑着自己的激情，忍不住转过头来，盯着他炽热的目光，激动地说：“你留意到墙上的那幅画吗？白色的三角帽，蓝色的孔雀羽冠，还有淡蓝色的眼睛，兼具中西之美，她纯洁，典雅，带着神女一样的清辉，她一定就是杨怀远的梦中情人。”

他看着她清纯美丽的明眸，灵光像夏夜的星光，恍然照亮了曾经不曾明了的夜空，“当你问到那个女子是谁时，杨怀远先是故意不作回答，最后说是画家的理想人物，我看这里面一定藏着秘密，还有……”

艾丽娅突然伸出手，捂住了他的嘴。他惊奇地看着她，没有将她的手打开。

艾丽娅将手缩回来，笑着说：“还有，刘旗旗为了取悦他，将自己原本漂亮的双眸戴上了一副蓝色的隐形眼镜。”

他欣喜不已，目光盯着她的目光，“刘旗旗不过是杨怀远梦中情人的替代品。”

她躲开他的目光，看着灯影中的山峦，若有所思地说：“你这样看着我，难道我的眼睛是假的吗？”

他慢慢吞吞地收回了自己的目光，重新启动了汽车，回到了最初的问题：“我不过想告诉你，我们走错了方向。”

艾丽娅被立即转过头来，大声说：“我早就觉得我们走错了方向。”

他想知道她想的是不是他想的，急切地追问："那你说说看，我们要去哪里？"

在他的面前，她不想那么轻易就犯："你先说。"

他知道她一定藏着想法，相信与他所想不谋而合，"杨怀远如此着急地想见我们，无非是想套出我们掌握了多少东西，以便他适时调整应对的策略，得知我们对此案没有进一步的进展时，他立即结束了我们之间的谈话，这说明了什么呢？"

"这说明，刘旗旗一定掌握了杨怀远见不得光的东西。"她推测说。

"他一定想得到这些东西，却没有找到。"

"这些东西也是我们要找的东西。"

"如果这些东西被我们掌握，他就死路一条。"他激动地说。

"如果落到他的手中，他就可以高枕无忧了。"她焦急地说。

他从包里掏出一支签字笔，在右手掌上写了几个字，然后将笔给她。她心领神会，在左手掌上写了几个字，将笔还给他。他向她举起右手手掌，上面写了"逐草居"三个字。她向他举起左手手掌，上面写了"逐草居"三个字。三菱吉普立即调转车头，往"逐草居"的方向驶去。

大约十分钟，他们便到了"逐草居"。快近午夜了，还有一两点灯光从树丛中透出来。他们亮了亮证件，保安开了门，还有模有样地向他们敬了一个礼。穿过两排隐藏在高大槟榔树下的别墅群，走过一条宽敞的柏油路。刘旗旗留下来的那幢古怪的小洋楼，漂浮在朦胧的墨蓝中。

他们将车停在庭院，戴上蓝色橡皮手套，双双跳下车。马凯拿着手电筒走在前面，艾丽娅拿工具箱跟在后面。他们走到铁门边，照见了铁门上的封条。马凯大吃一惊，封条裂了一条长长的口子。他急忙细看挂锁，挂锁还是好好的。难道法医来过这里？还是肖强他们来过这里？不可能，钥匙在他手上，他们不可能撬锁进去！马凯往附近照了照，发现旁边的草丛中丢了一些封条，封条上分明写着"A 槟城市公安局刑侦局"字样。艾丽娅拿起一张封条看了看，大吃一惊，尽管封条模仿得非常逼真，字却明显要小一些。马凯马上灭了手电筒，朝洋楼看了一眼。很可能有人用万能钥匙打开了挂锁！说不定现在有人在楼上。他恍然大悟，猛地从腿上拔出七七手枪，低声命令她："说不定楼上有人，你跟在后面！"

马凯用钥匙打开门，蹑手蹑脚地往前移。艾丽娅早就拔出了手枪，紧紧跟在他的身后。他们穿过庭院的卵石过道，跨上台阶，果然发现大门打开了。他们摸进了客厅，握紧手枪，背对背地观察着每一个角落。突然，楼上似乎有脚步声，不止一个人走路。马凯急忙脱了皮鞋，往楼上疾走，就像猫一样轻盈。艾丽娅也学着他，脱了皮鞋，跟着他。刚跑到二楼，便听房间有人跑动，接着是开窗的声音。他们推开房门，突然看到一条身影正往下跳，马凯大喝一声："什么人，站住！"黑影听到喊声，从二楼跳了下去。马凯迅猛冲到窗边，看到两条黑影正往后院逃。马凯想也没想，"咚"地从二楼跳了下去。等他刚从地上爬起来，却见艾丽娅也跳了下来。他一把将她拉起来，转身便追。

两条黑影从最矮的围墙处同时跳了过去，往君臣山下的缓坡狂逃。他俩同时跳过围墙，拨开几乎人深的香根草，紧张地搜寻着。黑影不见了，只听到草丛中窸窸窣窣的声音。马凯举着枪，一脚踢开一只瞎撞的野兔，一边沿着倒伏的香根草追赶，一边大喊："我看见你了，我开枪了！"艾丽娅也发现了前面摇动的草丛，猛地冲上去，大喝一声："出来，再不出来我就开枪了！"

只有风声，什么也没有。她来不及多想，挺着胸膛往前跑。朦胧的星光下，马凯分明看到一棵粗大的槟榔树旁露出一长长的幽蓝色的枪管，正对准艾丽娅。马凯不顾一切地冲上去，猛地将几米之外的艾丽娅扑倒在地，几乎同时，传来一声沉闷的枪响，接着又响了几枪，子弹呼啸着从他们的头顶上飞过。马凯用身体护着她，朝枪响的方向连开三枪。

枪声之后，一切归于沉寂。艾丽娅用力掀开他，接着又要往前冲。马凯一把拉住她，警告说："对方有枪，不要中了埋伏！"

"就让他们跑掉吗？"她焦急地问。

"他们的枪都装了消声器，说不定是职业杀手。"他说。

"你害怕了吗？"她对他的犹豫有些不解。

"对一个警察来说，生命是最重要的。如果连生命都失去了，你连抓他们的机会都没了，"他收起了枪，安慰她说："他们急了，我们会有机会的。"

马凯拿出手机，给"白头翁"处长打了一个电话，称有要事发生，请求他马上带技术人员赶到"逐草居"。他转过身，回头往小洋楼的方向走。艾丽娅还拿着枪，有些紧张地往后张望。马凯笑着说："他们早逃了。"

"你怎么知道他们不会冲上来放冷枪。"艾丽娅的声音有些变了。

"刚才是因为我们阻碍了他们逃跑，他们才狗急跳墙。"他看到她还没将枪收起来，便进一步解释说："职业杀手，遇到危急的情况，以逃跑为第一选择，一般不会选择死缠烂打。"

艾丽娅收起枪，跟在他的身后。这时，她想起马凯刚才的扑救，便紧走两步，赶上他，感激地说："刚才，如果不是你，我的实习期可能就这样结束了。"

他一边往前走，一边回头看了一眼，"在扑向你的一刹那，你猜我想到了什么？"

她放慢脚步，有些害怕地说："我不知道……"

他走到低矮的围墙旁边，有意停了脚步，想了想说："我也不知道……"

她跟着他跳过矮墙，从后院进入到小洋楼。他又将手电筒往回照，看她是否跟了上来。他们上了楼，来到刘旗旗曾经的卧室。房间没有电，好像是有意破坏了，只得用手电筒光圈来回照射——钢琴盖被打开了，碟片散落一地，家中被翻得乱七八糟，就像被盗贼洗劫了一遍。马凯打着手电筒照，艾丽娅拿着放大镜仔细看。被翻动的物件上没有留下任何指纹，看来他们也是戴着手套。他们在房间各个角落都寻了一遍，连卫生间的抽水马桶都没放过，最后还是没有发现什么线索。

他们索性坐下来，想理清一下思维。马凯的手电筒不停地在房间晃动着，他自言自语地问自己："他们像我们一样，也没有找出什么？"

艾丽娅的眼睛跟着手电光，不得其解地问："如果这间房子真的藏有什么秘密的话，它会藏在哪里呢？"

马凯的手电光刚好照到墙角的一把十字镐，艾丽娅急忙起身，用放大镜照了照，没发现什么。她若有所思地跟着马凯将手电筒的光圈走动，在彩色木板拼成的蓝孔雀上停了下来。她蹲下来，用手指敲了敲，抬起头来说："队长，如果我是刘旗旗，我会把秘密藏在木地板下。"

马凯用电筒光在蓝孔雀的尾部晃了几个圈，然后站起来，将手电筒给她拿着。他拿起墙角的那把十字镐，试探性地敲了敲木地板，发现声音没有什么两样。他对着尾部部分下了镐，狠狠地撬出了两块木地板，什么也没有看到。艾丽娅给他举着灯，提醒说："何不在蓝色的颈部处下镐呢？"马凯用力挥镐，挖出了两块木板，再朝水泥面挖了几镐，露出了一个小小的黑洞。马凯急忙趴下来，用手掏了掏，掏出一个麻雀大小的不锈钢孔雀工艺品！他欣赏了几秒种，将"孔雀"交给艾丽娅："这就是刘旗旗的秘密。"

艾丽娅在孔雀的颈部摁了摁，一块小小的钢片弹了出来，借助灯光，果然发现里面藏着一张纸条。艾丽娅急忙展开，果然是刘旗旗的手迹：

我不知道，我为什么还要留下一段文字。当你读到这段文字时，你也许能帮我解决萦绕在我心头的谜团。

我认识杨怀远，是在一次歌舞献演会上。演出结束后，有人将我带到他的面前，我竟对他一见钟情。我不知道，我为什么如此坚决，斩断了与万里春的关系。

杨怀远，他的地位、尊贵、成熟、坚定，给了我从未有过的感受。他的不动声色、暗含攻击性的爱，几乎令我晕眩。他从来就不考虑你爱不爱他，只是耐心地、不动声色地爱着你。他发现我对他爱得不能自拔时，进攻的速度更加快了。就在那个雨夜，我们在北戴河的海滨融化到了一起。

他诚实地告诉我，我非常像他年轻时爱过的一个女人，他觉得对这个女人付出得太少，想从我的身上补偿。我听了之后，更加感动。一个在官场滚爬多年的高级干部，竟然还保留着这样的爱情，这是怎样的男人啊？我沉醉在幸福中，感受着他的疯狂的“爱”。

他迫不及待地开始对他的“爱”进行连环式的补偿。第一步，通过投资移民的方式，将我送到英国深造，希望我日后能成为像邓肯那样伟大的舞蹈家；第二步，他通过各种方式，源源不断地把钱送到我手上，让我出入上流社会，成为一个真正的贵妇人；第三步，他还以我的名义，在伦敦开了一家商品进出口公司，主要由他的英国朋友帮我打理。

我是如此的爱他，甘愿为他忍受一切。他喜欢孔雀，我便在睡床上雕刻孔雀。更有甚者，我甘愿忍受他的恋态——他不喜欢我在床上爬到爱的顶峰的样子，用特殊的手法，让我一次又一次昏迷——为了爱，我什么都能忍受！

然而，不知道从哪天开始，我感到事情的不妙。每当我们肌肤相亲时，他却行不了事。他变得越来越冷漠，难道他找到了他的“初恋”？

当初他爱上我，究竟是爱他的“初恋”，还是爱刘旗旗这个人？在他眼里，我究竟是刘旗旗，还是他的“初恋”？

我想得到真相，便意想调动他对初恋的回忆，可他讳莫如深，要么表示记不起来，要么说他忘记了，要么说所谓初恋只不是过是一个人幻想出来的故事，要么说我是他真正的初恋。他的解释没有说服我，我开始暗中调查他的恋爱史。

可以肯定的是，他的夫人沈红霞肯定不是他的“初恋”。他追求沈红霞，纯粹政治的需要。他对我说过，他“爱”的是沈红霞的爸爸。然而，除此之外，他似乎并没有留下什么风流，或者说他的风流无迹可寻，就像将我藏到伦敦不为人知一样。看来，我是无法证明，他爱的是我还是另一个人。如果他爱的不是我，他为什么帮我办投资移民留学英伦？他为什么送我巨款并以我的名义存入银行？他为什么为我办公司且派英国的朋友帮我经营？我是一个把爱情看得高于一切的人，如果没有他的爱，这些又有什么意义？

他去槟城任职了，没有告诉我！他是不是又发现了新的“初恋”，把多得用不完的钱再来一次“补偿”？我都不知道自己是谁，又怎么能肯定他是谁呢？我要去槟城，我只是想弄清楚，他究竟爱不爱我……

看来，这封信早就在英国写好了。刘旗旗决定把这封信藏地板下面时，还不忘在纸条的背面印上涂了口红的唇印。

正当他俩研究这封信时，门外传来汽车马达的轰鸣声。“白头翁”处长率技术人员赶过来了，直接走到马凯的跟前。马凯急忙汇报了刚才发生的情况，最后还将攥在手里的纸条交给“白头翁”。在艾丽娅举着手电筒光的照射下，“白头翁”拧着眉头，仔细看完纸条，脸色越来越难看。他将信放进自己的口袋里，用拉链封住口袋，感觉安全了，才缓缓抬起头来，叮嘱道：“马凯队长，这封信的内容暂时保密，你该知道事情的严重性。”他转过头来，对艾丽娅说：“这话也是对你说的。”

“白头翁”对马凯没有及时汇报一些重要情况感到有些恼火，现在手里拿着这封信，更是有些害怕。几分钟后，他做出了一个重要决定：马凯留在现场指挥，他回去向局长汇报情况，考虑下一步究竟怎么走。他离开时，意味深长地看了马凯一眼，然后头也没回地下了楼。

他们重点勘查了几个死角，提取到了跳窗人留在地板上的脚印，还有洒在窗台上的一滴汗水。

他们下了楼，打着电筒，来到缓坡，迅速勘查驳过火的现场，发现了两双脚印，还有几枚弹壳。陈法医先提取了一双较小的脚印，脚印具有非常明显的平底足的特征。接着提取另一行脚印时，艾丽娅张大了眼睛，便问：“陈法医，你觉得这个人是什么样子？”

“个头非常大，脚印本身好像非常正常。”陈法医推测说。

“这个人身高足有一米八，年龄三十三岁左右，而且是罗圈腿。”她自信地解释说。

马凯回头看了她一眼，有些不快地说：“不要到处使用你的犯罪心理学，这可不能乱说。”

艾丽娅不满地白了他一眼，不服气地解释：“你看足迹重压面脚掌外侧较重，内侧轻轻，这是两腿不直、脚掌受力不均形成的足迹。”

正在这时，警犬开始狂吠起来，原来在一片倒伏的香根草的旁边，出现了一滩血迹。看来，他们当时开枪打中了杀手。顺着血迹，走了几米远，血迹没了，警犬在周围打转，无奈地狂吠着。肖强和小毛等几名刑警本来就紧张，此时更是认为杀手就藏在周围，端着手枪，变得格外警觉，亮着大嗓门高喊："你们被包围了，快出来！"

没有任何回应，只有风呜呜地吹着，还有虫子在手电筒的光柱里飞舞。马凯见手下紧张兮兮地样子，便说："不要喊了，他们将伤口包扎好后，逃了。"

第十章

一

这天晚上，杨怀远穿着一套金黄色的睡袍，躺在紫云高尔夫极度豪华的总统套房里，涌起了一种极度疲惫的感觉。他躺在那把大卫为他精心订做的太师椅上，轻轻地摇动着，手指摩挲着额头，睁着眼睛，眼光扫视着房间的摆设。这个套房是总统级别的套房，高尔夫球场的老板大卫专门配备给他的。

靠大门的装饰柜上，摆放着三件花瓶——墨地三彩瓶、年红瓶及弦文瓶，代表了清三代花瓶。“墨地三彩瓶”为黑底绿色凤穿牡丹图案，色彩泾渭分明，轻盈可托于手掌心，国内已难觅踪影，连省博物馆也无此收藏。为了得到这个宝贝，杨怀远费尽九牛二虎之力，从一个法国收藏家的手里“夺”回来的。杨怀远之所以在进门处摆放花瓶，只因为“瓶”代表平安；之所以摆放三件，只因为“三”代表“升”的意思。当然，没人知道他的这个创意。另外，他对“墨地三彩瓶”格外珍爱，因为瓶上的凤凰就是今天的孔雀。

最吸引人目光的，当属挂在墙上由众多能工巧匠精心制作的“百鸟朝凤金银花丝浮雕挂屏”。挂屏高一米八八，宽一米二六，凤凰栖息在树枝上，配以牡丹、梅花、灵芝、祥云、太平鸟、燕子、鹦鹉、白鹭等图案，花团锦簇，在灯光的映照下显得富丽堂皇，栩栩如生。这幅挂屏的耗费令人咂舌，纯银一万三千二百五十六克、纯金五百六十克；天然优质宝石一百七十九克拉，其中翡翠二十六粒、红宝石二十粒、月光宝石二十八粒。杨怀远得到这件上了吉尼斯世界纪录的目前世界上最大的金银花饰品,比得到“墨地三彩瓶”就容易得多,一个批文就解决了。为了更符合自己的心意,杨怀远还请一位能工巧匠,将那只凤凰原有的绿宝石嵌成的眼睛换成了蓝宝石。

按理说,他实现了自己年轻时发誓要过一种人上人的生活的愿望,应该心满意足了。现在,当他重温这个理想时,却迷茫了。过上了“人上人”的生活,这能说明什么呢?他至少是在几亿人之上了,这又有什么意义呢?他突然觉得,他所从事的“事业”是如此的空洞和虚假,假得就像真的一样。权力不能让他满足,财富不能让他满足,红袖争相投怀送抱不能让他满足,“人上人”的尊荣不能让他满足,振臂一呼应者云集的威风不能让他满足……他想知道,他究竟想追求什么?

他睁开眼睛,站起来,将手指头压在唇上,慢慢地给挂屏上的孔雀来了个飞吻。他明白了,他什么都有了,就是没有爱。可是,环顾四周,遍地都淌着疯狂追逐权力与金钱的浓臭,哪里能找到半点爱的清露呢?

不知怎么,杨怀远突然想到了自己的儿子,他才知道,他还有一个儿子。他想知道,他的血液沿续到了另一个人的血管,那里面是否激荡他所需要的爱呢?

他给李军打了一电话,叫他马上用车把儿子送到他的身边来。他按了按太师椅上的按纽,大卫推门进来了,身边还带着两个金发女郎。大卫用英语对女郎叮嘱着什么,还比划个不停。最后,他模仿着中国人的礼仪,向杨怀远鞠了躬,退出了房间。

尽管杨怀远的英语很棒,此刻却没有一点说话的欲望。两个金发女郎非常熟练地从里间打来两盆热水,跪在他的脚下。袅袅水雾从古典式的青花瓷盆中升起,瓷盆中央烙着的两条青鱼正在水中嬉戏。杨怀远脚上的袜子被脱下来,两只脚分别被泡在两个水盆中。她们伸出玉手,在他的脚背上涂了一些印度浴液,一人洗一只脚,轻轻地揉搓着,连脚丫也不放过。揉搓约十分钟光景,也许觉得差不多了,拿出热毛巾,轻轻擦了脚上的水珠,直擦得油光闪亮。然后,她俩拿着瓷盆,走进里间,从一个“十字”造型的笼头上接了两盆鲜牛奶,给杨怀远洗脚。

两个金发女郎干得是那样的专业,那样的投入,仿佛不是替人洗脚,而是在一架略显老朽的机器上打磨一件艺术品。她们“打磨”完最后一道工序,将他的两只脚掀起来,分别放在她们的大腿上。她们将金黄色的头发捋在脑后,然后伸出长长的红红的舌头,轻轻地舔着他的脚背。

杨怀远睁开眼睛,看着鲜红的舌头像蛇的信子,快速地在他的脚背滑动，并留下了一道道滑滑的粘液，像是洒在糖醋鱼上的一道佐料。接着，她俩用指头掰开了他的脚趾，鲜红的舌头在他的脚趾之间钻来钻去。他感到有些奇痒，欲将脚板从她们的怀里抽出来，可是就像丢进了橡胶水里面，怎么也抽不出来。她们的动作一样，频率一样，速度一样，就像流水线上的工人干着同一种工作。最后，舌子滑到了脚底，轻轻地，淡淡地。她俩一边舐着脚底，一边看着杨怀远，眼里闪着同样的蓝色，脸上现出同样的表情。

杨怀远感到奇痒，似乎觉到脚快要烂掉了一样，他再一次想将脚抽出来，可就是抽不出来。他再也控制不了自己，轻轻地笑了起来，笑声越来越大，最后笑个不停。他想停下笑，可就是停不下来。他笑啊笑啊，眼泪笑出来了。他感到她们的舌头越来越卖力，可还是没有激起他下面那个地方哪怕一点点情欲。他为自己变成完全的行尸走肉感到悲哀，更为自己反被变成别人的玩偶感到痛苦。他笑着笑着，突然哭了起来。

金发女郎先以为自己的服务达到效果了，特别是看到他的眼泪都笑出来时，她们舐得更欢了。正当她们想朝核心部位发起进攻时，却听到了他的哭声。她们以为他又在演戏，舌头开始往上爬。杨怀远飞起两脚，指着她们的鼻子，大声吼叫："Getout！Getout！"两个金发女郎大惊失色，连滚带爬地离开了房间。

正在这时，手机响了，原来是李军打过来的，他们马上就到了。杨怀远将水盆放回到里面的淋浴间，对着镜子梳理了一下自己有些凌乱的头发。他急忙打开音响，随之响起具有拉丁风味的歌曲。他躺在太师椅上，眼睛盯着金银丝挂雕，想象中热吻那只蓝眼睛孔雀。

传来按动门铃的歌声，他大喊一声"请进"。门开了，先是李军走了进来，接着是鲁宾走了进来。鲁宾上穿一件苏超凯尔特人的队服，下着一条牛仔裤。杨怀远看到李军毕恭毕敬地站在门角，等着他发号施令，他稍稍抬起手，挥了挥，李军哈着腰，离开了房间。

杨怀远示意鲁宾坐下，鲁宾没有坐，只是看了一眼天花板上那盏至少值四十多万元的包金的水晶灯，随后将目光落在那件金银花丝挂雕上，再也没有离开。杨怀远说："你去照照镜子，你看到了什么？"鲁宾走到镜子前，看了看镜中的自己，不解地问："难道不像你期望的样子吗？"

"班上真的没有一个同学知道你是杨怀远的儿子吗？"他弹了一下手指甲，疑惑地看着陌生的儿子。

"就我知道。"他冷冷地回答。

"看来你的保密工作做得不错嘛！"杨怀远夸赞道。

他一直站着，根本就不想多看一眼父亲，“这不是保密的问题，而是源于我对权力的怀疑。”

杨怀远本想求好，却挨了儿子的冷脸，看到儿子没把自己放在眼里，他的耐心超出了限度，他恶狠狠地看着儿子，再次“赐”儿子坐下。鲁宾晃了晃身体，还是不想落坐，“我想对物质的东西保持足够的警惕，我害怕自己变成物质的奴隶。更何况，我这样站着，不是更能体现您作为一个省长的尊严吗？”

杨怀远火冒三丈，“呼”地从椅子上站起来，刚想发作，突然又忍住了，重新坐下来，语气尽量压得相当轻柔：“你连续一个多月都不回家，你还有家吗？”

他倚在窗前，吐了一口气，反问了一句：“您为什么不喜欢回家呢？”

他被激怒了，走到他面前，伸出手，突然给他一耳光，随后便是怒吼：“谁说我不喜欢回家？我是省长，顾得了小家吗？”

他的脸上出现了一个鲜红的手印，但他好像没有痛的感觉。他木桩一样站在那里，嘴唇动了动，说不出话来。

杨怀远看着儿子，油然而生怜意，他在儿子的面前走了几步，换成了非常轻缓的语气：“我承认，我对你的教育失败了……”他太想与儿子交流了，否则他不会叫他来，“但是，你不要忘了，我当初要你选择音乐，而没有让你往我这条路上走，这难道不是爱吗？”

鲁宾掀开窗帘，看了看洒满月光的夜空，转过身来，重新审视着墙上闪着光圈的挂雕，他走过去，踮了踮脚尖，摸了摸挂雕孔雀的尾屏，将鼻子凑近，闻了闻，说了一句令杨怀远莫名其妙的话：“它身上好像有女人的体香。”他抬起头来，看着目瞪口呆的父亲，以不容拒绝的口气问：“这个房间让我感觉不到空气的存在，我们能够到外面去讨论这个问题吗？”

二

杨怀远带着儿子，走到一个小山坡上。白天他在这里练过高尔夫，那些工具还摆在草地上，等着主人的到来。

四周流动着潮湿的空气，霜花一样的清冷的月光。黛青色的山峦像野兽的脊背跃动着，松林中闪动着一个个淡黄色的光圈。这时，有一缕歌声从闪烁着灯光的窗口飘来，带着海风的腥味。

杨怀远感觉到了关节的疼痛，这是风暴即将到来的预警。他打了一个冷颤，艰难地弯下身，拿着球杆，对着一个小白球，狠狠地挥杆，只听“咚”地一声，白球飞过池塘，落到了月光的深处。

“爸爸，”鲁宾很久没有称呼这个字眼了，发出令自己陌生的声音：“你还记得，从我八岁时开始，每当暑假，你会带我去北戴河的海滨看海鸟吗？本来，你是想带我去看孔雀的，可从来就没有看到过孔雀，每次只是看到那些红腹海滨鸟，还有考察海滨鸟的科学家。”鲁宾认为父亲一定把脚下的白球想象成他了，还在那里狠狠地挥着杆。他在暗中假笑了一下，继续说：“每到暑假，我是那样的激动，因为我可以跟着你去看孔雀，尽管看不到孔雀，但我喜欢那些海滨鸟。”

杨怀远感到鲁宾的语气有些不对劲，便站到他面前，疑惑地问：“你不会认为我是骗你吧？”

“直到前几天，我才知道，你没有骗我。”他从地上捡起一根球杆，将一个白球击得无影无踪，“我的确看到了孔雀，在雨中飞过我的头顶，闪着蓝色的光。”

杨怀远奇怪地看着儿子，他为什么要说那些红腹滨鹬的故事呢？他狠狠地挥了一下杆，却突然打到了自己的右腿。他捂着小腿，坐在草地上，忍住痛，看着儿子脸上诡异的月光，觉得匪夷所思。

“孔雀飞走后，我们手牵着手，一道冲下山坡，奔向海滨。雨一直下个不停，我看到她的身上湿透了，她天真烂漫，学着红腹滨鹬下海‘游泳’的样子，慢慢地走向大海，我看到她越走越远，海水几乎快将她的头淹没了，我不顾一切地奔向她，将她轻轻抱上岸……”他的确非常兴奋，声音都有些走调了：“就在沙滩上，我们融化到了一起，亲密无间地融化到了一起。我俩相互拥抱着，同时被一场突如其来的激情击倒了。”

杨怀远已经作好挥杆的姿势，此时却不由自主地停了下来。他感到握球杆的手有些颤抖，根本挥不了杆。

“从小到大，我就发誓，要走一条与你完全不一样的路，要做一个与你完全不一样的人。我走进音乐学院的大门时，我以为我做到了，现在才知道根本不是这样。”鲁宾抱着头，痛苦地说，“当你不想成为什么人时，你恰恰变成了这类人，这就是命运！”

杨怀远看着月光下的儿子，不解地摇着头：“我听不懂你说些什么。”

“我本不想占有任何一个女人，特别是你曾经占有过的女人，可是天意弄人，我不能拒绝她，因为我爱她！”他痛苦地说。

杨怀远手上的球杆突然从手上滑落，掉在地上，他大声问：“你在说什么？”

鲁宾不知道他故意装糊涂，还是没听明白，不得不重复了一遍：“是你毁了她的锦绣前程，我现在要重新塑造她。”

杨怀远已经忍无可忍，质问他究竟想说什么。

鲁宾压抑了自己，轻声回答：“我爱上了你的女人。”

“享受爱情，这是上帝给予你的权利。”杨怀远以为他说的是“我爱上了一个女人”。

鲁宾看着他，眼睛在月光下闪着异样的光，他问：“如果我爱上了你的女人，你能接受吗？”

杨怀远呆若木鸡，竟有了挫败的感觉，语气变得愤怒起来：“我的女人！你说什么？”

鲁宾看不清他的表情，更看不清的是他的内心。不管怎样，此时的他，只想向他发起攻击，寻找最能受伤的字眼：“你只爱那个女人，那是你心中永远的痛。”

杨怀远看着儿子，感到风越来越大了，月亮也不知躲到哪里去了。

“在这个世界上，权力，金钱，地位，都不能拯救人的灵魂，只有爱才能拯救人的灵魂。你一辈子都在寻找她，可最后抓到的只是一个幻影。”鲁宾看到父亲坐在他的面前，身体缩在那里，使人联想到虔诚的基督徒在向教士忏悔之前做最激烈的犹豫，“现在，我找到她了，才知道她根本就不爱你。她的确是一个非凡的女性，没有人能拒绝她身上闪烁出来的女性的光辉。但是，我不得不告诉你，她一点都不爱你，她爱的是我！”

杨怀远忍无可忍，“呼”地站起来，一把抓着鲁宾的胸口，突然给了他一个耳光。他还想抽第二下，无奈双手沉甸甸的，怎么也抬不起来了。

鲁宾捂着脸，借助远处照射过来的微弱的光线，看着父亲气歪的脸，不仅没感到恼怒，反而生出几丝快意，他安慰道：“打吧，这一记耳光，打走了我对你的愧疚。”鲁宾朝地上吐了一口带血的口水，无动于衷地说：“二十年来，你一直爱着一个女人，她一直支撑着你的灵魂。”

杨怀远的脑子一片空白，浑身抖得不停。他似紧紧地咬着嘴唇，没了教育这个可恨的儿子的欲望。

“可是，面对着我，她心甘情愿交出了她的肉体，还有她的灵魂。她是我的！灵与肉都是我的！”鲁宾的声音听起来有些可怕，连池塘里的青蛙也停止了聒噪。

杨怀远"咚"地跌在地上。他要想想这个可疑的夜晚，为什么儿子将他的情感拖到一个冰冷的角落。此时，他的身边没有智囊团，他必须自己拿主意。

"从我惴测到你的心思的那一天起，我就寻找她，我曾发誓，我要杀死她！"他伸出双手，一把将杨怀远从地上拉起来，抓着他的双肩，字正腔圆地说，"可是，后来的事情发生了变化，为了她，我可以去死！"

杨怀远一把打开他的手，后退了一步。他甚至觉得，儿子如果现在去死，他会好受一些，他为自己的想法感到恐惧。好在他没有忘记自己是一省之长，在儿子面前也不要失却省长的尊严，"儿子，你究竟想说什么？"

鲁宾朝他步步紧逼，眼里闪着怒火，"你还想一直欺骗下去吗？"

杨怀远不再后退，大声怒吼："你在跟一个省长谈话，你知不知道！"

"你不是一直想走进我的内心吗？"鲁宾将草地上所有的白球收到一块儿，将球杆递到他手上，痛苦地问："你还在我的面前扮省长，叫我们的谈话如何进行下去？"

"你想说什么呢？你要我说什么呢？"他接过鲁宾给他的球杆，像一个迷失方向的孩子，无助地看着自己的儿子说，"你告诉我，究竟发生了什么？"

"究竟发生什么了，你已经知道了，只是你不敢承认而已。"他看到他有些发抖，更加印证了自己判断，"如果我说的是事实，你就击一个白球，行吗？"

杨怀远从来没有被人发号施令过，几乎条件反射般地反问："为什么要击球呢？"

"这样我才相信你！"鲁宾的语气相当强硬。

杨怀远站在草地上，握着球杆，做出击球的姿势。他望着幽蓝色的山峦，感到了绝望的潮水正漫过他的心尖。

"由于出身寒苦，你发誓要利用上工农兵大学的机会，过上人上人的生活。从上学的第一个月开始，你就盯上了一个姓沈的姑娘，展开了疯狂的进攻，"

杨怀远狠狠地一挥杆，白球带着青草的气息飞走了，消失在池塘的那边。一个萤火虫闪了一下，随后又消失了。

"你根本不爱她，你爱的是姑娘的爸爸，姑娘的爸爸是国务院某部委的部长。姑娘经不住你的攻势，你们结婚了。毕业时，借助部长的关系，你如愿以偿，分到了国务院办公厅，进入了你梦寐以求的地方。从此，你的从政之途变得异常平坦，几乎就是垂直上升。”

杨怀远一侧身，又一个白球从他的脚下飞走了。

“工作四年后的那个夏天，你组织一批高级干部的孩子去北戴河夏令营。夏令营的最后一天，你突然感到了自己一无所有，你冒着大雨，独自一人来到观鸟台，漫无目的地寻找着什么……”鲁宾说到海滨雨景，越来越激动，“当你正在苦闷寻找的时候，突然看到了一个少女。你完全被她的美貌和气质征服了，不由自主地跟在她的身后。她以为你也是来看孔雀的，对你毫无防范。最后，你们看到了孔雀，手牵着手，往海滨的方向跑。”

杨怀远被鲁宾带回了记忆的深处，感到自己的内心急剧地柔软起来。他猛一挥杆，白球“呼”地飞向黑暗深处。

“她来自另一个世界，与你当时所处的被权欲包围的肮脏的现实完全不同的世界。在她身上，你看到了纯洁，天真，浪漫，善良，美丽……一切引领人的精神上升的东西，在她身上都可以找到。在她面前，说话都变成了多余，你痴痴地看着她，紧紧地跟着她。你们没有互通姓名，根本就不想知道对方是谁。这个时候，你才知道，这就是爱情，难以言传的美好而崇高的感觉……”

杨怀远感到鼻子有些发酸，两滴热乎乎的东西从他的眼眶里流了出来，最后流到嘴角。他挥了挥杆，白球从他的头顶飞走了。

“当时，你整个人都处在失魂的状态，你越来越觉得这只是一个梦而已。为了证明你得到的的确是现实中的爱情，你趁她和你在海滨嬉戏的时候，粗鲁地将她揽在怀里，熟练地脱掉了她的衣服，然后占有了她。你享受到了她，才知道这不是梦。”

“我当时不知道自己做了什么！”杨怀远脱口而出。

“你知道自己在做什么，她不知道你在做什么，”他打断了他的辩解，继续说：“你从她的身上爬起来，发现她躺在沙滩上不动了。你急忙去摸她的脉搏，好像没动静，又探了探鼻子，好像没了呼吸，最后摸摸心口，好像停跳了……你摇着她，呼喊她，她没有任何反应。这个时候，你的懦夫本性露了出来，你不但没有救她，反而拔腿跑了！”鲁宾拔了一根青草，放在嘴里咀嚼着，痛苦地说，“你不要站在那里，击球吧！”

杨怀远挥动着球杆，将身体拉得像弓一样，击出了最为沉重的一个球。他“咚”地一声跌在地上，痛苦地捂着头。这是最令他痛苦的一幕，一直藏在他的黑暗的内心，竟然被人看到了，而且还是他的儿子！

“第二天一早，你想去海滨看她的尸体是否被海水冲走，却没有勇气，最后带着那些高干子弟，匆匆离开了北戴河的别墅。此后，你对孔雀产生了一种痴爱。谁也不清楚，这种爱的转移，源于你遇到的最爱，她的三角形白帽子上插着的那簇蓝色的孔雀羽冠。”

鲁宾看到父亲呆若木鸡地坐在草地上。鲁宾有些可怜他，站起来，从他手里抢过球杆，“呼”地将球击飞了。

“你请一个名画家画了一个少女的肖像。现在想来，那个画家不愧是丹青高手，他画得像极了。”他看到父亲的精神几乎完全崩溃了，没有将球杆还给他，他做了做击球的预备动作，随后将球击向另一个方向，“海滨奇遇过去了差不多四年，你才带着我，怀着复杂的心情去北戴河观鸟，实际上是去寻找昔日美好的感觉。你认为那个无名少女肯定死了，你又希望她没有死，能够突然出现在北戴河的海滨。你看到了那些红腹滨鹬，看到了那些鸟类学家，可就是没有看到你想看到的女人。你东寻寻，西问问，乐此不疲地寻找着曾经拥有的感觉。连续几年之后，你仍然没有发现什么，你认为那个少女的确已经死了，被海水冲得无影无踪了。”

鲁宾将父亲拉起来，握住他的手，将球杆握在两双大手上，然后猛地挥杆，球“呼”地飞到池塘的那边。鲁宾借助朦胧的月光，看到了他脸上奇怪的表情，“你只知道你的心中有秘密，怎么就没想到我的心中也有秘密呢？随着年龄的增长，我终于认识到，你不爱我，不爱妈妈，你只爱墙上的那幅画。你哪里知道，你在寻找这个女人，我也在寻找。我认为，她夺走了你，夺走了你对我们这个家庭的爱，夺走了我的幸福，夺走了妈妈的幸福。我曾经暗暗发誓，一定要找到那个女人，我要杀了她……一个偶然的机会，我终于遇到了她。谁知道，事情却朝着相反的方向发展，我不但不想杀她，还想拯救她！”

杨怀远突然惊醒了，对鲁宾怒目而视，“你竟敢在我的面前胡编乱造！”

“如果你认为我在编故事，那你就当故事听好了，”他看着他，轻蔑地笑了起来，“你还记得吗？当时你握着她的左手时，她右手给你做了一个弹钢琴的手势，你明白了，她是一个钢琴家。为了纪念你的海滨奇遇，我长大后，你叫我学钢琴！”鲁宾眼里闪着骇人的亮光，继续拨弄着父亲的伤口：“十八年来，你一直痴迷那幅画，这是为了爱情，还是为了赎罪？”

“爱情！”他坚定地说。

“你现在还爱他吗？”他喘着粗气问。

"比以前更爱她！"他说。

"因为你已经毁掉过她一次，我决不会让你走近她半步！"鲁宾咬牙切齿地说。

"你疯了吗？"他大声斥责。

"你从来就没有得到过她，放弃你的疯狂吧！"鲁宾回击道。

"她在哪里？"他回到了先前的那个问题。

"你毁了她，我要重新塑造她！"他斩钉截铁地说。

"她在哪里？"杨怀远几乎是在怒吼。

鲁宾看着父亲的眼睛，他想知道里面究竟藏着怎样的阴谋，"我怀疑，你早就知道她在槟城，而且为了她才来到槟城。"

杨怀远绝望地看着自己的儿子，嘴唇动了动，可没有发出声音。

"你是一个懦夫，爱她，又不敢走近她，你发现我和她接触后，还悄悄派人跟踪，你还想酝酿更大的阴谋……"

鲁宾再也不想往下说了。他猛地转过身，头也不回地走了。杨怀远还想解释，往前紧跑了两步，一把拉住他，大声呵斥："你不要冲动！"

鲁宾猛地一推，咬牙切齿地说："我这是替你还债，你不对我说声谢谢吗！"

杨怀远跌倒在草地上，好半天才爬起来，他摇摇晃晃地往前走了几步，直到鲁宾的身影完全溶入黑夜中。他看见球杆躺在月光下的草地上，便捡了起来。借助远处的灯光，他看着空洞的球场，像一个失忆的人。

风越来越大了，空气中含着风暴的味道。从远处的窗口传来的忧伤的歌声环绕在他的耳际，慢慢沁入到他的血液之中。

三

第二天早晨，由于受台风"杜鹃"的影响，槟城已进入紧急防风状态，首次发布了红色台风信号，托儿所、幼儿园、中小学全部停课。据槟城中心气象台昨晚的的预报，今天槟城将有暴雨到大暴雨，气象专家提醒市民要注意收听收看有关媒体或气象台发布的台风消息，尽量避免外出，在建筑物密集的街道行走时，特别小心高空坠物。

鲁宾关了收音机，骑着自行车，从学校往家里赶。风越来越大，花叶飞舞，纸片乱飞，到处都是背着书包的学生紧张兮兮地沿着墙根飞跑。

他抄小路到了住宅区，将自行车停在楼梯口。他按了电梯，电梯里的小武警一见是他，给他敬了一个礼，腰板挺得更直了。

他拿出背袋里的钥匙，轻轻地打开门，看见母亲跪在大堂的中央，对着高高在上的佛像磕拜。她双掌合十，闭着眼睛，嘴里念念有词，他躲在她的身后，足足等了她十多分钟，她才算弄毕。她转过身来，突然看见儿子正坐在那张会堂案椅上，大声喊："快下来！"鲁宾似乎没听到母亲叫什么，稳稳地坐在那里，沈红霞大惊失色，紧跑两步，将他拉了下来，责怪道："这是你爸爸的椅子，怎能乱坐啊？"

他本来就讨厌家里长期存在的神秘文化，此刻更加不满母亲对权力的迷信，没好气地反驳道："我就不信这把椅子有什么神奇。"

沈红霞对儿子的任性非常不满，立即双掌合十，请求神灵宽恕，"这是我花了二十多万买来的，原先坐过的人现在已经是副总理级了。"

鲁宾突然怀疑母亲的祷告，露出不信的目光，忍不住问："妈妈，你刚才给谁许愿？"

她不是怕儿子寻根问底，也不是怕解释不清什么东西，总之，她是不会将心中的想法说出来，对谁都不会说出来，便说："说出来就不灵了。"

"无非是希望爸爸尽早坐到省长的宝座。"他不以为然地说。

他想套出一点东西来，可她坐在沙发上一言不发，似乎还在暗祷。

鲁宾不再理会她，急忙冲上楼，用一把锣丝刀撬天净阁的门。沈红霞跟上来，急忙大喊："快住手！"

鲁宾已经把门撬开了。她从来没有这样敏捷过，冲上前去，身子一下子拦在门口，挡在儿子前面，她摸了摸儿子的头，摇着头说："鲁宾，你的额头有些发烫。"

"妈，这是我们的家，我为什么不能进去看一看呢？"

"你爸爸是堂堂的省长，你就不能给他留点私人空间吗？"

鲁宾看着母亲的眼睛，摇着头说："你早就进过这个房间，了解这个房间，你知道一切，无非是想瞒着我，就像你经常做一些瞒着父亲的事一样。"

沈红霞还是拦在他的前面，可是摊开的双手无力地垂了下来，"学校放假一个多月了，你都不回家，你怎么突然想到要回来，突然要看这间房呢？"

他明知道母亲对他的专业不感兴趣，便故意找了一个与专业有关的理由:“我正在作一首曲子,这间房能激发我的灵感。”

沈红霞对儿子学音乐一直不大满意,她认为音乐是吃饱了撑着没事干的人从事的被主流社会抛弃的行业，从事音乐的人根本不能在社会上立足，更不用说谋求身份和地位了。这个没出息的儿子不仅本科学的是音乐,读研究生还在学音乐。她从心眼里看不起儿子的玩物丧志,没好气地说:“你从小就不立志,看你现在,就不能干点有用的事情吗?”

“你一直希望我学经济或金融,毕来后从政,像外公一样,像爸爸一样,说不定日后也是朝廷的封疆大吏,实现你从部长女儿到部长夫人到部长母亲三部曲的梦想。”

“不准说封疆大吏,这是封建社会的字眼。”她想纠正儿子不正确的表述。

“和音乐比较,封疆大吏算什么东西?古今中外历史上,无数封疆大吏不过是尘土罢了,甚至连尘土也不是,唯有音乐家的音乐一代一代传唱下来,让我们还记住了他们的名字。”他看到母亲的衣领翻进去了一个角,便伸出手,把它翻出来,“你不见现在好多太子党不仅自己翻船了,还把父母也卷进去了吗?你们生了我这个儿子,是你们的福气!”

鲁宾看见母亲不再阻止,给他让出了半个身位。他推门进去,对房间的布置一点都不感到惊奇。鲁宾直接坐在那张太师椅上,抚摸着身边的那个孔雀标本说:“妈,你真的没想过,爸爸为什么如此喜欢孔雀吗?”

沈红霞坐在椅子上,看着儿子,漠然地说:“因为佛能让我解忧愁,所以我喜欢。因为孔雀能让他高兴,所以他就喜欢,这有什么奇怪的呢?”

鲁宾指着墙上那张玻璃框里的油画,指头绕着少女的轮廓,从上而下比划着,一直划到少女的脚背上。“你就没问问他,画上的少女是谁吗?”

“他说是艺术人物。”沈红霞看着画,淡淡地说。

“如果生活中实有其人呢?”鲁宾继续追问。

沈红霞走到画像边，抬起头来仔细看着画中的少女,“那也不奇怪,你爸爸喜欢女人。”

“如果他爱的是画中的少女呢?”鲁宾问。

“什么爱不爱的,你知道什么!”沈红霞将一张椅子搬到画像下,手上拿着一块擦布,站在椅子上,虔诚地擦着画像上的灰尘,以绝对的语气说:“像你爸爸这种人,不可能产生爱情了。”

鲁宾想说什么,又有些难为情,末了,他鼓起勇气,大声问:“你是不是说,我爸爸那玩意不行了!”

沈红霞被儿子的大嗓门吓了一大跳，好半天才明白儿子的意思，哈哈大笑起来。为了掩饰自己的痛苦，她一直哈哈大笑，差点从椅子上摔下来。

鲁宾一看，急了，奔下来，把她从椅子上抱下来，有些不好意思地问："那么好笑吗？"

沈红霞快笑岔了气，拍了拍胸口，横了儿子一眼，嗔怪道："你竟敢开母亲的玩笑。"

"我是说真的。"

"你爸爸官至正省级干部，哪里还有什么爱情？"她坐在那里，脸上没有笑容。

"你错了，对爱情，男人是没有级别的！"鲁宾看着画像，还偷偷给了那个少女一个飞吻。

"你没看电影电视中追求爱情的，要么是穷鬼，要么是少不更事者，要么是好幻想的少女，要么是轻度弱智者……反正，像你爸爸这种高层次高地位高水平的党的高级干部，他可能还有很强的欲望，但绝对没有爱情了。"

鲁宾对母亲的解释感到悲哀。他不想和她争论什么，只图一针见血："他爱你吗？"

"我培养了一个省长，当然就没有必要培养爱情了。"她将头靠在儿子的胸前，痛苦地说。

"如果他爱的是画中的女人，从来就没有爱过你，你不想阻止他吗？"鲁宾看着母亲，有些绝望地说。

"记得我妈对我说过，不风流的男人是无用的男人。"她再次走到那幅画前，伸出手，看了看少女的手，又看了看自己的手，"我不在乎他的欲望，我要控制他的精神。"

鲁宾头也不回地走出了房间。他走了几步，回过头来，看到母亲几下就将房门的锁重新装好了，那动作就像一个职业特工。

鲁宾来到自己的房间，从柜子里拿出几件衣物，又从书架上拿了好多书，全部塞进一个大的旅行袋里。

窗外"轰隆"一声巨响，连书桌台面上的水杯都震动了。他打开窗户，一股带着腥味的热气呼呼地灌进来，差点将他击倒。红色台风预警信号生效了，雨像成熟的葡萄，噼噼叭叭地打了下来。

沈红霞喝令儿子把窗户关上。她不解儿子的失魂落魄，疑惑地问："儿子，你怎么啦？"

鲁宾将手伸出窗外，感受到了强大的风力，他关了窗户，转过头来，梳理了一下母亲的乱发，提醒说："杜鹃就要来了。"

鲁宾提着包就往楼下走。沈红霞急忙跟在儿子身后，冲到儿子的前面，恳求道："我今天要做你最喜欢吃的菜，你一定陪妈妈吃一餐饭。"

她大叫了一声"丽达"，丽达立即就出现了。她跟她耳语了几句，丽达啄米鸡似地点着头，然后去下厨了。

"吃完饭再走吧，妈妈求你了。"她靠在儿子的胸口说。

"好吧……"

电话响了，沈红霞急忙起身去接，原来是李军打过来的，说杨省长中午要回家吃饭。沈红霞放下电话，对儿子笑了笑。

过了一会儿，她的耳朵马上竖了起来，听了半晌，惊异地对他说："我闻到了你父亲奔驰车上的香水味，他马上就要回来了。"她见鲁宾没有理她，便将右手按在耳朵周围，解释说："他正出着粗气，粗气里面有怒气。"她挪到鲁宾的身旁，提醒他："他可能要发怒了，不过你放心，有我在，他就不敢翻天！"

她看着儿子，指着电梯。儿子心领神会，急忙起身，走到门边，监控设备的屏幕上果然看见父亲和李军正在上电梯。

沈红霞打开门，杨怀远便站在了门口。他对李军叮嘱了几句，李军一边谦恭地点着头，一边用眼神和沈红霞打抬呼。李军婉谢了沈红霞的吃饭邀请，屋子也没有进，就离开了。

沈红霞急忙给他脱了外衣。杨怀远走进来，看了鲁宾一眼，便直接坐到了那张会堂椅上。鲁宾接过沈红霞递给他的风衣，将衣服挂在衣帽架上。沈红霞刚准备把那杯泡了一种特别药物的绿茶递给夫君，被他的目光制止了。她看着鲁宾，鲁宾只得拿起那杯茶，递到杨怀远的手上。

丽达走过来，叫他们吃午饭。在几双目光的注视下，杨怀远坐在最尊贵的位置。沈红霞坐在夫君的右边，鲁宾面对着窗口坐着。

菜肴非常丰富，气派逼人，浓香扑鼻。一盘神户牛肉刺身，一盘澳门烧肉，一盘香芋酱鹅，一盘鸡汁蛋清蒸多宝鱼，一盘象拔蚌刺身，一盘姜葱蒸鱼鸡，还有一盘特色烟鸡，外加一个章鱼节瓜老火汤。总共七菜一汤，共八大件，取其意"发"。

谁也没有说话，只有银筷碰触银碗的声音。为了打破无声的局面，杨怀远肆无忌惮地打了一个嗝，接着又不由自主地放了一个响屁，最后终于是他拷问般的声音："你有什么打算？"

平时听到这样的声音，鲁宾会觉得有些害怕，此时却感到无所畏惧。他觉得自己身体里面注满了力量，并且随时都想迸发出来。是啊，他有足够的自信和力量，因为那个女人爱的是他，而不是他！

鲁宾继续扒着饭，筷子敲得叮当响，头也没抬地回答："暂时没有什么打算。"

为了加重了说话的语气，杨怀远用左手指头敲着桌子说："你现在研究生也读了两年了，你没感觉到学业上没有一点长进吗？"

"我有两个曲子上了权威的音乐杂志，还有个曲子在一个大型的城庆晚会上被槟城交响乐团演奏。"

"别人真的看中的是你的音乐吗？"他的语气里含着怀疑甚至蔑视。

鲁宾知道他要说什么，故意装糊涂。他最不能忍受的就是他的那种君临一切的权威感，以及对他在音乐方面所表现出来的努力的漠视，他抬起头来，压抑着恼火，语词锋利地反问："难道我身上还有什么值得别人利用的吗？"

他用牙签剔着牙齿，脸色严峻地说："你应该清楚，你是省长的儿子。"

"我连名字都改了，连校长都不知道我是省长和省长夫人下出来的蛋。"他嘲笑道。

杨怀远忍无可忍，突然抬起手来，"叭"地给了他一耳光。鲁宾下意识地捂着脸，看着杨怀远，突然冷笑道："你真失败！"

杨怀远猛地站了起来，对着楼上高喊："丽达，把那支手枪拿下来！"

沈红霞猛地站起来，对着楼上高喊："不许拿！"她走到杨怀远的面前，指着他的鼻子骂："姓杨的，你要什么威风，如果不是我爸爸，你有今天吗？你不要欺人太甚，你难道不知道你的命门攥在我手里吗？你对我们母子俩越来越看不惯了，你安的是什么心？我就这样一个儿子，如果你要打死他，连我也打死算了！"

沈红霞怒目圆瞪，恰似母虎下山。杨怀远突然中弹一般，捂着胸口，一屁股坐在椅子上，木然地瞪着桌上的银碗。

沈红霞转过身来，走到儿子身旁，怒目而视，指着他的鼻子大骂："你这个不知天高地厚的家伙，你知道你是跟谁说话吗？他是省长，经常面见国家领导人的省长，别人见他连屁都不敢放，你竟然敢跟他顶嘴，老娘先掌你的嘴！"

她伸出手，狠狠地抽去，当手掌快落到儿子脸上时，却变成轻轻的一摸。她回过头来，走到杨怀远身旁，想给他揉一揉肩，给他压惊，却被杨怀远一把打开。杨怀远指着鲁宾的鼻子说:“签证我已经给你弄好了,再过一个月你去欧洲学习!”

“学什么习!”鲁宾目瞪口呆。

“去维也纳学习一段时间,哪怕去那儿游历游历,对你一定有大的帮助!如果你还想有出息,就要出去!”

鲁宾意识到了他的用心,无非是想让他从白露身边走开,他斩钉截铁地说:“我不去!”

杨怀远努力控制自己的情绪,不想丢一个省长的威严。他镇定自若地看了夫人一眼,沈红霞心领神会,冲着鲁宾,高声喊:“为什么?”

“我要搜集和整理那些快要消失的民间音乐,对西方音乐不感兴趣,至少现在还不感兴趣。”他说。

“大凡那些大音乐家,谁不是学贯中西?聂耳、冼星海、马思聪、谭盾,哪个不这样?”看来,杨怀远要儿子出国是经过了一番考虑的,否则他不会一下子说出这些音乐家的名字,甚至连谭盾也被他接纳了。

他决不妥协,他敢肯定这是父亲的阴谋,“我说了,我连民族的音乐都还没学好,我现在不想出去!”

沈红霞完全站到了夫君的身边,对儿子的无所作为早就不满了,“你要听从你父亲对你的安排,这对你的前途有好处!”

他看着母亲,提高了声音:“我再说一遍,我现在不想出国!”

杨怀远默不作声,沈红霞理解了丈夫的目光,对儿子说:“你知道你不听话的结果吗?”

杨怀远站起来,走到窗边,拉开窗帘,看着窗外的雷暴出神。鲁宾站起来,悄悄提起旅行袋,离开餐厅,直往客厅走。他听到母亲在后面叫他,但就是不回头。他走到门边,拉开门,转过身来看了母亲一眼。沈红霞伸出手,想拉住儿子。鲁宾猛地闪出门外,随后将门关上,隔着防盗门对母亲说:“不听话的结果,不就是扫地出门吗!”

沈红霞看着儿子,上嘴皮子动了动,下嘴皮子却动不起来。他看到儿子进了电梯,还扔给她一句话:“不用你们扫,我自己出门。”

沈红霞急忙关上门,跑到客厅,看到杨怀远正坐在公案椅上,出神地望着窗外的风雨。他看到了她涨红的脸,明知故问:“他进了我的天净阁。”

沈红霞走到他的身旁,帮他整了整有些凌乱的头发,没有说话,算是默认。

“你们看到了什么?”他闭着眼睛问。

她给他揉着肩膀，平淡地说："我们看到了孔雀标本。"

他睁开眼睛，望着窗外的暴雨，推测道："他看到了那幅画像，还问了你一些问题？"

她开始扯他头上的一根白发，嘴角浮出一丝笑意。

"你对他怎么说的？"他睁开眼睛，推开她的手，盯着她的眼睛问："你说那是艺术人物？"

沈红霞点了点头，反问："那是艺术人物吗？"

杨怀远点了点头，再次推开她伸过来的手。她停止了活儿，看着他的手，疑惑地问："你爱上了那个艺术人物吗？"

"她是虚构的艺术形象。"他提醒说。

杨怀远从公案椅上走下来，抬手看了看手上的劳力士手表，假笑了两下，想说什么，又没说出口。

沈红霞有些害怕，走过来，一把攥着他的手，惊奇地问："你的手怎么这样热？"

这次他没有推开她，还看了看她手指上的"闪光器"，然后看着她的眼睛，紧紧地攥着她的手，解释说："因为你的手太冷了。"

一道闪电划破天空，接着是一声炸雷。沈红霞吓了一跳，急忙把手抽回来，疑虑地问："你说鲁宾现在在哪里？"

他没有说话，抚摸着公案椅，就像抚摸着最亲爱的恋人，随后从椅子上走下来，再次走到窗边，看着白水茫茫的世界，自言自语地说："二十多年不遇的台风，就这样来了。"

"我有些不舒服。"她感到有些乏力。

"那你去休息一下。"他走到夫人的身边，握着她的手，看着她的眼睛，安慰说："这只是暂时的，一切会好起来的。"

沈红霞看着自己的夫君，感觉到是那样的遥远。她紧紧握着他的手，第一次问一个连她自己也没想到的问题："你爱我吗？"

杨怀远笑了笑，轻轻拍了拍她的手背，提醒道："你去看看，是不是李军快到了。"

她转过身来，梦游一般，摇摇晃晃走到闭路电视屏幕前，果然看见李军正在上电梯。她看到杨怀远已经站到衣架前了，双手正平伸着。她快步走上前，从衣架上取下风衣，替他穿上，随后又踮着脚尖，将帽子戴在他头上。她打开门，李军早就站在外面。

杨怀远正换上皮鞋，听到李军说灾情非常严重，便问死了人没有。李军说只是死了一头牛，大家等着他拿出慰问方案。杨怀远随李军进了电梯，转过身来，看到沈红霞站在门口，便朝她挥了挥手说："再见，夫人！"

她急忙走到监控屏幕前，看到夫君完全消失了，才抬起头来，转而看着窗外。窗外的台风真吓人，她在北京从来没有见识过台风。

她感到身子轻飘飘的，有些恶心，她移动着步子，想抓住前面的那个公案椅，却"扑通"一声倒在地下，她感到上腹痛得厉害，挣扎着想爬起来，却没有一点力气，便大叫："丽达！丽达……"

四

晚上八时，气象部门预测，台风"杜鹃"将更进一步袭击槟城，预计海面上最大风速将达到每秒三十三米，相当于十二级的风力，最低气压九百六十五百帕。省气象台提醒有关方面，由于目前海上天文潮位非常高，必须尽快采取措施防御强降水引起的山洪和泥石流等地质灾害。

窗外黑黑的，连灯光都被狂风卷走了，窗玻璃被暴雨砸得"砰砰"作响，树枝被狂风吹断的声音。不过，琴房的四盏不同类别的灯全都开着，房间便具有了一种神秘的灵性。

白露坐在琴房里，根本没有意识到窗外的风暴，她每弹完一曲，就将乐谱扔到地上。由于从上午就开始弹奏，地板上撒满了乐谱，几乎没了下脚的空间。她弹奏的是老柴的《第一钢琴协奏曲》，她多么希望有朝一日能与儿子四手联弹这支曲子。

她感到非常奇怪，先前消失的感觉，现在全都苏生过来，化作涓涓细流，在她的指尖流淌。她理解了柴可夫斯基的人生，理解了他的爱情，甚至理解了他的死亡观。弹到激越时，她似乎感到自己正在一点点地变小，最后化为一滴水，汇入到江洋之中，向着温暖的海域翻滚……

不知什么时候，她感到后面有呼吸的声音，转过头来，却看到鲁宾正坐在乐谱上，正在一本一本地捡拾着，放到琴桌了。

他的头上湿漉漉的，身上沾满了泥浆，头上还沾了几片沾满泥浆的树叶。他告诉白露，处理柴可夫斯基时，要把他与肖邦区分开来。

她按照他的指点，弹了几个音节，随后侧过头来，看着他，眼里闪着幽蓝色的亮光。

"较轻，中强，强，最强——对，对！"鲁宾伸出手，抚着她的额头，继续指点："和谐一点可能会更好。"他感到白露将和谐的感觉弹出来了，兴奋地说："很好，不过，感情应该更亲昵！"

当她弹完最后一个音符时，她似乎完全走进柴可夫斯基的境界，或者说，她理解的柴可夫斯基的境界。她急忙站起来，一把抱住他，伏在他的胸前，陶醉在幸福中。

鲁宾抚摸着她的脸宠，吻她的蓝色的眼睛，对她说："弹得真好！"

白露拂掉他头上的树叶，将他带到浴室。浴室非常大，墙上贴着细小的彩色的玻璃马赛克，上面有许多的拼画，大多是西洋名画，竟然还有一幅凡高的《向日葵》，无论色彩还是形态，模仿得非常逼真。那幅圣母子的画像足有其他画像的四个大，嵌在中间，圣母的脸上闪烁着恬静和恩泽。小巧玲珑的艺术吊花沿着天花的四边排列着，红色牡丹，白色月季，红色玫瑰，蓝色勿忘我，黑色大丽，紫罗兰，黄菊……簇拥成一个大大的花圈，吐出沁人肺腑的芬芳。浴台上放着透明的瓶罐，里面装着五颜六色的精细浴盐。

白露打开水龙头，将浴缸的水放满，旋开瓶罐盖，抓出清凉薄荷浴盐，撒入浴缸里，一股清香从水中冒出来，沁人心肺。她从挂在墙上的花篮里抓了几把花瓣，撒在浴缸里，水面上顿时浸满了红黄蓝三色花瓣。

她转过身来，轻轻解开他的纽扣，衬衣被轻抛到墙角。她想解他的皮带时，被他轻轻打开了。他好像有些不好意思，背转身，想自己动手。白露一把将他扳过来，蓝色的眼睛看着他，闪着盈盈波光，她娇嗔地说："我爱你，我愿意这样做。"

她解开他皮带，拉开拉链，将牛仔裤轻轻退到脚下。他轻抬了一下脚，她便将牛仔裤脱了下来。他护着最后的纱缕，有些羞涩地看着她。她怒目而视，一把打开他的手，责怪道："难道穿着短裤沐浴吗？"

她牵着他的手，将他引进了浴缸。她顺手取下衣架上的毛巾，先给他洗头，随后擦着他的脖子和肩膀。她轻抚着他的皮肤，健与美的橄榄色的皮肤，像锦缎一样富有光泽和弹性。她要他站起来，在他身上的每一个地方均匀地涂上了一层印度沐浴露；然后拿着喷头，细细地清洗着每一寸皮肤。随后，她又拿出两条白毛巾，给他的头上扎了一条，自己扎了一条。

鲁宾喘着粗气，温柔地脱掉了她身上所有的纱缕，将她引进到浴缸中。

他们浸在浴缸里，一个头朝东，一个头朝西。由于只露出两个头，缤纷的花瓣漂浮在他们的脖子周围，围成五彩的花环。

“你爱我吗？”鲁宾吻着她的蓝眼睛，不停地问。

“我爱你！”她回吻着他的唇，陶醉在幸福的激流中。

“告诉我，你是不是只爱我一个！”他看到她的脸上泛起了红晕，像两片飞动的彩霞。

“我只爱你。”她感到电流开始从她的脚下升起来了。

“我比锅炉工要好吗？”他急切地问。

“在我眼里，他根本就不存在。”她承受着他的激情，喃喃自语：“我不喜欢他的，我不愿意，我们一年难得一次。”

“我比十八年前的那个男人要好吗？”他还在问。

“在我眼里，他等于垃圾。”

他看着她，感觉到她的眼光的迟滞。他感到那个魔鬼正附在他的身上，他痛苦地问：“如果他再来找你，你会拒绝他吗？”

她紧紧地抱着他，水面上激起一层层的浪花，“我只爱你！”

他看着她的眼睛，紧逼着这个问题：“如果他现在走来了，你会拒绝他吗？”

她感到电流已经穿过了她的腹部，全身开始颤抖，说话也变得不利索了：“我曾经……碰到过……好多人物……他们都会……跟我暗示些什么，有些甚至还采取……极端方式来向我……求爱……我看到他们…只感到恶心……只有你的爱，才唤醒了我的爱，我的一切……”

他看到那个久违的魔鬼又悄悄地走进了他的身体，正在他的体内兴风作浪，他痛苦地喊：“他正在欺负你，侮辱你，我要杀了他！”

她似乎没有听到他的灵魂的挣扎，欢快地承受着他撞出的水花，呻吟着：“我不知道……为什么会……爱上你……。”

鲁宾看到那个魔鬼正爬上她的身体，他感到自己的身体快要爆炸了。他急忙吐出嘴里的红色花瓣，不知道该不该停止动作

她看着他，蓝色的眸子凝固不动了，嘴里发出梦呓一般的乞求：“亲爱的……你还等什么……”

当鲁宾开始发出呼喊时，白露仿佛看到一道金光从眼前闪过，一股电流冲到了她的脑门。两种喊声揉在一起，水花四溅，花瓣乱飞……

鲁宾背着白露走出浴室，来到琴房，先将她放到琴凳上。他将电视打开，调到综合新闻频道，将声音调到极小。

他坐在白露的旁边，打开琴盖，对白露点了点头，两人开始四手联弹《第一钢琴协奏曲》。他们配合得是那么的默契，就像一个人在弹奏。他俩

不约而同地抬起头，两双眼睛对视着。鲁宾一边弹着，一边向白露侧了侧身，白露心领神会，急忙向他侧了侧身，他们的嘴唇咬合到了一起，两对黑白分明的手仍然在琴键上舞蹈。

鲁宾没有想到，白露的记忆恢复得这样快，虽然她的演奏还没有达到十八年前的高度，但她完全可以重上舞台，实现与儿子同台献艺的梦想。

他们一边弹，一边用嘴唇吻着对方的嘴唇，就像一对不小心跃入淤泥中的青鱼，相濡以沫。

暴雨拍打着窗玻璃，玻璃被暴雨划出了一道又一道琥珀色的泪滴，接着反射出一道刺目的闪电，最后便是一声惊雷……

鲁宾急忙走到电视机前，将声音调大，画面上出现了与台风有关的新闻报道。一名女记者披散着头发，拿着话筒，正激动地对观众作现场报道："各位观众，台风'杜鹃'的步伐已经逼到了槟城，槟城的水文站已出现了比正常潮位高达三米的超过警戒线的暴潮水位。省三防总指挥、常务副省长杨怀远代表省委省政府，坐镇省三防办指挥全省各地抗御'杜鹃'。现在，我们请到了杨省长，请他代表省委省政府谈一谈全省人民是怎样与台风进行忘我的斗争的——"

镜头对准了杨怀远，脸色严峻的他，穿着一件雨衣，站在庭院的台阶下，将试图给他打伞的李军推到了一边。他拿着话筒，对着观众，开始发表长篇大论："台风发生后，省政府领导立即听到了水利厅、水文局、气象局等部门和沿海各地市防御措施的落实情况，并分别致电下级主要领导，了解到各市已经敦促三万多艘船只回港，转移危险地带人员近四万人……"

"你认识这个男人吗？"鲁宾指着电视上的杨怀远问。

白露看着电视中的杨怀远，摇了摇头。

"他叫杨怀远，常务副省长，据说快接省长的班了。据我所知，这是外界的传言，没有根据。因为他在北京失宠了，便到了这里，他可能在这里呆不长了。"

白露看着电视中的杨怀远，突然大笑起来，鲁宾奇怪地看着她，问她笑什么。她看着他，摸着他的鼻子和嘴，笑着说："你的眉眼还真有些像这个省长。"

突然，鲁宾闻到了劣质香水的味道，并且是从女人身上散发出来。他站起来，象狗那样闻了闻，便悄悄对白露说："我想给你带来一个惊喜。"

他蹑手蹑脚地走到门边，轻轻地拉开门栓，突然将门拉开——文嫂毫无防备，收不住身子，一个趔趄，扑了几步，差点摔倒了。白彪他爹坐在轮椅上，差点摔了下去。

"你没事吧？"鲁宾一把将文嫂扶住。

文嫂看着白露，说她想给他们做点夜宵，又怕白彪他爹没有照顾，将尿拉到裤子里，便将白彪他爹推了上来。鲁宾忙将停在门口的白彪他爹推到钢琴的旁边，白露惊异地看着文嫂，便叫她安心去忙。

鲁宾和白露双双坐在琴凳上，继续四手联弹《第一钢琴协奏曲》。白露一边弹着琴，一边欣赏着鲁宾的侧影。鲁宾一边弹奏着，一边好奇地看着白彪他爹脸上的表情。

白彪他爹呆若木鸡地着电视，木然地看着电视中的杨怀远。电视中的杨怀远刻意地看着镜头，还正在表决心，只不过他的说话声完全被钢琴的轰鸣盖了。

桔黄色的灯光，映照着从玻璃上急速流过的雨水，还有摇动的树影。鲁宾似乎听到了窗外的脚步声，但他宁愿相信这只是他的幻觉。也许幻觉刺激了他，他将自己的双手轻轻叠在白露的手上，就像两位骑士在黑白的道路上"哒哒"奔跑。

第十一章

一

马家,普通的两层楼房,却有一个较大的院子,院子搭着一个高高的竹棚,竹棚上爬满了葡萄藤。

马云龙在槟城桑山区法院干了一辈子,“官”至副院长,今年刚退休。他的妻子方蓉为桑山区一中的语文教师,今年刚好也退休。夫妻俩最为骄傲的,还是在槟城市公安局当警察的儿子,儿子还是大案处大案队队长。当邻居频频夸奖他们的儿子有出息时,马云龙尽管嘴里“贬”儿子,心里却像喝了蜜一样。美中不足的是,儿子二十有八,却丝毫没有恋爱的迹象。每次问到他,他只是说,不急,肯定会解决的。

台风已过,天清气爽,马云龙一大早就起床了,推开大门,用轮椅将母亲推到竹棚下呼吸清新空气。他感觉浑身有使不完的劲,一遍又一遍地打扫着院子。

竹棚中央有一张长方形的桌子,桌面的主体是由光滑的白色大理石构成,铺满球沙的滑道上,摆放着一些红蓝两色的沙狐球,等待着儿子的到来。

方蓉正在厨房。她一边摆弄着儿子最喜欢吃的虾肉——鲜剥活虾,一边轻快地哼着歌。马云龙从身后悄悄伸出手,将娇小的夫人一把抱了起来。夫人大吃一惊,急忙打着他的手,叫他放下来。他把她抱得更高,直到夫人双脚乱蹬,才放下她。她怒目圆睁,扬起手,作出要打的动作,最后手掌没有落下来。

他们做完厨房的准备工作，儿子还没到。马云龙打了一个电话，儿子说再过五分钟就到。马云龙推着轮椅上的母亲，领着妻子，走出柴门，站在路边，翘首以待。

差不多五分钟，前面来了一辆警车，慢慢减速，最后停在他们脚下。马云龙看到儿子下了车，接着跳下来一个女孩子。儿子跑过来，大声喊："奶奶——我来了——"奶奶的眼睛不是很管用了，尽管看不到孙子奔跑的姿势，但孙子的声音无疑成了最厉害的催泪弹，泪水从她那双深陷的眼窝里流了出来。

马凯跑过来，几乎是跪了下来，一把抱住奶奶，心疼地说："奶奶，你瘦了！"奶奶伸出颤颤巍巍的手，抚摸着孙子的脸庞说："奶奶想你，就瘦了！"马凯擦着奶奶的泪水，心疼地说："爸爸妈妈对你不好，你就告诉我。"奶奶一听这话，眼泪更加不听话了，说："爸爸妈妈对我再好，我还是想你啊！"

马凯站起来，拉着艾丽娅，有些不好意思地说："小娅，给你介绍一下吧——"艾丽娅不等他介绍，屈下身来，甜甜地叫了一声奶奶，然后叫了一声伯母，最后叫了一声伯父。

"你是谁家的孩子，怎么长得这么漂亮。"奶奶摸着艾丽娅的脸，脸上乐得像裂开的核桃。

"奶奶，我是马凯队长的同事！"艾丽娅笑了，大声说。

他们回到院子里。马云龙拿起两个沙狐球，将蓝色的那个递给艾丽娅，直爽地说："从小到大，马凯从没赢过我，他把你请过来，想叫你替他复仇，你是不是他的救星，还要过我这一关！"艾丽娅拿起沙狐球，掂了掂，开心地说："我现在手感很好，有信心复仇！"

马凯坐在一旁，欣赏着艾丽娅的一举一动，旁若无人地傻笑着，完全将身旁的母亲冷到了一边。实际上，从马凯看艾丽娅的目光来判断，方蓉就明白怎么回事了。她想帮助一下儿子。

"儿子，你恋爱了？"她问。

马凯正乐呵呵地看着父亲被艾丽娅打得"颜面尽失"，隐隐约约觉得母亲好像正跟他说话，他将手搭在母亲肩上，笑着问："妈，艾丽娅将父亲打败了。"

"你恋爱了！"母亲重复了一遍。

马凯听清楚了，惊奇地看着母亲，想说又不知道怎么说。他连笑了几秒钟，然后换了一种语气说："妈，我恋爱了，我自己怎么就不知道呢？"

方蓉攥着儿子的手，看着儿子，“你不要隐瞒了，妈妈什么都看出来了。”

马凯将视线重新转到父亲与艾丽娅的决赛场面。他不想说什么，因为他觉得还不到说什么的时候。

“她只是我的同事。”他说。

“我知道她是你的同事，”方蓉道破她的感受：“可是你已经爱上她了。”

马凯回味母亲的话。他回想到，他和艾丽娅在一起办案的感觉特别美好，他不知道这是不是爱情，是否要以用“爱”这个字眼来表达。现在母亲揭开了这个瓶盖，他还真看到了，瓶子里原来装满了人们称之为“爱”的东西。

“爱情这东西，有些像闪电，稍纵即逝。”母亲说。

“既然是闪电，谁又能抓住呢？”马凯有些悲观地问。

“美国一个叫富兰克林的大科学家，人们不是说他抓到了天空的闪电吗？”方蓉从儿子眼中读懂了一切，一字一顿地说：“如果你爱她，对她说！”

马凯脸上突变，站了起来，摇着头说：“第一，她还是一个学生；第二，我现是他的上司；第三，我还不知道她有没有男朋友；第四，说不定她并不想留在槟城。”

此时，艾丽娅推出了一个绝妙的好球，第一次超过了马云龙推球的距离，高兴地跳了起来，马云龙情不自禁地为她鼓掌喝彩。

方蓉提醒儿子，对女孩子要主动些，不能等女孩子对他表达，她说：“第一，她是实习生，说明她的学业马上快结束了；第二，上司爱上手下，历史上不知有多少；第三，她有没有男朋友是可以问清楚的；第四，她留不留槟城取决于你爱的程度。”

马凯自有自己的思维，还在坚持自己的主意，“妈妈，说实话，我喜欢现在的感觉。”

方蓉认为儿子太固执了，以近乎哀求的语气说：“那你说啊？”

“我不相信语言。”儿子说。

“我听不懂你的意思。”她焦急地说。

“我只相信心灵，心灵是不能表达的。”他固执地说。

“你不如你爸爸，”方蓉不知道怎么让儿子相信她，万般无奈之下只得现身说法，“当初你爸追我时，还有一些比他不错的男生同样在追我。我当时急疯了，他怎么老不向我表达呢？正当我认为他对我的爱不够其他的男生热烈时，我产生过动摇。可是不久，他跪在我的面前，表达了他的爱，非常热烈的爱。我感动了，觉得他就是我要寻找的人。试想，如果你爸像你现在这样想，他能够把我追到手吗？”

“我敢肯定，她也不喜欢用语言表达出来。”他固执地说。

方蓉看到艾丽娅的眼光刚朝这边看过来，便朝她挥了挥手，对儿子说：“说不定，她就是二十多年前的我，正受着感情的煎熬，只等一个傻瓜来下跪了。”

马凯被母亲的话逗笑了，想不到给她下跪的人都成了傻瓜。不过，他仍然不喜欢母亲的主意，他只想用心灵去触摸她的心灵。

比赛结束了，艾丽娅和父亲走了过来。马凯马上拿起挂在洗脸架上的一条毛巾，递给艾丽娅，还递给她一杯凉开水。方蓉取下挂在洗脸架上的另一条毛巾，递给马云龙，还递给他另一杯凉开水。

马云龙一口气将凉水喝了个底朝天，看着儿子，垂头气地说：“儿子，你的仇报了。”

“比我厉害吗？”马凯看着艾丽娅，乐呵呵地问。

“以前因为对你保挂全胜的纪录，爸爸的自信心恶性膨胀，开战时就埋下了失败的伏笔。”马云龙拍着儿子的肩，开心地大笑起来。

奶奶一直坐在台阶上，聆听着一切细小的声音，她听到儿子笑了，接着是大家的开怀大笑，她也开口笑了。

艾丽娅走过去，将轮椅推下来，调皮地说：“你们乐吧，我要和奶奶在一起，逼她说说某个人不光彩的历史。”

方蓉笑着去厨房做饭了，艾丽娅推着奶奶去散步了。父亲站在凳子上，摘了一些葡萄，拧开自来水，洗了洗。他将葡萄端到儿子面前，叫儿子尝尝他种下的果实。马凯拿了一颗最红的，放在嘴里，没有咀嚼，慢慢地品味着葡萄的芳香。

“破案还顺心吗？”马云龙坐在儿子身边，引到了他想知道的话题。

“有些不顺心。”马凯说。

“你能说给爸爸听吗？”

“最近发生了一起案子，涉及到一个大人物。我们怀疑，那个大人物利用年轻女人在国外洗黑钱，因为那个女人掌握了他的一些犯罪证据，最近那个年轻女人死了，很有可能是他本人或派人干掉的。我们害怕上级不支持我们破案，悄悄进行侦查，后被上级发现……”他看着父亲的眼睛，不想再说下去了。

“因为对方是大人物？”父亲问。

“反正很微妙，说不出的微妙。”

马云龙遇到过许多类似的案子，他觉得儿子还不是非常了解办案也有一个国情，“这个案子并没有停止，有两股势力正在暗中较量，只是你看不到而已。如果一股势力占了上风，你们就能继续动他，如果另一股势力占了上风，你们可能很长一段时间都不能动他。现在只是局势不明朗，你不能因此就说此案结束了。”

“那我们现在就只能被动地等吗？”马凯忧心忡忡地问。

“我是这样看的：第一，你办案时还缺乏耐心，第二，你没有想方设法去搜集证据。”

“……”马凯看着父亲的脸。

“你如果掌握了足够证据，保证你能得到大部分人的支持。形势发生变化，许多反对你的人也不得不站到你的一边，至少表面上不敢公开反对你。”马云龙吃了一颗葡萄，提醒说：“掌握证据是最关键的因素。”

“我知道证据很关键，可是……”马凯欲言又止。

“七十年代初，上级要我负责审一个非常大的案子，一个作家写了一部小说，被认为是利用小说反党。当时上级已经给这个案子定调了：死刑，早结案早宣判。我当时特别忙，不想接这个案子，可上级说是钦定的，主要看中了我的能力。我只得搬来一大堆卷宗，开始了解情况，还把那本小说找来看了——”马云龙走到沙狐球桌边，向儿子招了招手。马凯走过来，选了蓝色的金属沙狐球，和父亲轮流推球。父亲将一个红球推得远远的，继续说：“我看了几个晚上，完全被小说迷住了，我不但没有看到反党的内容，反而看到了人性美的力量。良心告诉我，我不能审这个案子，想把案子退回去。”

马凯被父亲的故事吸引了，紧紧地握着蓝色沙狐球，放在规则允许的位置，运用暗力一推，沙狐球闪着蓝光，超越了父亲推球的距离。

“正当我要把卷宗退回去，马上想到了这样一个问题：案子到了别人手里，作家肯定还是完蛋。我决定还是自己来，便把厚厚的卷宗搬到办公室，装着天天看卷宗，实际上办其它的案子。当上面催得紧时，我以卷宗多需慢慢看为由，采取软拖的策略。有时领导过问得非常紧，我会以证据不充分为由，退一部分卷宗给公安，令他们补充证据，继续侦查——”马云龙狠狠地推了一个红球，将儿子的蓝球击落进入高分区。

"后来呢？"马凯问。

"这样拖了一年，上面的政策变得宽松起来。我决定为这个案子翻案，利用自己的办案经验，弄到了许多证据。几个月后，我成功了。"他一边说，一边指了指桌上的蓝球，鼓励儿子试试："那个作家出狱的那天，我专程去看了他。我把他送上回家的路，他当然不知道我所做的一切，我也没有告诉他——"

表面看来，马凯只是轻轻动了动手，实际上用的是暗力，蓝球像一道闪电，将父亲的红球击落滑道后，突然刹住，停在高分区。

"他让我知道了，不管在什么年代，良心是最宝贵的，"马云龙将红球放在桌上，想推，又停了手，便走到儿子身旁，拍着儿子的肩，提醒说："儿子，你现在分数比我低。"

马凯拿起一个蓝球，狠狠地推去，球飞速滑动，再次将父亲的红球击落到球槽里。

父亲大叫了一声好，鼓励他："记住，就像推沙狐球，只要有一次推球机会，就有了一线希望。"

正在这时，马云龙看见艾丽娅正推着奶奶有说有笑地进了柴门，便问儿子："她可以成为马家的人吗？"

"我还不知道。"马凯看到艾丽娅正在和奶奶说话，诚实地回答着父亲的提问。

马云龙搂着儿子宽阔的肩膀，不约而同地表达着与夫人相同的观点："如果你爱她，对她说！"

不知不觉到了中午，方蓉的饭菜做好了。马云龙将一张玻璃钢餐桌摆到葡萄藤下，开始将妻子的"作品"往桌上搬。由于方蓉的父亲曾经是越南侨领，她的手艺一直带有浓厚的越南菜的特点。第一道菜是海上飞虹，偌大的一尾鱼，盛在一口锅里，锅架在一个大大的酒精炉上，香味令人晕眩。第二道菜是越南蔗虾，看上去金黄酥脆，还沾着星星点点的面包糠，其做法是把去了壳的鲜虾肉剁碎，打成虾胶后，裹在甘蔗枝上置于锅里油炸而成，虾肉吸收了甘蔗的清甜，香鲜嫩甜俱全；第三道菜是啤酒椰青蒸蟹，一圈白色的泡泡环绕在红色的螃蟹四周，啤酒香扑鼻而来……刚好十二道菜，取名"月月红"。

奶奶坐到正中的位置，父母分坐两边，马凯和艾丽娅共享一边。马凯给每人倒了一杯红酒，端起高脚酒杯，正准备说祝酒词，手机响了。他只得放下酒杯，原来是"白头翁"处长的声音，叫马凯和艾丽娅马上赶到省人民医院，有紧急情况。

马凯再次端起酒杯，向奶奶和父母敬酒，接着端起艾丽娅的酒杯，准备代表艾丽娅敬法兰酒。艾丽娅从他身后伸出手，接过酒杯，仿照马凯的方式敬酒。

方蓉握着艾丽娅的手，似乎不想让她走。马凯把艾丽娅的手从妈妈的手里抽出来，焦急地说："妈，情况紧急！"

方蓉急忙拿起一双筷子，选了儿子最喜欢吃的第二道菜，夹了一筷子菜，伸到儿子嘴边。马凯似乎有些责怪母亲在艾丽娅面前做出这个动作，有些不好意思，身子往后躲了躲，不满地说："妈妈，我又不是小孩了！"

可怜方蓉夹着蔗虾的手悬在空中，伤感的眼泪流出来了。艾丽娅一见气氛不对，接过方蓉手里的菜，伸到马凯的嘴边，温柔地说："吃了它……"

汽车启动了，艾丽娅挥了挥手，跳上车。马云龙和方蓉急忙推着轮椅上的老人，不停地向他们招手。

艾丽娅坐在副驾驶座，不时往后面张望。车越来越快，海棠村愈来愈远，三个老人最后变成了一个黑点。

二

约半个小时后，他们按照"白头翁"处长的吩咐，赶到了省人民医院。问了好几个医生，才找到重症科的特别护理室。马凯轻轻推开门，看到满头白发的"白头翁"处长正站在法医和医生中间说着什么，立即"嗅"到了一个刑警经常遇到的不同一般的气味。艾丽娅发现每个人脸色沉重，神情肃然，围着那张病床低声议论着什么。

他俩从人群的缝隙间望去，大吃一惊——沈红霞穿着一件腥红色的睡衣躺在病床上，双目大张，头发散乱，身体呈痉挛状。

陈法医正拿着放大镜检查死者的眼睛，还有几个刑事技术人员正在拍照。黑大个肖强和小白脸小毛正在配合技术人员取证。

正在这时，"白头翁"手机响了，转身接电话时，看到了马凯，便走上来，握着他的手，接完电话，才把手松开。

"白头翁"摇着头，异常沉重地说："我马上去接鲁宾，你先听听医生和法医的情况汇报。"

“鲁宾是谁？”马凯职业性地问。

“白头翁”焦急得已经乱了方寸，对马凯的问话没有反应。他走到门边，才记起了他的问话，转过身来，告诉他，鲁宾是杨省长的儿子。

许医生取下口罩，拂了拂花白的头发，以一个医生特有的冷静，向马凯简单解释了事情的经过：今天早晨六时许，病人被送过来。他们立即对病人进行检查，发现病人快不行了。他们采取了紧急措施，但还是没能挽救病人的生命。通过初步检查，发现病人呈重度中毒状，出现了呕吐、上腹痛、四肢抽筋、体温升高、脱水、黄疸等症状，系蓖麻毒素中毒死亡。由于医学界还没有发现对付蓖麻毒素的解药和疫苗，目前的医疗水平还不能挽救中毒者的生命。

陈法医指给马凯看，沈红霞之死简直就是刘旗旗之死的翻版。用同样的方式，在同样的位置，射入了一颗带蓖麻毒素的大头针。不过，由于大头针里的剂量增大，毒性来得更猛烈，沈红霞浑然不觉，就稀里糊涂送了命。经鉴定，死者中毒时间大约是前天即八月七日早上七点半，昨天即八日下午出现明显不适，今天凌晨四时就昏迷得说不出话来了，两个小时后大脑死亡。

杨家的保姆丽达像灵魂出窍一般，看上去受惊不小，她伏在床边，不停地抹眼泪。艾丽娅走过去，她抚摸着沈红霞的脸，用生硬的中文说：“我要回家，我要回家，太可怕了，太可怕了……”

马凯用目光示意艾丽娅，叫丽达安静下来，然后开始问话。艾丽娅扶着丽达，耐心地调动她的记忆。

丽达哭了几分钟后，情绪似乎得到了一定程度的稳定，她记得事情的大致经过：前天上午七时许，天下着小雨，夫人照例去离家不远的人民公园晨练，还打着一把伞。她随后去菜市场买菜，回到家时，夫人还没回家，快吃午饭时，夫人回来了，情绪非常高涨。昨天早晨，夫人略感不适，午饭后，夫人感到肠胃有些问题，以为吃了一些不洁的东西。她有肠胃炎的老毛病，只要吃刺激味较浓的菜便立竿见影。她没有在意，给夫人喂了一点胃药，还有一些止痛药，便扶她上床。一直睡到晚上，她醒来了，感到上腹痛，又吃了一点胃药，止痛药，还吃了一些安眠药，便睡去了。到了凌晨四点钟左右，她体温升高，四肢抽筋。丽达急了，急忙打杨省长的电话，电话是李秘书接的，告诉她，杨省长正在率省府领导战台风，根本抽不开身。丽达打电话找鲁宾，鲁宾不在学校，没有人知道他去了哪里。她只得又打电话给李秘书，李秘书请示杨省长，杨省长便派一个司机来了。当时台风大得不得了，汽车在中途熄了火，弄了半天，才上路，赶到医院时已是凌晨六点。医院听到是省长夫人，叫醒了最权威的许医生赶过来。可是，医生还是没能抢救过来。医生觉得死得蹊跷，便报了警。

马凯戴着蓝色橡皮手套，将这枚大头针放在掌心，感觉和射杀刘旗旗的那一枚一般大小，肯定是同一型号的。也就是说，八月七日七时半，沈红霞晨练这段时间，可能被人射中了而浑然不觉，很有可能系同一个人所为。

马凯的手机响了，原来是"白头翁"打过来的，称杨省长的儿子到楼下了，叫马凯准备一下。马凯叫医生和法医都走开了，只留下艾丽娅和丽达守在床边。

门推开了，众人簇拥着鲁宾走了进来。鲁宾一眼看到母亲躺在床上的惨状，目瞪口呆，惊骇得停了脚步。几秒钟后，他意识到病床上的确是母亲，不顾一切地扑过来，将头埋在母亲的怀里，双拳不停地捶打着床板。好一会，他的喉咙里才发出一声凄惨的呜咽，声音拖得极长。鲁宾肝肠欲裂，抬起流满泪水的脸，一把拉住马凯的手："为什么？她为什么死的！"

"蓖麻毒素中毒致死。"马凯说。

鲁宾转而拉住"白头翁"的手，哭着问："我母亲怎么会死呢？她怎么会中毒呢？她是被害死的吗？谁害死了她？"

"白头翁"一把将他揽在怀里，抚摸着他的肩，安慰说："我们一定查个水落石出！"

鲁宾突然转身，看到丽达正伏在床上哭，便一把抓住她，摇着她的双肩，大声问："你是怎么照顾她的？你怎么能撇开她不管呢？"

丽达哭着辩解，她没有撇开主人不管，她根本没想到主人会中毒，她如果想到了，她就会阻止她出去晨练。

"丽达够悲痛了，再也经不起刺激了。"艾丽娅走上前去，拉开鲁宾的手。

"你爸爸马上要过来了，你这个样子，怎么能安慰他呢？""白头翁"将鲁宾扶起来，拍着他的肩膀说："为了爸爸，你得像个男人，振作起来！"

鲁宾像灵魂出窍一般，看着"白头翁"，喃喃自语："爸爸？他在哪里？"

"海边发生了台风塌墙事件，他处理现场，一个晚上都没睡，他马上要过来了，你一定要坚强，好好照顾你爸爸！""白头翁"叮嘱道。

鲁宾坐在床边，感觉到了自己的使命，安静下来。他看着母亲，搓了搓双手，不断地给她暖手。他感觉到了母亲的寒冷，便把她的手放在他的脸上，让她的手掌一遍又一遍地摩挲着他脸上的热泪。

楼下传来汽车的马达声，接着是车门“砰砰”关闭的声音，“白头翁”接到王守一的电话，沙局长陪同杨省长上来了，一定要控制好场面。

马凯看了一眼艾丽娅，艾丽娅心领神会，从电视柜里拿出一张白床单，轻轻盖在沈红霞的身上。肖强和小毛搬来两把椅子，放在床边，并将坐在床沿的鲁宾扶到椅子上坐了下来。鲁宾不哭不闹，令大家有些害怕。

杨怀远在众人的簇拥下进来了，他一眼看到了白色床单盖着的夫人，径直走过去，坐在椅子上。他没有掀开覆盖在夫人身上的床单，只是伸出颤抖的手，抚摸着夫人被盖住的脸，最手停在了夫人右脸的位置。他塑像一般坐在那里，脸上似乎没有悲恸之色，眼里没有眼泪，表现了一个高级领导在大喜大悲面前的从容和淡定。过了一会，他开口说话了，他说昨晚他处理了一起台风塌房事故，从瓦砾里挖出了三十多个人，全都是外来打工的青年男女，全都停止了呼吸，连一个怀孕五个月的孕妇和一个四岁的小孩也没能幸免。他不知道父母如何面对死去的亲人，真的不知道这些可怜的父母怎么面对今后的生活。今天这些死者的父母都从北方赶过来了，他们还要在一大堆尸体中认出自己的儿子或女儿，他们都是来自穷苦山区的农民，上路时身上还揣着山竽和烧饼……

杨怀远哽咽了，眼泪像断线的珠子落了下来。他轻轻揭开床单，看到了夫人的脸孔，从容地在她的前额上吻了一下。他缓缓地站起来，陌生地看着周围的人，就像灵魂出窍一般。

可敬的沙里金局长，长得有些瘦小，他真的不知道怎么安慰堂堂的大省长，万般无奈之下，他突然后退了一步，向杨怀远敬了一个礼，坚定地说：“我们一定会抓到凶手！”

王守一副局长和江勤局长也走过来，分别握了握杨怀远的手。王守一将掌上的力度仗义地输给沙里金，嘴里不停地安慰道：“杨省长，你要节哀啊！”

杨怀远转过身来，发现儿子正站在他的身后，便伸出双手，一把将儿子抱在怀里。鲁宾抬起了双手，抱着父亲。他们抱了几秒钟，谁也没有说话，只有杨怀远安抚地拍着儿子脊背的声音。

过了一会儿，杨怀远松开手，看到儿子泪流满面，更觉伤感。他帮儿子轻轻拭泪，随后走到夫人的身旁，吻了吻夫人的前额，随后将白床单盖在她的脸上。他又走到马凯的身边，握着他的手，疑惑地问：“她是怎么死的？”

马凯紧握着他的手，看着他的眼睛，“和刘旗旗一样，一枚带毒的大头针射进了她的右小腿。”

杨怀远现出震惊的神色，似乎感到自己失态了，马上又恢复了镇定，他将双手从对方的手里缓缓地抽出来，不解地摇着头，“为什么会这样呢？”

沙里金局长走到杨省长面前，握着他的手，“杨省长，我们有信心在短时间内破案……”他转过头来，对王守一说：“王副局长，为了更好地破案，一定要做好保密工作，包括接触过死者的医生，一定叫他们暂时不要公开死者的身份。”

王守一对身边的“白头翁”说：“你领导破案工作，尽快组织大案处的力量破案。”

这时，一直跟在杨怀远身后的李军将手机递给杨怀远，原来是吴震西省长打过来的。吴省长刚知道消息，第一时间打电话过来慰问，他叮嘱杨省长要节哀顺变，他马上带省府在家的领导过来看他。杨怀远想知道被压死的民工处理得怎么样了，吴省长叫他节哀为重，暂时就不要考虑民工问题了。

杨怀远将电话递给李军，看着沙里金。沙里金心领神会，直接对“白头翁”下命令：“你们先找当事人问一问情况，我和老王陪杨省长暂时留在这里。”

第二天上午，刑侦大楼多功能会议室召开案情分析会。王守一亲自主持，沙里金局长亲临会场作重要指示。案件照合理惯例先由马凯“出牌”，然后大家展开讨论。

法医鉴定，八月七日早晨七点半左右，当时天下着毛毛细雨，沈红霞健身时遭遇不测。通过提到取沈红霞当天所穿的鞋上的尘土，证实她当时在离家不远的人民公园晨练时“中招”的，当时公园里有一台自发的地方戏表演，还有那出百演不厌的行为艺术表演，许多人都打着雨伞围观，沈红霞也打着雨伞，很有可能挤在人群中浑然不觉。

据杨怀远说，八月七日早上七时半，他肯定在晨跑，这是二十多年的习惯，改不了。由于下着毛毛细雨，他身上还穿了一件薄雨衣，此前的那天晚上，由于工作太累，他没有回家，就近在高球场的宾馆过的夜，他的秘书李军可以指证。据鲁宾说，八月七日早上七时半，鲁宾正在音乐学院的宿舍里睡觉，他的同室好友韩文江可以指证；据丽达说，同一时间，她去了菜市场，一些卖菜的菜农可以证明。

大家一致认为，无论作案工具还是作案手法，无论作案地点还是作案时间，以及选定作案的对象，都非常相似。在不到一个月时间内发生的两宗案子，很有可能系同一个人或团伙所为，完全可以并案侦查。由于采取新型的犯罪手法，加之凶手非常狡猾，给此案的侦破带来了一定的难度。

在没有掌握足够的证据之前，所有的推理只不过是推理而已。但有一点可以肯定，杀害对象都是围绕着杨怀远的身边的人展开。

杨怀远杀了她们？杨怀远手下的人杀了她们？还是别的什么人杀了她们？究竟是仇杀，情杀，还是财杀？

马凯看到大家都不说话，便继续发表自己的看法。“第一，杨怀远勾结英国人大卫，利用的权力，假建高球场，行房产开发之实，通过房产开发，将巨额黑钱汇到国外洗白。第二，杨怀远在开始接触刘旗旗时，就怀着不良目的，就是想让她成为自己在国外洗钱的工具而已。他以刘旗旗的名义，在伦敦开了一个空壳公司，不断地上税、买保险、买证券及买股票期货等欺骗手法，将非法所得的黑钱洗白。第三，沈红霞知道了夫君的一些秘密，或者说掌握了夫君受贿的证据，她对夫君将情妇移民英国并且有朝一日抛弃她远走英伦早有提防，她只是希望得到更多的钱，并以向组织告发相威胁。第四，杨怀远害怕这颗埋在自己身边的地雷随时起爆，冒着危险，拆掉了这颗地雷。当然，杨怀远下手之前，权衡了一下利弊，他认为比起后院失火，除掉沈红霞便安全得多。”

会场鸦雀无声，可见马凯的确谈到了非常敏感的问题。沙局长正襟危坐，只是不停地抽着烟。王守一看着江勤，希望这个年轻的局长能化解一下紧张的气氛。江勤露出微笑，看着“白头翁”。“白头翁”不敢轻易表态，只是追着马凯发问：“小马，不是有杨省长不在现场的证据吗？”

“两次都在晨练，巧合得令人生疑。”马凯显然不想绕过杨怀远，针锋相对地说：“每次出门时都是亲近的人证明，跑步时他却只能自证，这段时间发生了什么事，谁又知道呢？”他见大家都看着他，就像喜好幻想的孩子在听一个令人惊骇的鬼故事，“当然，也有另一种可能，他没有亲自动手，有人替他卖命。首先，他认为他用的是一种警方无法找到证据的巧妙的手法，事情不会败露；其次，即使败露，他也有对策，那就是花钱找个替他去死的人。”

“你的推理，完全是建立在杨省长受贿的基础上，你能举出关于杨省长受贿的证据吗？”“白头翁”一针见血地反问。

“刘旗旗的遗书不是证据吗？”马凯没有想“白头翁”的问题是否暗含了什么深意，只是就问题反问，“他给予刘旗旗的数千万元，凭他的工资，不吃不喝也挣不来啊？”

“你是一个刑警队长，该知道什么是证据！那封遗书算是证据吗？你怎么能够证明遗书的内容是真实的呢？刘旗旗得不到杨省长的爱，便捏造了这件事，故意施放烟雾弹，想害杨省长，如果我这样推理，你有什么证据反击我的推断呢？”

“就算是烟幕弹，可是杨怀远帮她办的投资移民啊？”

“你又犯错了，你的证据呢？你无非是从那封遗书中得到的推论，这在法庭上是站不住脚的！”

是啊，没有直接证据，在法律上就等于没有根据，根本起不了作用。明知道杨怀远肯定是一个贪官，可就是不能说他是一个贪官，因为你没有证据。

“我们知会了伦敦国际刑警，他们向我们提供了刘旗旗开了一家空壳公司。”马凯继续顺着自己的思路说。

“这和杨怀远有什么关系呢？你怎么还没明白我的意思呢？”“白头翁”转过头，看了一眼肖强说：“小肖，前一段你也做了许多工作，你谈谈吧。”

“还记得我们在刘旗旗别墅的后院提取到的鞋印和血迹吗？他们是两个人，一高一矮两个人，特别是那个高个，足有一米八高，还是个罗圈腿——”

江勤发现气氛有些紧张，急忙就此开了一句玩笑：“这不是说你自己吗？”

肖强说得太投入了，根本没有意识到大家在笑他，继续说：“当晚他们去现场，很可能得到了授意，要求马上去别墅寻找刘旗旗留下的证据。因为这个证据如果落到第三者手里，显然对杨怀远非常不利。他们没有想到，马队和艾丽娅连夜赶到别墅，并且棋高一着，先找到了那张便条，得到了重要的证据。我认为，我们可以知会伦敦国际刑警组织，对刘旗旗在伦敦的那个空壳公司展开进一步调查，肯定能找到我们需要的证据。”

肖强说完后，坐下来，静等反应。大家根本没有任何反应，就像他没有说话一样。他有些泄气，不知道自己哪里说错了。

“伦敦方面说不是上税非常多吗？怎么会是空壳公司呢？”好半天，“白头翁”才知道肖强的发言已经完了。

“一般的空壳公司都会采取拼命纳税和买期货达到洗钱的目的。”肖强说。

“小毛，你的观察呢？”“白头翁”想知道其他的人怎么想。

“昨天我观察了杨怀远父子俩，感到他俩有些不对劲。当杨怀远抱着儿子时，儿子却无动于衷，只是像征性地用手指按在父亲的脊背上，而且还是做给我们看的。如果我没猜错的话，他们父子一定存在很大的矛盾。莫非儿子认为父亲应该对母亲的死负责吗？莫非儿子知道这个秘密而难于启齿？我认为，在打不开局面的情况下，调查父子关系，说不定能够对破案起到想象不到的作用。”

小毛坐下来，像完成任务一样，长长地嘘了一口气。

“老杨，你怎么认为？”江勤终于将军将到“白头翁”的头上。

“我的推断肯定不成熟，但我愿意抛砖引玉，”“白头翁”急忙将笔记本轻轻合上，慢慢将眼镜摘下来，揉了揉有些发酸的眼睛，“我们可不可以这样推测：因某种共同的关系，沈红霞认识了刘旗旗，并希望她远离自己的夫君。刘旗旗对沈红霞的警告置之不理，继续展开对杨怀远的爱情调查，沈红霞出于保护夫君的目的，派人干掉了刘旗旗这个心头之患。另一名男子，也许是刘旗旗的暗恋者，发现刘旗旗非同一般的死亡，即以其人之道还治其人之身，杀害了沈红霞……”

“还是很有想象力的嘛！”江勤笑着说。

王守一一直抽着烟，听着大家的发言。有时候，他会将身子侧到沙里金的身边，帮沙里金点烟。沙里金不动声色地听着，偶尔轻微地点点头。

“江局，你也得发表你的看法啊？”王守一突然对江勤说。

“我对这个案子还没有什么很大的发言权，但我想就侦查的思路作一个提醒，”江勤英俊的脸上露出平和的笑容，谦虚地说：“我们现在急需的就是证据，没有证据，很难给这个案子定性。我们还是应当从刑事案本身去侦破这个案子，先不要推测杨省长是否有经济上的问题，应该把主要精力放在刑事案证据的收集上，这样才不会违背破案的初衷。因为有些问题，不是我们能够控制的，也不是我们能够解决的。当然，案子破了，带动了其它的问题的解决，这更好，但我们主要还是要把精力放在刑案的侦破上，拓宽渠道，开辟新线索。”

沙里金和王守一相视一笑，心领神会。王守一抽了一大口烟，带着总结的语气说：“我赞同江局长的观点，我们应该把主要精力放在刑案本身的侦破上，并且急需开辟新线索。”他看了大家一眼，最后有意无意地将目光停在艾丽娅的身上，“谁还想发言吗？”

马凯看了看艾丽娅，艾丽娅心领神会，站起来说：“江局长说得非常在理，应该开辟新线索。问题是，新线索怎么开辟？前一段时间，我们主要通过找人来破案，掌握了一些证据，但还没有足够侦破此案的证据。接下来，我们应该调整一下思路，通过找物来找人……”她拿出那枚大头针，悬在眼前，“这枚大头针显然是特制的，我们必须找到它的生产厂家，找到购买大头针的人。还有大头针里的蓖麻毒素，究竟是地下工厂生产的，还是医院试验室的，调查清楚这个问题，可能有一定的难度，但正因为有难度，说不定就是解开此案的关键。”

王守一对这个思维活跃的实习警官产生了兴趣，便两根香烟接上，放在烟斗里，点燃，美美地吸了一口，疑惑地问：“凶手为什么采用同类大头针作案呢？”

艾丽娅将大头针放在证据袋里，一副成竹在胸的样子，“很可能是，凶手认为我们查不出这些大头针的来源，所以，这些大头针可能来自外省，最有可能来自外国。如果这样，不排除凶手可能还会继续作案，如果杨怀远身边还有第三个女人的话……”

王守一从她的说话中得到启发，想到更为重要的问题，便诱导性地问：“你认为谁是凶手呢？”

“对杨怀远身边的女人最感兴趣的人。”艾丽娅机灵地回答。

“你是说，还包括杨怀远吗？”“白头翁”反问。

艾丽娅想了想，小心地选择词句：“就看杨怀远对他身边的女人究竟有没有兴趣。”

沙里金看完了最后一份文件，把老花镜从脸上取了下来。沙里金灭了烟蒂，接过秘书递给他的茶杯，很响亮地喝了一大口。王守一知道，这个动作表示“一哥”有话要说了。他作出鼓掌的姿势，叫大家欢迎沙局长的总结发言。

“听了大家的发言，感到很有启发。特别是江局长的思路，正确把握了案件的性质。我强调两点：第一，案情有什么进展，一定要随时向上级反应，一级对一级负责；第二，此案毕竟非常敏感，大家一定要有保密思想。”他看到秘书正在门边向他张望，便站起来说：“我还要去参加一个重要会议，先退场，大家可以接着开会。”

最后，经江局长与杨处长同意，大家的分工换了一个位。马凯率艾丽娅调查大头针的情况，肖强与小毛调查与杨家来往密切的关系人，双管齐下，努力找到突破口。“白头翁”再三强调，一定不要擅自“越位”调查与刑案无关的问题，否则，谁出问题谁负责。

散会后，马凯率侦查人员再次来到了人民公园，对现场进行了进一步的勘查。公园非常热闹,唱戏的,踢毽子的,打羽毛球的,应有尽有。艾丽娅还发现,假日酒店北面的窗户正对着公园,有几扇开着,探出脑袋,好奇地欣赏着公园里的戏班子。

三

他们在网上搜寻了好多遍,发现整个槟城没有几家商店卖大头针,仅有的几家商店也是小型的文具商店,主要面向机关和学校。由于肖强和小毛已经对全城的售卖大头针的商店都已经来了个“搜索”,有必要再去搜查一遍吗?马凯总觉得他俩肯定漏掉了什么,主张再寻一遍,艾丽娅指出他已经到了事必亲躬才敢相信的病态地步,再发展下去将加重病态,他觉得艾丽娅有些道理,便打消了再按老办法去查的念头。

如果这种型号的大头针来自外省,是不是应该考虑去外省调查?艾丽娅认为没有目的的查,无异于大海捞针,一年半载都不会有结果。他们思考了一个上午,决定从调查大头针的物质材料入手,看能否得到新的线索。艾丽娅提出上高校网,找那些研究物质材料的专家。由于缩小了范围,他们很快找到了要找的人。

他们要去找的是槟城理工大学化学系材料研究所所长王咏梅,中国科学院院士,全国高分子化学研究领域的杰出代表。从二十七岁开始,她就是博导了,两年前更因获得“欧莱雅——联合国世界杰出女科学家成就奖”名震全国。艾丽娅曾经看过一篇关于她的专访,对她的“从不看电视,实验室就是家”的工作作风非常感动。艾丽娅还知道,她的丈夫沈放也是中国科学院院士,槟城理工大学物理系固体力学研究所所长。夫妻院士,这在中国绝对是不多见的。

他俩是黄昏时分赶到学院的,天空下着细雨,校园的树木湿漉漉的,好多学子敲着饭盆,饿马奔槽般在雨中奔跑。

他们问了两个学生之后,汽车直接开到了材料研究所的院子。窗口都亮着灯,还有人影映在窗玻璃上。他们爬到三楼,问一个正在做试验的研究人员,他头也没抬地说:“王所长回家了。”

他们将车开出了研究所的院子,然后上了一条两旁生长着高高的棕榈树的林荫道。马凯摇开车窗,问了左手提着盒饭右手夹着书本的教师模样的人，教师给他指了指路。

他们走过一排教工宿舍，便到了一个小山坡边，坡上有一幢房子，窗口闪着灯光。他看到有一辆车停在院子里，好像还用青草将车牌伪装了一下。他觉得有些奇怪，怀疑自己走错路了，便问了一个路人，路人说眼前的这幢小楼房正是王院士的家。他们将车停在院子里，急忙跳了下车。

他们看到一道铁门半开着，直接走了进去，横过一个长满花草的院子，一眼看到大门边坐着一对知识分子模样的老人。不知是他们的脚步太轻，还是这对老人正在想什么重要的事情，直到他们走到他们的跟前，这对老人才意识到他们的到来。

王咏梅穿着一件灰色唐装，戴着一副金边细腿眼镜，面无表情地看着闪着桔黄色灯光的壁灯。沈放，她的先生，满头银丝，正坐在她的身边，高大的身躯足有她的两个大。他攥着夫人的手，看到两个穿着警服的警察，没有任何惊异之色。

艾丽娅猜测一定出什么事了，语气温和地问："请问，王咏梅院士住这里吗？"

王咏梅转过头来，看着两个警察，嘴唇动了动，微弱地应答："我就是。"

他们发现客厅里非常乱，地板上到处都是塑料袋，连沙发的坐垫都被翻动了。马凯觉得有些奇怪，是不是有人打劫？他迅速地抽出枪来，看着杂乱的楼梯口，警惕地问："王院士，家里没发生什么事吧？"

沈放看到枪，有些惊恐，哀叹道："我们也不知道，为什么发生这种事……"夫君的话似乎触动了夫人的脆弱的神经，她更加惊骇了。

正在这时，从楼上传来杂乱的脚步声，似乎有好几个人。马凯握着枪，听着异样的声音，急问："王院士，告诉我，究竟发生什么了？"王咏梅摇着头，哭着说："迟了，已经迟了……"老头子也摇着头说："已经迟了。"

马凯听出了什么，提着枪，"咚咚咚"地冲上楼，看到地板上凌乱不堪，连垃圾桶都被踢翻了。他抬起手枪，朝着房门边慢慢走近，脚步声音从里面传出来，似乎还有悄声说话的声音。他突然拉开房门，大叫一声："举起手来！"

房间有两个人穿着警服，听到声音，本能地对着马凯举起了手枪。当他们看到门口也是一个警察时，相互笑了一下，将手枪插入枪套里。

马凯一直举着枪，发现除了那两个不认识的警察，窗边还站着一个戴着手铐的年轻男子。马凯变得警觉起来，不停地晃动着枪口，大声命令：

“把你们的警察证拿出来！”

两个警察见他还举着枪，只得拿出警察证，其中一个高个笑着说：“马凯队长，我们基层的同志虽然不才，但怎么也是你的下级啊？你就这样对待你的同行吗？”

马凯走近些，不仅看到了警察证，还看到了挂在他们胸前的代表槟城公安局的警号。他将手枪插回原处，指着满地的衣物，苦笑了一下，解释说：“兄弟，这哪是搜查，这简直是抄家，我还以为遇到了强盗哩！”

那个矮个警察将手上的一包东西提了起来，在马凯的眼前扬了扬，“足有一公斤，这家伙太狡猾，将毒品藏得太深。”高个警察补充说：“我们急啊，还要马上赶到另一个地方抓他的同伙……”

马凯看着长相酷似王咏梅的戴手铐的年轻人，大吃一惊：“他是王院士的儿子吗？”高个警察说：“他把家当成了贩毒的窝点，藏得非常深！”

完成搜查后，他们押着嫌疑人走下楼。王咏梅一见儿子下来了，急忙扑过去，大叫：“贝贝，儿子，你为什么要这样！”

王咏梅没想到儿子厌恶地躲开，还挨了儿子一脚。王咏梅一个趔趄，艾丽娅眼疾手快，一把抱住她，将她揽在怀里。

警车将他们的儿子带走了，也将他们的心带走了。他们劝慰着这对老夫妻，可仍然不能止住他们的哭声。

差不多忙碌了一个来小时，他们才将屋子收拾得整整齐齐。这对老人已经缓过气来了，对他们连连表示感谢。艾丽娅握着王咏梅手，叮嘱她一定要注意身体。

“你们不是来抓人的吗？”王咏梅问。

艾丽娅给王咏梅擦了擦眼泪，解释说：“我们是槟城市公安局的，专程来向您请教的，”艾丽娅看到王咏梅疑惑的目光，便从包里拿出那枚大头针，递到她的手上，“我们想知道，这枚大头针究竟是什么材料做成的，哪里生产的。”

王咏梅刚拿着大头针，夫君便将老花镜戴到了她脸上，还将一个放大镜递到她手上。王咏梅看了一会儿，便取下眼镜，解释说：“表面看去，这是用镍制造的，实际上只是镀镍，里面全是白金。上面还有一个小天使拔箭怒射的样子，非常逼真，这种图案在一百年前的英国德比城相当盛行，”她把大头针放在灯光下照了照，从头到尾再看了一遍，肯定地说：“实际上，这不是标准的大头针，一般的大头针没有中空的小洞。可以肯定的是，这枚大头针属手工制作，可以说巧夺天工，并且很难模仿……”

她把放大镜给艾丽娅，艾丽娅果真看到了小天使拔箭怒射的图案，马凯也真切地看到了小天使可爱的情态。

“为什么有四个小洞呢？”马凯疑惑地问。

“可能是用来填香料的。”沈放在一旁解围。

“也有可能用来填一些固体或液体，像麻醉剂啊等，都有作用的。”王咏梅进一步解释说。

“您能肯定这种材料目前只在英国出产吗？”艾丽娅问。

“我能肯定，很有可能在英国德比的一些小作坊生产……”王咏梅将大头针放在艾丽娅手上，眼睛突然一亮，兴奋地说：“你们去问一个人，他懂得非常多，一定可以帮上忙！”

“还有比您更厉害的人吗？”艾丽娅有些怀疑地问。

“他是我见过的最博学的收藏家，他不能解答你们的问题，那可能没有第二个人了。”

沈放伏在桌上，早就写好了那个收藏家的地址和电话号码，交给马凯说：“见面时，把这个纸条交给他，他会明白的。”

这就是书院街，一条不足两百米的内街小巷，青石板铺路，没有机动车道，在皎洁的月光照耀下，南端的巷口可见崭新的路牌，上书“书院街”三个字，在这样一条小街，居然有十几家古书店和十多家古玩店。据悉，明代学者黄瑜、黄佐曾居住此地，建有藏书楼，清人入槟城时化为灰烬。

他们将车停在路口，匆匆走进书院街，果真闻到了扑鼻的墨香。街道两旁的书店和古玩店居然都亮着灯，接待着来自世界各地的“淘古者”。有些书店的老板还刻意穿着唐装，在门口挂着古时的灯笼，让人觉得非常有趣。

艾丽娅拿着纸条，找到了黄念祖的房子。屋檐飞动着四条绿色小龙，每条小龙的嘴里衔着一盏灯，灯光照下来，雕砖上的图案一清二楚，雕的是一幅巨大的松鹤图，图下还刻有王羲之的《兰亭序》。

马凯按了按门铃，门铃响了两声，铁门就弹开了。马凯走在前面，艾丽娅跟在后面，楼梯口好像没装电灯，墙壁上悬挂着古老的马灯，马灯吐着蓝色的火苗。他们上了骑楼，看到那扇包木铜门大开着，里面坐着一个干瘦的青衣老者，正抱着一个陶碗，陶碗里盛着稀饭。老者看了他俩一眼，并没起身，只是端起稀饭，喝了一口，喉咙里发出一种古怪的声音。

马凯见状，更近老者一步，急忙双掌并拢，躬了躬腰，恭敬地请安。艾丽娅拿出那张纸条，递给老者。老者拿起纸条看了看，大口地喝着稀饭，声音非常响。

他将陶碗轻轻放在茶几上，随后站起来，走到墙边，给煤油灯加油，一盏一盏地，屋子里的火光亮堂许多。

马凯看着墙上，没发现灯具，也没有开关插座，便知道屋子里根本就没有牵电。他刚想问，却见老人走过来，左手牵着他的右手，右手牵着艾丽娅的左手，来到一间点着许多根照明蜡烛的屋子里。

屋子非常大，分类陈列着各式各样的古董古玩，清三代赏花瓶、达摩铜铸像、佛山梁园名石、五朝单色釉名壶、端砚瓷砚、汉代“夔纹”、宋哥窑米黄色炉、北宋三彩银绽枕、清广彩开光人物花鸟纹碟及清紫檀坑几等古玩古董应有尽有。

“我现在已经收藏了一万八千多件古董，一直想建一座个人收藏博物馆，可是没有钱……为了买古董，我连吃饭的钱都没了，已经连续喝了几天的稀饭了……”

马凯看到艾丽娅在一个唐青铜镜前停下来，也不由自主地停了下来。奇怪地是，青铜镜的四周还排放着一圈新鲜的红玫瑰。黄老先生竟然抑扬顿挫地读起铜镜上的诗句：“不知今夕是何夕，催促阳台近镜台。谁道芙蓉水中种，青铜镜里一枝开——这首诗赞美新婚妻子的美丽，语意双关。”

“好诗！”马凯不知道是不是真的理解了这首诗，反正他比较激动。

“刚结婚时，我知道有这样一个宝贝，有这样一首献给妻子的诗，我想得到它，献给我的美丽的太太。为了得到这个宝贝，我花了好几年的时间，跑遍了大半个中国，最后却在一个印度收藏家的手里求到了。印度人被我感动了，卖给了我……”

艾丽娅看着四周，好像没有其他的人，便问：“您的太太呢？”

黄老先生将铜镜周围的红玫瑰重新摆放了一下，使之离铜镜更近些，他幽幽地说：“在寻找这面铜镜的路途中，死于伤寒……”

马凯看了艾丽娅一眼，艾丽娅心领神会，从证物袋里拿出那枚大头针，递到黄先生的眼前，“黄老，我们想知道，您能识别这枚大头针吗？”

黄老先生看了大头针一眼，便站起来，再次走到陈列室，他用钥匙打开一个大大的木盒子，里面露出一个水晶玻璃盒，玻璃盒里陈列着许多饰物，在昏暗的烛光下闪闪发光。黄先生伸出手，从一个小小的格子里拿出一枚大头针，递给艾丽娅，“仔细看看，是不是和你们的一模一样？”

艾丽娅凑近煤油灯，发现一模一样。她递给马凯，马凯左看右看，也看不出差别。黄老先生将他的那枚大头针放到原处，拿着艾丽娅带来的这枚，不解地摇着头，解释说："它不叫大头针，原本就拥有一个好听的名字：天使之箭。它是英国德比城郊一个叫泰纳牧场的专用产品，由于白金铸造，加上爱神丘比特拔箭怒射的形象栩栩如生，再加上一年只生产一枚，天使之箭有非常高的收藏价值。据我所知，一百年来，牧场最多制作了一百二十枚左右，而且从来就没有外传的传统……"

"您是怎么得到的？"

"我夫人用华滋华斯的一首诗稿换来的。"

"那个牧场为什么要生产这种产品呢？"艾丽娅问。

"不光是你们，连收藏家也很少知道这个道理。"黄老先生说到自己的专业，激动得不行，说话语速变得快了一倍，"泰勒牧场是一个养殖纯种马的牧场，有一百多年的历史，连英国皇室的赛马大多是由这个牧场提供的。养殖纯种马非常不易，什么马配什么马都有严格的讲究，有时两匹马都是纯种马，但它们就是不能在一起配种，到了春天，正是种马发情期，有时候不宜相配的两匹马相互吸引，如干柴烈火般交配到一起，这时驯马师便会掏出一把特制的手枪，射向正在发情的种马，种马便应声倒地，中止了危险行为。当然，有时候种马还伤害驯马师，或者有时马受惊了，拖着驯马师狂奔，这时可以用手枪发射天使之箭，中空的小洞里装的就是麻醉药或其它抑制性药物……"他拿着放大镜，对着中空的小洞仔细查找着，突然发现了什么，然后用鼻子闻了闻，惊喜地说："你们看，这些小洞曾经用了一层薄薄的蜡封着，如果我没猜错的话，它产自英国德比城，好像是涂在新出产的劳斯莱斯汽车商标上的保新剂。"

"天使之箭上为什么要涂上一层蜡呢？"马凯自言自语地问。

黄老先生对他的疑问似乎并不感兴趣，还在欣赏着天使之箭，说话总是不离本行："我很想收藏一对，你们不想卖它吗？"

"您有钱买它吗？"艾丽娅笑着开了一个玩笑。

"只能物物交换啦。"黄老先生无奈地说。

"等我们办完事，以后可以考虑送给您。"马凯说。

"您认识牧场的老板吗？"艾丽娅问。

"一面之交而已，不过他应该对我有印象。"黄老先生自信地回答。

突然，有一种奇怪的声音从什么地方传来，马凯看着黄老先生，变得警觉起来。艾丽娅笑了，黄老先生也笑了。原来叫声是从黄老先生的肚子里传出来的，他只喝了一点稀饭，肚子开始造反了。

他们出门时，看到那碗喝了一半的稀饭还放在茶几上。黄老先生的脸上流着汗，出现了低血糖反应，他急不可待地坐下来，端着稀饭，大口大口地喝着。他喝得太专注了，忘记了两个警察还站在他的身旁。

马凯将皮包里所有的钞票都掏出来，悄悄放在茶几上，艾丽娅也倾尽所有，将钱放在一块儿。他们走出门时，还听到喝稀饭的声音。

四

第二天一早，他们走进王守一办公室的大门，吓了一大跳——房间里烟雾弥漫，浓烈的烟味直冲鼻孔和眼睛。艾丽娅一边用手扇着烟雾，一边走到窗边，正准备开窗时，听到“白头翁”处长的声音：“小艾，不要开窗，沙局长喜欢烟味。”

一般而言，只有遇到非常重大的问题时，沙里金局长才抽烟，而且喜欢窗户紧闭，被满屋子烟雾包围。此刻，他坐在王守一的太师椅上，眼睛通红，一边抽着烟，一边看手上的几份文件。王守一坐沙里金的旁边，看着放在桌面上一个地球模型出神。

“白头翁”坐在靠窗的一张椅子上，发现马凯手上还拿着一个笔记本，马上提醒说：“马凯队长，今天的会议不准留下任何文字的东西，你把笔记本放进包里。”

正在这时，肖强和小毛也进来了。肖强第一反应以为自己走错了房间，停顿了一步，看到王守一，才想信自己的眼睛。小毛鼓着腮帮子，想忍住喉咙的不适，最后还是被烟味呛得直咳嗽。王守一叫肖强把笔记本放在包里，开门见山地说：“既然大家都到齐了，就把各自的侦查情况汇报一下吧。”

马凯看了肖强一眼，示意他先汇报。肖强拿出笔记本，一边看着，一边说：“这两天，按照领导的指示，我们主要围绕杨怀远父子的关系人展开外围调查。我们在跟踪鲁宾时，发现了鲁宾除了被我们跟踪，还被另外的人跟踪。我们跟踪跟踪者，发现是两个人。他们进了紫云高尔夫球场后，我们便失去了跟踪。”

“白头翁”处长对他们的工作不甚满意，说话带着明显的责备：“侦查要多动点脑筋，线索不会自动找上门。”

肖强听到这样的话，有些情绪，可是还不能发出来。他压抑着冒出来的念头，略带委屈地解释道："我们既要跟踪跟踪者，又要跟踪鲁宾，挺难的，我还怀疑鲁宾被发现双重跟踪，后来他索性躲到学校不出门，除了偶尔到银钟墓园去凭吊凭吊他的母亲。"

小毛正拿着纸杯子，倒了一杯热水，加在沙局长那个特制的长颈杯里。他突然听到王副局长在叫他的名字，要他说一说想法。小毛简直不相信自己的耳朵，自己竟会被局长点将！他的头皮有些发炸，头脑一片空白，好在他拿着一杯蒸馏水，马上喝了一口，压一压自己的慌乱，"我们有些奇怪，杨怀远为什么要派人跟踪儿子呢？我怀疑跟踪鲁宾的人，说不定就是那天夜里溜到刘旗旗别墅的神秘枪手——."

"白头翁"对小毛的分析大为光火，迫不及待地打断了他的话："你怎么知道他就是神秘枪手？他为什么要杀鲁宾？分析要有理有据，这不是文学创作！"

说句老实话，他们的跟踪的确没有任何有价值的发现，更多的只能以推测来进行。小毛为了调节自己的紧张情绪，大口大口地喝水，还用眼光向肖强求救。

肖强站起来，换了一种非常肯定的语气："那天是晚上，那两个人开着车，也许发现我们跟踪了，七弯八拐，溜到紫云高尔夫球场的门口，直接刷卡进去了。由于是晚上，我们没有看清那两个人的面容。他们发现被跟踪后，放弃了对鲁宾的跟踪。我们的确怀疑，他们可能就是那两个神秘枪手。"

肖强看到王守一鼓着眼睛看着他，以为对他的分析不满，急忙住了嘴。实际上，王守一的眼神是鼓励肖强说下去，肖强却理解为叫他"闭嘴"的意思。王守一态度和蔼地启发道："他们有什么特征？"

肖强观察着每一个领导的表情，语气中带着几许无奈："他们一直没有下车，我们根本观察不到。"

沙里金发现大家不说话了，全都看着他，他吸了一大口烟，表明了自己的态度："我们不能肯定跟踪鲁宾的人与杨怀远有何联系，与紫云高尔夫老板大卫有何联系。但有一点是肯定的，大卫这个人背景非常复杂，他在英国并不是正经的商人，来中国后摇身变为外商投资家，紧紧跟着杨怀远。我们断定，杨怀远是背后人物，他是前台人物，来往伦敦与槟城之间的许多见不得人的大宗业务，都是通过他来完成的。"

肖强的心里亮堂多了，不失时机地说："上次清查行动，我们捣毁了几个地下钱庄，发现他们曾将许多人的大笔钱款兑换成英镑，转存到英国的银行账户上。是不是可以这样推理，紫云高尔夫球场本身，就是转移到国外的资金洗白后，然后又以资本的形式转移到槟城，这样就形成了经商者既有外商的身份，又有国内背景的支持，进行国内国外洗钱的一体化运作。”

马凯看了艾丽娅一眼，艾丽娅心领神会，走到沙里金面前，用纸杯子倒了一杯水，加在他的紫铜色的大茶杯里，她解释说：“还可以进一步推理，大卫网罗了一批英国人为他服务，他们作案后，然后回到英国。待我们警察无力破案后，又来到中国继续作案。就像刚才肖强所言，他们在进行洗钱的过程中，并不是孤立的，而是有一个庞大的组织。”

小毛深受启发，激动得就像电视中抢答问题的嘉宾，“还可以进一步推理，那两个神秘枪手就是英国人？”

看来，“白头翁”对小毛是不会满意了，他眉头一皱，指着小毛说：“不要进行文学创作！”

大家又不说话了，看着沙里金。沙里金好像还在听他们发言，不时还点着头。片刻的沉默后，他长长地吸了一口烟，嘴里发出“咝咝”声。他不经意吐了一口高难度的烟圈，看着马凯的表情，异常冷静地说：“马凯队长，你一定掌握了一些东西。”

马凯拿出那枚大头针，站起来，举在空中，一边给大家看，一边解释道：“我们终于查清，这枚大头针叫天使之箭，是英国德比城郊区一个叫泰勒的良种马牧场生产的——”马凯介绍了天使之箭的制作材料、范围及用途，由于牧场老板从不将天使之箭传外，调查天使之箭何以出现在槟城并用来作为杀人的武器对破案非常关键，他说：“情况很可能是，凶手将天使之箭和蓖麻毒素悄悄从海关带过来，然后利用‘自强’制伞厂生产的特制雨伞，完成了两次谋杀。特别是第一次谋杀时，天使之箭中空的小洞里还涂有一层薄薄的蜡，调查得知，只有英国的德比城才生产这种叫做‘娜娜’的蜡。”

“白头翁”觉得马凯的调查比较扎实，完全有可能让局长大人满意，至少不会责怪大案处工作不力。他看到所有的目光都对着马凯，特别是局长的目光非常关注。“白头翁”用加倍赞许的目光看着马凯，先来了个“盖棺定论”：“你们的调查非常关键，为什么要在天使之箭上涂蜡呢？”

艾丽娅接过马凯手上的天使之箭，分析说；“凶手并不希望刘旗旗马上死去，便在小洞周围封上蜡，让蜡在体温的作用下慢慢溶化，然后蓖麻毒素才起作用。在杀沈红霞时，凶手似乎等得不耐烦了，只是封了一层更薄的蜡，致使沈红霞很快死去。”

正在这时，局长秘书办的秘书将一份传真材料送到王守一手上，王守一快速过目后，将它递到沙里金的面前，沙里金戴着花镜，看完后，立即按了按办公桌上的一个红色按纽，过一会儿，秘书敲门进来了，将更多的文件送了过来。沙里金快速地将这些文件浏览了一遍，然后取下花镜，对王守一点了点头。

王守抬起头来，逐一扫视着每个人的脸，说话掷地有声："沙局长对每个人的工作是比较满意的，特别是最近的调查，信息量非常大。现在，我们又掌握了更重要的情况，有必要对一线侦查员作个通报，以便更准确地找到侦查的方向……"

王守一翻着手上的材料，继续说："从伦敦国际刑警传过来的情报表明，英国人大卫在伦敦的确拥有一定的势力，这个势力不仅仅是财力上的，而且还包括可以左右伦敦一些政要。按照我们的话说，他至少是带黑的，他把他的业务伸到槟城，只不过是看准槟城当前经济建设方面的一些漏洞和缺陷，然后浑水摸鱼。从另外渠道的信息反馈过来，我们的确发现杨省长和大卫联手将国有资产转移到国外的迹象，但没有十足的证据，或者说足以立案的证据——要取证，非常难，这需要英国警方的配合……"

沙里金见王守一停顿了一下，插话道："首先，出国取证，他国警方存在一个愿不愿意合作的问题；其次，即便查到了外流的赃款，还有一个追缴问题，是全额追缴，还是部分追缴，非常复杂。尽管困难重重，但我们必须赶快动手。"

王守一发现大家并没有完全理解沙里金说话时的潜台词，索性挑明说："现在逃到国外，有许多方式，除了持有合法证件公然外逃之外，还有用假身份证办理真护照通过旅行社出境转逃第三国等多种方式。加上我们与许多国家都没有引渡便例，如果有人跑了就麻烦了，所以必须要抢时间，取得充分证据。"

大家看着王守一，咀嚼着领导的意思。艾丽娅明白了，便插了上来："我在报上看到一个贪官携全家出境时，所用证件全部身份不明，她早就拥有美国绿卡，但卡上姓名非她真名。也就是说，她逃往美国，不仅连海关没有记录，而且还可以堂而皇之易名而居，在异国他乡安全地过着一掷千金的生活。"

王守一对这个实习生在适当的时候适当的补充非常满意，马上用指头敲了一个桌角，"就是这个意思！"

"马凯队长掌握的天使之箭的证据，刚好可以帮助我们。我们可以通过公安部国际刑警，要求伦敦警方配合我们刑事调查。紧紧围绕刑事调查的同时，还可以暗中进行洗钱罪的调查。一定要尽快取得证据，这样才能争取主动……”沙局长看到秘书又在门边露出了半个脑袋，催他赶快去参加另一个重要会议，便加快了说话的语速，“前年五月，苏格兰曾派国际刑警来过槟城，我们全力配合他们，现在该他们还债了。”

王守一轻轻转动了一下地球模型，地球仪飞速旋转着，最后将英伦三岛停在他的面前，他抚摸着伦敦的位置，然后抬起头来，总结说：“你们先回去写一个侦查报告，然后对下阶段的工作提出一些意见。”

沙里金看到秘书焦急地站在门口，不得不最先起身。大家站在门口，恭候沙里金出了门，才相继走出门。艾丽娅刚走到门边，就被王守一叫住了。

王守一看到艾丽娅站在窗前，便对她说：“你可以将窗户打开了。”

艾丽娅将窗户全部打开，烟雾很快散去了。艾丽娅转过身来，看着王守一宽大的面孔，“王副局长，你找我有事吗？”

“怎么是我找你有事呢？”王守一笑着说：“刚才开会时，我发现你好像没有把话说完。”

“我真佩服您的观察能力。”

“说吧，”王守一欣赏地说，“小鬼！”

“我还想看一看刘旗旗那封遗书。”

“不是在白头翁手里吗？”他说。

“他说已经上交了。”她说。

“那就上交了。”王守一笑着说。

“我以为上交了，就应该在你的手里。”

王守一被她的话逗乐了。他告诉她，因工作需要，信早就上交了。他抬头看了看墙上的时钟，和蔼地问：“为什么突然想要看信呢？”

“我一直认为，那封遗书给我们留下了许多可以去查找的线索，”艾丽娅盯着他，便走到那个地球仪面前，继续说：“刘旗旗在遗书上说，杨怀远之所以爱上刘旗旗，是因为刘旗旗像他的初恋。他把对昔日初恋的感情转移到刘旗旗身上，并加倍补偿。刘旗旗来到槟城，想证实自己是不是杨怀远的初恋，想证实杨怀远究竟爱不爱她，她还来不及证实，便香消玉殒。现在可以推测，杨怀远的初恋，说不定就在槟城，找到这个女人，对于破案可能会有一些帮助。”

王守一本来拿出了一支烟，随后却将香烟放回到金色的烟盒里。表面看出，他好像在听艾丽娅说话，实际想着其它的事情，他看着她的脸，心不在焉地问:“杨怀远真有一个初恋吗?”

“杨怀远不仅有初恋,而且现在还疯狂地爱着她。说不定他房间挂着的那幅画,就是他对初恋的纪念。也许他们第一次见面时,一定与孔雀有关,孔雀的意念深深地铭刻在他的头脑中,从没有消失过……后来,他发现了刘旗旗,并将刘旗旗送到国外。一方面,因为刘旗旗的确有几分像他的初恋;另一方面,此时的杨怀远还看中了刘旗旗的单纯和善良,更多地把她作为自己洗黑钱的工具。但是,在他心底,依然爱着他的初恋……”

“他怎么不去找自己的初恋呢?”

“也许他不能找。”

他拍了拍她的肩,打趣道:“这是思维痕迹吗?”

“是的。”艾丽娅自信地说。

王守一觉得,这个实习生提出的“初恋”问题太早了点。现在主要是外围取得杀人证据,等到证据足够,才可能大张旗鼓地在杨怀远的眼皮底下调查。如果没有证据,连调查的机会都没有。尽管怎样,王守一欣赏这个实习生的才气。

他坐在椅子上,眼睛一直没有离开她,带着赞赏的语气问:“听说你的英语非常棒?”

“可以应付大小场合。”艾丽娅如实回答。

“听说你的马术也不错。”王守一问。

“可以应付一般的比赛。”艾丽娅如实说。

“如果我们派你去英国,你不会惊奇吧?”王守一问。

“为什么要惊奇呢?我觉得我很适合啊?”她说。

这就是艾丽娅,既不会故作谦虚,也不会盲目自负。王守一喜欢这种性格,不会见机行事,更不会见风使舵,完全按照自己的本色表演。

“你不想谢谢我吗?”王守一问。

“谢谢局长。”她灿烂地笑着。

他似乎想考验什么,观察她的反应,故意压低声音问:“怎么谢呢?”

她正了正衣冠,突然给他敬了个礼,脱口而出:“等以后立了功,当面感谢!”

这个机警的回答令王守一愣了一下,先是轻轻地发笑,接着大笑不止,靠在椅子上的宽大的身体也在微微颤动。艾丽娅靠在窗边,看着他开心的样子,似乎受了感染,节制地笑了起来。

第十二章

一

银钟墓园位于君臣山下，为槟城最著名的墓园，凡安葬于此的人，非富即贵。本来，按照岳父的意思，杨怀远应该将妻子葬于她出生成长的北京城，这样才叫“回家”。杨怀远坚持，他还在槟城工作，他不能没有妻子的陪伴，不如让妻子先在槟城“守候”他一段时间，等他觉得足可以坚强地活下来时，他再找个机会将妻子“送”到北京城。岳父有些感动，答应了女婿的要求。

杨怀远老想不起来，沈红霞已经下葬多久了，只是感觉应该去看看她了。他带着李军和司机，坐着那辆“大奔”，径直来到了银钟墓园。一路上谁也没说话，车里静得能听得到各自呼吸声的细微的差别。当然，杨怀远的呼吸声最粗最重，其次是李军，其次是司机。作为领导的贴身秘书，李军本想安慰安慰自己的老板，但他不知道是把握不了老板的情感波动还是自己的确在这方面讷于言辞，他真的不知道说什么好。

到了墓园，杨怀远叫李军和司机先走到一边去休息，他想单独和妻子说说话。李军拿着茶杯，觉得撇开正处在悲恸之中的老板不合情理，站在那里左右为难。走了几步，杨怀远调过头来，看到秘书还在那里傻站着，知道秘书的心机，再次提醒秘书可以先走，他只不过想单独和妻子聊聊天，不会有什么事的。李军感动得眼泪快流出来了，临别时他抓着老板的手，叫老板一定要节哀，他们会在墓园的门口等他。

杨怀远在一堆鲜花丛中找到了那座比较气派的陵墓。可以说,这是银钟墓园最为气派的一个陵墓了,与她的身份和级别完全相符。杨怀远一眼看到了陵墓周围摆放着许许多多的鲜花,新培的草皮上现出许多大大小小的脚印。他看到这些鲜花,感到踏实,这说明他的影响力继续存在,他还没有被大家抛弃。

杨怀远站在墓前,听轻风吹过草茎,留下没有任何感情色彩的声音。墓碑上刻着沈红霞的头像,沈红霞正看着他,微微撇着嘴,含着说不清道不明的意味。杨怀远在想,他与这个女人同床共枕二十七年,怎么感觉到如此陌生呢。他甚至怀疑,这个人是他的妻子吗?他曾经是这个人的丈夫吗?

杨怀远流泪了,接着哭出声来。他不是为失去妻子而悲哀,他是为自己没有失妻的感觉而悲哀。他活了半个世纪,竟然还没尝到妻子的味道,作为一个堂堂省级领导,还有比这更悲伤的事情吗?他哭自己失去的青春年华,哭自己年轻时的错误选择,哭权欲给予他的惩罚,哭对逝去的爱情的苦寻,哭缠绕于心的不能示人的隐痛……

他想到了白露,想到了他心中的女神。十八年前,北戴河海滨的奇遇,完全让他感受到了刻骨铭心的爱。现在,她出现在他的眼前,他不想再失去她,他煎熬了十八年,他的爱,他的生命,他的灵魂,完全被她占据……他这样想时,他的嘴角露出了一丝笑意,最后竟然甜蜜地笑出了声——然而,他突然发现自己的笑声停止了,背后却还有笑声传来。他猛地回过头来,发现鲁宾正站在他的身后,他的手里捧着一束鲜花,其中有几枝已经从他的手上滑下来,刚好落到他脚上穿着的沾满泥浆的皮鞋上。

杨怀远躬下身,捡起鲁宾皮鞋上的鲜花,放在妻子的墓碑前。鲁宾向前走了两步,将鲜花撒在墓碑上,嘴里发出古怪的嘀咕声,像是从陵墓里发出来的,带着死亡的气息。

鲁宾抹了一把泪,侧过头来,吃吃地问:"我想知道,你笑什么?"

杨怀远沉默无语,他不想回应儿子的挑衅。

"你听到了我的笑声吗?"他蹲在地上,抚摸着墓碑,"我在想,凡是来这个地方的人,没有一个人会对着亲人的陵墓发笑。你笑了,我也笑了,你是愉快的,我是痛苦的——"

杨怀远木雕一样站着,他知道儿子想说什么。这个让他头痛的儿子,还占据了他的爱。

"这几天有两个警察老缠着我,他们对你非常感兴趣。"鲁宾说。

"那个叫马凯的家伙吗?"杨怀远看着儿子,尽量压制着自己的紧张情绪,“还有那个叫艾丽娅的,非常古怪的一个预备警官。”

“是另外两个,一个叫肖强,一个毛小毛。”鲁宾抚摸着墓碑上的头像,一字一顿地说:“他们不停地启发我,希望我能提供些什么。我需要冷静地想一想,不想马上对他们说出我的看法,更不想说出他们需要的一些情况,你知道我的意思吗?”

杨怀远想到自己应该扮演好自己的角色,不能以一个普通人的身份说话。他清了清嗓子,换了一种他认为能显示他的身份的语气问:“当然,他们在为我们着想,我们要配合他们,他们无非想尽快地查出凶手,对我们有个交待。”

鲁宾一听这话,站起来,捂着胸口,后退了一步,像不认识似地看着杨怀远,痛苦地说:“爸爸,你说这种话,我非常难受……”

他看着墓碑上的鲜花,闻不到鲜花的芳香,“儿子,你要说什么好呢?”

鲁宾喘着粗气,忍住自己的愤怒,哀叹道:“你这样逼我,我可能要对他们说了!”

杨怀远看到儿子的脸色发青,嘴唇发抖,不想再在他的受伤的心灵上再捅一刀——他毕竟失出了母亲,任何一个儿子都需要的母亲。

杨怀远再次将目光躲闪到墓碑的头像上,说话的语气尽可能的轻柔:“说吧,还有什么要说的,通通说出来。”

鲁宾上前一步,看着他的眼睛,几乎哀求道:“妈妈已经死了,你能给我说一次真话吗?”

“我从来就不知道什么是假话。”杨怀远的声音没有胆气。

“对着死去的这个人,你敢不敢发誓,你所说的都是真的!”他步步紧逼。

“有什么不敢的呢?”他强装嘴硬。

鲁宾还是不敢相信他,便托起他的右手,举起来,说:“你发誓,我才敢相信。”

杨怀远似乎读懂了儿子的目光,不假思索地说:“我发誓!”

“好,那我开始说了,”他看着杨怀远,专盯着他闪烁不定的目光,“你先是秘密地把刘旗旗移民到国外,然后利用她洗钱,后来刘旗旗来到槟城,向你表白她的爱,她才发现你并不爱她,而是把她作为洗钱的筹码,她绝望了,她是一个有良心的人,她想将你的事说出来,以摆脱自己的恐惧,你害怕了,便派人杀了她。后来,母亲知道了刘旗旗的事,非常气愤,她要你做出解释,你又不能给她解释。她害怕相同的故事重演,要你交出海外存款，彻底断绝你海外包养情妇的来路，你对她不屑一顾，没有满足她的要求。她掌握了你的另外一些秘密，以向组织告发相威胁，你害怕了，用同样的手法杀了她！”

鲁宾看着父亲，观察着他的反应。如果说先前还存在一丝疑惑的话，现在他确信，父亲杀死了这两个阻碍了他进步的女人。

“当然，也不排除还有另外的原因……”鲁宾咬着牙说。

“什么原因？”

“当你发现了白露仍然还活在槟城时，你不顾一切地来到了槟城，想再续前缘——当然，这个前缘只是单方面的，因为白露根本就不认识你，更不可能爱你——可是刘旗旗爱上了你，根本不可能给你再续前缘的机会，你感觉到她正在坏事，便杀了她。”鲁宾越说越激动：“我的母亲，你法律上的妻子，更是你再续前缘的最大绊脚石，只有除掉她，才能达到你的目的。自从你发现白露还活在这个世界后，你一直不能自已，一直按照你单方面幻想的目标疯狂奔跑，你根本刹不住你这驾年过半百的破旧的马车！”

清风从他们的头上掠过，杨树叶发出沙沙的声响。杨怀远在选择最能反击儿子的词句，最后却是一阵诡异的低笑。他抚摸着妻子的头像，喃喃低语：“我有那么傻吗？会采取同一种方法杀人吗？这不是明显暴露自己吗？”

“这不是傻，这是你的自负！因为你认为这是一个万无一失的杀人方法，警察根本无法找到证据。但是你聪明反被聪明误，在目前的中国大陆，哪个敢制造蓖麻毒素呢？这不是明显让警察将视线转到国外吗？”

杨怀远脸色惨白，双手不由自主地在空中划了几下，就像心绞痛病患者寻找药瓶的那个动作。他抱着墓碑，没有说话，也不想说话。

鲁宾再也不能忍受他的沉默，便步步紧逼，想用一连串的排比句崩溃他的精神，“你自以为位高权重，谁也奈何不了你；你自以为做得天衣无缝，根本查不到什么证据；你甚至已经有了顶包者，只等公安去抓的了……告诉我，是这样的吗？”

杨怀远毕竟见过大场面，他很快恢复了常态。他站起来，手上还拿起了一束鲜花。他将鲜花放在鼻子边，使劲嗅着，“她是你的母亲，我会杀她吗？”

“你杀她时，如果想到这一点，你还会杀他吗？”鲁宾冷冷地反问。

“……”杨怀远无言。

鲁宾想找到最有攻击性的语句，就像一刀刺中他的心脏，他冷冷地说：

“你在想，只有那两个女人死了，你才可能和她在一起！”

杨怀远将手上的鲜花扔到墓碑上，淡淡地说：“如果我说你母亲杀死了刘旗旗，你相信吗？”

鲁宾没想到父亲说出这样的话，马上作出反击：“你明知道墓中的人不可能再为自己辩解，你这样说让谁相信呢？”

“你母亲早就发现我和刘旗旗的事了，寻找着最佳的机会。她知道刘旗旗来到槟城，便亲手杀了她。因为她是你的母亲，我不想再说什么！”

鲁宾根本不会相信他。他看着父亲，故意接着他的意思问：“那母亲是怎么死的？”

杨怀远看到儿子狐疑的目光，斩钉截铁地说：“一个疯狂爱着刘旗旗的男人，知道你母亲杀了刘旗旗后，采用‘即以其人之道还治其人之身’的手法，杀死了你的母亲！”

“那个男人是谁？”鲁宾问。

“他走了，走得远远的，谁又知道他是谁，他去了哪里……”

鲁宾的身体有些发抖，木然将那些鲜花插到新土中，一边插，一边自言自语：“你说凶手是谁就是谁，你以为我会相信你吗？”

“我不想说更多的，否则，于你于我，都没有什么好处。”

“那你怎么不给公安提供线索呢？”他反问。

“连你都不相信我，他们会相信我吗？”杨怀远振振有词。

一阵风过，头上的杨树叶飒飒作响。鲁宾打了一个冷颤，感觉到自己要离开了。他扔掉手上还来不及插完的鲜花，头也不会地走了。杨怀远见状，拦在他的前面，大声喝斥：“你还在和她来往吗？”

“我爱她！”鲁宾说。

“我要你马上断绝和她的关系！”他几乎是吼叫着。

“她爱我！”鲁宾大吼。

他压低了嗓音，语气更为强硬：“你会受到惩罚的！”

鲁宾听了这话，不禁打了一个冷颤。他拨开他的手，撒腿便跑，跑了几步，又回过头来，大声说：“你最好赶在我的前面下手！”

杨怀远看着儿子远去的身影，回味着他给他留下的那句话。他站在墓前，看着墓碑上的头像，想说一句话，却说不出口。他想让自己悲恸，想让自己动情，想让自己呼唤沈红霞的名字。然而，他做不到，哪怕一点点也做不到。杨怀远捶着自己的头，感觉到他的头已经不是他的头了。他捶了一下，两下，三下……动作越来越轻，头脑越来越不听使唤。他站起来，看到秘书和司机不知什么时候也走过来了。他们跪在墓碑前，泪水涟涟地看着他。他很奇怪，他们都流泪了。他在想，如果他不让他们起来，他们会这样永远跪下去吗？

二

她依旧穿着那件立领的维多利亚风格的淡蓝色长裙，守在电话机旁。她看着那部米黄色的电话，神情是那样专注，就像母亲守着熟睡的婴儿，担心婴儿突然惊醒而她不在身边的那种感觉。

自从认识鲁宾后，她才真正对电话产生了一种特别的激情，以前即使接儿子的电话时也不可能产生的激情。有时走在街上，听到电话的声音，她会下意识地冲到那部电话机前，作出伸手想接的动作，直到另外的人拿起电话，她才知道这是街头的公用电话，不可能是他打过来的。她多想听到那个声音，完全给她带来神奇感受的那个声音，比音乐更让她着迷的声音……她想让他买一部手机，或者她把自己的手机送给他。他拒绝了，他拒绝一切来自现代科技的产品，只喜欢简朴而古典的生活。

整个上午，她都坐在电话机旁，希望听到他的声音。她每隔两分钟就打电话到音乐学院的研究生楼，每次管理员都是同一句话：鲁宾不在寝室。

鲁宾不在寝室，不在学校，去了哪里呢？没错，他有可能去了家里。她看着电话机，突然笑出了声。他想起在北京赵嘉任老师的家里，鲁宾介绍说，他的父亲是为建设有中国特色的社会主义作曲的"作曲家"，母亲只是将一部钢琴放在家里的"钢琴家"。如果这个人突然从她的眼前消失，她怎么去寻找他呢？难道要去找那个"作曲家"或者"钢琴家"吗？此时，白露感到了恐惧，就像一个患有呼吸不畅毛病的人害怕睡觉一样。

没有一个电话打进来，白露快急疯了。每次过来之前，他都会先给她打一个电话，至少一聊就是半个小时，将她的感情催动得满满的。

白露不知道，爱一个男人是如此美好！在认识鲁宾之前，自己的周围总是有一些男人在转，他们不仅没有给她带来美好，并且给她带来无穷烦恼。她不喜欢男人，讨厌男人，特别是男人想跟她接近时，她会产生莫名的恐惧。鲁宾走到她的眼前时，她不仅不恐惧，而且把自己的灵与肉都献给了他，献得是如此彻底！如此幸福！

她听到庭院里有说话的声音，急忙跑到阳台上一看：鲁宾正拿着一束红玫瑰，与正在庭院帮白彪他爹做健身锻炼的文嫂打招呼。他上穿一深蓝色的镂空的猄皮背心，下穿一条被剪去裤管的牛仔短裤，头上还包着蓝底起白花的头巾，带着一种强烈的返朴归真的避世色彩。

白露不顾一切地冲下去，看到他正在将那束玫瑰栽种到庭院里，那束花与第一次见面时栽种的并肩而立，相应成趣。她将手指伸到嘴边，向文嫂示意不要声张，蹑手蹑走到鲁宾的身旁，待他站起来时，一把蒙住他的眼睛。鲁宾抓着她的手，转过身来，想吻她，但看到文嫂正在目不转睛地看着他，只得在想象中吻了她的眼睛。

文嫂推着白彪他爹，不小心摔了一跤，鲁宾急忙走过来，将白彪他爹抱起来，重新放到轮椅里。文嫂说，这段时间，他老是从轮椅上掉下来，病情好像越来越严重了。

白露拿着轮椅上的毛巾，帮白彪他爹嘴角沾下的一块泥擦掉，对文嫂说："我们带白彪他爹去练琴，你去做午饭吧。"

他们推着白彪他爹，上了琴房。房间的地板上丢着许多乐谱，都是白露昨天练过一遍的。两架钢琴的琴盖都打开着，乐谱架上放着的是柴可夫斯基的《第一钢琴协奏曲》。鲁宾坐在"红十月"钢琴旁，白露坐"依巴赫"钢琴旁，两人同时伸出手，钢琴同时流淌出悦耳的琴音。白露弹着琴，目光始终没有离开他。鲁宾完全沉入到了他的想象中，根本就没有看白露一眼。

白露弹不下去了，因为她听出鲁宾弹奏的老柴已不是老柴，而是爱的终结的气息，甚至是死亡的气息。她走到他的身后，将手搭在他的肩上，没有问为什么。她想让他感受，她是如此的爱他，生命应该因为她的爱而充满活力。然而，他旁若无人地演奏着，依然充满了狂暴和混乱。

白露大吃一惊，不相信这么快就失去了爱的感觉。她抚摸着他的额头，冰冷冰冷的。她像伏在他的肩上，痛苦地说："完了，这么快就消失了……我还是鼓满了爱情，而你却消失了……完了……"

他从她的拥抱中挣脱出来，换了一个位置，坐到"依巴赫"旁，一言不发地弹了起来。他弹了一半，看到她正怔怔地看着他，他说："在一开始，我就没想到要你的肉体，我只爱你的灵魂。"

白露站起来，走到他的身后，伸手抚摸他。他下意识地将往前移着身子，躲避着她的手。白露将手缩回来，后退了一步，对着他的背影，怯怯地问："你还爱我吗？"

"没有任何人比我更爱你！"他坚定地说。

"那你为什么害怕我！"她痛苦地问。

他一边弹奏着《第一钢琴协奏曲》,一边痛苦地摇着头:"这不是害怕,不是……"

她走上来,一把抱住他,痛苦地倾诉:"你口口声声说爱我,可是竟然连我的身子都不想碰,都不敢碰,你这是爱吗?"

他一把推开她,重新逃到"红十月"的钢琴旁,坐在琴凳上,狂暴地弹奏着。白露被他掀在地上,没有爬起来,像不认识似地看着他。

他弹一下,停一下,弹一下,停一下,就像寻找着什么,又像等待着什么。

"鲁宾,你好残忍!你把我哄骗到爱情的泥淖里面……你自己抽身了,却不管我的死活……你在一开始就是假的……假的……"她几乎歇斯底里了。

"没有任何一个男人比我更真诚地爱着你。"他冷冷地说。

"哪怕现在,你给我的是假的,我也需要……求求你……哪怕假的,你再来一次……安慰安慰我……否则,我会死去的……"她倒在地上,伸了手,像一个饿得不行的乞丐,向路人伸出求助的手掌。

他狠狠地砸着钢琴,钢琴发出玉石般的轰鸣,他指着她,朝她大吼:"不要说我不爱你!"

白露爬起来,坐在琴凳上,痛苦弹奏着《第一钢琴协奏曲》。不知过了多久,她听到鲁宾也弹了起来,很快跟上了她的节奏。他们配合得是那么的和谐,就像是一颗心在身体里跳动。他们弹完最后一个音符,想互看着对方,不知道接下将发生什么。

鲁宾的身子斜倚在钢琴上,右手深深插进浓密的黑发里,他有气无力地说:"我想去看看心理医生……"

她似乎意识到了什么,安慰道:"你就是我的心理医生,为什么要去看他们呢?"

他远远地看着她,不得其解地问:"我就是心理医生?"

"你治好了我的失忆症,难道不是心理医生?"

"我想对你说出心中的隐秘,你能理解我吗?"他问。

"我能理解你的一切,因为我爱你!"她说。

"从小到大,我感觉我身上有两个我。一个是本我,我自己的生命;另一个是我父亲,他一直在我的心中寄存。我讨厌他,每时每刻都想将他驱逐,可就是赶不走他。我多想成为一个真正的我,一个独立的个体生命,可是他一直像魔鬼那样寄存到了我的生命最核心的部分,摘掉他,就等于摘掉了我的生命……"他看着她,眼里充满绝望。

她似乎并不惊奇，声音出奇地平静："你父亲是谁？他为什么给你这样大的影响？"。

"我爱你，从灵魂深处爱你。我们每次做爱，做得那样轰轰烈烈，像火山一样，带着冲毁一切的气势，吞噬着所有想吞噬着的东西。那是做爱吗？那不是做爱，那是两把提琴叠在一起，合奏着生命中最动人的乐章……"他站起来，打开窗子，沉醉地问："告诉我，你是不是感觉到幸福？"

"无与伦比的幸福……"她说。

他脸色大变，粗暴地打断她的回答："现在我要告诉你，我并不幸福！"

鲁宾捂着脸，呜咽着……好一会，他抬起头来，痛苦地说："每次和你做爱，我必须想象我是我父亲，才能将你带到浪峰。每次，在一开始的时候，我是用我自己和你做爱，可是我感觉根本不行。这个时候，我父亲会马上从我的生命中苏醒，站起来，走向你。他进入到你身体的一刹那，就感觉到了你的震颤。他慢慢地搅动着你，让你娇喘连连。当他对你大动干戈时，你的那双淡蓝色的眼睛发出了绝望的光芒……你不知道，每次看到你发出绝望的娇喘时，我的内心会对着我父亲呐喊：滚开，你这个魔鬼，可是，他每次说：孩子，不管你找哪个女人，你都需要我的帮助，需要我的帮助，你离不开我……"鲁宾说到这里，脸上的泪水流成了一片。

他的嘴里发出土狼般的呜咽，脸上泪水涟涟。白露拿来一条毛巾，擦着他的脸，吻着他的唇，温柔地说："我拥抱的是你，这有什么关系呢？"

鲁宾推开她，后退了两步，大声说："对我来说，关系非常大！"

"我拥抱的是你，不是你的父亲啊！"她不解地问。

"对我来说，不是这样，"他痛苦地摇着头，不知道怎样让她明白他的感受，"你知道，每次都是他抢占了我的位置，他强行进入到你的身体里面，他强奸你，他占有你，而你每次都心甘情愿地被他强奸，心甘情情愿地为他奉献着自己的肉体，还亲吻着他的脸和唇……你知道吗？每次做爱，我都感觉到是在侮辱你！我不想这么下去了！"他脸色乌青，浑身抖个不停。

白露看着眼前深深爱着的人，几乎想将他融化到自己的怀里。可是，她不敢上前，害怕被他一把推开，只是怯怯地问："那今后怎么办呢？"

"只有杀了他，"他的眼里闪出两道灼人的光，"才能挽救我们的爱情。"

"杀人要偿命的！"她大声呵斥。

"我有办法做到神不知鬼不觉！"他恶狠狠地说。

"杀了他，你就没有这种感觉了吗？"她反问。

"心理学家说，弑父行动是消除儿时阴影的一种有效的途径。"他眼里闪着光，铿锵地说：“我要保护你，必须这样做！”

“你父亲是谁？我能够见见他吗？”她气得不行，焦急地问。

他大吃一惊，冲上来，一把抓住她的衣服，大声说：“以后绝对不要提这个要求！他是一个魔鬼，只会侮辱你！”他感到他的它又在下面蠢蠢欲动，急忙松开她。

正在这时，电话响了。鲁宾本能地转过身来，冲过去。由于电话离白露较近，她冲到了鲁宾的前面。来电显示，是英国伦敦打来的！她看着鲁宾，兴奋地说：“白彪的电话！”

白露抓起听筒，果然是白彪的声音。白露刚准备责备儿子，儿子却开口了。他告诉她，这段时间跟着英国皇家音乐学院去欧洲大陆巡回演出，到了十多个国家，最令人难忘的是他在奥地利维也纳的金色大厅演奏柴可夫斯基的《第一钢琴协奏曲》获得了空前的成功，被誉为近二十年来《第一钢琴协奏曲》最为成功的演奏。白彪告诉妈妈，下月初，槟城的音乐季开始了，他们被邀请第一个月演出三次，他被安排在第一个出场演奏柴可夫斯基的《第一钢琴协奏曲》。白露兴奋得声音都变了，告诉儿子，她演奏《第一钢琴协奏曲》进步相当大，到时能否跟他同台四手联弹这个曲子。儿子告诉妈妈，他知道这是她的理想，他早就跟乐团团长说了，团长答应了他的请求。

白露太激动了，为了证明自己的进步，她还拿着听筒，在钢琴上奏了一段。儿子听了，告诉她，感觉非常不错。

白彪的电话，让他们忘记了刚才的痛苦。鲁宾和白露不约而同地走到“依巴赫”旁，坐在琴凳上，行云流水一般，敲出了一连串的声音。他们弹得是那样的专注，连白彪他爹不小心倒在地上，他们也浑然不觉。

文嫂上楼来，看到白彪他爹树桩般倒在地上一动也不动，急忙走上前，将他抱到轮椅上。她不满地看了他俩一眼，趁他俩弹得正欢时，偷偷地亲了一下他的额角。

三

第二天上午，他们回到了学校。白露因为要去院长办公室，鲁宾只得回研究生楼的宿舍。分手时，鲁宾站在一棵粗大的棕榈树下，仰望着树上的一对鸟儿出神。他对她说，他会一直呆在寝室，等着她的消息。

白露走到那幢银灰色的办公楼前，将手卷成一个喇叭状，大叫吴立雄的名字。过了一会儿，从五楼伸出一个油光闪亮的脑袋，向她招了招手，示意她上他的办公室。

白露站着不动，大声叫喊："不是说去调试钢琴吗？上你的办公室干什么？"

吴立雄被她的高声说话刺激得心惊胆颤，看了看周围，好在没人。他无奈地摇了摇头，叫她就站在原地。

过了好一会，吴立雄从楼上下来了，头发油亮，皮鞋锃亮。他看了白露一眼，既好气又好笑，"你这样大声嚷嚷，是怕别人不知道你来了吗？"白露不喜欢这个满脸堆笑的男人，直截了当地说："你一早打电话到我家里，说要调钢琴，现在我赶过来了，你倒躲在房间里，我不嚷嚷，你能听得到吗？"

"你可以上我的办公室喝杯茶嘛，好像我会吃了你一样！"他看着她，堆着笑。

每当心里涌起一种怪怪的感觉，她没好气地说："调哪台钢琴，你说吧，我不想跟你啰嗦！"

吴立雄拿出摩托罗拉最新款的手机，给司机打了一个电话。一会儿，一辆"宝马"驶过来了，停在他们的身边。吴立雄叫白露上车，白露告诉他，她是来调琴的，不是来坐车的！吴立雄笑了笑，告诉她，今天市政府在君臣山麓的山野花园开一个接待会，邀请到了钢琴王子李云迪来献演。由于李云迪自己的钢琴不便运过来，只得使用槟城市政府的备用琴，由于备用琴有一段时间没弹过，需要调音。"昨天晚上，市政府外事办的人打电话给我，一定要你今天上午十点钟之前赶到那里，并且要求我全程陪同。"

白露有些不大愿意，心里老大不高兴："槟城有的是行家，为什么要我去呢？"

吴立雄悄悄向她走近一步，故作神秘地说："谁能比得了你呢？"

白露坐上后座，并有意"砰"地将车门关上。吴立雄不是傻子，只得坐在副驾驶座。

一路上，吴立雄总喜欢回过头来，兴致盎然地说着一些古典音乐家的典故，以博得白露开心。白露一言不发，眼角眉梢全是笑，引得吴立雄好不兴奋。只有白露自己清楚，她想的全是鲁宾的神态，她甚至想到，鲁宾此刻是不是像他的室友韩文江一样，光着身子伏在书桌旁作曲？

汽车快到君臣山的南门时，便听到了喧天的锣鼓，等到行到南门口时，大门两旁站着的身穿红色旗袍背着白色绶带的礼仪小姐，绶带上写着“伦敦槟城一桥牵”几个红色大字。门楣上还挂着一个红色横幅，上书“热烈欢迎新任英国驻槟城总领事胡克(Mr.Wood)先生正式就任”的金色大字。

他们刚走下车，便被外事办负责接待的工作人员迎进了山野公园。路上铺着红地毯，地毯上绣着形态各异的中国古典人物图画。空气中散发出浓郁的花香，还有从山野公园的密林中传来的阵阵鸟鸣。

山野花园是世界最大的山顶花园，也是鲜花种类最多的植被性花园。大多数游客并不知晓，山野花园里面还套着一个小花园，那是槟城及其友好城市共同兴建的国际友谊园，叫谊园。每个与槟城结为姐妹城的城市，都在这里留下代表该市风物特征的象征物。一般情况下，每当有国际友人到访或者又有新的姐妹城市将赠送的象征物置放在园区时，谊园便成为庆典的重要场所。

此时的谊园，摆放着一排排西式茶桌，所有的嘉宾立在桌旁，等着什么重要人物的到场。

白露被桌上的桌布吸住了眼球。那张桌布草绿色的，四边缀着细碎的贝壳或是珍珠状的饰物，桌上配着碎花瓷器；那张桌布是乳白色的，四边配上了红色的宽边，桌上配以镶黑边的白色餐具；那张桌布是蓝白相间的条纹状，与桌上的古典式的蓝白两色的餐具格外匹配；那张桌布是四周带黑色窄边的麻织布，上面还撒着一些常青藤和金色的丝带，还配以赤陶餐具……餐巾插放在透明的玻璃杯中，被折叠成蝶状、扇状、葡萄叶状、草莓萼状，乍看像是结在杯中的野花。

人群中突然一阵骚动，接着是雷鸣般的掌声。吴立雄拼命鼓掌，并提醒白露赶快鼓掌。在一群人的簇拥下，两个男人走在最前面，职业性地笑着，鼓着掌，回应着大家的热情。

新闻记者在前面奔跑着，闪光灯闪个不停。有一个摄影记者太投入，一边后退，一边对着杨怀远拍照，突然被一根青藤绊倒在桌下。每个人都没有看到这一幕，或者说熟视无睹。只有白露，惊得差点叫出声来。

吴立雄脸上绽开着幸福的笑容，酷似小孩过节时领到压岁钱一般。他想让白露分享他的幸福，喋喋不休地向她介绍说：“走在前面的是杨省长，他旁边的那个英国人就是新任领事胡克先生。”

白露看到杨怀远一边鼓着掌，一边朝她看。她不觉得奇怪，象征性地鼓着掌。

吴立雄院长看着她，傻傻地笑着，继续介绍道：“那个走在省长身后的矮个子便是槟城市市长彭笑天，后面依次是副市长周子长……最后那个大胡子，是紫云高球场的大老板大卫，杨省长最亲密的国际友人……”

大约十多个领导，按照职务的高低先后坐在了主席台前。主席台前还有引导牌，一一写着领导的名字。彭笑天站在麦克风前，双手向空中挥了挥，掌声停下来了。他清了清嗓子，激动地向嘉宾介绍了与会的领导。当介绍到杨怀远常务副省长时，杨怀远站起来，鼓着掌，算是感谢大家的掌声。他的目光扫视着台下嘉宾，脸上一直挂着亲和的微笑。

彭笑天主持会议，首先介绍了胡克先生及其祖父在清朝时来槟城经商的辉煌经历；接着请杨怀远发表重要讲话。

杨怀远点了点头，简要介绍了槟城与伦敦仅去年双边贸易达到了二十三个亿，接着重点介绍了槟城当前经济的发展状况及对外进行经济文化全方位交流的重要性，他在比较了伦敦与槟城两座城市的特色后，重点阐明了今后两城在经济方面进行合作与交流的必然性。他用一连串的比喻对两城的合作前景进行了充满文学色彩的描绘，博得了经久不息的掌声。

白露非常不适应这种场合，正想离开时，突然想到她是来调琴的，便问吴立雄究竟什么时间调琴。吴立雄正在起劲地鼓掌，脸上激动得有些发白，待他听清了白露的说话，“噢”了一声，立即带她去找外事办的负责人。负责人正站在嘉宾的背后，他叫白露耐心等一等，他马上去请示更高一级的领导。

正在这时，八个人抬着一个用红布包裹着的礼物，放到事先选好的一片花草中。新闻记者已经作好摄像的准备，杨怀远和胡克同时将那红布揭开——原来是一座金光闪闪的缩微的伦敦塔桥的模型。杨怀远和胡克先生各自拿着一把铁锹，象征性地挖了几锹，几个工人立即跟上来，猛地掘了几锹，尘土飞扬处，立即有了一个浅坑，他们拿出事先准备好的支架，将伦敦塔桥固定下来。

白露挤被被围观的嘉宾挤得东倒西歪。她转过头来，看到吴立雄正看着她笑。她有些恼怒地问，究竟还用不用调琴，她不想再多等一分钟了。

人群中突然传来一阵骚动。一架锃亮的三角钢琴被抬来了，放在一块巨大的金色马赛克的上面，一个身材颀长的少年正对着欢呼的人群招手，并不时拂着那头微卷的长发。他正是近两年来非常有名气的李云迪，那架钢琴很有可能是李云迪自己的琴，不可能需要她来试调。

吴立雄向她解释说，先前李云迪是不准备带自己的琴，保险公司高额投保后，他改变了先前的决定，还是将琴带过来了，他也是刚刚才知道。

“那我现在可以走了吗？”白露想到鲁宾正在等她练琴，便焦急地问。

这时，杨怀远突然出现在他们面前。吴立雄立即冲上前去，手都忘了握，激动地连喊了几声“省长大人”。

杨怀远径直走向白露，像老朋友一样，握着她的手说：“白老师，可以与您共进午餐吗？”

白露急忙将手从他掌里抽出来，对他说：“对不起，我有急事，我想走！”

这时，李秘书过来了，叫杨省长赶快过去，胡克先生在等他。临走时，杨怀远恳求白露，不管发生什么事，她一定要留下来，他想给她敬酒。

白露和吴立雄选了一张铺着淡紫色台布的桌子坐了下来。一条蝉翼纱带从台布上轻轻垂下，拖到绿色的藤椅上，在阳光的照耀下透出不同的色彩。桌上摆着水果篮、酱罐、香槟及大码的高脚酒杯等盛器，还有一些硕大的鲜红的草莓散放四个方向。一桌坐坐四个人，每个人的面前放着一盘西瓜做成的果盅，果盅里放着草莓、剥皮桔子、水蜜桃、煮熟的包谷、经过冰冻的杨梅，还有紫罗兰、樱草花、金盛花、玫瑰花瓣及玻璃苣等可以食用的花。

白露欣赏着李云迪的演奏。尽管演奏得炉火纯青，但她还是觉得白彪比他演奏得要好。

许多人争先恐后去给杨怀远敬酒，现场变得十分热烈。吴立雄端着高脚酒杯，几次站起来，要拉白露一道去给杨省长敬酒，都被白露婉拒。

白露的手机响了，原来是鲁宾打过来的，白露解释正在参加一个活动，她现在马上回家练琴。

白露发现吴立雄不见了，便急忙起身。正在这时，杨怀远的秘书李军恰好走过来了，谦恭地说：“白老师，杨省长找你！”

白露跟着李军，来到谊园的最高处。杨怀远戴着一顶白色的帽子，坐在一张白色的椅子上。他见她走过来了，急忙起身，老远就伸出手，激动地说：“白老师，很高兴认识你……”

白露不以为怪，那些想结识她的男性，大多以这种的说话方式开头。她看着这个男人，感觉有些面熟，但仔细一瞧，发现并不熟。也许，他的脸比较让人产生认同感，很容易在人群中发现。

就像突然刮来了一阵风，将刚才的热闹一扫而空，不光是看不到一个人影，甚至连吃过水果餐的桌椅也不见影踪，就像被魔术师卷走了一般。

“您想说什么呢？”白露怀疑自己走进了一个精心编织的氛围里，疑惑地问杨怀远。

杨怀远正看着山下的恒江，那里停着许多小船，还有绰绰人影。更远的地方，一幢乳白的建筑屹立在江边，那就是闻名的假日酒店，一架直升机正从楼顶的停机坪起飞，往机场的方向飞去。他将目光收回来，拂了拂额头上的冷汗，解释说：“我想带你参观一下。”

放眼望去，满眼都是安置的雕刻或铜铸艺术品，均是法兰克福、温哥华、奥克兰市、洛杉矶等城市赠送的礼品。杨怀远兴致盎然介绍着每一件艺术品，以便激起白露的回响。

“杨省长，我想回家。”白露说。

杨怀远僵硬了片刻。他向前走了几步，来到一个足有半人高的绿孔雀铜像前，抚摸着孔雀的颈羽。一阵风刚好从身后吹过来，混合着她的身上的清香。他使劲地闻了闻，仿佛置身仙境，他努力控制自己，不让身子发出明显的颤抖。

“这是来自孔雀王国的艺术品，可惜是绿色的，不是我所喜欢的蓝色的。”他说。

白露站在离他约两米远的地方，猜度着他的内心。她摇着头，三角帽上的蓝色的孔雀冠羽微微颤动。

杨怀远想走近她，又怕吓着她，重演十八年前的那一幕悲剧。他将身子靠在孔雀的身上，抚摸着孔雀的羽冠。

“她来自印度德里，你去过德里吗？”他未等她回答，兴致盎然地说：“如果你愿意，我想带你去德里。”

“杨省长，我想回家。”白露有些不快地说。

杨怀远多想走近这个让他一辈子深爱的女人，又害怕走近她。他颓然坐在白铁长椅上，完全失去了一个省长应有的尊贵，哀求道：“您能陪我坐一会儿吗？”

白露犹豫了一下，还是走上来，坐在长椅的最左端。他贪婪地闻着她身上释放出来的香气，脸上荡漾着一种称作幸福的表情，他激动地说：“我特别佩服您，培养了迈克尔这样的天才少年。”

“我倒觉得，他还不及年轻时的我。”白露喜欢提起自己年少时的辉煌。

“您现在还弹钢琴吗？”他问。

她压抑着悲恸，伤感地说：“因为想和儿子同台演奏，最近开始恢复性练习。”

“您培养了一个优秀的儿子，我真为您骄傲！”他看着她，眼里闪着深情的波光，看得出，他希望通过谈论迈克尔，换得她对他的好感。他感到自己的喉结因激动而不停地来回滚动，结结巴巴地：“我喜欢他……爱他……您能理解吗……”

白露突然想到这个男人怎么知道白彪的英文名。她恐惧地看着他，疑惑地问：“你怎么知道我儿子的英文名？你怎么认识他？”

杨怀远没有开口，眼泪先出来了。他抹了抹泪，回忆道：“那是两年前，我当时在中央某部当副部长，率代表团出访英国伦敦，接待我的就是今天的新任领事胡克先生，时任伦敦市市长。他的接待工作做得非常细致，特别邀请了一些英国顶尖艺术家，在英国皇家歌舞剧院为我们安排了一次专场演出。迈克尔第一个出场，他演奏的是柴可夫斯基的《第一钢琴协奏曲》。一个少年，竟能如此理解一个大师的内心世界，令每一名听众如痴如醉。演奏完，全体听众起立鼓掌，足足鼓了两分钟，他连续三次谢幕，听众仍然掌声不绝，他没有办法，只得加演了肖邦的钢琴小品《雨滴前奏曲》……”杨怀远仿佛被自己的表达感动了，完全进入了想象中的境界，“他的每一个演奏动作，令我如痴似醉。我坐在椅子上，一动不动，仿佛做梦一般，或者就是灵魂出窍。演出结束后，我才知道，那个青年叫迈克尔，中国名字白彪，我在后台找到了他。我邀请他去我的房间做客，他爽快地答应了。那天晚上，我们谈得多开心啊，一直谈到天大亮，我们不约而同，如痴如醉地望着对方，望着对方的眼睛……那种感觉，我现在怎么形容都形容不出来，形容不出来啊……”杨怀远摇着头，沉醉在他的回忆中，根本没有感觉到一滴泪已经滑到了他的颈上，“后来，我又数次出访伦敦，每次都会见他，每次都会望着他的眼睛……”

白露感到自己的内心柔软了许多，语气也没有那么生硬了：“您最后一次见他是什么时候？”

“我来槟城任职，去过伦敦两次，见到了他。最后一次，大约在去年冬天……”他看着她，欲言又止。

“他最近才给我来电话，说是被邀请来槟城参加音乐季，演奏老柴的《第一钢琴协奏曲》。我正在练习这个曲子，我想和他同台献演，这是实现我的梦想的机会。”她兴奋地说。

“我还不知道他被邀请了……”他看着她的眼睛，一边悄悄往左边移动着身子，一边说，“我觉得，他长得太像您了，充满艺术的气质。”

白露急忙站起来,看着孔雀铜像出神。她想到这个男人无非是想通过打白彪的牌接近她,便充满了警觉。

他站起来,走到孔雀铜像前,突然问:“您还记得从前的历史吗?”

她知道他想说什么了,许多男人都喜欢问她的丈夫,她警惕地问:“您对我的从前有兴趣吗?”

“我想知道,像您这么优秀的女士,怎么会嫁给一个锅炉工呢?”他问。

果然,就是这个问题。她淡淡地笑了笑,反问:“您觉得,锅炉工就一定不优秀吗?”

“对不起,我不是这个意思……”他搓着双手,焦急地选择着最适应的词语,“我的意思是,您如果不幸福,还是可以离婚的,我们的老祖宗恩格斯也说过,没有爱情的婚姻是不道德的。”

“我是否幸福,我自己知道,”白露有些恼怒地说,“你对我一无所知,对我的婚姻评头品足,是不是所有的省长都喜欢妄下结论?”

杨怀远突然转变说话的语调,斩钉截铁地说:“你不要自欺欺人了,白彪对我说了,你和那个锅炉工没有爱情!”

“既使没有爱情,关你何事?”白露觉得这个男人在利用白彪。

正在这时,她包里的手机响了,原来是鲁宾打过来的,问她什么时候可以回家练琴。白露接完电话,抬起头来,对杨怀远说:“杨省长,我得走了。”

“那个叫鲁宾的男生找你?”杨怀远冷冷地问。

“……”白露不解地看着这个男人。

杨怀远看着她,真想一口把她吞下去,然后每天慢慢咀嚼,细细品味;或者是,把她变成一个小小的拇指姑娘,用自己的体温温暖她,将她融化在自己的怀里,分不清哪些是她,哪些是他。

“您能给我两分钟的时间吗?”他温柔得像春风从淡绿的叶丛间拂过。

“你要干什么?”白露警惕地问。

“只是两分钟……”他走到她的面前,“扑通”一声跪下来,痛苦地解释说,“自从第一次见到你,我的心灵就跪下来了……我常常被自己感动,梦想有一天能够感动你……”

他跪着,看着她,眼里燃烧着火焰。白露急欲脱身,后退着,惊恐地大叫:“你快站起来!你想干什么!”

他看到她惊恐万状的样子,不敢再上前,只是跪在那里,痛苦地表白:“给我一点爱,哪怕爱我一点点……”

白露后退着,突然她被一根青藤绊倒了,她大叫一声,恐惧地从地上爬起来，嘴里大骂："你难道没有自己的妻子吗？你有什么权利爱我？"

他一听这话，激动地大喊："她已经死了，已经死了！"

他跪在那里，就像一个虔诚的佛教徒等着观音的圣露。白露头脑中一片空白，只看到他的嘴唇在动，完全听不到他的声音。

她突然想到了鲁宾，浑身充满了力气，回头便跑……她跑到了公园的出口，惊慌失措地往外冲，突然被一个人抓住了。她抬头一看，扑到鲁宾身上，激动得哭了起来。鲁宾招了一辆的士，急忙带她离开了山野公园。

第十三章

一

此时是上午九点多，马丁穿着黑色的警服，戴着佩有银色警徽的黑色警盔，驾驶着一辆挂着一字警灯的警车，赶到了离市区足有二十五公里远的希思罗机场。他看了看表，刚好赶在那次航班降落之前的五分钟抵达，比预计的时间还快了两分钟。

乳白色的薄雾笼罩在机场的上空，每隔一分钟便有一架银色的飞机在薄雾中出没。马丁将警车停在停车场，拿出事先就制作好的一个硬纸板，上面写着“欢迎来自中国槟城的马凯先生和艾丽娅小姐”几个红色的中文字，用的是繁体，正是马丁的杰作。他举着牌子，走到出口处，看到好多接客者正在等待着。

由于能见度的原因，飞机绕着机场的上空绕了差不多半个小时，才冲出薄雾，拖着低沉的重音降了下来。那些手捧鲜花的人，接到了他们等待的亲朋好友，有说有笑地走出了机场大门。

旅客陆陆续续快走光了，正当马丁纳闷时，他看到一男一女两个年轻的东方人沿着纤尘不染的通道走过来。

他们越来越近，马丁越来越激动，有意将牌子举得更高，只差喊出声来。男青年发现了他，冲他笑着，走过来，伸出宽大的手掌，中气十足地问：“您是马丁先生吗？”马丁握着他的手，用中文惊喜地大叫：“您是马凯先生？”他看到马凯点了点头，便指身旁的女青年问：“她是艾丽娅？”

“难道不像吗？”艾丽娅听出他的语气有些不够肯定，反问。

“不像……”马丁紧紧握着她的手，惊奇地看着这个漂亮的女警，连声感叹，“一点也不像……”

“你觉得哪里不像？”艾丽娅笑着问。

“现在像了……现在越来越像了……”马丁有些语无伦次地说。

他带他们走出机场大门，径直走到停车场，将车开了出来。警车沿着那些黄色的路标，随着汹涌的车流，缓慢地往广场的外面走。

“马凯队长，你是第一次来伦敦吗？”马丁回过头来，问马凯。

“我俩都是第一次来。”马凯说。

汽车飞速行驶，不久越过了布伦特桥，驶入奇西克大道。

由于刚认识，双方客套了一番，小心翼翼地进行试探。试探过后，马丁感觉不错，觉得可以给中国同行说一些自己的事了。

“我父亲喜欢中国古董，摆得满屋都是，他对古董的爱超过了对我的爱，我在这些古董的包围中长大，不仅没有发生兴趣，反而还有些讨厌。高中毕业后，我进了伦敦大学，在选修外语时，我莫名其妙地选择了中文，也许是我父亲骨子里对中国的热爱遗传了我，尽管我讨厌他的古董。教我们的是一个来自中国台湾的女教师，她长得太美了，我对中文的兴趣与日俱增，进步神速，很快超过了其他竞争对手，成为了老师最得意的门生。”

“看来你得感谢中国人。”马凯笑着说。

“别人问我为什么中文说得棒时，我从来没有透露过我的秘密。谁也不会知道，因为我先被中国式的美征服了，然后才被中文征服的。”马丁看了一眼艾丽娅，说了一句令大家摸不着头脑的话：“我第一眼看到艾丽娅时，感觉我从前的那个汉语老师又回来了。”

“马丁警官，我们到哪里了？”艾丽娅听明白了，马上转移话题。

马丁没有看窗外，因为他闭着眼睛也能想象得出接下的风景会以怎样的美丽在他的眼前展开。西北位置就是富勒姆了，这里有他钟爱的富勒姆俱乐部。他看了艾丽娅一眼，用并不指望她能回答得出的语气问：“你知道富勒姆俱乐部吗？”

“马丁，你怎么成了一个警察呢？”艾丽娅好像没有听清马丁的提问。

“警察是全英国寻职人员中十分向往和羡慕的职业，年满十八周岁的报考者中平均每百人才录取三个，大学快毕业时，我突然想当警察，便报考了，最后过关斩将，想不到被伦敦警察总部录取了。”

“你一直是国际刑警吗？”

“我干过巡警、缉毒警，换了两三个岗位，因为中文好，才干上国际刑警。”

“你还是个全能战士啊！”艾丽娅赞叹道。

“哎……”马丁眼睛一亮，像孩子捡到野鸟蛋一样兴奋地说，“我喜欢战士这个词，你太会说话了！“

一条河流从葱茏中跃出，两岸是浓得化不开的翠绿。这就是发源于科茨沃尔德山的泰晤士河，英国最长的河流。

两岸的建筑多了起来，风格奇诡而多变。有些房子外形素朴、小窗深嵌、半圆拱门、角石长短相同；有些房子以厚实的石墙、窄小的窗口、半圆形拱卷、粗圆的立柱和方形塔楼为特征；有些房子广泛运用线条轻快的拱卷，造型挺拔的尖塔，轻盈剔透的飞扶壁以及彩色玻璃镶嵌的修长花窗；有些房子窗户宽大，并饰有垂直花窗格条，外加扇形屋；有些房子是半木结构，屋顶为陡峭的双面坡顶，漆成深色的木材与淡色墙面形成强烈的对比。

“可以这么说，如果没有泰晤士河，伦敦永远不会发展成为世界最大的金融中心之一，历史上也很可能不会出现东印度公司或哈得逊湾公司，它们也不可能将世界各地的丰盛之产带回大英帝国，甚至可能不会出现我们的大英帝国。”

马丁滔滔不绝，沉醉在他的自豪与骄傲里，根本没有意识到身边人的脸色。马丁对泰晤士河的夸赞并没错，不合时宜的是，他没有想到他的老祖宗也掠夺了中国许多丰盛之产，而且现在还有许多存放在大英博物馆。

汽车驶入格罗夫诺路，越过沃克斯霍尔桥，向伦敦警察总局的方向行驶。

二

这就是苏格兰场，一幢米黄色的楼宇，立于维多利亚堤岸，紧临泰晤士河边。当他们走进大楼时，除了两三个值班的警察友好地与他们打着招呼外，看不到其他的人。马丁把中国同行安排到一个房间里，急忙去会议大厅找他的头儿。

马丁和艾丽娅相互对视了一眼，同时开心地笑了起来。马凯看她，是因为她刚才的英语说得真棒，眼里露出赞许；艾丽娅看他，是因为他一路上给予她的关爱，眼里流露着感激。

朝窗外望去，泰晤士河像一条深蓝的腰带，扎在伦敦的腰际。河面上帆影重重，两岸立着不同风格的建筑，就像是自然界的杰作。在宽阔的街道上，好像还有一条长长的人流，在建筑之间穿行。不时还传来口号声，那肯定是游行的队伍。

北岸以北的地方，在一片古老而雄伟的建筑群中，露出几个灰白色的尖角，那就是威斯敏斯特教堂，英国最壮丽的哥特式建筑的代表作。这个墓室累累的教堂，埋葬着英国王室和著名人士的遗体，并且还是历代英王举行婚礼的地方。

马凯将目光收回来，看着艾丽娅，他的脸上没了任何喜悦的表情。艾丽娅将目光从窗外收回来，脸上也没有任何喜悦的表情。他们想到了此行的目的，刚才的轻松一下子就消失了。他们怀着同样的心事，等待着马丁的到来。

墙上贴着一些从警要求，好像是源于英国最早的警察巡视官约翰·伍德夫制定的守则，他在十九世纪中叶提任兰开斯特郡警察总长时为严明纪律而制定的。马凯的英语没学好，看不懂，他看了看艾丽娅。艾丽娅心领神会，走近这些守则，给他翻译道："倾听理解各种人员诉说的观点，为弱者利益挺身对抗欺凌与压迫，自愿承担各种新的任务，说话和气，坚信自己执法的事业，同时要及时发现错误，承认错误，纠正错误，在帮助别人中体现我们的坚韧与无私慷慨。"

"英国警察说得真好！他们的认识水平哪里比我们差啊？"马凯感叹道。

"没人说我们的认识水平比他们强啊？"艾丽娅看着他，笑着回答。

"这不就是我们的为人民服务吗？"马凯问。

正在这时，一个威严的警官走了进来，紧跟其后的是年纪较大的秃头警官，紧跟其后的是马丁，还有其他的警官。走在最前面的那个就是这里的头，他叫沙伦克尔，苏格兰场刑侦总监及警方机动部队负责人。

沙伦克尔看到中国同行向他走来，便急忙抢先奔过去，伸出的手还未握到一起，就听到他用英语招呼："你好，马凯警官，你好，艾丽娅警官，认识你们非常高兴！"

马凯紧紧握着沙伦克尔的手，听了马丁的介绍后，不胜感激地说："谢谢您的热情款待，沙伦克尔总监。"

沙伦克尔留着一撮小胡子，刚好把它修剪在上唇的中间位置，不长不短，不粗不细，不上不下，非常得体，具有一种慑人的绅士气派。他非常爽快地说起了去年去中国槟城追逃时槟城警方给予他们的热情款待和无私协助，并希望这次他们能不遗余力地回报中国警察。

正当他热情地对中国警察此行的目的发表自己的看法时，突然接到了一个重要的电话，要他去处理一宗涉及到政治人物安全的案子。他遗憾地摊开双手，对马凯连说了几个对不起。

他走到那个年老的警官，叮嘱说："阿特利警官，中国同行满意不满意，就看你的了。"临行前，他握着马凯和艾丽娅的手，再次表示抱歉。

阿特利，一个看起来慈祥的老头，头秃得实在厉害，已经看不出任何毛发了。他抹了抹发光的前额，将放在桌上的卷宗一一摊开，对中国同行述说了他们先期介入此案所获得的一些调查结果。他是用带有浓重的苏格兰口音表达的，每说一句，便由马丁翻译成中文。

从已经查到的证据表明，刘旗旗是某一个洗钱组织的洗黑钱的工具。这个洗钱组织的总部设在伦敦，经过几年的发展，具有了相当的势力，不仅仅将目光瞄准中国的贪官，而且还有一些拉美国家。作为英国伦敦大学艺术学院的一个学生，刘旗旗来伦敦只有短短的两年多时间，却积累了大量的财富，这是极不正常的。第一，她在伦敦肯辛顿的高尚住宅区拥有豪宅，伦敦一般中产者一辈子也不可能住得起的豪宅；第二，她在英格兰银行存有两千多万人民币的存款，这些钱来路不明；第三，以她的名字注册的"旗氏"公司，实际上是一个空壳公司，刘旗旗表面上挂的是董事长职务，实际上由那个洗钱组织派出的人打理，他们通过疯狂上税、买保险、股票及期货等欺骗手法，将来自世界各地的黑钱洗白。

马凯想知道这个组织的详细情况，便将自己的想法说给马丁听，希望能得到肯定的答案。阿特利听了马丁的翻译，耸了耸肩，双手一摊，无奈地说："马凯警官，恕我暂时不能告诉你。因为我们怀疑这个组织已经渗透到了我们的政府高层，一些高官已经被拉下水了。为了查出这个组织，我们花了好几年的心血，不想因过早泄露情况令多年的努力付之东流。我们已经控制了这个组织，但还有一些重要的情况没有摸透。我们必须等时机成熟，才可能将这个组织斩草除根。"

"我们只是想知道，这个组织究竟在中国或者我们槟城安排了多少力量。"马凯说。

"对不起，马凯警官，我们不便告诉你，你们可以在自己的城市立案侦查。”阿特利看着马凯，头摇得像拨浪鼓，“我真的不便说，这完全不妨碍我们之间的合作和友谊。”

一问一答，都是由马丁翻译，艾丽娅看到了马丁的为难，便直接用英语问：“总警司先生，您不可能不知道大卫吧？”

“您是说米勒·大卫吗？”

“正是他，现在是槟城炙手可热的外商。”艾丽娅看到阿特利的脸色变得亲切起来，趁机说，“我们是朋友，我真诚向您请教，大卫是否是这个组织的成员？”

阿特利对艾丽娅流利的英语表达和独特的说话方式露出赞赏的眼光，他看着这个非常机警的东方女警，脱口而出：“他是这个组织在中国的总代表。”

“那就是说，他正在中国犯罪，你们不能给我们提供一些现在可以阻止他犯罪的重要证据吗？”艾丽娅继续用英语问。

“年轻的艾丽娅警官，不是我们不给你，而是我们不能给你，这可能导致我们的计划全盘落空！”他依然没有任何让步的态势。

“他正在中国犯罪啊！”艾丽娅走在他面前，提醒说。

“如果他正在贵国犯罪，贵国警方完全可以逮捕他，并以触犯贵国法律论处。”他表现得非常强硬，似乎没有回旋的余地。

艾丽娅似乎明白了对方的难处，这的确不是友谊与否的问题。她将身子凑近马凯，说出了自己的想法，马凯点了点头，还想说什么，又不知道最先从哪个方面说比较合适。

艾丽娅明白了他的意思，抬起头来，看到慈爱的阿特利正对她笑，她立即回以笑容，似乎漫不经心地问：“总警司先生，请问杨怀远与这个组织有联系吗？”

“你们调查的情况呢？”他狡猾地反问。

“我们调查的情况显示，他有可能通过大卫洗钱。”艾丽娅说。

“我们也是这么认为的，问题是，我们没有获得证据。”他看到两名中国警官有些失望地看着他，便提醒说：“杨怀远的活动，主要是在槟城实施的。他可能通过自己的权力，让大卫去做他不能亲自出马的事情。有些钱根本没有通过他的手，就直接由大卫通过地下钱庄或者其它途径洗到了伦敦。”

“也就是说，杨怀远的犯罪证据主要在槟城？”艾丽娅问。

阿特利不自自主地用指头重重地敲了一下桌角，对中国警官跟上他的思维节拍表现出由衷的欣喜，“非常正确！杨怀远通过自己的权力受贿，或者按你们所说的是拿回扣，你们只要去查，肯定可以查到证据的。”

如果给他们去查的权力，肯定能查出重要的证据来。问题是，他们敢直接去查吗？他们不远万里来到伦敦，无非想从外国找到重要证据。如果伦敦方面也没有什么重要证据，他们何苦还来英国呢？阿特利不了解中国的国情，又怎么理解他们此时的心情呢？

阿特利毕竟是一名身经百战的刑警，也不是今天才与来自异国的同行打交道。他完全理解两名中国刑警的心情，所有优秀的警察面对这种情况时所表现出来的沉重的责任感。可是，他也没有办法，他有他的纪律，但是，他还是想帮助他们，哪怕这种帮助是微小的，甚至解决不了根本性的问题。他走到马凯的身边，拍了拍他的肩，用英语说："我可以向您提供一个思路，也许对你们有用。"

“你说说看。”艾丽娅说。

“我们发现，许多第三世界国家的官员在伦敦洗黑钱，主要是为了有朝一日定居伦敦。他们手上除了本国的护照，一般还持有英国护照。”

马凯和艾丽娅相互看了一眼，然后同时将目光转到阿特利身上。阿特利走到窗边，对着泰晤士河，有些像得胜的将军清点自己的战利品，自豪地说："我们怀疑，杨怀远手上至少有两个护照。一个是中国护照，就是他以副省长的身份出访伦敦的护照。还有一个英国护照，用的是假名。也许有一天，他感到不能生活在槟城了，这个英国护照便会起作用，而你们的海关不会留下他任何过关的记录。"

这种情况，他们早就预想到了。问题是，他们如果能够查到这个假名，他们就不会来英国“化缘”了。艾丽娅和马凯相对无言，等待着阿特利的进一步提示。

“杨怀远很有可能用这个假名在银行开了许多户头。”阿特利语气非常肯定。

“你们不能查一查吗？”马凯故作轻松地问。

“我们曾经设想他可能会用的假名去查，结果一无所获。”阿特利在窗边来回走着，不时看一眼窗外的泰晤士河，似乎泰晤士河能够启发他的思维，他感叹道，“如果你们能查到他的这本护照，我保证，我们会有许多惊人的发现。”

马凯和艾丽娅相对无言，同时露出一丝苦笑。是啊，如果他们可以查到杨怀远的假名护照，那就是不一样了。他们对伦敦方面寄予很大的希望，看来要破灭了。

阿特利将窗帘拉上，走到桌边，一边看着文件袋里的材料，一边说："相信我，马凯警官，我们比你们更急。你知道，许多贪官在伦敦洗黑钱，给我们的经济带来了非常坏的影响，也给英国的形象抹黑。英国政府决不会利用这些赃款拉动消费，并且正在加快这方面的打击力度。一旦发现外国贪官洗黑钱，哪怕他正在任期，我们也会没收他的赃款，让伦敦成为他们的滑铁卢。"

阿特利看到中国警官还没有反应，朝马丁眨了眨眼。马丁心领神会，走到马凯面前，笑着问："马凯警官，你们不是带来了一个礼物吗？"

艾丽娅看到马凯朝她点点头，便打开包裹，将那枚大头针拿了出来。阿特利拆开那个小小塑料袋，将大头针拿在手上，又接过马丁递给他的放大镜，仔细看着，抬起头，笑了起来。

"您发现了什么？"艾丽娅问。

他将大头针还给艾丽娅，目光还盯着这枚大头针，用英语问："你能说说凶手是怎么杀的人吗？"

"大头针里面填入了一些蓖麻毒素，然后利用一把可以防身的雨伞，将大头针弹进了受害者的身体，而且都是小腿部位。"艾丽娅用英语简明扼要地回答。

"今年一月份，我们根据线报，在伦敦北郊伍德格林的一所清真寺里发现了这种毒素，并逮捕了四名涉案嫌疑人。一月七日，我们又逮捕了六个人，他们被怀疑涉嫌参与蓖麻毒素的制作。一月十四日，我们在曼彻斯特又逮捕了三名嫌疑人。至今，我们逮捕了十几名涉嫌制造和藏匿这种毒素的嫌疑人，他们都被怀疑与在伦敦发现蓖麻毒素的案件有关。"

"凶手是怎么弄到这些毒素的呢？与伦敦的这个案子有关吗？"马凯紧追不舍地问。

听了马丁的翻译，阿特利脸色沉郁，摇着头说："很难说，因为还有另外的途径也可能得到。"

"如果查呢？"马凯问。

"简直不可能的，等于是大海捞针。"阿特利说。

"只要有针，那也得捞啊。"马凯说。

阿特利摇了摇头，说话没有回旋的余地："不，一定得另辟蹊径。"

他走到窗边，不再来回走动，静静地欣赏窗外的景色，像雕塑一样定在那里。马丁走到他的面前，对他说了几句。阿特利点了点头，然后回过头来，对马凯说："你们不是说大头针是泰勒牧场的吗？我们不如先去牧场调查，这才是正确的途径。"

在这种情况下，还有什么异议呢？马凯和艾丽娅相互看一眼，用目光交流了看法。阿特利看了看表，对马丁说："明天先在伦敦取证，然后再去德比。"他走过来，右手握着马凯的手，左手握着艾丽娅的手，爽朗地说："明天，由马丁带着你们，去完成你们的工作，我等着你们的好消息。"

三

第二天，他们开着车往泰晤士北岸走，行到格罗夫诺街时，前面出现了一条长长的人流，封住了整个街道。一辆又一辆的警车开了过来，停在路边，荷枪实弹的警察从车上跳下来，分列在路口，维持秩序。

正在这时，前面传来一阵美妙的乐声，巨龙般的游行队伍游过来了。走在前面的男人一律穿着及膝的深绿或暗红的苏格兰格呢裙，大多留着胡须，他们没有喊口号，却吹着苏格兰风笛。

马丁的脸上挂着笑意，给他俩解释说："这些人主要是来自英格兰、苏格兰、威尔士及北爱尔兰的猎手和农民，他们反对政府禁止猎狗和猎狐，捍卫传统乡村生活。你看，他们吹的是风笛、猎号，表达对传统生活方式的忠诚。"

"这样的小事值得游行吗？"马凯好奇地问。

"对那些猎手来说，可能就是大事了。"马丁说。

人流越来多，越来越长，仿佛没有个尽头。马丁只得将汽车开到另一条街道，往海德公园的方向走。

马丁对伦敦的道路熟悉得不能再熟悉了，为了不让中国同行感觉到伦敦街上只有游行的人或荷枪实弹的警察，他有意沿一些宁静的散发着老伦敦气息的街道上奔跑。汽车七弯八拐，最后在一个充满现代气息的庄园式的高尚别墅区停了下来。

这就是肯辛顿庄园，居住于此的人，非富即贵。自从美国歌坛天后麦当娜在这里买下了一幢别墅，引得许多人来此扎寨，令肯辛顿庄园别墅价格一路暴涨。

一幢幢别墅掩映在绿树丛中，风格奇异，既有早期英国式，又有现代美国式。刘旗旗的别墅位于别墅群的西北偏北，一幢标准的都铎式半木结构房屋。漆成深色的木材和淡色墙面形成强烈的对比，屋顶为陡峭的双面坡顶。围墙用高高的优质木条做成栅栏，栅栏上爬着许多花草，散发着浓郁的芳香。

他们走近围墙的铁门，将封条撕了，走进了前花园。马丁拿着便携式摄像机，拍下了那辆停在花园一角的“奔驰”，轿车是刘旗旗的，上的伦敦车牌。

他们撕了大门的封条，用钥匙旋开锁孔，踏进了房间。房间装修豪华，凡是能铺的地方，都铺着波斯地毯，墙上还有印度挂毯。马丁一边拍摄，一边解释说，如此豪华的地毯决不是用来对付英国多雨潮湿的天气，而是为了显示实力和奢侈。

餐厅的餐具皆是银质的，有些还是金的，上面落满了灰尘。马丁说：“我是第三次来这儿，每次都有不同的感受。”他的镜头晃来晃去，眼睛放着光，“我不明白，刚改革开放的中国，为什么一下子变得如此阔绰，远远超过了伦敦的中产者。”

他们来到二楼，走进了一个艺术的世界。房间摆放着中国的古代瓷器、法国宫廷家具、波斯地毯、宝石、名家油画、高档邮品甚至罕见的古钱币。马丁将便携式摄像相机交给艾丽娅拍摄，站在这些宝物的面前，不断地摇着头，“我敢说，买卖价格昂贵的古董名画是洗大笔黑钱的上佳选择。”

他们来到三楼的一扇阔大的柚木门前，马丁用钥匙打开锁，正欲推门，却回过头来，神秘地说：“你们不要吃惊！”

大门被推开了，一阵带着白沫的海水涌来，差点让他们叫出声来。马凯和艾丽娅相互对视了一眼，他们怎么也没想到，这幢别墅的后面是大海。

马丁看着他们，差点笑出声来，“第一次进来，我也以为看到了大海，后来想到这是伦敦，根本没有海。”

整个房间铺着金黄色的细沙，一直延伸到有着金黄色沙滩的海边，当然那不是海，只是画得比真的大海更加逼真的大海。由于房间的细沙与画中的海滩上的细沙没有任何差别，能使任何一个人产生步入海滩的感觉。阴晦的海岸，好像下着雨，十多只蓝孔雀正朝着海滩飞去。墨绿的海水翻滚着，信天翁在充满质感的大海上嬉戏，还有几个戴着草帽的鸟类学家正伏在沙滩上，悄悄撒开红色的绳网，欲将一群正在觅食的海滨鸟罩在网中。

马丁按了一下红色的按纽，海上立即传来孔雀的叫声。他又按了一个绿色的按纽，接着是海潮拍击岸边的声音。他又按了那个黄色的按纽，一阵带着腥味的海风吹到他们的鼻孔里。

马凯凑近大海，仔细观赏着，那几个捕鸟的科学家好像是中国人面孔，难道是槟城的海滨吗？

艾丽娅将画面拍入镜头，连每一个细微的地方都没有放过。她将便携式摄像机交给马丁，拿着放大镜，一边看，一边说："你们看，科学家捕的这种鸟儿，叫红腹滨鹬，只有中国的北戴河海滨才有……"她走到另一处风景，介绍说："你们再看沙滩远角有一个台，那就是北戴河的观鸟台，游客可以站在那里看到许多的鸟儿。"

"每到一处，杨怀远几乎都要把他初恋时发生的景象通过各种方式留下来，或是画像，或是标本，或是木刻。"艾丽娅自信地笑了，眼里闪着水晶般的亮光，"我认为，这个海滨，正是杨怀远与他初恋相遇的地方。他们一定有一个不同寻常的开始，否则杨怀远不会如此疯狂地将这个地方克隆出来。为了找回昔日的感觉，他请画家画下这个地方，并找来了刘旗旗这个替身……"艾丽娅感到脚下是软软的沙地，便蹲下来，用手扒着，不一会儿，露出了一个方角，她抓住方角有力一拉，随着金黄色细沙纷纷抖落，一张柔软的床垫露了出来。

"为什么在沙滩底下铺软垫呢？"马凯奇怪地问。

"杨怀远和他的初恋一定在沙滩上有过肌肤相亲……"艾丽娅说："杨怀远一直想重现当时的情景，便找来刘旗旗这个替身，便有了这个沙滩。可能因为刘旗旗觉得身体不大适应，杨怀远便在沙之下铺了这个软垫。"

艾丽娅躬着腰，拿着放大镜，寻着墙上每朵海浪。她看到在一个不显现的地方，有一朵海浪看起来更像是一朵梅花。她按了按那朵梅花，周围的海水突然向两边流动，露出一个房间。

他们走进了房间。房间不大，好像摆放着一些女性化的用品，更像是刘旗旗的闺房。他们找到了一张杨怀远与刘旗旗的合影。艾丽娅问了一下马丁能否将这张照片拿走，得到马丁"我没看见"的答复后，便将照片提取到了物证塑料袋里。

角落摆放着一个立式冰箱，果绿色的，非常大气。冰箱除了饮料和速食品，还有一纸盒鸡蛋。马凯翻弄食品，没什么发现。艾丽娅拿起一个鸡蛋，看了几眼，没发现什么，无奈地把柜门关上。

搜查了一会儿，艾丽娅还是走到冰箱前，再次打开柜门，拿起一个鸡蛋，左看右看——她发现，几个鸡蛋的蛋壳的颜色明显不一样！她轻轻敲了敲，声音很空，再轻轻按了按，感到里面没有蛋黄，也没有蛋清，她将它凑近眼前，差点笑出声来，呼唤他们过来看。

马凯拿着鸡蛋，将手伸到壳里面，拉出一个避孕套，007 牌的，封口用一根细细的橡皮筋扎着。马凯对着光线照了照，大声说："我怀疑是刘旗旗的杰作。"

"绝对是。"艾丽娅兴奋地说。

"她为什么要这样做呢？"马丁疑惑地问。

"她怀疑杨怀远的动机，便将它冷冻起来，想作为呈堂证据。"艾丽娅说。

"绝对是。"马凯说。

他们继续找，发现只有三个鸡蛋里面才有"007"。马凯小心翼翼将三个鸡蛋放进证物袋里。

"为什么要冷冻呢？"马丁还是非常糊涂。

"因为里面有杨怀远的精液。"马凯肯定地说。

不管怎么说，这的确是一个重大的发现。看来，刘旗旗对杨怀远早就有所疑心了，否则她不会偷偷留一手，更不会远赴槟城寻找杨怀远的"初恋"。

作为英国规模最大的一所大学，伦敦大学共有五十多所学院，五万多学生。大学总部大楼为金字塔式的建筑物，位于大英博物馆旁边的马利特街。不过，五十多所学院中半数以上则分布在大伦敦的许多角落，所以伦大是一所遍布全市的大学。

他们赶到伦敦大学研究生处，找到了研究生处主任。这是一个虚胖的老头，查了查学籍，发现刘旗旗的学籍取消了，备注栏中写着一段文字，翻译成中文为："该生因病休学一年，一年后没有及时返校，学籍自动取消。"

老头拿着药瓶，不断地往嘴里送药丸，气喘嘘嘘地说，他所知道的情况就是这些，如果他们还想知道更多的情况，最好去找刘旗旗的指导老师罗莎女士。

他们来到舞蹈系，找到系主任，得知罗莎女士离开了伦大，回到皇家音乐学院的家了。原来，几个月前，罗莎女士在一次外出授课的途中，意外遭遇车祸，提前离开了研究生教学工作。由于她的丈夫是皇家音乐学院的教授，她便住在那里，一直没有回到伦大。

英国皇家音乐学院成立于公元 1889 年，由当时的英皇爱德华七世发起。伊丽莎白女皇之母仙世后，便由伊丽莎白女王亲任总裁。学院由英国皇家音乐学院、英国皇家音乐专业学院、诺尔顿皇家音乐学院及苏格兰皇家音乐戏剧学院等四个学院联合组成，学生遍布全球八十多个国家，每年有超过六十万人的考生报考。这里的师资世界一流，这里的学生世界顶尖。

罗莎女士的家就在一个绿树成荫的低矮的半山坡上，是一个半独立的两层的小巧而精致的砖房。窗子看上去不大，但造型极为别致；房门不宽，古朴沉实；栅栏由矮短的木条构成，木条爬满一些花草。

由于他们先找到她的丈夫，想必丈夫先给她打了电话，他们老远就看到一个老太太拄着一根拐杖，站在院子里，手搭凉篷朝外张望。由于风太大，她的左腿还没有装义肢，裤管被风吹得狂舞不止。

由于车祸夺去了她的一条腿，注定了她不得不抛弃舞鞋，和拐杖结为朋友。也许很久没和外人说话了，或者他们中的某个人激起了她的说话欲望，她从自己一出生就秉赋异常说起，不停地诉说着自己辉煌的历史。

"刘旗旗是您的学生吗？"马丁不得不打断她的讲述。

她听到刘旗旗的名字时，她的眼睛又亮了，开始赞美刘旗旗周身充满了巴蕾舞细胞，并对舞蹈有着非同一般的扎实功底和阅读能力。她叹了一口气，惋惜自己没机会再遇到这样的学生了。她告诉他们，自从刘旗旗休学后，她再也没有遇到她了。他们问她刘旗旗为什么要休学，她说她只管她跳舞，其它情况一无所知。他们不得不起身告辞，因为她几次提出她允许他们参观她的荣誉室。

汽车往前行驶，每个人望着窗外，不想说话。玲珑剔透的凉亭，百花吐艳的草坪，一尘不染的青石板路，还有高大宏伟的长着青苔的古建筑，无不给人时光倒流的感觉。

马丁没有将车开到校门口，反而到了一个人头攒动的广场。广场的中央搭着一个高高的舞台，舞台上一个女生正在坐在钢琴旁演奏着，许多德高望重的评委坐在舞台下面的主席台上，黑鸦鸦的学生将舞台围得水泄不通。广场四周是参天的树木，树上挂着彩带，还有标语。原来今天是学院一年一度的艺术节，许多学生将在这里拿出他们最佳的劳动成果。

"伦大的管理比较松散，绝大多数学生是不住校的，谁会关心一个叫刘旗旗的学生呢？"他看到中国同行心事沉沉的样子，开导说："再说，刘旗旗只是我们调查的副业，天使之箭才是我们调查的重点啊？"

"我们来这里干什么？"艾丽娅指着舞台问。

"我想让你们见识一下英国大学最顶尖的音乐演奏。"

马凯和艾丽娅不展欢颜，根本就没有下车的意思。马丁拍着马凯的肩，笑着说："马凯，兄弟，开心点。"

"马丁，我们能去那个空壳公司吗？"马凯突然提出要求。

马丁看着马凯，没作任何考虑，一口回绝："绝对不行，我的上司不是跟你们说明白了吗？"

"我们只是看看，行吗？"艾丽娅退让地问。

"看看，看什么？"马丁反问，"你又能看到什么？"

"说不定柳暗花明……"艾丽娅解释说。

"我的朋友，有些话我不便对你们说，"他略作思考，接着说，"这条线，我们经营了五年的时间，弄不好五年的心血就会白流。其实，这个组织已经有了我们的线人，任何不慎都有可能暴露线人。他是我们的情报来源，我们有义务对他负责。"

马凯觉得再坚持下去只会为难马丁。马凯看了艾丽娅一眼，艾丽娅看了马凯一眼，两人会心地笑了。

"我觉得你俩有意思，总是通过眼睛说话。"马丁说。

马凯跳下车，向着前面的舞台走去。他们站在人流的后面，看年轻的艺术家轮翻上场，展示过人才华。

每个表演者只有八分钟的时间，四分钟评委指定的曲子，四分钟自选曲子。表演者来自不同的国家，不同的民族，有着不同的肤色和头发，不同的长相和装扮。

当一个有着中国面孔的年轻的演奏者出场时，现场的热度升到了顶点。随着几声尖声惊叫，观众开始欢呼："Michael! Michael! "

马丁看着，再也忍不住，一手抓着马凯的右手，一手抓着艾丽娅的左手，举向空中，大叫："迈克尔！迈克尔！"

这个叫迈克尔的青年长相英俊，风度翩翩，非常像年轻时的李斯特。他拿着一个洋娃娃，向观众挥了挥手，又向评委鞠了一躬，便坐在琴凳上。他将洋娃娃放在一边，双手触动琴键的一瞬间，台下发出暴风雨般的掌声。当掌声停下来时，他的演奏便到了高潮。天啦，观众根本看不清他的手指了，只看到一道道闪电在琴键上飞动，发出瀑布般的轰响。他自选的是《第一钢琴协奏曲》，专供天才演奏的曲子。

艾丽娅感到马丁的手掌变得热乎乎的，并且发出一阵阵轻微的颤动。她看着他的涨红的脸，巧妙地把手从他的手中抽出来。

马丁攥着马凯的手，还没有完全冷静下来，喃喃自语："他肯定是今天的第一名了，他早就成为世界一流钢琴家了！在整个英国音乐界，都在谈论他，谁不知道他，谁就可能遭人嘲笑！”

“我不知道他。”艾丽娅不以为然地说。

“我也不知道他。”马凯不好意思地说。

“他叫迈克尔，来自中国，”马丁转过身来，看着马凯，突然发现了什么，惊呼：“噢，他来自槟城，你们的城市！”

“来自槟城？”马凯有些迷糊了。

“他叫什么名字？”艾丽娅问。

“迈克尔是他的英文名。”马丁说。

“他的中文名叫什么？”艾丽娅急问。

“好像叫白……白彪，没错，叫白彪！”马丁兴奋地说。

“能肯定吗？”马凯疑惑地问。

马丁将指头压在唇上，然后用力的抛出去，毫不吝惜地给了迈克尔一个飞吻，“我手上有他的签名，并且四个签名，都是用的中文。”

马凯看他魂不守舍的样子，善意地嘲笑道：“面对迈克尔，你不像一个警察。”

艾丽娅也有同感，趁热打铁地说：“我从来没有听说一个人可以叫另一个人签四次名。”

“我喜欢中国文化，喜欢中国人。”马丁指着艾丽娅，不以为然地说：“包括喜欢你，还有马凯。”

迈克尔演奏完了，向观众挥着手，又向评委鞠了一躬，便走下舞台。许多女生都已经守到了他坐着的位置，狂热地呼喊着他的名字，等着他的签名。马丁激动地说，如果评委德艺双馨的话，第一名非迈克尔莫属。

“马丁警官，该上路了。”马凯适时提醒说。

马凯强拉着马丁走出了人群的重围，连鞋带都挤掉了。艾丽娅似乎被感染了，还在朝迈克尔的身影张望。马丁似乎看出了什么，便对马凯说：“你不知道，迈克尔对所有层次的女性都具有杀伤力。”他走到艾丽娅身后，拉着她的衣服，提醒说：“我希望你不要陷进去了，就像刚才你批评我一样。”

艾丽娅拨开他的手，急切地问：“我们可以见见他吗？”

马丁悲哀地摇着头，直截了当地问：“你不会爱上他吧？”

“你这样说，可不是一个英国绅士。”艾丽娅摇着头说。

“我是一个警察。”马丁提醒道。

“即便我爱他……”艾丽娅开玩笑说，“你也不应该有什么过激的反应啊？”

马丁回头看了一眼，看到马凯已经走到汽车的旁边，便指着马凯，对艾丽娅说：“我不过激，他不过激吗？”

“他更不会过激。”艾丽娅大声说。

“那我就有希望了。”马丁脱口而出。

“你说什么？”艾丽娅没听明白。

马丁知道自己说错了，马上露出绅士警察的面目，巧妙地化解了先前的唐突：“我说，你见他还是有希望的。”

马丁拉着艾丽娅的衣袖，走到了汽车旁，告诉马凯，艾丽娅想见那个钢琴天才。

“你真想见他吗？”马凯看见艾丽娅点了点头，疑惑地问：“这对我们破案有帮助吗？”

艾丽娅不喜欢马凯如此直接的表达方式，反问道：“为什么总要和破案扯在一起呢？”

“那你总得说说为什么要见这个人啊？”马凯脸色沉下来。

艾丽娅指着马丁，解释说：“我想知道，一个中国少年，为什么令一个英国警察如此狂热！”

马丁连连摆着手，不满地说：“你自己想见他，请不要联系到我的身上！”

马凯觉得她的这个理由太勉强，至少说服不了他。他看着艾丽娅，发现她的眼里闪烁着执迷不悟的渴望。马凯感到有些不自在，可他还得装着若无其事的样子。马凯看着前方的舞台，急切地问：“马丁警官，能够安排迈克尔与我们见面吗？”

“他是一个怪人……更何况，他不喜欢见陌生人。”马丁为难地说。

“你找他签了四次名，你们应该是老朋友啊？”

“他连我叫什么名字，都可能不知道。”马丁摇着头说。

从车窗向外望去，迈克尔正站在舞台中央，左手拿着那个洋娃娃，右手举着一个硕大的金乐灿灿的奖杯。他将奖杯放在地下，与那些走上舞台的头发花白的评委激动握手，紧紧拥抱。彩色的纸屑在舞台的上空飞舞，穿着漂亮裙衫的女生最大分贝地发出幸福的尖叫。

马凯走下车来，走近马丁，提醒道：“你在哪儿找他签的名？”

“怎么啦？”

“我们何不去那里？”

马丁恍然大悟，掏出手机，连续打了几个电话。打完电话，他像中了邪一般，一把抱住艾丽娅，想说什么，又说不出来；他转过身来抱住马凯，嘴唇动了动，最后才挤出两个字：“上车！”

四

黄昏时分，天下起了濛濛细雨，整个伦敦笼罩在一片水雾之中。人们从各个方向过来了，涌向海布利球场。许多人举着围巾，呼喊着，支持自己喜欢的球队。骑警穿着雨披，骑着高头大马，来回巡逻。那些骑在父亲的肩膀上的小男童，一边吃着薯条，一边相互打闹着。英国人的足球文化，就是从父亲的肩上开始，一代又一代地发展下来的。

迈克尔携着他最新的女友，准确地说，应该是他下午才认识的崇拜者，早早赶到了海布利球场大门口。他站在大门口，手里抱着一个洋娃娃，突然停止了脚步，看着那些骑在父亲肩上的孩子出神。作小鸟状的女友一次又一次拉他，他才回过神来，走向剪票口，沉默不语地走进了球场。

看台上早就挤满了热情的球迷，正站在最佳位置手舞足蹈。绿茵场上的队员做着各种准备活动，各自的教练在作最后的布置。由于是阿森纳的主场，阿森纳球迷早就等得不耐烦了，开始唱一些自编的带有嘲笑意味的歌曲，将客场作战的曼联的队员一一骂来。

迈克尔仍旧像往常一样，站在最偏僻的最后一排的位置。他的女友显然想选择更好的位置，执着地想把他拉得离球员较近的地方，却被他推开了。他用力太足，女友差点摔倒，然后抹着眼泪离开了他。他不喜欢离球场太近，喜欢远远地看着这些绑着护腿板的人在绿茵场上演奏，这样反而使他更能品会足球的味道。

作为英超最强的两支球队，只要阿森纳与曼联相遇，用不着主教练动员，必定是火星撞地球的场面。更何况，前几天阿森纳在欧洲冠军杯联赛中主场0:3输给了国际米兰，他们必须通过一场酣畅淋漓的胜利来提高士气，曼联无疑是最好的反弹对象。

迈克尔喜欢势均力敌的对阵，喜欢阿森纳水银泻地般的进攻，他敢肯定，曼联这次死定了！他看到双方队员出场了，他不知道是紧张还是兴奋，将脸前的那个洋娃娃抱得更紧了。

他朝旁边看了看,突然发现了一个熟悉的面孔。他想起来了,每次看球,这个人都和他站在一起,他俩对场上的局势有着非同一般的认同感,并且他们阅读比赛的速度几乎完全同步。迈克尔侧了侧身,主动伸出手,照例用那句老话开头:“你好,中国人,需要我的签名吗?”马丁紧紧握着他的手,照便用那句老话开头:“你好,英国人,我还想要你的签名。”

迈克尔的确有英国血统,他非常喜欢别人说他英国人;马丁喜欢中文,他非常喜欢别人呼他中国人。这是他俩在球场上形成的默契,只有他俩懂得的暗语。

马凯和艾丽娅站在后面,装着不经意地看着他们的特殊的见面方式。马丁回过头来,先将艾丽娅介绍给迈克尔:“她叫艾丽娅,来自中国,大学还未毕业,想来英国留学。”他又拉着马凯,笑着介绍道:“他叫马凯,艾丽娅的男朋友,想过来陪读。”

迈克尔将洋娃娃放在地上,先将手伸给了艾丽娅。他看着艾丽娅,久久盯着她的头发,突然问:“你们来自槟城吗?”

马凯和艾丽娅吓了一跳,相互看了一眼。迈克尔露出非常迷人的笑容,解释说:“你头上的这条粉红色的发带,出了槟城就很难买到。”

迈克尔全然不像一个十七岁的少年,举手投足之间,颇有钢琴大师的气质。只是,那双眼睛,完全是一双孩子的眼睛,带着孩子特有的固执和任性。

随着裁判员一声哨响,黑白皮球开始在绿茵场上滚动起来。在全场雷鸣般的呼啸声中,主场队员像上紧的发条,开始将球往对方禁区带。客场的后卫急了,素有“暴徒”之称的基恩一个飞铲,将亨利铲翻在地,引来看台上一片嘘声,甚至一个阿森纳球迷差点冲到了赛场。

迈克尔开始进入了境界,盯着球场,眼珠骨碌碌地转动着。他突然转过头来,盯着马丁的领带,仿佛对领带说话:“场面激烈,但很可能是平局。”

马丁整了整领带,还重新夹了一下领夹,附合说:“历来好队无好局,很有可能是0:0呢!”

艾丽娅看到场上频频出现的缺乏理性的犯规,以及不时有球员对裁判吹罚不满的愚蠢的争辩,肯定地说:“看场上动作如此之大,有人迟早会制造点球。”

话刚落音,老基翁在禁区内将曼联的弗兰推倒,主裁判毫不犹豫地将手指向十五码的罚球点。可怜的老基翁,绝望地躺在草地上,没有站起来的勇气。阿森纳队员集体冲向裁判,裁判后退了两步,直到对闹得最凶的永贝里出示了一张黄牌,事态才平息下来。范尼走向了罚球点,将足球放正位置,准备操刀主罚。

马丁变得异常紧张,连说话的声音都变了:“范尼有三个点球没罚进了,这次肯定能走出点球不进的怪圈。”

迈克尔抱着洋娃娃,亲吻了洋娃娃的腿,一字一顿地说:“范尼正在观察莱曼,他可能会打左边。”

艾丽娅将目光从场上转移到迈克尔手上的洋娃娃身上,若有所思地说:“范尼好像等得不耐烦了,却故意让自己的身体保持平衡。”

艾丽娅看到范尼放稳球后,后退很远,大声提醒说:“范尼现在积聚了一股气,想把点球不进的晦气一扫而空,他肯定会大力打中路,由于力气太足,很有可能击中横梁。”

主裁吹响了哨子,范尼助跑,摆腿,起脚,守门员还没看到球的飞行路线,足球已经飞过他的头顶,“砰”地砸在了横梁上,然后弹出底线。

全场欢声雷动,像庆祝节日一样。阿森纳的球员相互拥抱,庆幸度过了灾难。沮丧的曼联球员,麻木地看着观众挥着围巾狂舞,可怜的范尼,抱着头看着球门,根本不相信他罚丢了这个赛季的第四个点球。心高气傲的弗格森爵士,气得满脸通红,恼怒地将嘴里的口香糖吐到了草地上。

迈克尔狠命地鼓着掌,掉过头来,看着艾丽娅,像注视外星人一样。由于只顾鼓掌,那个洋娃娃掉在地上,艾丽娅急忙躬下身,帮他捡起来,递到他手上。他痴痴地看着她,慢条斯理地说:“你看球好像比我厉害啊?”

“我不这样认为。”艾丽娅说。

“你比我厉害!”他固执地说。

马凯没有想到艾丽娅对足球也有如此优秀的阅读力,没想到迈克尔毫不掩饰自己对艾丽娅的惊奇。他觉得有些难受,对身边的马丁说:“我想去外面买点吃的东西。”马丁朝他点了点头,提醒说:“出门不远就有一个小餐馆,你最好多买点苹果饼。”

球场上依然火爆,队员的动作越来越大,裁判每隔几分钟就出示一张黄牌,可根本还是控制不了场上的局势。本来是一场精彩的比赛,却变得异常粗暴。亨利得不到中场队员的支持,在前方孤常难鸣,根本形成不了威胁,好多次他都不跑到中场来拿球,完全被对方的后卫冻结了。阿纳森的队员维埃拉见己方的进攻没有任何起色,粗野地把球往对方的禁区带。

“阿森纳的技术足球哪里去了?”马丁问。

"阿森纳踢的也不是技术足球。"迈克尔说。

"维埃拉要吃牌了。"艾丽娅说。

话音刚落,维埃拉因为对范尼不理智的蹬踏自动申请了红牌。莱曼抱着球,最先冲向主裁,其他阿森纳队员怒火中烧,几乎要把主裁吃掉。球场上的球迷开始将矛头对准主裁,许多纸盒子和钱币扔向球场。

马丁突然想起马凯,马上跳到过道上,对艾丽娅说:"噢,我忘了,马凯不会说英语,我去找他。"

迈克尔抱着着洋娃娃,没有心思看球了,却盯着艾丽娅。艾丽娅摸着自己脸上的雨水,疑惑地问:"我有什么不对吗?"

"你长得非常美。"他欣赏着她脸上的雨水,眼前出现幻觉,自言自语地说:"小时候,我常常和妈妈看球,特别喜欢下雨时看球,"

"迈克尔,你父母一定都是音乐家吧?"她随意地问。

"我妈妈是槟城音乐学院的调琴师,我现在的水平还不及她十七岁的时候。"他粗重地呼吸着。

"她叫什以名字?"她装得像一个好奇的无知者。

迈克尔咬着唇,想了半天,突然问:"白露,听说过吗?"

艾丽娅看着迈克尔,感觉到自己的心脏快跳到嗓眼。她想马上带出她事先想好的问话,可是她害怕她的直觉变成错觉,到头来使这场见面失去意义。她几乎贪婪地看着他,真希望能看出她想知道的秘密。

雨越下越大,球员身体对撞激烈,场上水花四溅。主裁频频掏牌,球场上的火药味总算暂时平息。

"你怎么啦?"迈克尔感觉到对方的不对劲。

"迈克尔,我发现你有一点像英国人,有那么一点点。"

"我身上有八分之一的英国血统……"

"那你母亲身上有四分之一的英国血统?"艾丽娅急不可待地打断他的对话。

"是的。"

"她的眼睛是蓝色的吗?"

"你怎么知道?"迈克尔疑惑地问。

"她常常戴一顶白三角帽,穿着一件维多丽亚时代的高领衣裙,帽子上插着一束蓝色的孔雀羽冠……"艾丽娅的心"咚咚咚"地往上跳。

"你怎么知道!"迈克尔惊喜地问。

"你爸爸是谁?"

“不要谈我爸爸……”迈克尔脸色立即沉下来，不再理会艾丽娅。

“你妈妈真优秀，培养了一个天才钢琴家！”艾丽娅即刻转了话题。

迈克尔的脸上立即变换出甜蜜的表情。他看见她的眉毛上挂着雨滴，几乎要掉到眼睛里，像弹钢琴一样用指头将其弹掉。“我爱妈妈，她时时刻刻都附在我的身上，你看得到吗？”他见她摇着头，突然跳到了另一个话题：“如果下次我们能见面，我一定请你喝正宗的英国茶。”

“我们一定能再次见面。”她说。

“我要带你到那个地方，保留着十七世纪中叶时的风貌，厚重的木门雕有古代国王或家族的徽章，外墙上还挂着造型各异的饰物，里面传来波浪般起伏的钢琴声，一个头发花白的老歌手正唱《卡萨布兰卡》，一个身体健硕的牛仔打扮的年轻人正在和一个同样年轻的穿着古装的少女翩翩起舞。”

迈克尔拂着洋娃娃身上的雨水，拉开洋娃娃肚皮下的拉链，拿出一个专用签字笔，在她的左手掌上签字。艾丽娅抹了抹脸上的雨水，摆了摆右手食指。他似乎明白了，将签字笔停在她的胸前，在她洁白的衬衫上签下了“白彪”两个字。他将笔放回到洋娃娃的肚皮里，指着签名说：“这是一种特别的颜料，连洗衣机也洗不掉的颜色。”

她一把抓住他的手，笑着说：“我不喜欢收集签名。”她看到他拂了拂长发，一根长发刚好掉在他的袖管上，她用两根指头捏那根头发，朝他吐了吐舌头，调皮地说：“我喜欢收集艺术家的头发。”

他下意识地摸了摸自己的头，惊呼：“你真异常！”

艾丽娅拿出一张粉红色的面巾纸，将那根头发包在里面，然后装进贴胸的口袋，还在上面按了一按。她看到他非常吃惊地看着她，毫不掩饰自己的兴奋，向他宣告：“你是第四十一。”

他亲吻了一下手上的洋娃娃，眼睛却望着艾丽娅，无声地笑了两下，马上又收起笑容。他想摸她胸前的签名，却被艾丽娅巧妙地闪开了，好在他的反应相当快，手指指向了球场，对着欢腾的观众说：“就像小时候数星星一样，上次我站在这里，数这些脑袋，数到了一万五千，后来就数不下去了，非常有意思，你不想试试吗？”

他不管艾丽娅愿意不愿意，自己先数了起来，刚数到二十几时，他的目光凝固在一个女孩子的身上。原来，就是那个赌气冲下去的女朋友，见他不下去，耐不住寂莫，自己爬上来了。她看了看艾丽娅一眼，走到迈克尔的面前，用英文说：“妈妈说，每天必须坚持八个小时的练琴。”

他被她拉走的时候,还不忘回过头来看了艾丽娅一眼。走了几步,他脱掉鞋,拿在手上,一步三回头地离开球场。

正在这时,马凯和马丁打着雨伞过来了,买了几包吃的东西,面包圈、苹果饼、小蛋糕及烤布丁,还有一包火腿什么的。

马丁将雨伞撑在艾丽娅的头顶,艾丽娅脸色有些难看,实际上是饿得有些低血糖反应了。她抓起一个苹果饼,两口就将它干掉了,待稍稍觉得舒服些后,便告诉他们,迈克尔被他的女朋友拉走了,回去练琴了。

"感觉怎么样?"马凯问。

"我终于知道了,一个中国少年,为什么把一个英国警察弄得神魂颠倒。"她说。

马丁知道这话是冲他而来,疑心地问:"你没有神魂颠倒吧?"

她看着马丁,又看着马凯,感叹道:"他的确是一个天才!"

球场上仍然火花四溅,可根本没有任何进球的趋势。主场球迷还在那里唱着歌,他们并不相信这就是比赛的最终结果,还在傻等着高潮点的出现。

他们觉得可以离开了,便穿过唱着跳着的人群,挤到了出口处。马丁有点依依不舍,嘴里一直嘀咕着。

天完全黑了下来,细雨切割着昏黄的灯光,几个没有球票的球迷围过来,乞求的眼光看着他们手上的球票。一个骑警披着闪光的雨披走过来,用警棍吓跑了那些乞求的眼光。

他们来到停车场,上了自己的那辆车,然后朝着不远处的淡蓝色的灯光驶去。透过窗外朦胧的灯光,马凯看到了艾丽娅胸前的签名。

没有一个人说话,谁都没有往后面看。一辆吉普车不紧不慢地跟在后面,谁都没有意识到这辆车早就盯上了他们。

四

位于德比郡德比市郊外的泰勒牧场,是英国最著名的纯种马基地。一百多年来,泰勒牧场通过最为严格的方法延续最纯的血统育种并向世界各地提供不断改良的最纯粹的纯种马。世界各地的王公贵族、商贾大亨及赛马高手无不以得到泰勒牧场的纯种马为荣。

这天上午，无边的牧场沐浴在骄阳之中，绿油油的草地上点缀着三五成群的纯种马，它们或悠闲，或奔跑，或吃草，或交配。牧场的驯马师或者实习助理或在观察种马的交配过程，或作记录，或在亲吻那些刚刚生下来没多久的小雄马。一望无边的红色的杨树叶被风吹得沙沙作响，还有纯种马面对异性发出的仰天长啸。

在一排红杨树的前面，耸立着一幢三层高的纯英国特色的楼房。在花草覆盖的庭院里，放着一张铁腿桌子，桌上放着一些烤肉、杏仁、干果，还有一大瓶苏格兰威士忌。阿伦·泰勒和老婆正坐在桌旁，一边喝酒，一边欣赏他们的牧场。

泰勒戴一顶白色的宽边牛仔帽，围着一条鲜艳的领巾，上穿一件黑色的皮衣，下穿一条牛仔裤，脚蹬长统低跟的黑马靴。尽管五十多岁了，岁月却无法消弥他身上散出来的剽悍和野性，就像一匹参加过无数大赛的最出色的纯种马，尽管风华已逝，但眼神并不显老，飞奔起来仍然让人的目光追不上它的脚步。

从绿草丛中驶过来一辆警车，像蜻蜓一样飞了过来。车在庭院里停了下来，跳下来三个年轻人，两个男的，一个女的。看他们的走路的神态，非常像骑手。泰勒急忙站起来，老远就伸出双手，热情地招呼："我的朋友，多好的天气，多好的运气……"

马丁走在前面，马凯和艾丽娅跟在后面。马丁还背着一个箱子，箱子还裹了一个黑色的布套。

马丁摘下墨镜，热情握着泰勒的手，自我介绍："泰勒爵士，我叫马丁，伦敦警察总部的……"他转过身来，继续介绍道："他是马凯警官，她是艾丽娅警官，他俩来自中国。"

泰勒没有想到，他的牧场竟然吸引了远东的警察。他握着马凯的手，还扳了扳他的肩膀，然后握着艾丽娅的手，久久没有松开，从上到下将她"浏览"了一遍，兴奋地说："相信我，你天生就是一个骑手。"

他们坐到桌旁，他的妻子早就倒满了四杯酒。客人端起酒杯，开始问一些纯种马培育的情况。只要说到纯种马，泰勒的说话就不会自动停止。他从最理想的纯种马必须前身长、背腰短、臀部肌肉发达始谈起，一直谈到马的耳朵必须生于头部的最高点，根本就收不了嘴。

泰勒说到兴奋处，突然停下来——他看到马丁手里拿着一枚天使之箭，递到他的手里。

"泰勒爵士，这是你们牧场的艺术品吗？"马丁问。

泰勒稍稍看了一眼，疑惑地问："你们从哪里得到的？"

"您能说说它的来历吗？"马丁问。

他的妻子一边给客人倒酒，一边抢着说："泰勒牧场有个传统，就是每年制作一枚天使之箭，全部用白金制作，迄今为止，已制作了一百二十枚。"

泰勒看着天使之箭，放在手掌上滚了滚，随手紧紧握在拳头里面。他的妻子拿来一根细长的红色的尼龙线，系在天使之箭的细小的眼孔里，解释说："迄今为止，共有六颗流落在外人手里，这肯定是其中的一颗，你们一定是从一个中国人手上得到的。"

艾丽娅从他的手掌上拿过天使之箭，提着红色的尼龙绳，晃动了几下，用英语问："一个叫黄念祖的收藏家，收藏了一颗，是吗？"她见泰勒点了点头，继续问："一个叫杨怀远的中国人，收藏了五颗，是吗？"

"准确地说，我们是交换的。"泰勒纠正说。

他的妻子似乎感觉到有什么事情发生，面色有些沉郁，急忙抢着说："天使之箭是非卖品，我们只是自己珍藏。这两个中国人知道我的丈夫喜爱中国清朝时的花瓶，我们便破例跟他们交换了。"

"他们是为了收藏吗？"马丁奇怪地问。

"黄是一个专业收藏家，他为了收藏。"

"杨是一个官员，他不会是为了收藏吧？"艾丽娅奇怪地问。

"他和一个年轻的女人过来的。"泰勒慢慢回忆说，"在交换之前，他悄悄告诉我，他想用它来对付这个女人，不知道行不行。我告诉他，效果非常好，只要他愿意。"

他看到他们不明白他的意思，便向他的妻子使了个眼色，妻子立即走进屋子，拿来一张照片。照片中的杨怀远和刘旗旗正骑在一匹马上，开心地招着手。

他招呼他们起身，将他们带到三楼的收藏室。如果不身临其境，根本不能想象出这个小小的收藏室竟然收藏着如此多的清朝花瓶。泰勒对中国花瓶的热爱，仅次于他对种马的感情。他出售种马的一部分收入，都用来收藏中国前清时的艺术品。

"这个爱好不是从我开始，我的祖先早就开始了，我只不过想发扬光大而已。"泰勒幸福地说。

所有的花瓶都落满灰尘，还有一个个手指印清晰可现。泰勒指着五个宝瓶，告诉他们，这就是向杨怀远交换的，一直放在那里，从没有拿动过，上面都还有他的手指印。

马丁打开勘查箱，用放大镜照了照，发现指纹非常乱，他还是顺利地提取到了。他又拿出相机，从多个角度反复拍了好多张。

泰勒走到墙边，拉开一个红色的布帘，只见墙上装着一个窗户大小的玻璃盒，玻璃盒子里整整齐齐插着天使之箭，全部插在一种叫"娜娜"的黄油里面。艾丽娅数了数，共有一百零九颗，除去交换的六颗，应该还有五颗。泰勒解释说，为了防止意外情况的发生，还有几颗装在驯马师的手枪里面。

正在这时，妻子在楼下喊，许多客户来了，要看一看最好的马。泰勒叫妻子先将他们带到牧场，叫驯马师或实习助理陪他们挑一挑。

该提供的线索都提供了，该提取的都提取了。泰勒看到几个警察还看着他，忍不住问道："杨怀远用天使之箭杀了人吗？"

"你为什么会这样问呢？"艾丽娅问。

"如果圆球里面装的是毒药，天使之箭无疑就变成了死亡之箭。当初和他交换时，我不是没有顾虑的，考虑到他是政府官员，我又太喜欢他的花瓶，我才敢交换。"他伸出手，拉开玻璃盒下面的抽屉，取出一张纸条，"交换之后，还要他立了一个字据，他非常诚恳，二话没说就立了。"

他们看了看字据，是杨怀远用中文立的："现得到泰勒爵士五颗天使之箭，兹保证只留作自己私人使用，不留作他用，更不能作危险之用……"最后是杨怀远的亲笔签名和日期。

马丁大喜过望，将纸条塞进勘查箱后，一把抱着泰勒爵士，对着他的额头长长地亲吻了一下，兴奋地说："泰勒爵士，你知道这个纸条对我们有多么重要吗？"

泰勒可没有马丁那么高兴，不断地摇着头，问道："他用天使之箭杀了人？"

他看到马丁点了点头，脸色渐渐变得乌紫。他走过去，顺手操起五个花瓶中的其中一个，敲打着另四个花瓶，最后五个花瓶化为碎片。

"为什么要打碎它们！"马丁惊奇地问。

"我们下楼吧！"泰勒痛苦地说。

一匹匹纯种马正在草地上食草，还有几对正在交配。许多客户正围着几名驯马师，听他们讲解每匹纯种马的特性及爱好。还有几个客户上了马，策马飞奔，寻找骑手的感觉。

泰勒从一个驯马师的手里拿过一把手枪，叮嘱驯马师不要让其他的人跟着他们，他们走到一匹正等着交配的种马面前。这匹名叫“风暴”的枣红色雄马，在德比市举办的全英赛马会上多次问鼎冠军，退役后的主要任务就是配种。在发情期内，“风暴”固定和牝马交配两次，时间不定，他们的关系必须稳定，因为任何乱伦都可能使纯种马不再纯种。

“风暴”经过驯马师的精心洗刷，浑身闪动着水珠，就像披着一件缀着水晶珠饰的枣红色的锦缎。它似乎并不在意人们的眼光，或者说它已经司空见惯了欣赏的眼光。他看着前面的牝马，生殖器渐渐变粗变大，“风暴”突然一声长啸，前腿高抬，爬到了牝马的后背，熟练地将巨大的生殖器插进了牝马的生殖器。

正当“风暴”发出痛快的吼声时，泰勒举起枪，照着雄马的头部射去。雄马立即感到软绵无力，本想再动一动，最后眼睛一闭，倒在地上。泰勒弯下身，轻轻提了提那根露在外面的细细的红尼龙线，非常容易地抽出了天使之箭。他提着天使之箭的引绳，解释说：“天使之箭的空洞里灌了一些轻量麻醉剂，进入雄马的血液后马上产生反应。一般来说，纯种马的交配非常讲究，有时两匹马是不能交配的，有时每天交配的次数不能超过我们的规定，有时每次交配不能超过我们规定的时间，有时雄马发情时会对驯马师作出危险的动作，还有其它一些情况，我们都会使用天使之箭。”

泰勒一边解释，目光却在寻找艾丽娅。艾丽娅早就害羞地躲到了马凯的身后，连看也不敢看。

“风暴”很快醒过来了，慢慢站了起来，一个年老的白发苍苍的驯马师拿来刷子，精心洗刷着它身上的秽物。泰勒生怕躲在后面的艾丽娅听不到，大声解释说：“杨怀远要交换天使之箭时，我问他是不是纯粹收藏。他很诚实，说主要想用在女人身上。”他看到大家不解地看着他，继续说：“他告诉我，他和女人做爱时，讨厌女人的兴奋，更讨厌女人的高潮。他喜欢女人无动于衷，甚至最好是昏迷的状态。我不知道他为什么有这样的癖好，与我的爱好刚好相反。就这点来说，我还有一些同情他呢。”他将天使之箭重新装在手枪里，摇着头说：“我又怎么知道，他竟然用天使之箭来杀人呢？”

“他为什么要五颗呢？”艾丽娅问。

“也许他有五个女人，也许没有什么深意。”泰勒说。

驯马师正在人群堆里向泰勒招手，似乎有人挑中了马，等着他报价。他看着三名警察，觉得是一个机会，便趁热打铁地说：“泰勒牧场给每个喜欢马的人提供试马的机会，你们不去试试吗？我从不会强求客户买我的马，你回到伦敦,你俩回到中国,只要还想着我的马,我就感激不尽了。”

马丁双拳紧握,禁不住起脚弹跳了几下,他看了看马凯,又看了看艾丽娅,提议说:“我们三个人何不比试比试呢?”

马凯看着艾丽娅,艾丽娅看着马凯。几乎同时,两人忍不住大笑起来。他们跟着泰勒,来到了试马场地。

三个人戴好头盔,穿好防护背心,穿上高统低跟马靴。马丁觉得提着皮箱不方便,想交给泰勒保管,艾丽娅不同意,将箱子拿过来,背在肩上,拍拍胸口说:“这是我第一次背着硬皮箱比赛,感觉好极了。”

他们要了马鞭,艾丽娅还内行地打了一个响鞭。马凯有些担心地看着她,走过来,要替她背箱子。艾丽娅一把护住箱子,坚持说:“我是专业的,你是业余的,还是我来吧。”马丁也不甘心弱,也要背箱子,艾丽娅叫他不要争了,有本事在马背上去争。

草地上阳光闪烁,异常热闹。不远处,那个头发花白的驯马师帮助两个客户穿好了全套服装,准备试马。那两个客户,一个是有点罗圈腿的高个白人男子,另一个是脸上看起来充满稚气的黑人男子。泰勒给他们解释说:“那是两个热情似火的客户,对骑马非常内行,他们排在你们的后面,等你们跑完了他们再上赛道。”

头发花白的驯马师和满脸稚气的实习助理牵过来三匹马,一匹枣红,一匹银灰,一匹褚黄。艾丽娅要了枣红色的“风雷”,马凯要了银灰色的“闪电”,马丁要了褚黄色的“流星”。三个人相互对视了一眼,从容不迫地沿安全方向接近各自的坐骑。

艾丽娅伸出手,慢慢接近马的鼻孔,轻轻用英语呼唤“风雷”的名字。“风雷”听到她的声音,用鼻子闻了闻她的手的气味,辨别此人是谁。尽管是不熟悉的气味,然而却令它非常惬意,它的耳朵随意转动,眼神安详,口齿空嚼着,表示谦卑和臣服。她顺势将手轻轻按触马的面颊,再给它搔了搔痒,“风雷”温柔地看着她,似乎对她说:“上吧,我是你的!”

艾丽娅毫不犹豫地从马的左侧飞身上马,“风雷”异常兴奋,跳起空踢,高声嘶鸣。她最先跑到赛道上,马凯和马丁骑马跟了上来。艾丽娅问他们怎么比法,马丁说跑三圈吧,马凯说三圈就三圈吧。

随着驯马师一声号令枪响,三匹马快如闪电,在修剪得格外平整的绿草上飞奔。围在跑道旁边的人群或拍着掌,或呼喊着,或吹着口哨,纵情喝彩。

艾丽娅跑在前面,马凯紧跟其后,马丁紧跟马凯之后。远远看出,就像在同一个轨道上相互追逐的三颗流星，不会超越各自的轨道。

马凯不断挥动着马鞭，看着前面的艾丽娅。他分明看到了一团火，发出最美丽的红色。

马丁挥动着马鞭，看着最前的艾丽娅。他分明看到了一颗火星，发出最灼人的光芒。

他们离围观的人群越来越远，早就听不到任何欢呼，只有脚下“达达”的马蹄声和纯种马粗重的呼吸。无边的绿色朝脚下飞奔而来，成片成片的红杨树在眼前急速溃退。在遥远的绿色之中，似乎浮动着两个白点。慢慢地，白点变大了，最后变成了两个骑马的人。

不知怎么，马凯似乎感觉到了一丝紧张。他扬鞭策马，发疯地追赶艾丽娅。艾丽娅跑得实在太快，没有想到回头看他一眼。马凯看到艾丽娅前面的两个骑手在该转弯的地方没有转弯，而是迎着他们跑过来。马凯发疯似地大叫两声：“小娅……小娅……”

艾丽娅听到了呼唤，明显放慢了速度。她转过头来，朝马凯挥了挥手。马凯甚至看到了她的笑容，比阳光更为灿烂的笑容。他狠狠地挥动着马鞭，感到离她越来越近。

马丁听到马凯的呼唤，感到有些异样。他将目光从艾丽娅的身上移开，突然看到更远的地方有两个骑手正朝他们迎面飞来。他变得警觉起来，那两个人为什么与他们逆向而行？他马上想到，这几天的调查行动是不是被那个洗钱组织跟踪了。不好，危险来了！他立即从身上掏出手枪，策马向前狂奔。

前面两个骑手越来越快，越来越近。跑在前面的就是那个高大的白人男子，跑在后面的就是那个年轻的黑人男子。艾丽娅甚至能够看清他们凶神恶煞的面孔，立即感觉到了危险。她发现白人男子并没减速，正举着一把手枪，瞄住了马上的她。她大惊失色，立即紧勒缰绳，“吁”地一声，还没等马完全停下来，迅速从马背上跳了下来。由于惯性太大，身上的皮箱被甩得老远。当她爬起来时，高个白人正朝她飞奔而来，他的右手指正在勾动扳机，枪口对准了她的胸口。

千钧一发之际，马凯一声大吼，骑着马，以雷霆般的力量冲向白人男子。白人男子猝不及防，“砰”朝马凯开了一枪。马凯在马背上摇了一下，然后栽了下来。

正在这时，从另一个方向传来一声枪响，白人男子在马背上晃了晃，然后重重地跌了下来。马丁举着枪，骑马跑过来，看到子弹刚好打中白人男子的头部，便立即转身，追赶前面那个黑人。黑人正骑着马，提着勘查箱，一边惊慌地回头，一边拼命往杨树林里跑。眼看就要逃进密林中，马丁连开三枪。黑人男子在马背上摇晃了几下，跌下马来。马丁跑过去，跳下马，看到黑人男子脑上开了花，又补了一枪。他从黑人手上拿过勘查箱，急忙跳上马，朝艾丽娅奔去。

艾丽娅抱着马凯，泪流满面。她捂着他的胸口，痛苦地呼喊："队长……你醒醒啊，醒醒啊……"

殷红的鲜血从马凯的胸口汩汩流出来，染红了艾丽娅的双手。艾丽娅抖抖索索，脱下自己的衣服，紧紧包扎在他的胸口。由于刚好击中了心脏，鲜血很快染红了包扎的衣服。马凯脸色苍白，嘴唇抖动着，想说什么，却说不出来。他看着艾丽娅，眼泪流了下来。艾丽娅悲恸欲绝，大声哭喊着，吻着他流满泪水的脸……

他抖抖索索伸出手，抚摸着艾丽娅的脸庞。泪水从他的眼里流出来，流在脸上，他的脸上没有丝毫的痛苦。他的嘴唇动了动，用尽所有的力气，留给艾丽娅一个幸福的微笑，断断续续地说："小娅……带我……回家……"

艾丽娅将流满泪水的脸贴着他的残留着泪痕的脸，痛苦地哭喊："队长……队长……"

马丁从马上跳下来，扑倒在马凯的身边。他急忙掏出手机，三言两语给当地警方打了一个电话。他抱着马凯，喊着他的名字。

不知过了多久，似乎有人往这边跑。远方传来警笛声，还有救护车拉着急救的笛声。

鲜血汩汩地从马凯的胸前冒出来，染红了周围的草地，艾丽娅紧捂着马凯的胸口，大声喊着马凯的名字。她想阻止那些鲜血，可这是怎样的妄想啊！马丁呼唤着马凯的名字，叫他坚强些，马上就送他去医院。

马丁看到马凯的脸色白得像一张纸，探了探他的鼻子，简直不敢相信，马凯没了呼吸！他给他作人工呼吸，无能怎样努力，还是没能唤醒他。他捂着脸，失声恸哭："这些人渣！他们都干了些什么！"

他根本没有意识到，艾丽娅拿走了他别在腰里的手枪。她骑着那匹枣红色的马，跑到那个白人男子的旁边，对着那具尸体，麻木地开着枪。她又策马跑到黑人男子的尸体旁，麻木地连开数枪，直到打光了子弹。她骑着马，马上奔过来。她似乎没有了感觉，从马上跌下来，扑到马凯的身上，将脸埋在他的脸上，身体剧烈地颤抖着……

第十四章

一

槟城国际机场，每隔两分钟便有一架飞机起降，发出令人惊心的轰鸣。一架从伦敦飞来的波音飞机带着尖利的呼啸，绕跑道滑行一段距离后，稳稳地停在机坪上。

从伦敦希思罗机场起飞的那一刻起，艾丽娅就一直将马凯的骨灰盒抱在胸前。她的脸上平静如水，一直挂着幸福的表情。她分明听到他在她的耳旁轻轻说笑，感受着他投向她的深情的目光。

乘客陆陆续续站起来了，她摇摇晃晃站了起来，将骨灰盒紧紧抱在脸前。一个空姐感觉到什么，立即替她搬行李，带她扶出了机仓。

艾丽娅看到舷梯下面站着好多人，正朝她招着手。她首先认出了马凯的奶奶，正坐在轮椅上，目不转睛地望着她。马云龙和方蓉扶着轮椅，脸上戚然。她认出了王守一副局长、江勤局长、"白头翁"处长，一张张熟悉而又悲恸的面孔。她看到肖强和小毛上了舷梯，从她的手上接过骨灰盒。

奶奶双手颤抖，抱着骨灰盒，将脸贴在骨灰盒上，泪眼婆娑。方蓉看着骨灰盒，不敢相信这就是她的儿子，头一晕，倒在马云龙的怀里。马云龙抱着妻子，看着骨灰盒，仿佛不敢相信那就是自己的儿子。

王守一和江勤推着老奶奶，"白头翁"搀扶着马云龙，艾丽娅抱着方蓉，先后上了警车。警车刚启动，方蓉再也无法控制自己，抱着艾丽娅，一声恸哭……奶奶的脸一直贴在骨灰盒上，嘴里念念有词："好孙子……好孙子……回家啦……"

他们直接开到了槟城市殡仪馆的门前，沙里金正陪着吴震西省长等省市领导站在门口迎接。槟城市公安局刑事侦察局的刑警都来了，追悼会开得非常热闹，许多重要的领导都讲了话，吴震西省长在念悼词时，还流下了热泪。

马凯的亲人站在骨会盒前，接受着大家的哀悼和慰问。艾丽娅一直站在方蓉的身旁，目光始终没有离开那个骨灰盒。

追悼会结束，骨灰将要运往天河公墓。老奶奶抱着骨灰盒，不停地跟马凯说着话。艾丽娅扶着方蓉，坐车到了公墓。

安葬仪式快结束时，"白头翁"处长过来了，叫艾丽娅上车。艾丽娅迷茫地看着"白头翁"，根本没听清他在说什么。还是马云龙清醒些，对艾丽娅说："去汇报工作吧，领导等着你。"

艾丽娅吻了吻老奶奶、方蓉，然后走了。她看到"白头翁"爬上了驾驶室，自己便上了副驾驶座。肖强和小毛坐在后坐，一脸戚然。

汽车很快驶离天河公墓，往省公安厅的方向急驰。"白头翁"递给小娅一条毛巾，有些不放心地问："小艾，你现在能够汇报工作吗？"

"没问题。"艾丽娅努力让自己不悲恸，可是眼泪又流了下来。

"你看你看，又流泪了，""白头翁"提醒说，"要我说啊，现在还不是悲痛的时候。"

艾丽娅立即擦去眼泪，勉强挤出一个笑："杨处，我已经笑了。"

"我们急得像热锅上的蚂蚁，就等你回来了。"小毛说。

"你可能还不知道，杨怀远对你那边的情况了如指掌。他知道你掌握了重要的证据，现在可能要逃。"肖强解释说。

"我们马上开案情分析会，必须先发制人。""白头翁"说。

"杨处，你放心，我已经不悲恸了。"艾丽娅说。

"你心里有数吗？""白头翁"问。

"有数！"艾丽娅自信地说。

"我相信你。""白头翁"开车转了一个弯，上了那条直通槟城市公安局的大道。

"白头翁"的手机响了，原来是沙局长的秘书打过来的，"白头翁"简单地报了一下汽车所行的位置，便关了机。他一边开着车，一边感叹道："此番去英国，虽然摸到了非常重要的情况，但毕竟代价太大了，这是我们没有想到的。"

“我们低估了他们。”肖强附和说。

“不是低估，根本就是没想到。”小毛说。

小毛看到肖强对他使眼色，马上闭了嘴。小毛看到艾丽娅的嘴唇好像还起了一些水泡，便从一个纸箱里拿出一瓶矿泉水，递给她。

艾丽娅旋开瓶盖，喝了一小口，含在嘴里，没有吞进去。她痴痴地看着窗外的人流，由于手上的矿泉水瓶没有旋好盖子，一缕白水断断续续地流在她的腿上，她还浑然不觉。小毛看到了，趁大家没有发现，急忙将那瓶水拿过来，悄悄将瓶盖旋紧。

会议设在刑侦大楼的九楼，一个专门召开重案分析会的小型会议室。窗帘是墨绿色的，墙壁拼着高级柚木板，天花板由几块特制的铝板构成，铝板上还有许多透气透光的细密的小孔。那张光洁闪亮的浅黄色圆桌摆放到会议室的中间，每张座位前都装着扬声器，此时还摆放了一些香蕉葡萄之类的水果。

吴震西坐在正中位置，沙里金和王守一坐在两旁，江勤和“白头翁”坐在王守一的旁边，吴震西的秘书和沙里金的秘书坐在靠窗的副座位。由于会议还没有开始，沙里金侧着身子，一边打着手势，一边向省长说着什么。王守一抽着烟，像石雕一样沉默。江勤正打着手机，嘴却一动也不动，单是听对方讲话。每个人刚从殡仪馆回来，脸上非常沉郁。

后到的人走进来，立即各就各位。王守一主持，第一句话就是代表槟城市公安局对吴省长对此案的高度重视并亲临案情分析会表示衷心的感谢。吴省长看到大家鼓掌不断，不得不轻抬右手，将声音压了下来。

艾丽娅似乎听到王守一叫她，要她将伦敦调查取证的情况详细汇报给省长。“伦敦”这个字眼，像一股寒风，吹醒了她昏沉沉的头脑。她像弹簧一样弹起来，扫视着每一张脸，感觉到一股力量电流般从她的脚步下升起。她看到王守一示意她坐下来，但她装着没有看到，因为她感觉到只有站着，才能找到力量。

“据英格兰场提供的情况，大卫是伦敦一个庞大的洗钱组织在中国的总代理，杨怀远正是通过大卫将赃款转移到伦敦。这个组织掌管着伦敦大部分洗钱的业务，而且在伦敦政府高层都有自己的线眼。由于还要牵出更重要的角色，伦敦警方目前还没有扫荡这个洗钱组织的计划。目前已经查明的是，刘旗旗在英格兰银行存有相当于两千八百多万人民币的英镑。为了证明刘旗旗那封遗书所言的情况属实，我们去调查了刘旗旗的别墅，查到了一些重要证据。这些证据表明，伦敦肯辛顿的别墅，就是杨怀远筑在伦敦的安乐窝。最近一段时间，刘旗旗意识到了自己并不是杨怀远的‘初恋’，而且不过是杨怀远洗黑钱的工具，她开始对杨怀远有所提防。我们在一台冰箱存放的鸡蛋壳里，找到了几个冷冻的避孕套，后来通过伦敦警方化验，证实避孕套的精液是杨怀远所留……”

艾丽娅将一盘早在英国就制作好的光盘放进影碟机，画面上出现了肯辛顿别墅的情况，杨怀远与刘旗旗相拥的照片，还包括与证人的对话，也一并录了进去。

“我们重点去了德比市郊的泰勒牧场，查证杨怀远和刘旗旗一道去过这个牧场。他用五个中国前清时代的花瓶，换了五颗天使之箭……”

屏幕上出现了泰勒牧场，还有泰勒对一匹正在交配的纯种马射击及纯种马立然倒地的镜头，接着是杨怀远与刘旗旗骑马的照片，最后屏幕上显示的是那张重要的字据。

“大约是去年冬天，杨怀远无意到泰勒牧场游玩时，偶尔发现了天使之箭，便产生了用花瓶交换的强烈愿望。泰勒对杨怀远交换他的天使之箭是有疑虑的，最后要他立了这个字据。据泰勒说，他做爱时，讨厌女人的高潮，喜欢女人呈昏迷状，甚至死尸状。天使之箭可以给他带来这种快乐，这就是为什么我们在尸检时，发现刘旗旗的大腿上还有一些细小的青痕，这都是杨怀远射入天使之箭后遗留下来的痕迹，只不过他在天使之箭里面注入的是麻醉剂，而不是蓖麻毒素……”

艾丽娅看着“白头翁”，希望他能念一念那封遗书的关键内容，以证实她的判断。

“白头翁”从包里拿出那封遗书，读了其中的一段：“更有甚者，我甘愿忍受他的恋态——他不喜欢我在床上爬到爱的顶峰的样子，用特殊的手法，让我一次又一次昏迷……”

艾丽娅用手示意“白头翁”不要往下读了，她继续说：“当他感觉到刘旗旗的危险时，便在天使之箭里填了一些蓖麻毒素，趁刘旗旗不备，下了毒手，当然也不排除他没有亲自动手，有人为他卖命。”

“那些蓖麻毒素是怎么得到的？”“白头翁”问。

“今年三月，伦敦警方扫掉了一个制造蓖麻毒素的地下工厂，后证实，有极小的一部分散落民间。我们怀疑，洗钱组织的成员帮他弄到的，甚至就是大卫帮他弄到的，证实这一点尚需时日，有待伦敦警方给我们提供证据。”

王守一有些怀疑，杨怀远在开始交换天使之箭时，就是想用来杀人，而不是所谓的"喜欢女人在床上呈昏迷状"。他对艾丽娅说出了自己的疑问，认为杨怀远在泰勒面前撒了谎。艾丽娅摇了摇头，否定了王守一的观点："他对泰勒老板所言可能是真的，否则刘旗旗身上不会有一些青痕。更重要的是，杨怀远有过一段刻骨铭心的初恋，很有可能他的初恋是以这种状态呈现在他的面前，并且很有可能发生在北戴河的海滨。"

屏幕上出现了肯辛顿的别墅及悬挂在二楼卧室的北戴河海滨雨景图。艾丽娅拿着一根水晶棒，重点分析了景色特点及海滨鸟的种类，然后得出自己的结论："如果没有猜错的话，他的初恋长着蓝眼睛，戴着白色三角帽，穿着一件维多丽亚时代的高领衣裙，帽子上插着一束蓝色的孔雀羽冠。"

江勤坐在椅子上，没有挪动自己的身子，他有些惊奇地听着艾丽娅的分析，忍不住插话："她在槟城吗？"

"肯定就在槟城，我相信可以找到她。"艾丽娅肯定地说。

"她是谁？""白头翁"抢着发问。

也许意识到案情的复杂性，艾丽娅不想和盘托出，"当然，这只是我的怀疑，在没有证实之前，我不想因为自己的错误判断将一个毫无关系的女性卷进此案，更何况这个女人原本就可能与此案无关。"

会场出现了短暂的沉默，大家都在盯着墙上的屏幕。沙里金对吴省长说了几句，然后向王守一示意。王守一点上一根烟，要江勤将槟城部分的调查情况向省长通报一遍。江勤清了清嗓子，却以一种检讨的方式开头："至少现在我们可以得出结论，马凯和小艾去伦敦取证这段时间，我们只注重外围的调查，对杨怀远的狡诈和疯狂估计不足。当马凯和小艾到达伦敦时，大卫已匆匆离开槟城，到了伦敦。实际上，马凯和小艾在英国的活动，一直被人跟踪。我们没有预料，伦敦警方麻痹大意，马凯和小艾毫无察觉。一方面，我们没有意识到这个案子的复杂性，另一方面，对方也非常隐蔽。不管怎样，我们失去了马凯，一个非常优秀的刑警队长，我们本来可以做得更好，本来可以让马凯和小艾一道回来……"江勤说着说着，声音都变了。

可以看出，江勤的发言震动了每一个人。大家的眼睛红了起来，没有说话。江勤停顿了一会，让积聚的感情稍作稀释，继续说："他们知道马凯和小艾两个人取到了更要的证据，便派上了两个职业杀手，急欲抢走这些证据。泰勒牧场的悲剧，发生得太突然……"

王守一对江勤的带有浓厚自责意味的发言能够理解，但觉得此时此地不是自责的时候。特别当初对杨怀远究竟上不上手段,都没有一个人有勇气提出来,更不用说对杨怀远采取什么行动了。现在应赶快制定缉捕方案,否则会出现更坏的情况!王守一吐了一口烟,喊了一声:“江局!”

江勤心领神会,扬了扬手上的传真资料,情绪激昂起来:“今天早上,我们收到了伦敦警方的通报情况,枪杀马凯的两个凶手,就是在槟城刘旗旗别墅出现的那两个神秘枪手,一个是罗圈腿,一个是平底足。伦敦警方没有发现这两个人的任何身份证明,更不知他们是哪国人。伦敦警方怀疑,他们是大卫通过伦敦洗钱组织到一些所谓的卖命公司找来的人,这些人根本就是一些黑人,他们没有任何身份记录,相互之间谁也不认识谁。伦敦警方找不出证据,也不能抓捕大卫。”

这时,一个秘书进来了,送过来几份传真。王守一看了一眼,立即传给沙里金,沙里金看后,便将传真递给吴省长。吴省长看了看,神色严峻,还用指头重重地敲了敲桌子。吴省长将传真再递给沙里金,沙里金说:“刚才收到了一份重要的传真,伦敦警方查实,杨怀远已经做好了逃跑的准备,很有可能持的是英国护照,并且很有可能用这个护照上的名字在英格兰银行存了许多赃款。”沙里金看着吴省长,脸上露出一丝不易察觉的疑虑,“一旦我们搜缴到这个护照,伦敦警方希望我们能立即向他们通报,他们好采取相应的措施。当然,一旦我们搜不到这个护照,杨怀远很有可能逃出国外。”

艾丽娅有些急了,不解地问:“我们怎么还不动手?”

大家没有说话,没有一个人能够回答。大家把目光投到了一直没有说话的吴省长的身上,就像向日葵正在承受着太阳的烤晒。

江勤感觉到气氛有些压抑,安慰说:“小艾,你不要着急,我们已经外围控制了。”

大家看着吴省长,眼光里暗含着“现在不动手更待何时”的意思。吴省长摘下眼镜,看着每一个人,脸上的神色颇为复杂。他说,杨怀远年富力强,是一个非常有能力的人,没想到竟然走到这一步,并且到了不可收拾的地步。他不明白一个政治前途无量的人,为什么会如此不看重自己的政治生命,不仅仅是将贿款转移到国外,而且还残忍地杀死两个女人。他摇着头,连连哀叹匪夷所思。他哀叹到最后,脸上竟然现出一丝笑意,最后发出一连串的“呵呵呵呵呵”的笑声。笑声之后,他的眼里闪着两道冷光,一字一顿地说:“现在他正在视察槟城精神病院,晚上以开会的名义叫他回办公室……”他转过头来,拖长声音,兴奋地对王守一说:“王副局长,你可得亲自去抓，这样也算对得起他的级别嘛。”

正在这时，“白头翁”的手机响了，原来是外线侦查员打过来的，“白头翁”首先问怎么样了，接着脸色变成了猪肝色。他挂了线，抬起头来，惊慌地说：“杨怀远没去精神病院，外线人员跟丢了。”

每个人脸色大变。墙上的时针指向下午两点半。还是吴省长反应快，他对王守一说：“立即联系李军，问他在哪里，我们先逮住他再说。”

江勤马上按了几个号码，好在李军接话了。他告诉江勤，他正在办公室，正在等杨省长回话呢！

二

他们赶到省政府办公厅秘书办公室，门半掩着，李军正在一张宣纸上练习书法。他练得非常投入，房间多了几个人还浑然不觉。艾丽娅是最后走进去的，轻轻把门掩上。

李军书写的是几句诗，好像是苏东坡《前赤壁赋》的句子。王守一站在他的背后，念出了声：“寄蜉蝣于天地，渺沧海之一粟，哀吾生之须臾，羡长江之无穷……”

李军待写完最后一个“穷”字，才回过头来。他的唇上沾上了几点墨汁，这使他看起来比不沾墨汁时还多了一些稚气。他摇头晃脑地欣赏自己的墨宝，正准备拿印章盖上去时，好像突然从梦中醒来，惊呼：“王副局长……”他看到身后还有好几张熟悉的面孔，似乎觉得有些不对劲，眼珠转了转，讷讷地说：“见笑了，见笑了。”

王守一指着桌上的书法，语气逼人地问：“为以后当领导做准备吗？”

李军有些慌乱，答非所问地：“杨省长说了，我要在各个方面加强学习……”

“杨省长在哪里？”王守一马上打断他的话。

李军愣了一下，发现气氛不对。他告诉他们，杨省长上午在假日酒店会见外宾，十点结束后，就被一个人接走了，临走时对他说，下午还要去精神病院视察，到时他会打他的手机联系。现在是下午三点了，他还没有联系他。他打他的手机，又关机。他不敢走远，就只能坐在办公室。办公室等得太闷，他便练起书法来，没想到被人见笑。

王守一看着李军的眼睛，判断出他似乎并没有说谎，“接他的那个人是谁？你不会不认识吧？”

“从没看见过，可能是他新认识的朋友。”李军说。

“他的司机呢？”江勤问。

李军走到窗边，指着停在一棵榕树下的黑色“大奔”，解释说：“正在车里等省长。”

在“白头翁”的要求下，李军打通了司机的手机，并叫他从车里走出来。他们看到，司机从车上走下来，一边打电话，一边朝李军的办公室张望。李军在电话中叫司机耐心等待，并说杨省长说不定马上就会回来。

王守一拿过李军的手机，拨打杨怀远的手机，果真关机。他把手机还给李军，要李军打杨怀远的办公室电话。李军解释说，杨省长喜欢现场办公，从来就不喜欢呆在办公室，现在更不会无缘无故地躲在办公室。江勤拿起桌上的电话专线，看了看台面上压着的杨怀远办公室的电话号码，打过去，没人接听。

“是不是通知一下边检？”肖强问。

“他会回家吗？”小毛问。

李军看着大家，眼珠转动着，意识到发生什么了。他立即怒气冲冲地说：“当他的秘书，非常难做，非常难做！”

“说出来嘛！”王守一催促道。

李军看着王守一，观察到了他脸上的表情，他相信自己的判断，便不假思索地说：“有几次，我都想向组织提要求，换一个岗位，可是我又不敢。我知道，跟着这样的人，是没有什么前途的，我几次想举报他，又不敢……”

“你想举报什么？”江勤有些不耐烦了。

“他有一个英国护照，名字叫 Calvin，中文翻译为卡尔文。”

“还有呢？”王守一问。

他看着王守一，观察着他的表情，更加庆幸自己的转向，“有一次，我坐在他的车上，他和一个英国人打电话，说的是英语。他没有想到我的英语听力非常棒，我听出来了，他托人从银行里取钱，还用英语说了 1688 四个阿拉伯数字，我怀疑他说的是密码。我早就对他的行为不满了，便有意将这个数字记了下来。”

“白头翁”走近他，直视着他的眼睛，带着不信任的语气问：“你还有要举报的吗？”

他只是有些紧张地看着王守一，怯怯地说：“他还有一把枪，当然是你们佩给他的，他常常放在办公室，但这几天老带在身上，我怀疑他要采取什么行动了。”

应该说，当中所有的人，只有艾丽娅和李军直接交锋过。从见到他的第一眼起，她就感觉到自己能将这个人看透。也许，别人觉得李军深不可测，可她不以为然。她知道李军有软肋，并且长在别人难于识别的地方。此时，她听了李军的举报，马上明白了他的心机。李军是想把他们引到杨怀远的办公室，可没有一个人理解他的弦外之音。艾丽娅决定以查枪为由，去一趟杨怀远的办公室，便请示王守一说：“王副局长，如果有枪就麻烦了，我们何不看看那把枪是否留在办公室呢？”

李军差点随口说出“是啊是啊”，可是话到嘴边，马上悄悄吞了进去，他怕别人看出他的动作，随及以一声长长的咳嗽巧妙地掩饰过去。

他们跟着李军，来到八楼。杨怀远的办公室的门关着，走廊上看不到一个上班的人。李军敲了敲枫木门，大声说：“省长，我是小李！”

大家听见里面没有任何反应，准备撞门。王守一急忙指挥大家闪到一边，里面可能有人，可能还端着枪。江勤正在用手向肖强比划怎样踹门，其余的人怎样从后面冲进去。

“嘭”地一声，门被撞开了。他们看到，杨怀远正坐在办公椅上，黑洞洞的枪口对准他们。大家端着枪，急忙闪到门外，喝令杨怀远放下武器。

“砰”一声，随后是金属弹壳掉在瓷砖上的声音，接着是重物摔在地上的声音。

艾丽娅立即闻到了特殊的气味，大声说：“杨怀远自杀了！”

眼前的情景证实了艾丽娅的判断——杨怀远倒在地上，竹椅椅倒在地上，地上流着一滩血，淡淡的腥味变成了刺鼻的腥味。

艾丽娅最先冲过去，探了探杨怀远的鼻子，已经没了呼吸。谁都说不出话来，只听得李军大发感叹：“早知今日，何必当初！”

杨怀远穿着那一件带有云南特色的宝蓝色的民族服装。也许希望能保留一颗好脑袋，他朝自己的心脏开的枪，然后从竹椅上倒下来，应该是慢慢倒下来，枪还握在他的手上。这是一张编织精美的带有西南风味的竹椅，扶手磨得非常光滑了，靠背部分用竹片编成一幅着色的孔雀栖枝图。想必杨怀远在这张椅上坐了太长时间，椅子还残留着肉体的温热。

艾丽娅发现，杨怀远决不是一时心血来潮，而且是精心准备的。他在房间等着警察的到来，有意让警察看到他的枪口，听到他的枪响，才肯结束自己罪恶的生命。

吴震西省长及沙里金局长率陈法医等技术人员赶来了，现场被封锁起来。吴省长站地离尸体几米远的地方，目不转睛地看着杨怀远紧闭的眼睛，似乎想证实一个什么道理。

艾丽娅戴着蓝色橡皮手套，协助技术人员勘查现场。她最先从桌上提取到了那封遗书，还从抽屉里提取到一本写着"Calvin"的英文名的英国护照。遗书写在一张标有函头的公文纸上，证实为杨怀远的笔迹：

"亲爱的同志们：

我已经听到了你们的脚步声，还有说话声，请原谅我在没有预先打招呼的情况下，先行一步。

我只是云南中甸山区的一个山里孩子，最后变成了一个正省级的副省长，只要继续努力下去，还有上升的空间。对一个原本出身寒微的山里人来说，这已经是奇迹了。按照我们乡下人的理解，只有祖坟葬得足够高的人家，才可能出一位像我这样的人。我以为我追求的是一种高尚的生活，以为我走上了一条通天的大道，当追求到了的时候，我才发现我的追求不仅不高尚，简直就是卑下，我走的不仅不是通天的大道，简直就是陡峭的窄路。对我个人来说，也许路开始已错，结果还是错。

目前的现实决定了，只要你进入官场，你就逃不脱要按照官场的游戏规则去生存，否则你就不可能在这个圈子里走得更远，甚至不可能在这个圈子里立足。我只能随波逐流，利用手中的权力，变魔术般，换来了数不尽的钱财。像绝大多数贪官那样，我把这些钱转到了国外，万一将来东窗事发，我还有一条可靠的退路。

我找到了刘旗旗，决定利用她的单纯和善良来洗钱。我的理由非常充分，让她心服口服。当然，英国商人大卫具体负责将钱洗到英国，从中抽取高额佣金。我认为做得非常成功，只等时机一到，就远走高飞。

我没有想到，那个傻女子，我给了她那么多，用她的名字存了那么多钱，她还是'不满足'。她说她只要爱情，而不是金钱。她从单恋中醒来时，知道了我的目的。她找到我，要我投案自首，我是什么人？我能自首吗？她见我无动于衷，害怕了，准备向有关部门告发，以摆脱内心的恐惧和不安，更重要的，她想拯救我，拯救她的爱。她不知道，她这样做，等于要了我的命，我只能亲自动手除了她。当了多年的官，我不相信任何人。亲历亲为，这是最为安全的途径。

想不到的是，我的妻子，一个贪婪的女人，闻到了特别的气味，要我交出海外的存款，以防止我再度上演海外有家的一幕。我知道钱到了她手上，就什么都完了，没有理会她的敲诈，她逼不到钱财，恐吓我，扬言要向公安提供线索，还要向组织告发我另一笔大的贪污款项，我害怕了，情急之下，用同样的手段除了她。

两宗案件，我刻意选择雾水茫茫的雨天的早晨，选择晨跑这段时间，穿着大帽檐的雨衣，戴着墨镜。正像你们破案时推测的，我用的是天使之箭，里面装的是蓖麻毒素。天使之箭是我去泰勒牧场换来的，蓖麻毒素是大卫帮我到英国弄到的。我得知两个警察到英国德比市，并且取到了重要证据，我害怕了。我对大卫说起这件事，大卫说他可以派人去毁掉证据。我当然没有要他去杀人，更没有想到，为了抢回证据，他们会杀了一个警察！不管怎么说，那个警察已经死了，再去想他已经没了任何意义。

如果说，两年前，我还把逃到国外作为一种退守的方式的话，现在，即使我没有杀人，你们让我逃到国外，我也不会外逃。是的，这是真话，我已经看透了人生的衰荣与祸福。试问那些逃到国外的贪官，哪个不像惊弓之鸟？哪个不像伍子胥过昭关？哪个能过正常人的生活？哪个最后找到了幸福？

假如让我重新选择人生，我可能是一个山里人，可能是一个作家，可能是一个教师，可能是一个法医……绝对不可能是官员。在我看来，这是一条无耻的道路……

你们要找的证据，我给你们准备好了。那把发射天使之箭的雨伞，作案时穿的鞋子，雨衣……都放在那里了。我是一个有罪的人，最后想给予你们一点点帮助，如果这点帮助对你们来说不叫帮助的话，请你们不必接受。我还有许多要说的，只能等到天国去说了。

我是一个有罪之人，按理不应该提什么要求，如果组织考虑到我曾经多多少少为人民作出了一点贡献的话，请允许我故乡的亲人将我的骨灰拿回去，葬在香格里拉的山岭上，那里才是我真正的归宿。可惜，这个时候，我才清楚这个道理，用几条生命换来的这个道理。

我就要上路了，嘲笑我也罢，同情我也罢，仇恨我也罢，怜悯我也罢，我都能接受，只有一点，千万不要跟着我走……

此时，只有死亡，才是唯一不痛的选择。请相信我，我是带着爱离开这个世界的。”

看来，怎么个死法，什么时间死，什么情况下开枪，杨怀远早就了然于胸。自杀之前，还留下这样长一段文字，令人感叹良多。

艾丽娅看着死者的脸庞，眼前幻化出另一个人的面孔来。她伸出手，从死者的头上拨下一根头发，悬在眼前看了看。她将头发提取到证物袋里，动作轻微地对杨怀远的尸体鞠了一躬。

在最中间的一个抽屉里，法医提取到三颗天使之箭，被一块沾满黄油的砂布包裹着，其中在一颗天使之箭的里面提取到了少量的蓖麻毒素。在里间房子的门角，提取到了一把雨伞，还有雨衣、雨鞋、墨镜及非典时期用来预防病毒的蓝色口罩……所有明确的或潜在的证据全部提取完毕，勘验才算结束。他们将房门贴上封条，将尸体打包运回刑事技术中心。

三

接连两天，对所有的物证进行鉴定，证实杨怀远留下的那封遗书所言属实。那件暗绿色的塑料雨衣和那双阿迪达斯钉鞋，内层沾有杨怀远的皮肤碎屑，证实为杨怀远所穿。技术人员还从塑料雨衣提取到了微量的一种小昆虫遗下的屎迹，这种小昆虫只在人民公园的桉树上才能生存；还从那双阿迪达斯的钉鞋上提取到了微量的新西兰蓝色伞菌的肉粉，这种真菌只在人民公园存在。他们还从那把“自强”制伞厂为晚班女士生产的带有防身性质的红色雨伞的里面提取到了蓖麻毒素的微量残余，还有用来填封天使之箭中空小洞的黄油的残迹，以及天使之箭划过雨伞膛道的划痕。墨镜和口罩均为杨怀远使用过，特别是口罩上面还有杨怀远的唾液遗迹。

据鞋上遗留下来的尘粉分析，杨怀远可能是如此作案的：他对作案对象的生活规律非常熟悉，有意选择只能自证的地点，有意选择水雾的雨天，有意选择早晨七时独自晨跑的机会，悄悄打上一辆的士，来到作案地点，然后趁人不备，对目标采取突袭的方式，最后打的迅速离开。

为了作案成功，杨怀远亲力亲为颇费了一番心思，因而丝丝入扣，没留下什么漏洞。如果说有失误的话，他精心选择的杀人方式，因为太生僻，反而容易给警察锁定侦查的方向。杨怀远最大的失算，是没有料到会有人知道天使之箭的源头，更没料到警察最终抓住了线索，远赴英国取到足以让他致命的证据。

需要提及的是，李军的举报起到了一定的作用。伦敦警方根据槟城警方提供的护照名和存折密码，立即查出杨怀远在英格兰银行非法存有相当于近三千万人民币的巨额英磅。当他们追问赃款的追缴问题时，伦敦警方叫他们不要急躁，一切都按英国暂行的对贪官洗钱的法律法规办事。

这天下午，沙里金亲自出席案件总结会，大家对案件的侦破意见基本达成一致。经省委省政府研究，杨怀远自杀身亡一事，暂时对外保密。散会时，“白头翁”处长将侦破此案的一线侦查员留了下来。

艾丽娅坐在椅子上，一直没动。肖强和小毛走坐在一块，不知道“白头翁”是不是又要给他们“开小灶”。

“白头翁”一一扫视着每个人，虽然少了一张曾经熟悉的脸，但毕意此案告破了，也算是对牺牲的战友的安慰。他看到装订成册的案卷堆到桌上，足有半米高，他一本一本地闻着，数着……“案件已经破了，你们马上写一个侦破报告。原本案子是分成两大摊来进行的，肖强和小毛的这摊由肖强执笔，主要写你们的侦查工作；马凯和小艾的这摊由小艾来写，侧重写你们英国调查取证的经过。我希望写细写足，写难苦一些，本来就非常艰苦，我们还失去了一个同志。特别是小艾，你的任务很重，你是代表马凯队长来执笔的。”

他闻了闻最厚的一本案卷，心里涌起一种特别的感情，“这次侦破的案件非常大，各级领导对我们的侦破工作相当满意，该摆成绩的摆成绩，该记功的记功……”他的目光一直没有离开艾丽娅，语气里多了一份特别的感情，“特别是小艾，一个实习生，表现非常突出，我们要在你的实习鉴定上记上重重的一笔。我请示了一下王副局长，王副局长也同意了，槟城市公安局刑侦局用文件的形式知会你的学校，建议给你记功。”

他拿起最后的一本案卷闻了闻，提高声音说：“除了写侦查总结报告，肖强和小毛还要写个人报功材料，到时一并交上来。”

他将案卷归回原位，拍了拍，再次将目光移到艾丽娅身上，加重语气说：“小艾，我们准备给马凯报烈士，你的任务还很重，一定要把他英国德比市献身的经过写壮烈一些……”他看到艾丽娅魂不守舍的样子，有些不放心地问：“你知道我的意思吗？”

“献身经过一定要壮烈一些。”艾丽娅痛苦地重复了一遍。

他用双手摩擦了一下两颊，叹了一口气，强调说：“一定要写他怎么骑马英勇地追赶抢夺证据的歹徒，我希望你多使用一些动词或助动词。”

艾丽娅先回到办公室，雕塑一般坐着。过了一会儿，她站起来，因为她闻到了一股暗香。她低着头，顺着暗香走过去，发现窗台上的无名花开得更艳了，无名花的四周，还摆放着两束鲜艳的玫瑰花，玫瑰花中间还别着马凯的一张照片。

艾丽娅突然吹起了口哨,不过不像是口哨声,像是夜虫的叫声。

肖强和小毛进来了,手里还拿着红玫瑰,听到艾丽娅好像在吹口哨。肖强走过去,将花放在花中间,奇怪地问:"小娅,你在吹口哨吗?"

"肖强,你怎么不吹口哨了呢?"艾丽娅回过神来。

"队长不喜欢吹口哨,我们不要惹他生气。"肖强看着花丛中的那张照片,摇着头说。

"队长曾对我说,他非常喜欢你吹口哨。"艾丽娅说。

"真的吗?"肖强问。

肖强对着鲜花丛中的马凯的肖像,吹起了口哨。艾丽娅听着听着,仿佛一下子苏醒过来。是的,马凯的确已经走了。这是肖强的口哨,这不是马凯的口哨,这不是从马凯心底流出的歌。

这时,电话响了,小毛抢先拿起听筒,听了一会儿,才将听筒轻轻放回原处,他对艾丽娅说:"小娅,你太累了,处长叫叫你先休息几天,扫尾工作我们来做……"

第十五章

一

艾丽娅还没有走进大门，便听到了校园窗口传来的幽怨的琴声。由于先打了一个电话，艾丽娅很快就找到了吴立雄院长。他正在办公室拉小提琴，拉的是《花儿与少年》。他将小提琴从肩上拿下来，对她说：“我不喜欢交响乐，你知道为什么吗？”他没等她回答，便以一个专家的口吻说：“我认为，所有的交响乐其实就是男权主义的作品。每一支曲子，都是男性性交过程的音乐化，特别是到了最后，简直就是男人高潮的翻版：嗵嗵嗵！嗵嗵嗵！嗵—嗵—嗵——，每次听到这些音符，我简直受不了。”

“白露为什么嫁给一个锅炉工呢？”

“我都不知道为什么他会看上一个锅炉工。”他不解地摇着头，痛苦地说。

吴立雄回忆说，白露出生在一个音乐世家，自小音乐天赋极高，在当时无出其右者。自从她从中央音乐学院毕业后，才气全无，变得非常平庸。好在她对钢琴的音色音质的辨别还是非常敏锐，学校便安排她做调琴师。后来，钢琴系的教师发现，白露对自己在中央音乐学院学习的经历都记不起来了。由此可以推测，她曾经受到过刺激，而且对她的音乐追求是致命的。

“你刚才说她好像失忆了，是不是与杨怀远有关呢？”艾丽娅问。

“天啦！你真会想象……”他拿着琴弓，做了一个满弓的动作，“我真的从没想过她是怎么失忆的，因为这不是我最想知道的。”

“你觉得杨怀远爱白露吗？”艾丽娅问。

“任何一个男人爱白露都很正常，因为世界上没有一个女人比她令男人着魔。”吴立雄看着艾丽娅，摇着头说，“杨怀远的儿子也爱上了白露。”

“那个叫鲁宾的？”艾丽娅问。

“正是那个小子！”吴立雄咬着牙齿说。

“你是怎么发现的？”

“你不知道，我一直喜欢看白露走路的姿势，你想象不出，没有哪个女人比她走路更有风姿了。我敢肯定，那些在T型台上的女模特，也不及她的万分之一……”他还想赞扬一些，可是没有词儿了。

“你就说你怎么发现的吧！”

“有一次，大卫·海夫戈特来槟城演出，我知道白露一定会去看演出，便早早地去了星空音乐厅。当我看到白露提着长裙走上台阶时，我看到一个年轻人一直跟在她的身后。我立即认出来，那个年轻人就是鲁宾，我们学校一个硕士导师的研究生。我对鲁宾有些印象，是因为他创作的几个曲子非常不错，给学校争得了荣誉……后来我发现鲁宾很多时候都呆在白露的家里……有一天，他还带着她登上了一列开往北京的火车……他们在北京呆了一晚……还去了北戴河……”吴立雄喝了一口茶，满脸灰暗，

“你是亲眼看到他们去北戴河的吗？”艾丽娅问。

“我敢保证，他们去了北戴河！”他是一院之长，绝不能说出他的千里跟踪，这是他心中的隐痛，“至于我为什么知道这件事，你不要问了！”

艾丽娅想马上见到鲁宾或者白露，吴立雄打了几个电话，得知他俩都不在学校。他又给白露的家里打了一个电话，保姆说她正在睡觉。艾丽娅叫吴立雄不要吵醒白露，她想亲自登门拜访。临末，她给他留了一个电话号码，叫他有什么新发现一定通知她。

二

艾丽娅第二次走进杨家大宅，第一眼看到的是省检察院的办案人员正在给一些值钱的东西贴封条。封条上还有红色的图章和黑色的标号，说明这些东西可能是贪污受贿所得，一旦确认，必须收缴。那张会堂案椅被贴了两张封条，表明它是重点收缴的对象。由于所有的物件都爬上了白色的

封条，整个房间散发着浓烈的胶水味。

除了办案人员，客厅还有两拨人，分别坐在椅子上，麻木地看着办案人员。一拨人坐在西边，一拨人坐在东边，他们之间隔着一段距离，就像来自两个不同的世界。东边的人穿着打扮非常土气，屁股下的凳子又低又小，一个老太太坐在几个衣衫灰旧的子女们中间，怀里抱着一个骨灰盒，她肯定是杨怀远的老母亲了。西边的人穿着打扮非常高贵，屁股下的椅子又高又大，一个看起来威风凛凛的老头子坐在几个服饰光鲜的子女们中间，怀里抱着一个骨灰盒，他肯定是沈红霞的部长爸爸了。老母亲要将儿子的骨灰盒带回香格里拉，老父亲要将女儿的骨灰盒移到北京，他们原本就没有什么关系，此时更像完全的陌生人。

艾丽娅感到自己的心颤了一下。她不想再多看一眼，便上了楼，看到"天净阁"的门开着，便走了进来。

鲁宾正坐在墙边，看着墙上的那幅少女肖像画出神。他看到艾丽娅走了进来，没有招呼，也没有表情。

"你是看着这幅画像长大的，对画中人物产生了强烈的好奇心理，但更多是充满了怨恨，因为这个女人夺走了你父亲的爱……"她就像一个内科医生，正在一层层拆开包扎在他的心灵之上的散发着福尔马林气味的纱布，"在一个偶然的机会，你发现你所在学校钢琴系的一个调琴师酷似你从小看到的这幅肖像，便开始接近她。奇怪的是，你不但不怨恨她，而且还爱上了她。通过一段时间的接触，你发现她患了一种阶段性的失忆症。为了揭开秘密，你通过各种方式启发她的记忆，后来终于得知，这个女人的失忆与北戴河海滨有着千丝万缕的关系……"艾丽娅观察到鲁宾的表情，更加坚定了自己的判断，"原来，十八年前，你父亲和她在北戴河海滨偶然相遇，你父亲疯狂地爱上了她，控制不了自己的情感冲动，在沙滩上占有了她。她是一个纯洁得像天使一样的青年学生，在纯音乐的世界长大，当场昏迷过去。你父亲以为她死了，便弃她而逃。后来，你父亲喜欢上了孔雀，一方面源于他对她的爱，另一方面源于他内心深深的忏悔。"

鲁宾的目光从画像上转过来，冷冷地看着艾丽娅。

"你父亲深藏着一个秘密，到死都没有告诉你。"

"你想说什么呢？"

"如果我没猜错的话，你父亲一定希望你离开白露。"她观察着他的眼神。

"我爱她，为什么要离开她？"

“你父亲不想看到你毁灭她,因为他已经毁灭过她一次。”艾丽娅提醒说。

“你能让我安静一会儿吗?”鲁宾压抑着怒气说,“你可以走了。”

“你不想知道你父亲埋在心底的秘密吗?”艾丽娅怜悯地看着这个男人。

鲁宾的身体抖了一下。他没了一点力气,目光满含哀怨。

“如果你真的爱白露,千万不要对她说。”艾丽娅觉得自己她对这个家庭的变故产生了另外的一种感情。

“你想说什么!”鲁宾的身子抖得更厉害了。

“白露是你弟弟的母亲!”艾丽娅冷静地说。

鲁宾的嘴角浮现出一丝冷笑。他并没有出现艾丽娅想象的那种状态,反而平静得像秋天的一泓潭水。

艾丽娅不指望他现在完全信任她,她现在要做的,就是一小步一小步把他引向事情的真相,“白彪,白露的儿子,今年十七岁,英国皇家音乐学院的天才钢琴家。他不是白露与锅炉工所生的儿子,而是白露与你父亲所生的儿子。”

“你说什么!”鲁宾在怒吼。

“你父亲知道这个真相,他不想告诉你,也不想告诉任何一个人。”艾丽娅。

“你说什么……”他空洞的眼神找不到停留的地方。

“白露一直处在失忆状态,她也不可能知道这个真相。即使现在,她对她父亲当初安排的这场不般配的婚姻一直没有产生过怀疑。”她以不容置疑的语气说。

鲁宾瘫倒在椅子上,已经失去了说话的力气,“你……走吧……”

面对着不堪痛苦的鲁宾,艾丽娅感到信心十足,“如果我没有猜错的话,白彪知道这个真相。”

鲁宾看见艾丽娅仍然没有走的意思,便站起来,想远远地躲开她。他害怕,她还藏有什么秘密,在适当的时候足以给他致命的一击。艾丽娅跟着他下了楼,叮嘱道:“只有你才能挽救这个家庭!”

他俩冲下楼时,检察院的办案人员仍在寻找藏金的秘密。东西两拨的亲人们还是以最初的方式坐在那里,麻木地看着他俩从楼上冲下来。艾丽娅看了那个紧紧抱着骨灰盒的老母亲一眼,心情沉重地走出了杨宅。

三

艾丽娅拿着一个可爱的芭比娃娃，站到名为“杨树里”的住宅门口。她按响了门铃，一个四十出头的女人走了出来。她穿着一套蓝底起白花的绵绸布衣，腰上还扎着做饭的塑料围裙，完全保姆的装束。

“你是文嫂吗？”艾丽娅问。

文嫂点了点头，惊异地看了一身警服的艾丽娅，随后将她引进客厅。一个男人坐到轮椅上，眼睛一眨也不眨地看着影碟，影碟正在播史泰龙主演的《最后的刺客》。保姆看到警察正盯着轮椅上的人，便主动介绍说：“他是白彪他爹，白露老师的丈夫。”

艾丽娅将“芭比”轻轻放在桌子上，走上前，盯着白彪他爹的腿，非常关心地问：“他是什么时间瘫痪的？”

文嫂擦了擦白彪他爹嘴角流出来的口水，叹了一口气：“七年了……”

“为什么变成这样呢？”艾丽娅问。

“有一天早晨，从梦中醒来，就变成这样的了。”文嫂说。

文嫂再次擦了擦白彪他爹嘴角的口水，解释说，白老师昨晚练琴练了差不多一个通宵，现正在床上睡觉。她要去叫醒她，便上了楼。

艾丽娅看到白彪他爹的口水又流出来了，随后迅疾地吸了进去。艾丽娅抓起他的手腕，看了看，按了一下，皮肤很快恢复到原状。她蹲下来，将他的裤管卷上去，按了按，再次看了看他的小腿，皮肤很快恢复了原状。她站起来，目不转睛地盯着他目不转睛的眼睛，似乎读懂了他的眼神。她突然觉得这个男人可能把她看成了一团火，因为他的额头沁出细细的汗珠。

文嫂很快下来了，说白老师马上下来。她走到轮椅旁，拿出一张餐巾纸，替白彪他爹擦了擦额上的细汗，回过头来，脸上红红的，笑着说：“这几天感冒了，身体特别弱，见光就流汗。”

“七年了，一直是你侍候吗？”

她点点头，将纸巾扔进废纸篓，平静地说：“习惯了。”

“他没有一点好转吗？”她问。

“我对他说话，已经说了七年了，可一直没有效果，我几乎绝望了。”她灰心地摇着头。

她推着轮椅，到了庭院，然后坐在他的身旁，进行着年复一年日复一日的活动。她活动着他的手臂，还唱着那首著名的日本民歌《四季歌》。歌词唱错了，好多词儿都是她编出来的，编得还不错。

艾丽娅听到了轻微的响声，将目光转到了响声发出的地方：一个看起来非常年轻的甚至还有一点孩子气的女人站在楼梯的中间，没有往下走，吃惊地看着艾丽娅。她穿着一件十八世纪时英国妇女常穿的白色的衬衣，带卷边的高高的衣领衬着长长的雪白的脖子，高贵而淡雅；一排高密度的蓝色纽扣贴着她起伏的胸襟，从衣领处一直飞下来，形成一条蓝色的波浪线；与紧身上衣形成鲜明对照，下穿一条宽大的百褶裙，两边还扎着绣金的飘带，既含蓄又飘逸。那双手扶在栏杆上，美得让人晕旋，天生就是黑白琴键上的舞者。

艾丽娅已经站了起来，准备将手伸向她。她仍然没有走下来的意思，怯怯地说："我非常害怕警察……"

艾丽娅往前走了两步，温和地问："我有那么可怕吗？"

"你看起来非常漂亮，只是这身警服……"她还是没有消除疑心，欲言又止。

艾丽娅脱了帽子，脱了外面的春秋警服，放在门角的衣架上，双手整了整头发，温柔地问："这样好些了吗？"

白露笑了，一步一步走了下来，看到这个脱了警服的女孩非常漂亮。艾丽娅看到她一直有些紧张，便主动说："我叫艾丽娅，槟城市公安局的实习警察。"

"我有什么可以帮助你吗？"白露问。

她不是问的"你有什么事吗"，使艾丽娅的心灵震了一下，迫使她不得不改变了主意。她灿烂地笑着，尽量消除她的紧张心理，"前不久，我去了一趟英国，见到了白彪，他看起来很好，他要我向你问好。"

白露一听她说起白彪，眼里闪动着波光，忙不迭地问："你是怎么见到他的？"

"我去伦敦联系留学的事情，在海布利球场看球时，偶然遇到了他，便认识了。"艾丽娅说。

她笑了起来，双手下意识地在腿上弹奏着，脸上流溢着幸福，"从小他就受我的影响，一直喜欢英式足球。自从去了英国，他更是着迷了……"

"他叫我转告你，他会在槟城音乐季之前赶回家，他准备睡在家里，想感受一下家的感觉。"艾丽娅说。

白露一听这话，眼泪夺眶而出。她说，从白彪出生的那一天起，她就把自己的梦想寄托到儿子身上。为了儿子早早成为世界一流钢琴家，她对他严厉到冷酷的地步。他一边弹着琴，一边挨着打，那是一个怎样的场景啊。可是一听到他弹错音符，她就忍不住要体罚他，直到他不再犯错。如果有一天不打他，她就感觉到他完了，再也不能成为世界一流钢琴家了，他完了，她的理想永远不能实现了。为了延续这种梦想，她只能在折磨孩子的声音中看到希望。她永远记得，有一次，他弹错了好多音符，她气得不行，脱了他的上衣，他坐在琴凳上疯狂弹琴，她疯狂地抽打，当一支曲子弹完时，他的身上到处都是血印。她心如刀绞，母子俩抱头痛哭，哭过之后，她看到那些血印还在渗血，为了防止发炎，便配了一盆盐水，往他身上泼，她看到孩子痛得在钢琴上打滚，嘴里还大声哭喊：妈妈，我不痛，我一点都不痛……

她看着眼前这个美若天仙的女人，怎么看不出她曾经那样对待她的孩子。特别是她的眼睛，秋水无尘，不可能这样对待她的孩子。

“白老师，你说了假话？”她说。

白露看着她，不知所措。她似乎没有听懂艾丽娅的话，摇着头。

“你从没有打过自己的儿子。”她说。

“你说什么？”白露似乎听懂了她的意思。

“你从来就没有打过白彪，你只是在想象中一遍又一遍地打他，以减轻自己的痛苦！”艾丽娅依旧坚持自己的判断。

她坐在那里，木雕一般，看着艾丽娅，嘴唇动了动，却没有说出话来。艾丽娅走到白露的身边，握着她的双手，那双放在膝盖上的美得令人晕旋的双手，说：“我要走了，我会再来看你的。”

艾丽娅感到白露的手颤抖得厉害，并且紧紧地抓着她的手不放。艾丽娅想将自己的手从她的手中抽出来，可她仍然抓得很紧。艾丽娅不再强行抽出手，只是疑惑地问：“你还有什么要说吗？”

“白彪什么时间回来？”

“音乐季开幕式之前赶回来。”艾丽娅肯定地说。

艾丽娅走到门角，将警服穿上，最后将警帽正了正。她拿出一张名片给白露，告辞。白露突然看到桌上的“芭比”，急忙拿了洋娃娃，递给她：“艾警官，你的洋娃娃……”艾丽娅笑着说：“白彪喜欢洋娃娃，送给他的。”

深秋的红叶从杨树的枝头上落下来，掉在文嫂的身上，文嫂正在给白彪他爹活动着手脚，嘴里唱着《四季歌》，唱得非常动听。

第十六章

一

离音乐季开幕还有三天，槟城已经提前沸腾了。街上到处都是旋转的灯箱广告，每一个公共汽车亭的玻璃箱中都安放着巨幅海报，广告还用了较长篇幅介绍音乐季的主要演出目录。

槟城观众最感兴奋和自豪的，当属从槟城走向世界的白彪以世界一流钢琴家的身份首次在故乡演奏他在国际上屡获大奖的作品。他不满十八岁，却获奖无数，最初在柴科夫斯基国际钢琴比赛中迎得“神童”美誉，接着是美国史达拉汶斯青少年国际钢琴比赛第一名、澳大利亚“ABC”青年艺术家大奖、伦敦 BBM 奖，接着是朱丽亚国际钢琴协奏曲第二名、L&MBruse大奖、利兹国际钢琴比赛第二名以及国际艺术家大奖等多项大奖，他先后与世界著名的指挥家马里纳、普莱芬及梅塔等合作，曾在欧洲最大的艺术中心——伦敦巴比肯中心举办过个人独奏会，先后与英国 BBC 交响乐团、伦敦爱乐乐团及皇家爱乐乐团合作在欧洲巡回演出。

实际上，槟城市民对白彪的了解，差不多只是停留在广告的宣传上。由于十岁时就留学欧洲，白彪更多地被欧洲音乐界的权威所欣赏，在国内音乐界，他的名字可能还没有李云迪那么叫响。尽管槟城人对李云迪的了解远远超过白彪，但槟城人对白彪的热爱远胜于李云迪，原因非常简单，他是槟城的，自己的。

白彪提前三天回到了槟城。当时早上六点，天还没有大亮。他随着奔涌的人流走到出口，一眼看到母亲站在出口最显眼的位置，向人潮张望着。

她的旁边站着一个英俊的青年，也在四下张望着。

白彪左手提着包，右手提着一个小提琴盒，急忙奔过去。母亲见到他，大喊一声，想奔过来，却挪不了脚步。白彪放下行李，抢先一步，一把抱着她，将脸贴到母亲的脸上。他感到母亲的泪流到了他的脸上，便帮母亲擦眼泪。白露突然想起了什么，抬起头来，看到鲁宾已经提起了儿子的行李和提琴，忙介绍说："白彪，他是鲁宾，这一段时间当妈妈的老师。"

白彪走过去，握着他的手。鲁宾感到了强烈的震撼，握着白彪的手。就在拥抱的一瞬间，他们的身体同时像导了电一般。他们同时看着对方的眼睛，眼泪同时流了出来。

白露没有想到这一对年轻人会以如此激动的方式开头，兴奋而又惊异地问："你们怎么啦？"

白彪转而拥抱母亲，笑着解释说："妈妈，我只是觉得，我们前生就像认识一样。"

白露吻了一下儿子的额头。她抬起头来，看见鲁宾提着那两件行李，正在等他们上车。白露激动得像一个小姑娘，提出亲自为儿子开车，"儿子，你给妈妈买的这辆车非常好开，每次开车时，我和它有说不完的话。"

白露爬进驾驶室，鲁宾和白彪坐到后座。汽车转了一个圈后，很快驶离了车站广场。

"你怎么拿一把小提琴回家呢？"白露奇怪地问。

他的专属钢琴，后天由 BBC 交响乐团运抵过来。在开幕式上，他除了演奏老柴的《第一钢琴协奏曲》，还准备小提琴主奏一个交响曲。他见母亲非常奇怪，便解释说，在国外留学的那段时光，他常常把拉小提琴作为业余爱好，没想到拉出了一定的水准，这次 BBC 交响乐团还有一个交响曲要演奏，刚好首席小提琴手出访美洲了，他被委以重认，临时充当小提琴手。

白露告诉儿子，在鲁宾的调教下，她的演奏水平日渐提高，虽然没有达到以前的高度，但完全可以登台演出。白彪告诉母亲，他已经向乐团团长布鲁诺先生说了，布鲁诺先生非常感动，爽快地答应了他的请求。白露感到好消息太多，喜得都说不出话来了。

白彪侧过头，看着鲁宾，笑着说："谢谢你帮助母亲！"

鲁宾微微颤抖了一下，解释道："她本来就是一个天才，只不过被埋没了。"

"你是学作曲的吗？"白彪问。

"你怎么知道？"鲁宾问。

"我从母亲寄给我的名信片中知道的。"白彪看到鲁宾有些奇怪地看着他，便解释说："我不喜欢打电话，更不喜欢电脑，有什么心事，就用名信片对母亲说。母亲开始不习惯，后来也只得用名信片和我交流。"

"我喜欢新疆音乐，还喜欢南美风格的音乐。"鲁宾说。

"如果有机会，我想把你的作品带到欧洲，让大家认识你。"白彪热情地说。

"鲁宾对音乐家的爱情与创作的关系有更多的兴趣。"白露插话说。

"我不可能成为你这样的天才，我给自己定了位，以后去国外读个博士，主攻音乐家的经历及爱情对其创作的影响。"

"英国皇家学院克伦威儿教授就是这方面的专家，只要你师从于他，保证你会成为这个领域的权威。"白彪兴奋地说。

天已大亮了，城市完全苏醒过来。白彪盯着窗外，或许是对这个生养自己的城市倍感陌生，或许是感到安稳地回到了属于自己家，他的头靠在窗玻璃上，慢慢地睡去了。

鲁宾毫无顾忌地看着他，他的脸廓非常像父亲，他的五官非常像白露，英俊得像一个不真实的梦。或者说，他就是一个梦幻，根本就没有在现实生活中醒过。实际上，从那个女警告诉他真相的那一刻起，他就相信了她，现在看到白彪，他更加相信了那个叫艾丽娅的女警所言，鲁宾就是他的弟弟！他父亲的儿子！他恋人的儿子！他父亲与他恋人生下的儿子！

当鲁宾这样想的时候，来自心底的恐惧像冰山一样压下来，冷得令他几乎窒息。如果推理没有错误的话，他爱上了弟弟的妈妈。可怜的鲁宾，当他这样想时，他的额头上沁出一层细密的冷汗。这个时候，他才知道，他根本不是爱情的勇士！

鲁宾突然发现，白彪醒了，或者说他一直没有睡着。白彪的头靠在窗玻璃上，眼睛半眯着，偷看着鲁宾，浑然不觉两滴泪在他的脸上激烈追逐。只有白露，一边像小姑娘那样快乐地开着车，一边还在唠唠叨叨白彪两岁时爬到钢琴上脚踩琴键的故事。

二

他们到家了，文嫂推着白彪他爹正站在门口等候。白彪迎上前去，拥抱了一下文嫂，又吻了吻轮椅上白彪他爹。文嫂高兴得说不出话来，只知道抹泪。白彪大笑着，推着轮椅上的他从来没有叫过一声爸爸的植物人，跟着大家一道走进了屋子。

由于长途劳顿，白彪决定先洗个澡，驱掉身上的疲劳和尘土。文嫂问他是在楼上洗还是楼下洗，他一手提着箱子，一手提着琴盒，往楼上走。文嫂急忙接过他的手提箱，跟着他上了楼。他看到文嫂还要抢他的提琴盒，急忙摆了摆手，示意自己来。

房间一切照旧，只是弥漫着一种特别的芳香。他将皮箱放在书桌上，将提琴盒放在衣柜里。他从皮箱里翻出两件英式衬衫，又拿出一条领带，还有一条内裤，便走进了浴室。

文嫂已经将热水放满了浴缸，还洒了一些浸了盐的五彩花朵，她走到白彪身旁，开始给他脱衣服。白彪紧紧捂着衬衫的纽扣，笑着说："文阿姨，我长大了。"

文嫂看着他，停顿了几秒，突然大笑。她才抬起头来，懊恼地拍着自己的额头，回忆道："你十岁时，我来这里当保姆，我记得当时给你洗过几次澡，你后来就去俄国了。"

她一边说着一边退了出去，白彪便把门关了，慢慢脱了衣服。他的身上满是刺青，刺满了蝌蚪状的五线谱。他跳到浴缸里。浸泡在热水里，每个毛孔都舒展开来。浸泡了两分钟后，他站起来，从架子上取了一条毛巾，擦干镜面上的热气，欣赏着镜中的自己。他长着高挑的身材，不胖不瘦，特别那张英俊的脸，让西方人觉得具有东方之美，让中国人觉得具有西方之俊。然而，这只是一副外在的躯壳罢了，谁能看透他的内心呢？谁能看出他的眼睛里藏着的东西呢？

他伸出右手掌，侧悬在眼前，想象成一把刀，从额头的中间开始，沿着眉眼处下移，缓缓下移，"切"过下巴，脖子，胸脯，小腹……最后将自己"切"成两半。台面上放着一支母亲用过的口红，他拿起来，在镜中人的胸前划了一个大大的红叉。在充满激情的想象中，他毫不留情地让自己死了一次，嘴角挂着一种莫名其妙的笑容。

他冲净身上的沐浴液，擦干身子，穿好衣服，便走出了浴室。他站在母亲的卧室，看到了自己的房间，门关着，好像等着他去开启。他想走过去，又害怕走过去，挪不动脚步。

他的双手抱着头，站在原地，像一根木桩。他突然跑到书架前，从一本书里找出一片钥匙，穿过母亲的卧室，打开了那扇属于自己的房间。

房间干净明亮。四面墙上全都是五线谱，连天花板上也画着五线谱。一张单人床上挤满了洋娃娃，足有十八个，全都是男性的洋娃娃，上面还贴着布条，布条上写着姓名和出生年月，都是白彪给它们命名。每一个洋娃娃，代表了不同年龄的白彪，而且大小不同。

白彪拿了一个最小的洋娃娃，仔细看了看，发现上面还有泪水，那是多年前从他的眼里流出来的泪水。

他前后左右看了看，猜想母亲光顾过他的房间，他甚至能闻到空气中散发出来的母亲身上那种特别的气味。

在那橡木书桌上，摆放着一长溜卡式磁带。白彪用指头点着数，共有四十盒，盒子上记录着他从两岁时到十一岁时的录音。白彪拿起一盒两岁时录制的磁带，插进桌上的那部卡式录音机里。

他犹豫片刻，左手按到了放音键的上面，正准备往下用力按的时候，他突然伸出右手，将他的左手拉开了。理智告诉他，他不能去听，可情感就像席卷一切的激流，冲毁了他的理智。他的左手趁右手犹豫的当口，使速按下了放音键。

磁带转动了几秒，随及传来一个小孩的撕心裂肺的哭声，接着是钢琴声，接着还有一个男人粗重的呼吸，那个男人在殴打正在弹琴的孩子。

白彪的泪一下子涌了出来，急忙挑另外一盒放带——钢琴声，撕心裂肺的哭声，男人殴打辱骂孩子的粗暴的哭喊声，还有藤条抽打孩子身上发出来的“叭叭”声，形成一组特别的练习曲。

白彪泪流满面，跟着录音机里孩子的哭声，大声哭喊：“不要打我啊，不要打我啊，我痛啊，痛啊……”天啦，他觉得奇怪，多少年了，他的哭泣与录音机里孩子的哭泣完全同步，没有丝毫差错。他浑身颤抖着，抱着头倒在床上……

他似乎听到楼下有人在喊他，急忙从床上爬起来，停掉录音机，把听过的磁带放回原处。他擦干眼泪，走去房门，“砰”地将门关了。

文嫂上楼来了，叫他下楼吃饭。他叫文嫂先下楼，控制了一下自己的情绪，“咚咚咚”地往楼下跑，大喊：“我来了——我来了——”

这根本就不是早餐，而是一场丰盛的大宴。好久没用过的那张大圆桌摆出来了，上面铺着白底起绿花的塑料台布。一盘特色盐水野生鲈鱼，一盘煎焗鲜竹肠，一盘沙姜鸡，一盘梅菜骨蒸水瓜，一盘洞庭粉莲藕，一盘百圣翅扒南瓜脯，一盘雪里红，一盘水煮菜心……文嫂说，英国没什么好吃的，好好吃一吃家乡菜。

白彪将白彪他爹推在靠窗的位置，帮他系好餐巾。他坐在白彪他爹的右边，白露坐在白彪他爹的左边，鲁宾坐在白彪的右边，文嫂坐在鲁宾的右边，还有一个机动位，方便文嫂端菜送饭。

白彪往白彪他爹碗里夹菜，白露往白彪碗里夹菜，鲁宾往白露碗里夹菜，文嫂往鲁宾碗里夹菜，鲁宾又往文嫂碗里夹菜。一轮过去了，他们碗里的菜，都不是自己夹的。第二轮，每个人还是按这种方式吃菜，谁也不觉得这样别扭。第三轮，来了个大颠倒，白露给白彪他爹夹菜，白彪给鲁宾夹菜，鲁宾往白彪碗里夹菜，文嫂往白露碗里夹菜，白露往文嫂碗里夹菜。

吃这餐饭，很多时候都看见筷子在眼前飞舞，偶尔有肉块夹得不紧，从筷子上掉下来，这个时候，文嫂怕浪费，会将那些掉在桌上的肉块夹在自己的碗里。

白露最先吃完，然后看着白彪吃，接着是鲁宾吃完了，看着白彪吃。文嫂一直在喂白彪他爹吃，眼睛也看着白彪吃饭。白彪得确饿了，闭着眼睛大快朵颐。过了好半天，他才睁开眼睛，发现大家看着他，不好意思地问："我的吃相很难看吗？"

"令人沉醉！"鲁宾说。

"就像你弹琴一样！"白露说。

"妈妈，在演出之前，我想睡在家里。"白彪说。

"这还用说吗？这是你的家啊！"白露对儿子的请求有些奇怪。

"槟城交响乐团给我们订了五星级的酒店，我本来要住在那里，我刚才进了我的房间，觉得非常温暖，我想住几个晚上，体验一下儿时的生活。"白彪说话时，脸上荡漾着依恋的神情。

"你的睡相太坏，喜欢在床上拳打脚踢，每晚我都要从地上给你捡被子，"白露甜蜜地回忆说，"你走后，我每天晚上都会去你的房间看一看，担心你的被子掉在地上。"

"现在不会了，每次睡觉之前，我用绳子把自己和被子捆在一起，万一从床上掉下来，照样睡得着。"

他说得非常幽默，可没有一个人笑。白露不笑，因为他把儿子的话当真了，惊得目瞪口呆；鲁宾不笑，因为他正焦急地等白彪快点吃完饭，根本就没听到他说什么；文嫂不笑，因为她惊异地看到白彪他爹的嘴角似乎露出一丝笑意，急忙将一块肉夹进白彪他爹的嘴里。

白彪吃完最后一个鸡块，满足地看着每一个人。白彪告诉母亲，他是十多年前到过后山采摘白菌和黑木耳，现在想到后山走走。

"现在不是春天，哪有白菌采啊？"白露不想让儿子上山。

“妈妈，现在气温普遍回升，形成了地球特有的温室效应，以前只有春天才开的花，现在冬天也可以开了。”白彪说。

“更何况现在只是秋天呢？”鲁宾附和说。

“我很难回来一次，不过想回到童年而已。”白彪怏怏不悦地说。

还没等白露同意，文嫂已从房间里拿来两双长统胶靴，两根带弯刀的竹篙，还有两个挂篮。鲁宾没想到文嫂如此聪明，竟然猜出了白彪的心思。白露看着鲁宾，惊诧地问：“你也去吗？”

“我也想回到童年！”鲁宾说。

他俩穿上长统胶靴，带着长篙，挂着竹篮，从后院出了门。后院有一条小路，直通一片茂密的森林，森林的尽头，便是君臣山的东北麓。

他俩走出后院，同时回过头来，看到他们正站在庭院里向他俩挥手。

三

他们深入到这片杨树林里，感受到了什么叫自然界的宁静。在喧哗的城郊，竟然藏着这样一片净土，令人产生误闯天堂的幻觉。

经年飘落的树叶，化成了稀松的黑色的泥土，泥土上长着繁星般的黄色小花，和那些枯枝断叶拥吻在一起。尚未蒸发的晨露躺在黄花羽扇豆的花瓣中间，像天上洒落的柔软的钻石。纯净得不能更纯净的小溪洗刷着一只灰色的野兔的尸体，发出如同钢琴家用鼻尖弹奏钢琴的声音。原生状态下的杨树直刺云天，高空的气流吹动着树尖，美得令人晕旋。

轻风拂过，淡红的树叶在空中彩蝶般飞舞，悠然飘落在松软的泥土上。更猛的风吹过来，一颗颗不知名的金黄色的果子哗啦啦从树上掉下来，砸在他们的头上。他们的长统靴上沾满了泥浆，还抖落出一肩的星星点点的鸟屎。

白彪挥动着着长长的竹篙，动作麻利地割着树干上的黑木耳，就像他演奏《第一钢琴协奏曲》一样，表现出过人的天赋。鲁宾脖子都望酸了，还是很难发现那些与树干颜色没有差别的长在树干发黑部分的黑木耳，即便好不容易发现了几朵，举着竹篙割时，好好的一大朵黑木耳被割成了碎末，根本不能放进竹篮里。他看到白彪竹篮里越装越多，白的是菌子，黑的是木耳，还有一些绿色果实。

鲁宾倚在一棵粗大的树干上，索性看着白彪心无旁骛地对那些木耳下手。白彪是那样专注，根本就忘记了周围世界的存在。鲁宾忽然想到，此时的白彪真的已经回到了童年，还是他根本就是一个没有长大的孩子？

他捡起地上的一颗果子，狠狠地向他扔去，果实刚好砸到他的脑袋上，他以为是树上掉下来的，抬起头来，看了一下树冠，摇着头，灿烂地笑着。

白彪看到竹篮里的黑木耳差不多装满了，便靠在一棵树上，不停地喘着气。他看到鲁宾正看着他，便问："你爱妈妈吗？"

鲁宾没想到他突然甩出这样一个问题。他倚在树干上，装着没有听见，仰望着歇在高高杨树尖上的婉转鸣唱的鸟群。

白彪挎着竹篮，走到他的身旁，伸手从篮子里抓起两粒绿果，自己吃了一颗，然后拿出另一颗，递到鲁宾的嘴边。鲁宾张开嘴，吃了一颗，呲牙裂嘴，口里弥漫着酸涩的味道。

白彪将嘴张得大大的，又吃了一颗绿果，"她给我写信说，她很爱你。"

这几天来，鲁宾已经被这个问题折磨得快发疯了。他只想知道，那个女警所说的话是否属实！眼前这个人的确非常像父亲，还有些像他。可是，他现在宁愿被欺骗，宁愿相信这不是真的！

鲁宾看着他，迷茫地说："你不是我的弟弟。"

白彪看着他，焦急地说："我是你的弟弟。"

鲁宾一把抓住他的衣领，大声质问："谁叫你这么说的！"

由于衣领抓得太紧，白彪的脸被勒得通红，他没有反抗，连正眼望鲁宾的勇气也没有，讷讷地说："父亲告诉我的……"

鲁宾"叭"给了他一个耳光，大骂："你的老爹躺在轮椅上，连放屁也不会，他能知道什么！"

白彪的脸上马上出现了五个红红的指印。他闷声闷气地说："你爸爸告诉我的……"

鲁宾又给他一记更响的耳光，气急败坏地大骂："我爸爸根本就不认识你！他能告诉你什么！"

白彪泪如泉涌，接着是呜咽。鲁宾感到自己身上的血全往脑袋上冲，他抓紧白彪的衣领，狠狠地把他往回拉，拉得不能再拉时，然后狠狠地朝前推去，白彪猝不及防，像一件衣服一样被抛起来，然后"砰"地撞到一棵树干上，最后像一袋水泥一样，倒在黑色的稀泥里。那个挂在他肩上的竹篮被摔到了更远的地方，黑木耳和白菌子撒到了稀泥里。

白彪哭得更凶了，凄厉地呼喊："你是我的哥哥，我的哥哥啊……"

如果不是他的弟弟,为什么他看到他倒地时内心在哭泣？如果不是他的弟弟,为什么听到他大喊“哥哥”时他心如刀绞？他多么希望这只是一场恶梦,马上可以从梦中醒来的一个短暂的恶梦！

鲁宾的喉咙里发出一阵惨痛的玻璃破碎般的呜咽，身体剧列起伏着，他用头狠狠地撞击着黑色的树干,树皮上留下了一道殷红的鲜血……

听到鲁宾的呜咽,白彪反而不哭了。他站起来,慢慢地走,像一只温顺的猫向鲁宾靠近,看着自己满身的稀泥,不敢走近他。白彪看到好多血从树干上流下来,便从衣袋里掏出一个布织的小洋娃娃,撕成布条后,帮他止血。

白彪不知道怎样减轻他的痛苦,解释说:“两年多前,爸爸还是北京一个部的副部长,率城市友好代表团出访伦敦,当时的伦敦市市长胡克先生为了让他们高兴,在伦敦皇家歌舞剧院安排了一场特别的演出,邀请了全英顶尖艺术家。我演奏的是柴可夫斯基的《第一钢琴协奏曲》。我回到后台,还听到剧场给我的掌声。正在这时,团长对我说,有个中国代表到了后台,要见我。我转过身,果然看到一个很有风度的男子正站在门口,目不转睛地看着我……”

鲁宾的身子抖得厉害,他转过头来,迷茫地看着白彪,摇着头问:“你说的是真的吗？”

白彪的身子也在不停地颤抖,甚至牙齿磕着牙齿,他紧紧握着沾满稀泥的双手,好让自己不再激动,“尽管后台的灯光是装饰光,非常暗,当我第一眼看到他时,我浑身颤抖了,我不知道为什么有这种感觉。我走过去,他竟然浑身颤抖,痴痴地看着我。我们的眼睛对望着,就像遭遇电击一般,僵硬在原地,足足有一分钟。他从惊诧中醒过来,没说一句话,自然而然地向我伸开双臂;我没说一句话,不自主地伸开双臂,两人同时拥抱在一起。谁也没有想到要说什么,谁也没有感觉到自己哪里出了问题,就像生命中早就被按排了这样的相遇,就像我们早就等待着这一刻的到来……”

鲁宾瞪大眼睛,非常难于理解他的陶醉的神态。在鲁宾的记忆中,他从来没有感觉到世上还有如此幸福的拥抱,尽管他从小和父亲生活在一起。

“我们在后台坐了下来,他问我家里的情况,我告诉他,我家住在槟城,我母亲叫白露,我父亲叫王跃进。他问我母亲是不是弹钢琴的,我说是弹钢琴的,他问我母亲是不是有一双蓝眼睛,我说她是蓝眼睛,他问我母亲是不是有一顶白色的三角帽，帽子上是不是插着一束蓝色的孔雀羽冠……”

白彪说不下去了，他站起来，抱着一颗粗大的杨树，将头靠在树干上。一只甲虫从树上爬下来，爬到了他的头上，潜伏在他的长长的黑发中。

鲁宾清醒过来了，走过去，抱着他的肩，急不可待地问："后来呢？"

白彪热泪盈眶，带着幸福的语气说："我还来不及回答他的提问，他已经将我揽在了怀里，泪水夺眶而出，接着他突然倒在椅子上，昏迷过去了……我急忙喊他，摇醒他，他睁开眼睛，抱着我，对我说：原谅我，我太幸福了……"

鲁宾现在开始怀疑他可能不是父亲的儿子，因为他所认识的父亲面对着他时从来没有这样幸福过，他有些嫉妒地问："你没有喊他爸爸吗？"

白彪摇着头，嘴角挂着笑靥。

"他没喊你儿子吗？"鲁宾大声追问。

白彪摇着头，一滴余泪停在他的右唇角，"你不可能想象得到，我的内心一直在寻找着自己的父亲，属于我的父亲。母亲失去了记记，她自己都不知道自己的过去，更不可能告诉我什么东西。我从小就认为，那个锅炉工不可能是我的父亲。当真正的父亲出现在我的面前时，那种奇妙的感觉告诉我，那就是我的父亲，我就是他的儿子！"

鲁宾对他们没有父子相认感到不解，闭着眼睛，冷冷地问："难道他没有喊你儿子吗？"

白彪摇着头，那滴余泪已经流到了嘴角，被他吸了进去，"那天晚上，他把我带到他在肯辛顿的别墅，那个叫刘旗旗的女人去伦大上课了。我们睡在一张床上，有说不完的话，主要是我说，他目不转睛地看着我，抚摸着我身上的每一寸皮肤，脸上满是痛苦，他问我为什么将身子刺成那个样子，我说出了其中的原因，我看到大滴大滴的眼泪从他的眼眶里流了出来，怎么也控制不住自己。我说啊笑啊，不知道什么时候进入了梦乡……第二天早晨起来，我看到他双眼红肿，泪水打湿了他的枕头……"

鲁宾已经从白彪这里得到答案，并且理解了他俩为什么没有进行一次明确的父子相认。他只是不明白，一个有着如此浓烈的亲子之爱的父亲，为什么可以杀死两个女人，并且杀死了他的结发妻子！

"从床上爬下来，我要回学校去。我们离别时，竟然不约而同地做出了一个相同的动作，再一次证明了我们生来就是父子。我拿到了他枕头上的一根头发，他拿到了我枕头上的一根头发，我俩相视而笑，同时说想拿根头发留作纪念……"

"你们一定做了 DNA 化验！"鲁宾痛苦地说。

"他没有立即随代表团回国，想必也等到了 DNA 的结果。当我们再次见面时，我们仍然没有父子相认。因为我们感觉到，不捅破这种关系，更令我们沉醉。在他离开伦敦的前一天，仿佛要补偿什么似的，带我玩遍了伦敦，那种感情，比任何一个父亲来得更深沉更浓烈……他对我说，他想和我永远在一起，只是他必须面对家庭，面对许许多多的问题……"白彪陶醉在他的追忆中。

"那个叫艾丽娅的女警，怎么知道你是父亲的儿子呢？"白彪突然问。

白彪茫然地望着黑色的树干，没有回答，或者说他根本不想说到那个女人。鲁宾一再追问，他便冷冷地说："她说她喜欢收集艺术家的头发，当然没有放过我！"

鲁宾的头脑中一片空白，失去了自己的判断，或者说他再也不想判断什么。他本能地走到那个被打翻的竹篮旁边，躬下腰来，将那些菌子和木耳捡到篮子里。鲁宾将篮子挎在白彪的肩上，心里有种痛的感觉，他多想告诉他，他的敬爱的父亲，杀死了两个女人！他终究没有说出口，他不想让他的幸福这么快就消失。

白彪将那根竹篙从地上捡起来，嘴里还在唠叨着："自从那次相见后，他回到北京，不久就调到了槟城，我知道，他完全为了母亲，才这样做的。他知道母亲受了刺激，对那段历史已经没了记忆。他非常痛苦，非常矛盾，如果道出事情的真相，又担心母亲会受更大的刺激，加剧她的病情，如果不道出事情的真相，他又不能走近她，他一直徘徊在爱与痛的边沿，默默地等待可以相认的那一刻的出现……"

鲁宾还是想说出真相，可是话到嘴边，却变成了另外的意思："与父亲伦敦相遇，你告诉了你母亲吗？"

"她对过去没有记忆，我没有说；再说，父亲也叫我先不要告诉母亲，等母亲恢复记忆的那一天，相认更好。"他解释说。

"你母亲非常讨厌我们的父亲，他没有告诉你吗？"鲁宾大声说。

他急了，未曾开口，脸就气红了，脖子也变粗了，"你撒谎！母亲根本就不知道我的父亲就是你的父亲！再说，母亲没有任何理由讨厌我的父亲，因为父亲是爱她的！"

鲁宾觉得他迷恋父亲，已经到了疯狂的程度。他看到他的可怜样，生出怜悯之情，便问："你想见父亲吗？"

白彪怯怯地看着他，无法看出鲁宾脸上的表情究竟代表什么，他都想哭了。鲁宾的嘴角往上扯了扯，又往下撇了撇，还在引诱他："你不想见见父亲吗？”

白彪轻轻地点了点头，好像生怕惊醒花叶上的露珠，“我当然想见他，他可能不想见我了。”

“他杀了两个女人，一个是他的情妇刘旗旗，一个是我的亲生母亲！”鲁宾突然咆哮道。

白彪一听这话，身子抖得厉害，他用头撞着树干，脸涨得乌紫，大吼：“你撒谎！父亲没有杀人！”

他的吼声是那样凄厉，像杜鹃啼血，惊飞了头顶上灰色的鸟儿和淡红色的树叶。鲁宾见他瑟瑟发抖，竟感到一丝快意，冷笑道：“你的敬爱的父亲，不过是一个杀人犯而已！”

白彪突然转过身来，疯狂地往鲁宾的身上扑来，鲁宾躲闪不及，倒在了松软的黑土上，脸上沾了好多的稀泥。鲁宾火冒三丈，弹簧一样从地上弹起来，箭一般飞奔向前，狠狠地撞向白彪，白彪被撞了个满怀，有些单薄的身体晃了晃，沉重地倒了下去……

四目相对，还听到对方粗重的喘息。鲁宾先站起来，向前走了几步，伸出手，想将他拉起来，不料白彪突然站起来，伸出右手，对着他的胸部就是一拳。鲁宾后退了一步，捂着胸口，陌生地看着眼前这个疯子，他冲上去，抡起巴掌，狠狠地朝白彪的脸上扇去。他也不知抽了多少下，直到没了抬手的力气，白彪一直闭着眼睛，让他尽情地抽打，嘴里喃喃自语：“请不要伤害我的手，我还要演奏，我还要给父亲演奏啊，请不要伤害我的手……”

鲁宾背起摔在地上的竹篮，扛着竹篙，掉头就跑，跑了好远，他还听到白彪尖利的声音：“打啊，你快来打我吧，快打死我啊……”

第十七章

一

第二天刚上班，“白头翁”发现办公台上还是没有艾丽娅交来的侦破报告的大样，心里有些不快。他把她叫到办公室，就此案的重要性对她再次重复了一次，叫她尽快拿出侦破报告的主体部分，省委省政府的领导急着要看。他还说，尽快地拿出侦破报告，就是对马凯最好的纪念，马凯在异国他乡丢了命，他们应该对得起马凯。

艾丽娅原本不停地点着头，“白头翁”偏偏说起马凯，一下子就把她的眼泪弄出来了。“白头翁”问她是不是太累，如果累了她就口述一遍，由肖强执笔也行。艾丽娅认为肖强他们够累了，她马上去写，保证尽快交出来。“白头翁”发现她一直将脸朝向窗外，似乎害怕他看到她脸上的表情。“白头翁”感到自己的心软了，温和地说：“也许我错了，根本就不应该让你承担这个重任。”

艾丽娅回到办公室。肖强正坐在电脑旁写报告，小毛正在摆弄着几束新鲜的玫瑰，将它们围放在那盆无名花的周围。

由于艾丽娅没有电脑，便坐在马凯的座位上，打开电脑，用五笔迅速写下了一行标题——关于“蓝孔雀”谋杀案的侦破报告——肖强手里拿着刚打印出来的报告，走过来说，文章开头难，只要开了头，就不怕不能结尾了。他将自己写的报告放到台面上，有些不好意思地说：“这是我写的，你帮我文字上润色一下，我写东西没有一点文采，连我自己也不想看。”

艾丽娅点了点头，把报告锁入抽屉里，说等她的报告完成后一并看。这时，电话响了，肖强去接，原来是“白头翁”打来的，叫他和小毛去办公室，有要事商量。

他们出门时，还不忘从抽屉里拿出一本文学描写辞典，交给艾丽娅，万一才思枯竭时，拿出来翻一翻，肖强说：“内部已经定了调子，可能给马凯报一级英模，报告要送公安部，尽量多用一些富有文采的文字。”

他们刚走，艾丽娅的手机响了，她看了看来电显示，原来是马丁从伦敦打过来的！她按了一下绿色的键，马上听到了那个熟悉的声音：

“艾，你好吗？”他兴奋地呼喊。

他的故作兴奋的声音，反而更易暴露出原本的沉重。艾丽娅顿了顿，同样故作惊喜地大叫：“我很好，你呢？”

“我当然好，只是有些悲伤。”那边听出子艾丽娅的弦外之音，声音马上沉了下来。

“为什么要悲伤呢？”艾丽娅也将自己的声音压了下来。

“是啊，为什么悲伤呢？”他叹了一口气说，“我叫自己不悲伤，可就是有些悲伤。”

“因为马凯牺牲的事吗？”她问。

“我当时怎么就没有想到呢？这样的事完全可以不发生的！”他在电话中自责不已。

“马丁，你做得够好了，”艾丽娅顿了顿，自责道：“只怪我当时不应该赛马……”

“不，如果不赛马，我们照样也会遭伏击。实际上，在整个调查取证过程中，我们一直被人跟踪。我应该想到这一点，可我根本就没想到，也许是太大意了，也许是太兴奋了，谁知道呢……这都怪我，你们在英国，我是英国警察，我有责任保护你们，可没有保护好你们……”他说不下去了，最后一声叹息。

艾丽娅心如刀绞，根本就说不出话来了。那边听到这边没有反应，焦急地喊：“艾，你听得到我的说话吗？”

艾丽娅抹了抹泪，轻轻说：“我们不要说马凯了，行吗？”

“我听你的，不说了，”马丁在电话那端顿了顿，轻轻说：“我打电话，就是想问一声好。”

艾丽娅视破了他的“诡计”，脸上现出一丝笑容，故作生气地问：“只问一声好吗？”

马丁本想还跟她绕一阵，可不由自主地道出了最想说的："还想告诉你一个好消息。"

"你不说，我都猜到了。"艾丽娅说。

"我不信，除非你说给我听。"马丁说。

"我托你的那件事。"艾丽娅试探地说。

"你给我的任务，让我寝食难安啊！"他大声说，恢复了兴奋。

"迈克尔已经离开了伦敦吗？"她猜想一定是这事了。

"你太狡猾了！"马丁开心地说。

艾丽娅告诉他，槟城的大街小巷，到处都是迈克尔回到槟城演奏柴可夫斯基钢琴曲的海报，报纸上也充斥着槟城此次音乐季的盛况将超过任何一届的连篇累牍的报道。她早就做好了准备，迎接迈克尔的到来。

马丁告诉她，他比 BBC 乐团提前三天到达槟城，如果没猜错的话，他早就到家了。艾丽娅告诉他，如果这样，她要马上去见他。

马丁在电话中要表达的东西非常多，特别提到接触迈克尔要小心谨慎，因为迈克尔外表看起来些傻傻的，但他是个天才，对崇拜天才的女孩子颇有杀伤力。艾丽娅一再表示会重视马丁的提醒，最后明白无误地告诉马丁，她从来就不崇拜天才。

尽管槟城到处都是白彪将回到槟城演奏柴可夫斯基钢琴曲的广告，艾丽娅对他回来一直持怀疑态度。现在他回来了，还是提前回来的，有些出乎她的意料。她突然感觉到有些激动，自马凯牺牲后一直低沉的心情一下子变得昂扬起来。

她看了看墙上的挂钟，甚至还吹了吹口哨。她拿起手机，拨通了白露家的电话。

电话响了几声后，有人说话了，像是文嫂的声音。艾丽娅说要白彪接电话，文嫂听出她的声音，叫她等等，立即去叫人了。艾丽娅感到对方的听筒没有反扣，她能听到喊白彪的声音，接着有人下楼的声音，接着有人拿起了听筒。

"你好，我是白彪。"

"迈克尔，我是艾丽娅，海布利球场的那个中国女球迷。"艾丽娅沉着地提醒说。

白彪在那端停顿了几秒，不知道是想不起她的名字，还是想起了她却不知怎么回答她。好半天，白彪才在那端说话："你找我有事吗？"

"你不是说请我喝正宗的英国红茶吗？保留着十七世纪中叶时的风貌，

厚重的木门雕刻有古代国王或家族的徽章，外墙上还挂着造型各异的饰物——"艾丽娅提醒说。

"那是在伦敦啊，现在回到了槟城……"他提醒说。

"你答应的事，就一定得履行，如果你还是一个男子汉的话。"艾丽娅说。

"槟城没有这样的茶馆啊！"白彪焦急地说。

"据我所知，有一家这样的茶馆。"艾丽娅毫不犹豫地说。

白彪在电话那端停顿了几秒，似乎在思考该不该接受她的请求，他突然问："你本来就是一个警察，为什么说你想到伦敦留学呢？"

"我以为当时你看出我是一个警察了，没有纠正介绍人的错误。"艾丽娅从容不迫地说。

"你一定要见我吗？"他追问了一句。

"一定！"艾丽娅坚决地说。

"如果我不见呢？"白彪问。

"你没有选择！"艾丽娅语气强硬地说。

白彪在那端叹了一口气，疑惑地问："你为什么对我这么好呢？"

艾丽娅胸有成竹，脱口而出："你不觉得我们有缘吗？"

白彪突然转换了说话的语气，显得格外的爽快："你约一个时间！"

艾丽娅看了看墙上的挂钟，刚好上午十点半，便决定一个小时后在那家茶馆见面。白彪同意了，请求道："就我们两个人，好吗？"

"决不会有第三者。"艾丽娅承诺说。

艾丽娅立即关了电脑，走进换衣间，脱下警服，换上了一套漂亮的皮裙，还不忘在小腿上别了一把七七式手枪。

二

艾丽娅要去的是一家叫"爱丁堡"英式茶馆，属于五星级的假日酒店的附设茶馆，来此消费的多为喝不惯中国茶的外国客人，大多来槟城经商的英国商人。艾丽娅根本就不知道还有这样一家茶馆，在伦敦海布利球场看球时受到迈克尔的启发，按照他的描述去寻找，果真找到了它。

艾丽娅走进"爱丁堡"茶馆，拨开一些悬挂成排的青色的竹竿，一眼看到了白彪。他戴着一副墨镜,穿着一套白色的休闲装,坐在靠窗的一张玻璃桌旁,手里玩弄着一个粉红色的洋娃娃。他从落地玻璃窗的反光中看看到艾丽娅走过来,眼睛一眨也不眨地看着玻璃中的她。

艾丽娅职业性地朝四周看了看,没有发现什么可疑的人,便坐在他的对面,对他笑了笑。她看到他对着玻璃中的她笑了,便端起桌上早就泡好的红茶,解释说:“我没有想到你比我到得早。”

这是一个非常有特色的茶馆,典型的中西结合。墙上挂着在英国本土都很难找得到的金属饰物,还有一些表现茶树的前清外销画。那些活动着的竹子从天花顶上垂下来,形成一扇扇别开生面的青色屏障,将每个房间隔成相对独立的单元。茶厅的中央筑着一个旋转的钢琴台,一个性感的大嘴美人正弹奏着一支名曲,一个健硕的长着希腊式面孔的头发花白的老歌手正在激情四溢地伴唱。他拨开竹排,边走边唱,最后停在艾丽娅的面前,他唱的是布莱特的《唯有你》。

歌声绕梁,不绝于缕。歌手走开了,还不忘给艾丽娅一个飞吻。艾丽娅喝着红茶,观察白彪的感情。

“你是怎么发现这个茶馆的呢?”白彪突然问。

“在海布利球场看球时,你不是想请我来这家茶馆喝红茶吗?”艾丽娅反问。

“有时候,我越不想表达心中的秘密,可是那些秘密总是不听我的使唤,从我的嘴里跳出来。”他摇着头说。

“那些秘密嫉妒你!”她说。

他喝了一口茶,玩着手上的洋娃娃,无动于衷地问:“你是怎么知道茶馆设在假日酒店的里面呢?”

她喝了一口茶,看着他手上的洋娃娃,解释说:“因为我早就注意到了杀人现场紧临着假日酒店。”

“你怎么会怀疑我呢?”他好奇地追问。

“刚开始的时候,我也是被牵着鼻子走,可第一眼见到你,我就觉得灵光一闪,一些模糊的东西变得清晰起来。当然,我还不敢十分肯定,只是悄悄打开了另外一条思路。你父亲留下的那封遗书,让我的思路更加清晰。在遗书中,他什么都考虑到了,连证据都给我们搜集好了。正因为他考虑得太周到,反而露出了虚假的本质。他在遗书的最后说,他是带着爱离开这个世界的,这句话彻底唤醒了我。我再次去了作案的现场,并且到了假日酒店。我才知道,你在假日酒店长期租住909房,并且现在还没有退房。

我去机场出入境查了一下,发现一个秘密:六月二十五日,你从伦敦回到槟城,住了一周后,也就是七月三日,你启程回伦敦,可是,你与送别的亲人分别后,一直等到飞机起飞,你又从机场出来了,直接到了假日酒店。从六月二十五日到到八月十日,你一直在槟城。在七月十三日和八月七日这两天,你完成了自己的心愿。直到八月十日下午,你才离开槟城,飞到了伦敦……"艾丽娅一边说,一边观察他的表情。

白彪的嘴唇动了动,好像一个哑巴面对失散多年的亲人的那种表情。艾丽娅悄悄地打开藏在衣服纽扣里面的微型录音机,等待他"轻启朱唇"。他若有所思地看着落地玻璃窗张贴着的他来槟城演出的广告,还是没有言语。

"你怎么不说话呢?"她问。

"一切都已经发生了。"他说。

"你不想为自己辩解吗?"她问。

"我不知道什么叫辩解,更不会想到为自己辩解。"他说。

"为什么要这样做?"艾丽娅压抑着自己的激动。

"这是很自然的事情,正像为什么我生来就适合弹老柴的《第一钢琴协奏曲》一样。"他茫然地说。

"不是这样的!"艾丽娅摇着头说。

白彪抬起头来,看着艾丽娅,眼里流出了几滴眼泪。他用舌子将一滴滑到嘴角的泪水迅速卷进了嘴里,用哀求的语气问:"你能谈谈你的父亲吗?"

她知道他想说了,顺势提议道:"你先开始。"

"我还没有学会走路,就开始弹钢琴了。最初是用脚丫弹的,锅炉工扶着我站在钢琴上。等到我的手指能够伸直的时候,我便开始正式弹琴了。锅炉工坐在琴凳上,我坐在锅炉工的身上,母亲手把手地教我……"

"你所说的锅炉工,是指王跃进吗?"她问。

"母亲是那样的急迫,恨不得我一天之内就能掌握所有的演奏技巧。渐渐地,她得了一种奇怪的病,只要我弹错一个音符,她就会莫名其妙地晕倒在钢琴旁,在这种晕迷状态,她也能辨别我的弹奏的对错,除非我完全弹对一支曲子,母亲才会醒过来。锅炉工一见母亲晕倒,便狠狠地打我,喝令我立即改错,准确地将一支曲子弹出来,这样才可能唤醒母亲……"

他突然停住了,看着艾丽娅,不再言语。艾丽娅明白了他的意思,喝了一口红茶,若有所思地说:"我出生在三代警察之家,到了我父亲这里,荣誉达到了顶点。我父亲在一次搏斗中，身负十几刀，还是紧紧抓住杀人犯不放，他被拖出了一条三十米长的血路，最终让那个杀人犯失去了逃跑的勇气，坐在地上痛哭。他捡回了一条命，获得了公安部授予的一级英模的光荣称号。这只是他众多荣誉中的一个，他还多次荣立一等功、二等功，三等功更不值一提了。我是看着那些奖章长大的，现在和你说话时，眼前仍然闪着金光……"

白彪惊讶地看着她，似乎理解了艾丽娅的表述，他接着说："锅炉工非常爱我的母亲，就像即将失去光明的人爱护眼里仅有的一点点微光一样。每次看到我的母亲晕倒在地上，他就发疯一般打我，直到我准确无误地弹完一支曲子，直到母亲在我的准确的弹奏中醒来……"

艾丽娅看到他抖得厉害。她接着说："你想象不到，我父亲简直完美无缺。在同事眼里，他是一个好局长，他领导眼里，他是一个优秀的手下，在妻子眼里，他是一个好丈夫，在我爷爷眼里，他是他最骄傲的儿子，在我眼里，他无可替代。他虽然英勇，可他不是一个草莽英雄，他永远不会忘记给我更多的关爱。他教我放枪，教我骑马，还请钢琴教师教我钢琴，他总是寻找机会给我浓烈的父爱，让我陶醉其中不能自拔……"

白彪似乎找到了共鸣。他喜欢她的故事，喜欢她故事里的父亲。他说："锅炉工惩罚我的方式非常独特。现在想来，他根本不是在惩罚我，他是在我的肉体上从事艺术创作。他用皮鞭、大头针、牙签或鱼骨或尖刺之类的东西刺我的手臂、胸口、脊背、臀部、大腿，用燃烧的烟头烫我的脊背、脖子，用带刺的藤条抽我的臀部。每次弹奏之前，将我脱得一丝不挂，当我出现错误时，他的脸上涨得通红，眼里闪着能穿透钢板的亮光，我一边忍受着疼痛，一边弹奏，琴声、我的哭声、母亲躺在地上的喘息声及锅炉工的哭喊声，交响在一起，根本就听不出哪些是欢乐哪些是痛苦……"

他的身子抖得更厉害了，就像一个疟疾病人。艾丽娅想抓一抓他的手，但想到她此番的使命，还是将手缩了回来。她继续说："后来，我长大了，成了一个亭亭玉立的少女，我才发现，我对父亲陷入到了一种可怕的爱恋之中。在我眼里，只有父亲才是最真正的男人，其他男人都是男人的空场。我是如此爱我的父亲，我又是如此痛苦……"

他端起杯子，喝了一口红茶，继续说："几年过去了，锅炉工依旧在我的身体上进行创作。后来，他打我时，我不哭了，他却哭，仿佛不是他在我的肉体上创作，反而是我在他的心灵上创作。母亲苏醒了，他仍然收不住哭声，直到母亲对他笑一下，他才破涕为笑……锅炉工非常细心，每次弹琴之前，他会在钢琴上放一个小型录音机，录下整个过程，作为练习曲送给我。每天晚上，我睡在床上，忍不住听那些录音，我一边听着录音机里的凄惨的哭声，一边内心默默地将哭声谱成曲子。直到当我出国留学，锅炉工不能再打我了，他便将录音带编了号，希望这些曲子对我管用。后来，我一遍一遍地听这些录音，我发现自己迷恋上了这些声音，迷上了他的棍棒、皮鞭、牙签、烟头、钢针……"

艾丽娅继续沿着父亲的话题说下去："后来我自己找了一些书来看，知道一个叫弗罗姆的哲学家曾说过，人类对自由的极端追求，使人类最终逃避自由。我明白了，我得到了太多的爱，最终恨爱，我决定逃避父亲施加于我的心灵之上的崇高的爱，开始去寻找那种真正的独立的爱……"

"此后，我们形成了这样一个固定的模式：每次弹琴之前，我渴望他的牙签或钢琴；他渴望我犯错，这样他就能使用皮鞭、牙签或钢针，得到母亲的一笑；我母亲渴望昏迷或晕倒，因为我不得不准确无误地弹完一支曲子才能唤醒她……我很难说清楚，这是一种什么样的模式，好像每个人都离不开自己仇恨的东西……"

"实际上，这样的模式导致了你的异态的追求：在你内心深处，你渴望锅炉工的牙签或钢针，是因为你认为只有锅炉工的牙签或钢针才能激发你对想象中的父亲的寻找，才能激发你对想象中的父亲的爱！"

"……"白彪捂着脸，他的双肩在颤抖。

艾丽娅觉得谈得差不多了，她可以给他突然的一击："在你准备去莫斯科留学之前，你不能忍受你不在家的时候，锅炉工爬上你母亲的睡床……"

白彪惊奇地看着她那愤怒的脸，没想到她突然推开了他内心最隐秘的那道门。

艾丽娅的眼睛盯着他，露出胜利者才有的眼神，"你只有十岁，你可能用了一年的时间，在你的锅炉工的饭里面下了一种药物，让他变成了一个植物人……"

白彪没有言语，就像没有听到她的说话，或者听到了，觉得她的推理已显得没有任何意义。

钢琴声从那边传来，白发老歌手开始用西班牙语演唱那首著名的《莫拉莉特》，南美卡巴莎的节奏在他的狂热的演唱中尽善尽美。

"我母亲失去了记忆，也不能告诉我什么，但我知道，我一定有自己的父亲，我要寻找他。"他说。

“你让你现在的父亲变成了一个植物人，你就没有一点愧疚吗？”她追问。

“我曾发誓，当我找到父亲时，我要他回到母亲的身边，不管遇到多大困难，我要让他回来！”他说。

白彪慢慢解开上衣的纽扣，轻轻脱了衬衫，随后脱了长裤……他的身上全是密密麻麻的刺身，并且全是五线谱的符号。他一直看着艾丽娅，冷冷地笑着说：“那个锅炉工，在我的身上进行锅炉式的创作，进行了八年，留下千疮百孔。到了英国后，我找了一个纹身师，在每一个疮疤处，刺上一些音符，你能看出这是谁的作曲吗？”

艾丽娅凝视着那些蚂蚁般的密密麻麻的刺身。白彪画一边抚摸着那些音符，一边解释说：“这是柴可夫斯基的《第一钢琴协奏曲》，就是靠这支曲子，我征服了世界。”他指着肩上的刺青，双眼放光，“这是序曲，一开始就带着俄罗斯式的悲凉……”

他指着每一处刺身在《第一钢琴协奏曲》中代表的意思，就像一个母亲抱着儿子的尸体向别人哭诉儿子的美好一样。最后，他脱掉了身上最后一根纱，只剩下墨镜没有摘下，一发不可收拾地给艾丽娅讲解最后一寸皮肤上的乐符所代表的意义。

艾丽娅对这一身刺青产生了深深的震撼，以至没有或根本没想到要阻止他的行动。直到茶馆的保安人员冲进来，要把白彪带走交给警察时，艾丽娅才惊醒过来。她叫白彪穿好衣服，然后拿出预备警官证，将保案人员拉到一边，解释了几句，事情才算平息。

艾丽娅“搀扶”白彪，走出了茶馆。白彪手上紧紧抱着红色的洋娃娃，他就像手上的洋娃娃一样温顺。

三

假日酒店是槟城所有五星级酒店中的出类拔萃者。酒店雄居恒江之滨，拥览180度槟城港的美景。走到门口，便能感受到慑人的气派。高耸的石柱饰是精心塑造的欧陆浮雕，天花板上是欧洲古代的雕像，完美地保留着欧洲古典式建筑的风格。

他们踏入大堂红地毯，长相和打扮无可挑剔的侍应生走过来，请求服务。艾丽娅挽着白彪的胳膊，以他们不需服务为由，拒绝了侍应生的美意。

他们坐着快速电梯，上了九楼。白彪拿出钥匙，打开沉重的实木门，将艾丽娅迎进909房。

房间金壁辉煌，充满古典欧陆风味。超薄液晶电视机，松下DVD机，三门电冰箱，还有其他的高档电器，一应俱全。由于是长租，没有客人的允许，房间是不许服务小姐进来的。艾丽娅闻到了一股霉味，急忙拉开窗帘，打开窗户，一束束光和一缕缕空气飞了进来。

整个房间的外墙以落地玻璃构成，站在这里，不需要转动脑袋，就能饱览270度外景，人民公园尽收眼底，恒江细浪历历在目。

天气有些阴晦，人民公园却热闹不减。打羽毛球的，踢毽子的，唱戏的，下象棋的，打麻将的……最热闹的，当属一群迟暮美男正在跳鳌鱼舞。鳌鱼头造型非常像夸张变形后的龙，鱼身有点像鲤鱼，由藤、竹、丝纸扎成，然后用天蓝色调的的纱布披上去，鱼身上有千多片镜片做成的鱼鳞。几名穿着彩裤的男子正在进行表演，忽儿碎步，忽儿弓箭步，忽儿大跳步，忽儿铺腿，好像演的是跳龙门。锣鼓击得正紧，时而碎锣，时而叩锣，时而响锣，不时还响起《雁儿塔》和《得胜令》的背景音乐。

白彪凝视着窗外，艾丽娅凝视着白彪。她偶尔看一看窗外的动静，也是为了能够准确地判断出他的心理状态。

突然，那些观看鳌鱼舞的看客全部散开了，全跑到正在表演行为艺术的人群旁边，欢快地鼓着掌，发出醉酒般的喝彩。

随着一声怪异的响声传来，行为艺术开始了。一个瘦高男青年正在疯狂地弹奏着那架旧钢琴，随后他跳到琴键上，用脚踩奏着。两男两女拿着红伞，将伞尖对准对方的脸。另外几个青年男女抱着相同的伞，给每一个跑来看热闹的围观者发一把，叫他们将伞撑开来。

在民间小有名气的行为艺术家郑刚出场了，照例戴着京剧脸谱，一只手拿着木鱼，另一只手抓着一把鲜红的玫瑰花瓣。他看着围观者，振臂高呼："看啊，我们这个社会，到处都是保护伞……"被人群围在中间的两对青年男女开始朝对方的脸上对射，随着几缕水柱冲出，他们慢慢倒了下来。郑刚则将京剧脸谱摘下来，丢在地下，用脚狠狠地踩着，然后将右手的玫瑰花瓣抛向围观者的头上。围欢者被感染了，许多双手抢那些空中飞舞的花瓣。红伞滚动着，现场乱成一片。

艾丽娅叫白彪将窗户关上。白彪便将窗户关上，还将窗帘拉起来。他看着艾丽娅，倒退了几步，一直退到床边，便坐下来。他紧紧地拥着红色洋娃娃，回忆说："我知道刘旗旗到了槟城后，便跟了过来。我发现，她从别墅出来后，很喜欢来人民公园。开始我以为她是喜欢看行为艺术表演，后来才发现，她是喜欢跟踪沈红霞，沈红霞经常来这个地方，喜欢看行为艺术表演。当然，沈红霞不知道有个叫刘旗旗的人跟踪她，刘旗旗更不知道一个叫白彪的人跟踪她。我站在窗前，多次看到刘旗旗站在沈红霞的身后，不知道想做什么，只是看着我父亲的妻子的背影出神……"

白彪很不习惯艾丽娅站着，示意她坐在沙发上。他吻了一下手上的洋娃娃，冷冷地说："我决定先除掉刘旗旗，再除掉沈红霞。七月十三日早晨七点多，天下着小雨，我看到刘旗旗又过来了。她在人群中找沈红霞，没有看见，只得失望地看行为艺术表演。我立即拿出早就准备好的红伞，坐电梯下了楼，走到公园，在刘旗旗的小腿上开了一枪。人群非常拥挤，她当时根本没有任何感觉。我拿了红伞，很快地又回到了房间。当我再次站到窗前时，行为艺术还没有结束，刘旗旗还站在人群中观赏着，也许她还在等着沈红霞的到来吧……过了几天，我才知道，她的确死了。"

"你为什么要杀死她？"

"我找到了我的父亲，她是我夺回父亲的第一个障碍。"他淡然地回答。

艾丽娅简直不相信这样的杀人动机，简单而疯狂。

"我从来没有觉得一个人的躯体属于自己，我只是灭掉了不属于她们的躯体而已。"他说。

他看了艾丽娅一眼，继续说："我决定选择相同的天气，相同的时间，相同的情况，再除掉第二个障碍。直到八月三日早晨，机会才出现。刚好天下着小雨，天地雾蒙蒙的，那一群艺术疯子又过来了，沈红霞过来晨练，挤在人群中看那群疯子表演。我拿着红雨伞，走下楼，跑到公园里，对着沈红霞的小腿处射了一下，沈红霞似乎有一些感觉，还回头看了一眼，这个时候，我早就离开了，迅速上了楼，回到房间，我看到沈红霞没等表演完毕，便走开了。由于这次行刺的天使之箭的中空的小洞上只涂了一层薄薄的黄油，沈红霞可能很快就有了反应……第三天，我就知道，她死在医院里。"

"你使用的天使之箭，是从你父亲手里偷来的吗？"艾丽娅问。

他斜倚在床头，使劲的摁着洋娃娃，直到洋娃娃发出痛苦的歌声，"有一次，他出访伦敦，从泰勒牧场带回来五颗天使之箭，那天晚上，我睡在肯辛顿的别墅里，睡在他的身旁，发现了这个秘密。第二天早晨，我向他告别时，便偷了两颗。当时的目的就已经明确了，我想除掉那两个对我父亲纠缠不清的躯体。"

尽管艾丽娅早就将凶手锁定是他,可是当她听到他的毫无情感的供述时,她还是很难把"冷血动物"这个词和眼前这个风度翩翩的少年钢琴家联系起来。她感到自己的血管里的血几乎凝固了,声音带着不可抑制的愤怒:"蓖麻毒素是从哪里来的?"

"想必你从伦敦警方那里知道了,今年初,在英国的许多地方都发现了这玩意儿。我是从网上购买的,非常安全。"

"你与谁接头?"她进一步追问。

他将洋娃娃轻轻放到枕边,从床头跳下来,坐在沙发上,双手下意识地在膝盖上弹奏着,"现在是电脑时代,不需要与谁接头,只需把钱放在某个地方,你就可以在另一个地方得到货,这种事情,根本不需要照面。"

艾丽娅坐在沙发的另一端,感到脚下升起一股寒意,她摸了摸腿上的枪,警惕地看着他,"你为什么想到要以这种方式杀人呢?"

"有一次去图书馆查书,偶尔读到这样一个案例:一九七八年九月的一天,保加利亚流亡记者、英国广播公司和自由欧洲电台的著名评论员马尔科夫正走在往广播公司上班的路上。当他刚踏上广播大楼的台阶时,突然感到有什么东西在他的大腿上刺了一下。他看到一个人从地上拾起一把伞,并叽叽咕咕地说着一些道歉的话。马尔科夫并未在意,可是当天夜里就得了急性肠胃炎,随后发高烧、血压降低,几天后便停止了心跳。伦敦警察厅的法医验尸时,在马尔科夫的大腿皮下发现了一粒中空的金属弹丸,弹头内含有蓖麻毒素,毒物就是通过小孔进入他体内的……"

他站起来,从一个抽屉里掏出一片钥匙,打开一扇紫檀木柜门,里面露出两把红色的雨伞。他希望艾丽娅看一看,以证实他决不会欺骗她。艾丽娅瞟了红伞一眼,便把钥匙拿了,重新将柜门锁了。在她看来,红伞暂时已经失去了意义。

尽管艾丽娅相信他,但她还是痛苦这样的事在他的身上发生,她愤怒地问:"你就不想想,你杀死的沈红霞,是你哥哥的母亲吗?"

他抱着头,将手插进他的长发里,嘴里发出一种哭不像哭笑不像笑的声音,"我只是一心想将父亲拉到母亲的身边,当时根本就没想到……"他抓着自己的长发,有些受不了这样的对话,"我说过,我从来没有感到一个人的躯体对一个人有什么用处,难道你还不明白吗……"

艾丽娅真想一枪毙了这个家伙,可她还想让他知道一些东西,她说:"你父亲得知我们查到了证据,派人想夺回这些证据,你知道吗?"

"我知道。"他怯怯地说。

"为了夺回证据,他派人枪杀了我的同事,你知道吗?"她厉声质问。

"我知道……"他抱着脑袋,低声应答。

"我的同事为了保护我,他死去了,你知道吗?"她暴怒了。

他的眼里流出了眼泪,脸上的表情,像一个做错了事的孩子,低声下气地说:"我不知道……"

"他使我真正摆脱了父亲的影响, 他使我真正理解什么是爱, 你知道吗?"因吼声太大,她的脸都有些变形了。

"我不知道……"他恐惧地看着她,往后躲了躲。

房间死一般的寂静,艾丽娅能听到她的牙齿不听使唤的声音,她突然拿出手枪,对准他的脑袋,冷笑道:"你回来干什么!"

他纹丝不动,连抬头看她一眼的勇气也没有,低着头回答:"我想和母亲同台演奏《第一钢琴协奏曲》,这是她终生的梦想。"

艾丽娅感到了自己的冲动,立即将枪收回来。她顺手拿起那个粉红洋娃娃,扔到白彪的怀里。艾丽娅调整了一下激怒的情绪,放缓了说话的语气:"你应该感到欣慰,你父亲自杀前,骗过了所有人的眼睛,将刘旗旗和沈红霞之死揽到了自己的头上。他知道是你杀死了她们,他想以死来挽救你的生命。他做得丝丝入扣,没有半点破绽。所有的人都认为,此案已经结束了……"

白彪从她逼人的目光中读懂了一切,不过他不会害怕她的目光了。他抬起头来,亲吻了一下洋娃娃,冷冷地说:"我不怕死,只不过躯体消失而已。"

她没有说话。她在想她接下该做什么。

"我可以提一个要求吗?"他怯生生地问。

"你不要说!"艾丽娅急忙制止他。

"我可以延缓一点时间,帮你母亲实现和你同台演奏的梦想。"艾现娅被一种东西击中了内心最柔软的部分,她不得不厉声呵斥:"可是,梦想过后,你还得接受法律的制裁!"

艾丽娅从包里拿出一副手铐,将白彪铐在床上。然后她又从包里拿出橡皮手套,又拿出放大镜,仔细搜寻着,将那些认为可疑的物品搜集到一起。她从白彪的口袋里掏出那片智能钥匙卡,打开紫檀木柜,拿着那两把红伞,仔细观察了一会,放回原处。她脱下橡胶手套,连同放大镜放在包里。

她看了他一眼，发现他戴着手铐的双手正下意识地在膝盖上弹奏着，知道他想练琴了。

“你想回家吗？”她问。

“我听到妈妈在呼唤我。”他说。

“从现在开始，我必须贴身跟着你。”她说。

艾丽娅给他下了手铐，他感激地说了一声“谢谢”。艾丽娅将智能卡放进自己的包里，押着他离开了房间。他们乘坐电梯，到了大堂，艾丽娅“挽”着他的手，他们就像一对热恋中的情人。

四

白露本能地觉得，艾丽娅对白彪紧追不舍，很可能这个女警对自己的儿子产生了美好感觉。白露既惊且喜，惊的是，她担心儿子挡不住这个美丽女警的热情，喜的是，这个女警看起来的确不同凡响。

从山上吹下来的清风，一次次掠过玫瑰花叶，留下一阵阵摇曳。红色的树叶颤颤悠悠地飘落而下，给庭院涂上了浓重的秋色。太阳开始移向北回归线，阳光失去了先前的灼热。

他们坐在那张铜质圆桌旁，桌上摆放着红酒，还有一些点心和水果。每个人端着一杯酒，享受着温暖的阳光。文嫂和白彪他爹坐得离桌子远一些，白彪他爹的手上还紧抓着艾丽娅送给白彪的“芭比”。

白彪看着母亲，那眼神，就像一个没有断奶的饥饿的婴儿突然发现母亲将洁白的乳房伸到了他的嘴边。鲁宾看着满地的玫瑰花，特别是他亲手栽种的玫瑰，感到眼睛一阵阵刺痛。艾丽娅看着北移的阳光，感到了红色的树影被西斜的阳光越拉越长。白露端着一杯酒，看着艾丽娅，在空中象征性地举了举杯，感叹道：“艾警官，伦敦如此之大，你怎么就会碰到白彪呢？”

艾丽娅对她举了举杯，喝了一口，略作思索，笑着说：“这就是所谓的缘份吧。”

白露高兴啊，似乎读懂了她所说的“缘份”，便站起来，走到儿子的面前：“儿子，我们现在可以开始了吗？”

白彪知道母亲想练琴了，他对母亲举了举杯，喝了一口，明知故问：“妈妈，你喜欢艾丽娅吗？”

白露转过头来，朝艾丽娅开心地大笑，欣悦地说：“从小，我就非常害怕警察，可是自从见到艾警官，我才知道，我不但不害怕警察，而且还非常喜欢警察。”

鲁宾站起来，拿起桌上的一瓶红酒，倒了一满杯，走到白彪身边，看着他的混合色的眼眸，提醒道：“白彪，明天就要登台了。”

白彪看着他，喝了一口红酒，若有所思地说：“我知道，这是妈妈的梦想。”

“现在可以开始练吗？”白露问儿子。

“你都知道，妈妈，从小到大，只要在你身边弹琴，我总是喜欢犯错，我不能担保今天不犯错误。”白彪忧虑地说。

“你都是世界一流钢琴家了，还会犯错吗？”白露疑惑地问。

“我现在成了世界一流钢琴家，可是只要你在场，我还是小时的那个白彪……”

“马上就到明天了，我们不要让梦想破灭……”鲁宾解释说。

“你不知道，我战胜过许多对手，可从来不能战胜妈妈……”白彪解释说。

“现在可以试试啊？”鲁宾说。

明天就要演出了，每个人都在等待着他们母子四手联弹的时刻的到来。如果不合练一遍，怎么也说不过去。可是，如果白彪犯错呢？如果白露晕过去呢？谁来将白露唤醒？谁来代替白彪他爹在白彪的肉体上进行“艺术创作”？

艾丽娅几乎是本能地朝身后看了一眼，发现白彪他爹正木然地盯着轮椅下摇曳的玫瑰花。文嫂正在给他活动着手脚，嘴里轻声地唱着那支《四季歌》。

白彪走到白彪他爹的跟前，看了看白彪他爹无神的目光，失望地摇了摇头。他又走到白露的面前，对她说：“妈妈，我有一个办法。”

白彪从身上拿出那两支粉笔，三五下就在地上画出了一架钢琴的键盘，黑白键都画了出来。为了避免七年前的故事的发生，他想和母亲在这个键盘上演奏。也许只有无声地演奏，才可能逃过母亲对音乐充满魔力的耳朵。

“儿子，我还有一双眼睛啊！”

文嫂找来两块布，分别蒙住白彪和白露的眼睛。

白彪和白露盘着腿，坐在键盘前，开始弹奏着老柴的《第一钢琴协奏曲》。不得不承认，柴可夫斯基的这支曲子是给天才谱写的，其难度令许多钢琴家望而却步。母子俩在地下无声地弹奏着，简直到了出神入化的地步。艾丽娅站在白彪的身后，鲁宾站在白露身后，仿佛听到了珠玉般的琴声从演奏者的指缝间流淌。

四只手在地下练了好几遍，最后闯过了所有的关口。母子俩不仅准确无误地演绎出老柴的《第一钢琴协奏曲》，而且激情四溢地走进了老柴描绘的境界。他俩坐在粉笔键盘旁，相拥而泣。

艾丽娅只想尽快结束这个案子，从这个不真实的境界中挣脱出来。她有意看了白彪他爹一眼——他仍旧一动不动地坐在轮椅上，无动于衷地看着眼前发生的情景，他手里拿着的那个“芭比”，不知什么时候已经掉在了花丛中。

第十八章

一

钢琴在乐器家族中的意义是显而易见的，它是所有乐器中具有丰富变化的音色与性格的乐器，既能表现似水柔情，也能展示宏伟力量；既能歌唱般地演奏，又能像打击乐般被捶击。在白与黑的两色键盘上，几乎可以构筑音响的宇宙。

星空音乐厅，座无虚席。所有的目光盯着舞台上的那架闪着幽光的三角钢琴，还有黑色的琴凳。今夜，琴凳上将迎来槟城的骄傲和自豪。槟城的音乐季，将由他们演奏的柴可夫斯基的《第一钢琴协奏曲》拉开。

正式演奏开始之前，宽大的淡灰色的电子屏幕上正在“阅读”着这样一段文字：“一般，交响曲体现的是众多音乐家们齐心协力、共同完成一件作品的过程，在这个过程中大家的劳动是反映在集体之中。协奏曲则不然，它是为某个有杰出才华的独奏演员而设定的形式。管弦乐队众星捧月一般，只为那风格伟大的独奏家，他是整个作品中最为光辉的点……”

舞台上乐队队员纷纷落座，马上进入了状态。在首席小提琴手落座后，音乐厅便流淌着一种无比期待的寂静。掌声骤起，头发花白的指挥家开始大步流星走上指挥台，拿着指挥棒，环视一圈他的乐队，等待着真正的主角出场。

一男一女两名主持走出来了，分别用中英文介绍了演奏者及其演奏的曲目。正当他们进一步评价白彪在世界钢琴界的巨大影响力时，却被听众如潮的掌声打断了。想想看吧，一个天才就要演奏了，还有一个更为天才的母亲，将与天才儿子四手联弹柴可夫斯基的《第一钢琴协奏曲》，而且这对母子是槟城的，难道还有比这更令人激动的音乐盛事吗？

随着淡蓝色的灯光的移动，演奏者出场了。白露穿着立领的维多利亚式的淡蓝色长裙，头上戴着白色的三角帽，帽沿上插着一束闪着蓝色幽光的孔雀羽冠。白彪穿着一套黑色的燕尾服，白色的衬衣上扎着一个猩红色的领结。母子俩走到舞台正中，向观众深深鞠躬，听众如梦方醒，如潮的掌声几乎将现场淹没。

艾丽娅和鲁宾坐在最前排的贵宾席上，跟随着听众鼓掌。艾丽娅似乎表现出从未有过的平静，目不转睛地盯着舞台上的目标，想象着接下来将要发生的故事。鲁宾可能担心白彪弹错音，有些紧张，他的喉咙里发出不由自主的吞咽口水的声音。

母子俩坐在琴凳上，前后左右调整了一下自己的坐姿，然后雕塑一样凝固在那里。大厅突然变得寂静得不能再寂静，指挥家梅塔举起了晶体指挥棒，随着空中一道白色的弧线闪过，音乐厅开始流淌着月光或流水一般的琴声。

听众看着舞台上的钢琴演奏者，根本不相信这是两个人的四手联弹。没有比他们更协调的动作，没有比他们更一致的指法。更重要的，从他们的指缝间流出来的琴声，千锤百练，炉火纯青。与其说这是两个人的四手联弹，不如说这是一个长着四只手的天才在演奏。或者说，左边的演奏者只是右边的人的影子，右边的演奏者只是左边的人的影子。或者说，他们不过是各自的投影罢了。

像所有优秀的钢琴家一样，这对母子正在借柴可夫斯基的《第一钢琴协奏曲》的“酒杯”，浇自己心中的块垒。琴声时而小河流水般舒缓，时而狂风骤雨般激越；时而晨露般纯净，时而深潭般幽深；时而像飞蛾扑火般执着，时而像繁花般飘落；时而钟声般悠扬，时而玉石般迸裂；时而百鸟般鸣唱，时而孤雁般哀鸣；时而阳光般温暖，时而冰雪般深寒……两双手，二十个指头，在黑白琴键上疾速奔跑，像奔跑在黎明与黑暗之间的灵魂，在绝望与希望之间寻找着生命的归途。

他们弹完最后一个音符，立即凝回为一个淡蓝色的休止符。所有的听众不约而同起立，如潮的掌声海涛般涌来，漫过膝盖，漫过胸口，漫过耳际，最后淹没所有有形的物体，化为《第一钢琴协奏曲》最为生动的尾音。舞台的灯光暗了下来，演奏者渐渐融进温柔的黑暗中。

不知什么时候，灯光亮了，舞台上空无一人。艾丽娅和鲁宾不约而同地站起来，奔到侧幕。白露与白彪正相拥在一起，沉浸在巨大的幸福中。这时，主持人走过来，叫白彪做准备，他马上要出场了。白彪如梦方醒，拍了拍母亲的肩膀，吻了吻母亲的额头，声音有些颤抖："妈妈，你给了我梦想……"白露抓着儿子的手，声音颤抖地说："孩子，你实现了妈妈的梦想……"

艾丽娅和鲁宾搀扶着白露的手，走到了贵宾席。他俩叫白露坐在中间，他们坐在她的左右边。前后左右的听众纷纷向白露伸出手，激动地表达出他们对她的崇敬与热爱。白露似乎还未从刚才的演奏中走出来，沉浸在儿子带给她的激情中。

舞台上灯光交错，逐一对准出场处。钢琴、萨克斯、长笛、双簧管、小号……每名乐手在乐队协奏下逐个登台。当白彪作为第一小提琴手再次登台亮相时，观众给了他足足两分钟的掌声。这是按白彪的要求，今晚加演的一个曲目，由白彪本人主奏海顿的《告别交响曲》。

舞台上，按照当年演出的常规，每位乐手的乐谱架上配了一支由电池点亮的模拟蜡烛。优美而略显忧郁的乐曲响起来了，听众如痴如醉，欣赏着这支著名的交响曲。

演奏最后一个乐章时，每位乐手在奏完自己的那一段，将摁灭乐谱架上的模拟蜡烛，夹着乐器，逐个悄悄离开舞台。据说，这里面有一个故事：当年的埃斯特哈泽公爵不许自己的私人乐队回家跟亲人团聚，乐师们敢怒不敢言。海顿便创作了这首交响曲，暗示公爵，如果他不答应乐师的要求，乐师们将一个个地离开他。海顿用这种特殊的方式取得了胜利，留下一段乐坛佳话和一份流芳千古的乐曲。

最先走开的是钢琴演奏家，他熄灭了模拟蜡烛，悄悄从舞台的中央消失。接着是萨克斯演奏家，熄灭了乐谱架上的灯光……他们完全将听众带到了一种美妙的境界里，每个人都在扮演着某一个角色。

白露听着渐渐稀少的器乐声，突然感到万箭穿心。她大口大口地喘着粗气，整个人瘫软在包厢里。艾丽娅和鲁宾急了，急忙呼喊她。可怜的白露，她感觉到了什么，她指着台上的白彪，大叫一声："我的儿子……"突然，她挣扎开来，往前猛跑了两步，似乎想跃上舞台，还没等艾丽娅抓住她的手，便听到"砰"地一声，白露的头撞到了台上大理石的尖角，她整个人晃了晃，便倒在大理石的地面上，鲜血涌了出来……

听众正沉浸在美妙的音乐中，谁也没有注意到最前面贵宾席发生的异常。艾丽娅和鲁宾急忙将白露扶起来，进行急救处理……艾丽娅意识到了什么，叫鲁宾先将白露带去医院包扎。她看到他们出了门，便将目光转到舞台上。

此时，舞台上只亮着最后一盏灯，主奏者白彪还在那里忘情地演奏。满台的黑暗中，只有一束淡蓝色光柱照着他，他用他那独特的姿势奏出忧郁的旋律。听众急然发现，他不是在演奏小提琴，而是吻着小提琴。他不像别人那样，歪着脖子夹住琴托，而是面对小提琴，嘴和鼻子几乎碰到了琴码，恰似电影慢镜头里一对情人。

乐曲即将在最后一个颤音里结束，白彪推完最后一弓，那束淡蓝色的光束就会暗淡下来，追随他进入侧幕。紧接着，将是如潮的掌声，为这位天才钢琴家拥有的不同凡响的小提琴演技。如果可能，也许他还会在听众热情的掌声中，再次演奏一遍。

白彪开始推最后一弓了，刚推到弓尾，光束刚开始暗淡，白彪却突然软软地倒在地上，那束淡蓝色的光照着他发青而怪异的脸。这似乎告诉听众，这位少年钢琴天才大概想演出逼真的“告别”。

突然，音乐厅出现了女人的尖叫声，听众纷纷站了起来。艾丽娅猛地跃上舞台，大声叫喊：“灯光！灯光！”惊惶失措的灯光师把所有的灯都打开了，在红、蓝、白各色灯光的照耀下，艾丽娅看到白彪仰天躺着，她伸手探了探他的鼻息，白彪已经停止了呼吸。

舞台总监哭丧着脸，大声催促快叫救护车。面对着嘈杂的声音，艾丽娅的声音特别响：“不用了，已经迟了。你现在的任务，就是派人看住舞台，不让任何人离开，也不允许再动任何一件乐器和其他东西。”

艾丽娅拿出手机，马上给“白头翁”处长打了一个电话。她取出身上早就准备好的手帕，包住小提琴颈。

维持音乐厅秩序的两个警察气喘嘘嘘地跑过来了。艾丽娅向他们报了自己的身份，并希望他们看住听众，不要在警察到来之前破坏现场。

大约十分钟后，“白头翁”处长率刑侦人员过来了。肖强和小毛看到艾丽娅站在这里，没想到她赶在他们的前面。大家拉起了警戒线，拍照的拍照，取指纹的取指纹，划粉笔圈的划粉笔圈，找线索的找线索，问话的问话。警察发现死者正是这几天媒体频频报道的天才钢琴家白彪，无不大感惊奇和意外。

艾丽娅向“白头翁”汇报了整个事件的经过。这几天，她被媒体关于白彪的大篇幅的报道吸引，想听听这个天才钢琴家的演奏。她买了一张票，今天晚上赶过来了。没想到白彪用小提琴主奏《告别交响曲》时，发生了这样的事。她首先控制现场，随后报了警。

陈法医将一份勘查报告交到“白头翁”手上，汇报说：“死于氰化物中毒，并且自杀的可能性非常大。”陈子谦拿着一张纸条，接着说：“在他的琴盒里，我们发现了这张纸条，可以说是他的遗书。”

这是一张普通的信纸，函头印着“槟城音乐学院”几个红色大字。“白头翁”拿起纸条，仔细看着每个词，希望能看出什么重要的东西。遗书写道：“妈妈，我想结束我的生命，因为我觉得我已经走到了艺术的最高峰，再活下去已失去了意义。我的死，和任何人都没有关系。妈妈，把我埋在‘杨树里’的后院里，让我时时刻刻陪伴着你。妈妈，那十八个洋娃娃，陪我埋在一起，他们的身上都有我起的名字，请给他们立一个墓碑，墓碑上写上他们的名字……妈妈，我爱你，永远地爱你。”接下还有作者的日期和落款，运笔非常平和从容。

陈法医接着解释说，在白彪的琴弓弓毛上沾满了松香粉末，而这些松香粉末里混着氰化物。实际情况是，白彪开始演奏时，嘴和鼻孔就对准小提琴的琴弓，在现实和音乐的境界里双重“告别”。终曲时，神经的松驰使他深深地吸了口气，中毒症状便立即发生作用。

“琴弓弓毛上的氰化物是怎么来的？”“白头翁”问。

“在白彪的松香盒里发现了沾有氰化物的松香。”

一名勘查人员还在那里勘查白彪的琴箱，看来没有什么新发现。琴箱上和松香盒上只有白彪的指纹，没有发现其他人的指纹。经检验，那块黄色的松香上面还沾有些许的氰化物。

看来，白彪的确死于自杀，并且选择什么方式死，作过精心的准备。可以说，他以音乐的方式结束自己的生命，非常符合他的身份。

继续留下听众没有了任何作用，他们被允许离开。可是有些观众还是迟迟不肯走，因为他们绝对不相信这么有天赋的钢琴家会自杀。在警察的劝导下，那些人不得不“告别”音乐厅。

接下的事情是，必须找到白彪的家属，叫他们将尸体搬走。艾丽娅先往学校打了一个电话，再给白彪家打电话，脸色显出焦急的神色。她告诉“白头翁”，白彪的父亲是植物人，不能行走。他的母亲今晚还在这里与他同台演出，因为身体不适，现在住进了医院。不过，有一个保姆，她现在坐出租车过来了，准备代表家属前来处理。

“白头翁”摇了摇头，脸上现出悲戚的神色。他们决定等保姆到来后，再处理尸体。

“小娅，明天，你能把侦破报告拿出来吗？”“白头翁”问。

“你是说关于杨怀远杀人案吗？”她问。

“不会忘了还有这样一个案子吧？”“白头翁”笑了。

“我已经写好了，明天就可以交给你。”艾丽娅兴奋地说。

“白头翁”好像还是不放心，叮嘱说：“还是那句话，不吝笔墨，把英国的取证部分写英勇些，我们要对得起牺牲的马凯队长。”

艾丽娅点点头，似乎完全明白了。“白头翁”发现，她的精神看上去好多了，看来她已经从痛苦中解脱出来了。他拍了拍她的望膀，放心地笑了。艾丽娅看着眼前的白彪的尸体，笑了。

第二天，技术人员对所有的证据多次进行鉴定，得出了同一结论：白彪死于自杀。由于白彪的影响力，当天晚上，电视和报纸很快刊出了这个令人悲恸的消息。一些嗅觉敏锐的媒体开始策划纪念专刊，希望给热爱白彪的音乐好者留下更多的东西。人们一方面为天才钢琴家惋惜，另一方面还没有忘记为天才钢琴家脆弱的神经开出药方，以防止类似的悲剧重演。

白露第三天就出院了，不过是坐着轮椅出院的。由于头猛烈地撞在尖角的石头上，她失出了知觉，变成了一个植物人。她不知道白彪的演奏已经完场了，更不知道白彪已经死了。鲁宾，在安葬了白彪之后，还要面对白露成为植物人的打击。

二

艾丽娅再次来到“杨树里”。文嫂打开院子的铁门，让艾丽娅的警车驶进来。艾丽娅跳下车，右手拿着一大束鲜花，左手拿着厚厚的一叠报纸，报上全是关于白彪的纪念专版

“白露在家吗？”艾丽娅问。

“鲁宾推着她去公园了。”文嫂说。

艾丽娅走到客厅里，客厅空荡荡的，她推开后门，到了后院。她走到树下，一下子怔住了——几只蓝孔雀拖着长长的履尾羽，穿梭在花木草丛中，自由来往。

艾丽娅继续往前走，突然看到了白彪他爹，他正坐轮椅上，手里攥着那

个"芭比"洋娃娃,呆呆地盯着前面的墓碑。那个呈琴键状的墓碑。

艾丽娅走近墓碑。一个是白彪的,那个呈琴键状的墓碑刻白彪的名字,出生年月,还有他演奏钢琴时的画像。一个是白彪的洋娃娃的合坟,碑上刻着白彪给他们的命名。

艾丽娅将报纸铺在墓碑前,将鲜花放在报纸上。她静默了一分钟,随后转过头来,看着白彪他爹。她躬下腰,看着他手上的"芭比",对他说:"从我第一次看到你,我就知道,你一定会对我说话的。"

白彪他爹傻傻地看着白彪的墓碑,没有言语。

"听文嫂说,你是七年前成为植物人的。七年,她侍候了你七年,无微不至,即使是一块石头也能说话了。"

白彪他爹仍然呆呆地看着墓碑,对她的说话没有任何反应。

"当文嫂发现你渐渐康复后,压抑住喜悦,没有把这个秘密告诉白露,因为她有了自己的想法。当你再次学会说话时,你对文嫂说的第一句话是什么?你一定说,不要对白露说。因为你想知道一些秘密,你想继续扮好植物人。"

白彪他爹呆呆地坐在轮椅上,就像一块早已风化的石头。

艾丽娅看他没有反应,一点也不气馁,有理有据地分析说:"专家认为,世上百分之七十的植物人经过护理都能够恢复,只不过时间长短不同而已,"她蹲下来,顺手抄起地上的一根棍子,耐心地说:"我仔细观感观察过你的手脚,大概一年前,你就已经不是植物人了。"

白彪他爹的喉头蠕动了一下,然而没有一点反应。

艾丽娅弯下身,拿过他手上的"芭比",用右手按住"芭比"的肚皮,左手狠狠一拉,"芭比"的肚皮露出了一条大口子,里面是白绒绒的棉花。她将两个指头插进棉花里面,拿出了一个只有火柴盒大小的微型录音机。她打开录音机,里面传出白彪他爹与文嫂的对话。从他们谈话的内容来判断,"芭比"被他们当成了宝贝,并放到了枕边。他们正在低声秘语,谈起了情话,然后是做爱时发出的呻吟声,真想不到,文嫂还有如此火辣的叫床声。

艾丽娅看到白彪他爹快挺不住了,便关了录音机。她伸出手,擦了擦额头上的冷汗,随后抵住他不断颤动的嘴唇,对他说:"你不是很想说吗?你说话啊!"

白彪他爹努力控制自己的嘴唇不要动,似乎还想演下去。艾丽娅抄起地上的那根棍子,照他的腿狠狠打去,只听"哎哟"一声,白彪他爹捂着腿,呲牙裂嘴叫痛。

他从轮椅上爬出来，用拳击着地面，用头撞着墓碑，一把鼻涕一把眼泪地哭诉：“第一次打白彪，我就没有痛的感觉。他是我的儿子，我为什么要打他啊？我打他时为什么没有痛的感觉啊？我喜欢白露，我只能时时刻刻地守到钢琴旁，只要白露晕倒了，我必须拿起牙签或者烟蒂，狠狠地惩罚他，直到白露苏醒……”他伏在墓碑上，身体剧烈地起伏，“几年过去了，我的心都被打碎了。好几次，我不忍动手，可是看到白露晕倒在地上，只有打他才能唤醒白露，我还能做什么呢，只有打啊……我好难受，因为我打他时，心里没有一点痛的感觉……每次打他，非常渴望找到这种痛的感觉，可每次都找不到，便在第二次加重打他……一直打到我不能打他时，我仍然都没有找到这种感觉……”

“现在你弄懂了吗？”艾丽娅有些同情这个可怜的男人，问道：“你为什么找不到痛的感觉？”

“我可能不是他的父亲……”他怯怯地说。

他的身体倚在墓碑上，响亮地哭着，嘴里还念着什么词儿，似乎表达自己的悲痛。

“后来呢？你怎么成了植物人呢？”

他摇着头，用粗硬的指头擦着眼里的泪水，“我也不知道，有一天，我吃过早餐，感到浑身乏力，接着就说不出话来了，接着就没有意识了……”

“你恢复知觉后，为什么不告诉白露？”

“我想知道，自己为什么变成植物人，就和文嫂商量好，干脆就装下去。另外，我害怕自己再次变成植物人，这样既可保护自己，还可能发现一些秘密……”

“你发现了什么秘密？”艾丽娅问。

“我离不开白露……”

“你知道白彪是怎么死的吗？”她问。

“听说，他感觉自己已经达到了成功的顶点，感到没必要活下去了。”

他移了移笨重的身体，站起来，重新坐到轮椅上，用粗硬的手指擦着脸上的泪珠，然后抬起头，迷迷糊糊地地看着她。

“你还要装下去吗？”她问。

“只有这样，才能留在白露身边。”

“你没看到她爱着鲁宾吗？你没看到鲁宾爱着她吗？”

“我知道，我没有其它要求，只想每天能看着她就满足了。”他咧了咧嘴，感叹道："就像现在，像植物人一样生活在她身旁就满足了。"

"……"艾丽娅不知道说什么了。

"艾警官，我真的不想离开白露，"他用哀求的语气问："你能为我守着这个秘密吗？"

"你要守到什么时候？"艾丽娅惊异地问。

"我不知道，"他看着艾丽娅，可怜兮兮地哀求道："我只想做她身边的植物人。"

从他的目光中，艾丽娅似乎读懂了这个男人。艾丽娅将"芭比"捡起来，放在他的怀里。

文嫂过来了，告诉艾丽娅，白露回家了。她有些不满地白了艾丽娅一眼，推着白彪他爹，急急忙忙进了房间。

鲁宾推着白露过来了，他看到了艾丽娅，就像没有看到一样，没有任何招呼。白露坐在轮椅上，手里拿着一叠刊有纪念白彪文章的报纸，还有几束玫瑰花，眼睛一直盯着那方钢琴状的墓碑。

鲁宾将轮椅推到墓碑前，将报纸铺在地上，将玫瑰花放到墓碑上。他蹲下来，活动着白露的手脚，嘴里开始给她讲故事："你还记得我们第一次相遇吗？星海音乐厅，大卫·海夫戈特，吉利娅，你晕倒了，我问你怎么啦，你摇了摇头，我跟你到咖啡厅，我早就盯上了你，装着素不相识的样子，我早就认识了你，在那幅画中爱上了你，我要寻找你，等到我找到你，才明白我因你而获得了拯救……"

艾丽娅觉得她应该离开了。她回过头来，却见红色的杨树林中飞来更多的蓝孔雀，扑闪着翅膀，发出尖锐的呼叫……

尾声

第二年七月,父亲给艾丽娅联系到公安部工作,希望小女儿留在他的身边发展。艾丽娅没有听从安排,通过自己的努力,联系到了槟城,如愿进了槟城市公安局刑侦局大案处。

到单位报到那天,她坐上一列火车从京城到了槟城。列车抵达槟城时,刚好正午。亚热带的阳光照在一张张黧黑的脸孔上,那是异乡人特有的神色,充满了朴素的梦想和渴望。

她提着旅行袋,穿过人头攒动的广场,买了一大束玫瑰花,打了一辆出租车,往君臣山的方向驶去。

立在高架桥上的硕大的彩色广告牌上还保留着槟城音乐季的演出安排,画面上那个穿着燕尾服的钢琴天才正激情四溢地演奏着,他的头上飞动着《第一钢琴协奏曲》的音符。从广告牌上可以看出,音乐季跨越了一年时间,只留下了后天进行的最后一个亮点——中国著名大提琴家王健将会为槟城观众演奏德沃夏克的传世之作《D 大调大提琴协奏曲》。

出租车司机按照艾丽娅指出的路线行驶。他以为艾丽娅是来自北方的游客,兴致盎然地给艾丽娅介绍槟城繁多的不可不看的景点。

出租车驶入“逐草居”,空气中弥漫着青苹果的芬芳。她没有下车,透过车窗,看到了那幢三角钢琴状的小洋楼,还有庭院后面起伏摇曳的香根草。她似乎回到了那个星空的夜晚,耳旁传来马凯和她在香根草中追逐歹徒时的枪声。

人民公园仍然非常热闹,踢毽子的,打球的,唱戏的,跳鳌鱼舞的……突然,人群纷纷涌向一个地方,那群行为艺术家正在表演“保护伞”的作品。随着一阵琴声传来,许多花花绿绿的雨伞撑开了,在每个人的头上不停地滚动,随后有人开始朗诵诗歌,还有人开始喊口号。

艾丽娅坐着出租车来到“杨树里”。透过铁门上的雕花小孔,她看到了自己不曾想到的一幕:白露正推着轮椅车在庭院里转悠,轮椅上坐着白彪他爹,白彪他爹手里拿着那个“芭比”娃娃。文嫂走过来,叫白露休息,她开始给白彪他爹活动着手脚,嘴里唱着《四季歌》。

艾丽娅仿佛听到琴声从楼上的窗口飘出来,那是《第一钢琴协奏曲》的序曲,带着特有的俄罗斯式的悲凉……